ギリシア詞華集 4

西洋古典叢書

凡例

一、本書は初期ギリシア（前七世紀）からビザンティン帝国時代（後十世紀）までの、実にほぼ一七〇〇年にも及ぶ長い期間にわたって、三〇〇〇人を超える詩人たちによって生み出された、ギリシア語によるエピグラム詩約四五〇〇篇（数え方によって篇数は異なる）を収めた『ギリシア詞華集』*Anthologia Graeca* の全訳の第四分冊である。

二、翻訳の底本としては以下のテクストを用いた。

1. *The Greek Anthology* Volume I–V, with an English Translation by W. R. Paton, London, New York（Loeb Classical Library）, 1916–18
2. *Anthologie Grecque* Tome I–XII: *Anthologie Palatine*, Texte établi et traduit par P. Waltz et al., Paris（Collection Budé）, 1929–2011
3. *Anthologie Grecque* Tome XIII: *Anthologie de Planude*, Texte établi et traduit par R. Aubreton avec le concours de F. Buffière, Paris（Collection Budé）, 1980
4. *Anthologia Graeca* Band I–IV, 2. Verbesserte Auflage, Griechische–Deutsch ed. H. Beckby, München（Sammlung Tusculum）, 1957–58

右に掲げたテクストは全作品を収めるが、左記のテクストは『ギリシア詞華集』から作品を精選し、註釈を施したものである。

5. *The Greek Anthology: Hellenistic Epigrams* Volume I, II, Edited by A. S. F. Gow and D. L. Page, Cambridge University Press, 1965

6. *The Greek Anthology: The Garland of Philip and Some Contemporary Epigrams* Volume I, II, Edited by A. F. S. Gow and D. L. Page, Cambridge University Press, 1968

左記のテクストは右の二書の補遺で、『ギリシア詞華集』以外のエピグラムも含む。

7. *Further Greek Epigrams*, Edited by D. L. Page, Cambridge University Press, 1981

テオクリトスに関しては次の書にも拠っている。

8. *Carmi di Teocrito e dei poeti bucolici greci minori*, a cura di O. Vox, Torino, 1997

カリマコスに関しては次の二書にも拠っている。

9. *Callimachus* Volumen I, II, Edidit R. Pfeiffer, Oxford University Press, 1949–53

10. *Callimaque: Épigrammes, Hymnes*, Texte établi et traduit par É. Cahen, Paris（Collection Budé）, 1922

アニュテとルピノスとピロデモスに関しては、次の書にも拠っている。

11. *Anyte: The Epigrams*, A Critical Edition with Commentary by D. Geoghegan, Roma, 1979

12. *The Epigrams of Rufinus*, Edited with an Introduction and Commentary by D. Page, Cambridge University Press, 1978

13. *The Epigrams of Philodemos: Introduction, Text, and Commentary*, Edited and Translated by D. Sider, Oxford University Press, 1997

三、『ギリシア詞華集』は全体としてテクストの破損や乱れがひどく、そのため校訂者によって、テクスト間にかなりの異同が見られる。今回訳出するにあたっては、右に掲げたテクストのそれぞれの詩、各篇、各行、各語にわたって訳者の眼に最も妥当と映り、納得できる読みを採った。右に掲げたテクスト以外にも、本分冊巻末「参考文献」に掲げた対訳、選訳などの諸書の読みや解釈を採った場合もある。したがって本書の訳詩は右に掲げたいずれかのテクスト一つを底本とはしていない。本来ならば、どのテクストのどの読みを採ったかすべて明示すべきであるが、あまりにも該当箇所が多いので、煩雑さを避けるために、とくに必要な場合以外は、これを示さないこととした。

四、右に掲げたテクスト以外の文献は、最終巻の「総説」にまとめて載せる。

五、読者の便を考慮し、各巻の前に「概観」を置く。

六、1―4の各分冊の巻末に、それぞれの巻に関する「解説」を付する。

七、『ギリシア詞華集』全体に関する解説は「総説」として、最終巻である第四分冊の巻末に置く。

八、各分冊の巻末に「収録詩人名鑑」を置く。第二分冊以降は、初めて登場する詩人についてのみ、略伝等の説明文を付する。

九、訳註はそれぞれの詩の脚註の形で載せる。

一〇、訳詩の文字遣いに関しては一応の原則を設けたが、詩はそれぞれが独立した言語的小宇宙であってその中で完結しているので、無理に統一せず、それぞれの詩にふさわしいと思われる表現を用いている。したがって同一の作者の作品であっても、文字遣い、表記の仕方が異なる場合がある。

一一、訳詩、とりわけ風刺詩の中には現代の日本では差別用語とされる表現がしばしば現われるが、これは古代ギリシア人が実際にそのような差別意識をもち、そういう表現をしていたのであるから、勝手にその表現を改めることは、原典を歪め、ギリシア人の人間観や心性、風俗を誤り伝えることとなる。そこを考え、いわゆる差別用語で現代社会には不適切な表現であっても、あえて原語の表現に沿った訳語を充てることとした。その点に関して読者の理解を得たい。

一二、ギリシア語の日本語による表記に関しては、おおむね次の原則によっている。

・母音の長短を示す音引きは表記しない。ただし、「ムーサ」「サッポー」その他日本語の語調の関係上音引きを用いた場合もある。

・φ, θ, χ の音は、それぞれ π, τ, κ として表記したが（たとえば「フィロデモス」ではなく「ピロデモス」とする）、「ニンフ」のように日本語としてすでに定着しているものは「ニュンペー」とはしなかった。

目次

『ギリシア詞華集』全巻の構成（全4冊）

第1分冊

第一巻　キリスト教エピグラム
第二巻　テーベのクリストドロスの銅像描写詩（エクプラシス）
第三巻　キュジコスの碑銘詩
第四巻　三つの詞華集への序詩
第五巻　愛の詩（エローティカ）
第六巻　奉献詩

第2分冊

第七巻　碑銘詩・哀悼詩
第八巻　ナジアンゾスのグレゴリオス作のエピグラム集

第3分冊

第九巻　述懐詩・風刺詩・牧歌・芸術作品などの事物描写詩（エピデイクティカ）など
第十巻　勧告詩・教訓詩など
第十一巻　飲酒詩・風刺詩

第4分冊

第十二巻　ストラトンの「稚児愛詩集（ムーサ・パイディケー）」
第十三巻　諸種の詩律を駆使したエピグラム集
第十四巻　算術問題集、謎々、神託など
第十五巻　さまざまな詩　雑纂
第十六巻　プラヌデスの詞華集より補遺として加えられた詩

ギリシア詞華集 4

沓掛良彦 訳

第十二巻　ストラトンの「稚児愛詩集（ムーサ・パイディケー）」

概　観

第十二巻はハドリアヌス帝治下の詩人ストラトンの編んだ、男性同士の同性愛を詠った詞華集「稚児愛詩集（ムーサ・パイディケー）」二五八篇からなる。ただし厳密に言えば、収められた詩のすべてが男性同士（念者（エラステース）と稚児（エローメノス））との愛をテーマとした詩だというわけではなく、女性への愛を詠った詩が五篇ほど、また女性にまつわる詩が三篇ほど混入しており、また内容からして愛の詩とは言いがたい作も何篇か含まれている。さらにアスクレピアデスの一連の詩（三六番、五〇番、七五番）のように、詠われている愛の対象が同性でも異性でもありうる詩も含まれている。

ギリシア語で「パイデラスティアー」〔稚児愛〕と呼ばれる男性同士の同性愛は、俗にそれが「ギリシア風の愛（Greek love）」と言われるほどギリシアに顕著に見られる文化現象であって、その影響はギリシア文化全体に深く浸透しているが、文学の世界も無論例外ではない。詩の世界においても、すでにアルカイオス、ピンダロス、アナクレオン、テオグニスといった上古の詩人たちが少年への愛を詠っているが、『ギリシア詞華集』においてそれのみをテーマとした詩が実に二五〇篇も集められ、一巻をなしているという事実は、ギリシア文化のひとつの様相を如実に表わしていると言えよう。

ストラトンの名を冠せられているこの巻の原型は、男性同士の同性愛しか詠わなかったこの詩人の個人詩集としてまずは刊行され、その後コンスタンティノス・ケパラスやビザンティンの詩人たちが同性愛（稚児愛）をテーマにした他の詩人たちの作品をそこに加えて、現在の形になったものと推定されている。この巻の詩はピリッポスの詞華集から採られた作品は少なく、ストラトン以外の作品は大方メレアグロスの『花冠』から採られたものである。メレアグロスの詞華集では異性愛の詩と区別せずに置かれていた稚児愛をテーマとした詩が、この巻にまとめられて現われているのは、ケパラスの意図によるものと見られている。他の巻が多様な詩人の作品を収めているのに比して、この巻は比較的作品を寄せている詩人の数が少なく（三〇名足らず）、少数の詩人たちが収められた作品の大半を占めているという特徴がある。中でもストラトンの作品数は九四篇の多きを数え、メレアグロスが五九篇とこれに次ぎ、この二人の作品だけで二五八篇中のほぼ三分の二を占めている。逸名の作品も三六篇を数えているが、右記の二詩人以外ではアスクレピアデス（一一篇）、大詩人カリマコス（一一篇）といったところが目立ち、ポセイディッポス、ディオスコリデス、リアノスなどの詩人たちが主だったところである。

『ギリシア詞華集』における愛の詩は、少数の稚児愛の詩を含むとはいえもっぱら異性愛を詠った第五巻において最も華麗な展開を見せており、幾多の秀作名詩が収められているが、稚児愛を詠った本巻も、愛をテーマとしたギリシア詩としてかなりの比重をもつ。第五巻には及ばぬにせよ、この巻にはアスクレピアデス、メレアグロス、カリマコスといった愛の詩によって名高い詩人たちが名を連ねており、これらの詩人たちの詩筆から生まれた稚児愛（パイデラスティアー）の詩の中には、少なからぬ佳篇が含まれている。逸名の詩人たちの作にも何篇かすぐれた作品が含まれている。愛の詩人として世に知られるアスクレピアデスにしても、愛を詠った詩の半分は稚児愛の詩であり、学匠詩人アレクサンドリアのカリマコスに至っては、その愛の詩一四篇のうち異性愛をテーマとした作はわずか二篇のみで、他はすべて稚児愛の詩である。精妙華麗な愛の詩人メレアグロスもまた、女性への愛を詠った第五巻で本領を発揮しているのみならず、この巻にも六〇篇近い作品を寄せており、稚児愛の詩人としてもそのすぐれた技量、詩技を披露しているのが見られる。

　女性への愛を詠った第五巻の詩が、たとえ繊細で洗練され、詩的・文学的にすぐれた作であっても、基本的には性愛を基盤とした作品であるように、稚児愛を詠ったこの巻の詩も、基本的には性愛の詩であって、近代の恋愛詩に見られるような精神性には乏しいと言える。否、女性を対象とした愛の詩に比べても、稚児愛の詩においては肉体的な側面、性愛の要素はいっそう顕著であると言ってよい。この特質は、ストラトンの詩においてひときわ濃厚である。

　その作品数から言えば圧倒的な比重を占めているのは、なんと言ってもストラトンである（第十二巻は、本来はストラトンの作品のみから成っていたのであったが、ケパラスがそれをみずからの詞華集に編み入れる際に、他の詩人たちの作品をも取り込んだものと思われる）。ストラトンは他のテーマは一切顧みず、ひたすら稚児愛だけを詠った特異な詩人である。作者みずからが「戯れの詩（パイグニアー）」と呼んでいるその詩は、本質的にライト・ヴァースであり、機知と洒落を主体としたその稚児愛の詩はなかなかに巧みであり、生気に富んではいるがしばしば露骨で猥褻なものに堕している。詩は独創的というよりは多くは常套化したアレクサンドリア派の詩の詩法、詩技を駆使したものであって、その文学的・詩的価値はおよそ高いとは言いがたい。

　この巻に収められた稚児愛の詩で眼を惹くことの一つは、二つの主要なモチーフをめぐっての作品群が見られることである。その一つは愛する少年（稚児）を、ゼウスにさらわれ天上界の酌童とされた美童ガニュメデスになぞらえる詩群であり、これだけで一三篇を数え、作品相互の関係ははなはだ密接である。もう一つは、愛する少年の家へ向かっての乱痴気騒ぎ（コーモス）と、その家の戸口での嘆き（パラクラウシテュロン）を詠った詩群で、これは七篇とさほど数は多くはないが、中に秀作、佳篇を含んでいる点で注目に値する。また稚児愛の詩には一定のパターンがあって、多くは手放しの美少年の礼讃であったり、はかなく移ろいやすい少年の美への慨嘆であったり、少年への carpe diem（「その日の花を摘め」）の勧めであったりするので、その結果同工異曲の作品が多く生み出されることともなった。この巻においては作品がテーマ別にグループをなしている場合が多いので、この特徴はいっそう目立っている。他の巻にも見られる模倣やヴァリエーションへの志向がこの傾向に拍車をかけていることは間違いない。多くはストラトンの筆になる、少年相手の性愛をテーマとした、露骨な表現を用いた猥褻詩に近い作がかなりの数含まれていることも事実である。

稚児愛のみから成る詩の一大集積というようなものは、かつて衆道の風習があったとはいえ、われわれ現代日本の読者にはなじみにくいものであるが、後期ギリシア人の風俗を映し出した鏡、かれらの精神世界の風景の一端を窺う覗き眼鏡として、一読するには値しよう。

一

ストラトン

アラトスが言ったように、「まずはゼウスから始めよう[1]」。
詩女神(ムーサ)たちよ、今日はおんみらをわずらわせることは致しませぬ、
わたしが少年たちを愛し、かれらとつきあっているのだから、
ヘリコンの詩女神らになんの関わりがありましょうぞ。

二[2]

同

わが詩書(ふみ)の中に祭壇の傍(かたえ)に立つプリアモス[3]を求めるなかれ、
またメデイアの悲嘆(かなしみ)とニオベの悲嘆をも、

(1) アラトスの叙事詩『星辰の譜(パイノメナ)』の冒頭の句。

(2) 自分の編んだ詞華集のテーマが、過去においてホメロスや神話伝説で詠われ描かれてきた悲劇的なものとは異なることを宣言した序詩。

(3) プリアモス王は祭壇の傍らで、アキレウスの遺児ネオプトレモスによって殺された。

はたまた闇の中のイテュス(4)をも、葉ぞえに潜む　鶯(アエードーン)(5)をも。
これらは往昔(そのかみ)の詩人(うたびと)らが多に(さわ)書き尽くしたこと。
陽気な典雅女神(カリス)らに立ち混じった甘美な愛神(エロス)と
ブロミオスをこそ求めよ。陰気な面(おもて)はこの神々にはふさわしからぬもの。

三(6)　　同

ディオドロスよ、男の子の珍宝は三つの形に分かれる、
その呼び名を覚えておきたまえ。
まだ誰の手にも触れられていないのは「ココ」と言い、
ようやくふくらみ始めたのは「ルル」と言い、
掌でふり動かすようになったのは「トカゲ」と言うんだ。
一人前のものになったのはどう呼ぶべきかは、君も知ってのとおりだ。

(4) アテナイ王パンディオンとその妃プロクネの子。父に犯された叔母ピロメラにより、復讐のため殺害された。
(5) アエドンはテバイ王ゼトスの妻。ニオベが多くの子を持っているのを妬み、その子らを殺そうとして誤ってわが子を殺した。それを悲しみ神に祈って鶯に変身した。
(6) 少年の性器の変化をテーマとした作は二四二番（ストラトン）にも見られ、まったく同一の詩が第十一巻二一番にも収められている。

四

十二歳の華の盛りは喜ばしい、だが
十三歳はもっと欲望を掻き立てる。
十四歳はさらに甘美なエロスの華。
それにも増して喜ばしいのはなりそめた十五歳、
十六歳は神々の歳、
十七歳を求めるのはもはやわたしではなく、ゼウスのなさること。
それを越えた歳の子に心を燃やすのは、もう戯れでなく
「それに応えて曰く」[1]を求める者。

同

五

ぼくが愛するのは色白の児、だが蜂蜜色の肌をした
金髪の子も好きだ、でも黒髪の子にも心惹かれるし、

同

(1) ホメロスに頻繁に現われる句だが、ここではエロティックな意味に転用されていて、稚児(エローメノス)だった者が、念者(エラステース)に役割を変えることを暗示しているものと解される。

茶色の瞳をも見逃しはせぬ。とりわけ深く愛するのは
きらめく輝き放つ黒い眸。

六　同

プロクトス［肛門］とクリュソス［黄金］は表わす数字がおんなじだ。(2)
たまたま数えていてそのことに気がついた。

七　同

処女（おとめ）には締めつける筋も無ければただ交わす接吻（くちづけ）もなく、
生まれ持ったくゆりたつ肌の匂いも無い。
あの心楽しい淫らな語らいも無く、澄み切った眸も無い。
ものを学び知った女はいっそう性質（たち）が悪い。
彼女たちの後ろは冷え切っていて、もっと困ったことは、

(2) ギリシア語のアルファベットは数字をも表わしたので、πρωκτός という語と χρυσός という語は、共に一五七〇をも意味する。

宙に浮いた手の置き場がないことだ。

八

同

花屋の店先を通りかかったばかりのときに、
常春藤（きづた）で花冠を編んでいる少年を見かけた。
その姿にぼくの心は傷つかずに過ぎ行くことはできなんだ。
そっと傍らに立ち訊くようは、「君の花冠、いくらで売ってくれるんだね？」。
その児（こ）が薔薇の花よりも顔を赤らめて、眼を伏せて言うには、
「あっちへ行ってくださいよ、父に見られるといけませんから」。
そこで申し訳に花冠を幾つも買い込んで、家に着くなり
神々に花冠を被せたもの、「あの子をわたしのものになしたまえ」と祈って。

九　同

ディオドロスよ、今こそ君は美しい、恋する者には熟れきった年頃だ、
たとえ君が妻を娶ろうと、ぼくは君を捨てはせぬ。

一〇　同

うっすらとした髭が君の頬を覆い、
柔らかな巻毛の房が君の顔を翳らせようと、
愛する君を捨てたりはしないよ、この美しさは、
髭が生えようと、髪が覆おうとぼくのものだ。

一一

同

昨夜ぼくはピロストラトスと寝たが、どうしてもできなかったんだ、
あの児(こ)が——さてなんと言ったものか——あらゆる手を尽くしてくれてもだ。
友人諸君、もうぼくを友達と思わんでくれたまえ、塔の上から
投げ落としてくれ。どうしようもないほどアステュアナクスになっちまったから。(1)

一二(2)

フラックス

恋する男たちを冷たくあしらっていた美形のラドンが、髭が生えそめた頃、
ある児(こ)に恋をした。復讐女神(ネメシス)の訪れの速いことよ。

(1) アステュアナクスはトロイアの王子で、ヘクトルとアンドロマケの子。トロイア陥落の際塔から投げ落とされて殺された。ここはギリシア語の言葉遊び、駄洒落となっていて、否定を表わす ἀ- により、自分のペニスが στύω（勃起）しなかったことを冗談めかして言っている。翻訳不可能。

(2) 少年の美のうつろいやすさをテーマとした三二番（メレアグロス）、三五番（ディオクレス）の詩参照。

一三

ストラトン

ある時、恋の道に不運な髭の無い医者たちが、
それを癒そうとて、自然が与えた治療薬を用いているの(3)を見かけた。
まずいところを見つかると、「黙っていてくれたまえ」とぼくに言ったのだ。
そこでぼくは言ったんだ、「黙っていますよ、でもぼくも治療してくださ
いよ」と。

一四

ディオスコリデス

デモピロスが花の盛りの齢（とし）を迎えて、
子供としてぼくにしてくれたような接吻（くちづけ）を
恋する者らに与えるつもりなら、キュプリスよ、
あの児（こ）の母御の戸口は、夜っぴて静かになることはあるまいよ(4)。

（3）「治療薬を用いる」の原語 *τρίβειν* には、「薬などを塗布する、擦り込む」という意味と、「こする」という意味があり、ここでは陰茎をこすって自慰をしていたことを意味している。

（4）求愛者たちが乱痴気騒ぎをしつつ押しかけるからである。デモピロスの母は寡婦であったと見える。

一五

浴場(ふろ)の板がグラピコスの臀に噛みついたというのなら、
人間である俺はどうなる？　木にだって感覚はあるのだ。

ストラトン

一六(1)

ピロクラテスよ、愛を隠そうとしないでくれ、
神御自身(2)が僕の心を踏みつけにしたのでもう十分だ。
よろこびあふれる接吻(くちづけ)をしてくれ、
君自身が他の児(こ)たちに同じ好意を求める日がやって来よう。

同

（1）テオグニスの『エレゲイア集』一三二九―一三三四行の模倣。

（2）愛神（エロス）を指す。

一七[3]

逸名

女を愛することはぼくの心には適わない。
男の児への愛が消しがたい炎となってぼくの胸内に燃え上がる。
その熱はより激しいもの。男が女より力で勝るだけに、
それだけ愛欲もより激しく身を攻めるのだ。

一八

ミテュレネのアルペイオス

愛を知らぬ人生は不幸なもの。[4] 愛なくしては
何をし、何を言おうにもうまくはゆかぬ。
ぼくは今こうした愚図な男だが、クセノピロスの姿を眼にすると
電光よりもすばやく翔り寄るのだ。
されば甘美な愛を避けてはならぬ、愛を追い求めよと
すべての男たちに言おう、愛は心を研ぐ砥石なのだから。

（3）異性愛よりも稚児愛をよしとする主張は、七番、二四五番の詩にも見られる。

（4）オウィディウス『愛の歌』第一巻第九歌四六行にも、「怠惰でありたくない者は恋せよ」とある。

一九

君を思う気持ちはあるが友とするわけにはいかぬ、それを求めてもくれないし、
友を求める者には拒み、ぼくが贈るものを受け取ろうとはしないのだから。

逸　名

二〇

ゼウスはまたしてもエティオピア人との酒宴に耽っているのだろう、
それとも黄金に身を変えてダナエの閨に忍び込んだか？
姿美しいペリアンドロスを見て、地上からさらって行かないのは不思議だから。
それともおん神はもう少年を愛するのをやめたのか？

ユリウス・レオニダス

二一

ストラトン

一体いつまでこっそりと接吻を交わし、
眼を伏せて密かに頷き合えばいいとだ言うんだ、
なんの約束も得ぬままに、果てしのないお喋りを続ければいいんだ、
引き延ばしに次ぐ引き延ばしを重ねて？
愚図愚図しているうちに麗しい時は終わってしまうぞ、ペイドンよ、
妬み深いあいつ(1)めがやってくる前に、ことばを行動に移そうよ。

二二

スキュティノス

大いなる厄災が俺の身にやって来た、大いなる戦が、大火事がだ。
エリッソスが年齢満ちて恋にふさわしい身になったのだ。
十六の歳を迎えて、それに適うささやかな魅力も、
大いなる魅力もすべてその身に備わった。

(1)「あいつ」とは体毛（陰毛）を指す。陰毛が生え、大人になってしまう前に、との意。

もの読む声は甘やかで、接吻(くちづけ)する脣(くち)は蜜の味、
菊座に入れれば非の打ちどころなき完璧さ。
それなのになんたる目に遭っていることか。ただ見ているだけにしろと言うんだ。
手で虚しい愛の戦いをやりながら、(1)幾夜も眠らずに過ごすのか。

二三(2)

メレアグロス

ぼくは恋に捕らえられた、以前は不幸な恋に遭った若者たちの
乱痴気騒ぎをしばしば嗤(わら)っていたぼくだったのに。
翼もつ愛神(エロス)がぼくを君の戸口に据えたのだ、(3)ミュイスコスよ、
「節制からの戦利品」(4)との上書きを添えて。

(1) 手淫を行なうことを言っている。

(2)『ギリシア詞華集』の愛の詩にしばしば見られる、個人における「愛と節制の葛藤」をテーマとした作。

(3) 求愛者として門口に立ったことを言う。

(4) 愛が節制との戦いに打ち勝ったので、その戦利品としてである。

二四(5)

トゥリウス・ラウレアス

デロス島を治(しろしめ)すおん神よ、(6) もしもぼくのポレモンが、
われわれが送り出したときのままの姿で安穏無事に還ったら、
あなたのために祈りを捧げて約束した
暁を告げる鳥を祭壇に捧げることを拒みは致しませぬ。
でも出(い)で発った折に身につけていたものより多くを、
あるいは少なくを身につけて来るならば、ぼくの約束は無効になってしまいまする。
ところが彼は髭を生やして帰ってきた。そうなるよう自分で
祈ったというのなら、そんな願いをした者が犠牲を捧げるがいい。

二五

スタテュリウス・フラックス

アポロンよ、ポレモンが出立するのを送り出したとき、安穏無事に

(5) 以下二七番まで同じくポレモンの変貌を詠った詩が続く。相互の模倣関係は明らかではないが、二四番の詩は二五番を模倣した跡が窺える。
(6) アポロンを指す。

ぼくのもとへ戻ってくるようにと祈り、鳥を捧げると約束しました。
ポレモンは戻っては来ましたが顎鬚を生やしていたのです。ポイボスよ、
彼は戻って来たんじゃない、苦々しくもすばやくぼくの手から逃げたのです。
もう雄鶏は捧げません、ぼくを騙したりしないでください、
稔った穂のかわりに空っぽの麦藁なんぞくださって。

二六

同

もしも送り出したポレモンが無事に帰ってきたならば、
（犠牲の捧げものをすると約束いたしました）。
さてポレモンは無事に帰ってきましたが、ぼくを騙してはいけません、
ポイボスよ、髭を生やしているからには、ぼくのもとに無事に帰ったのでは
ありません。きっと顎に髭が生えるよう、自分で祈ったのでありましょう。
彼は自分で供犠をするがいい、ぼくの願いに背くことを祈ったのだから。

二七

同

ぼくがポレモンを見送ったとき、彼はおんみのような頬をしておりました、
彼が帰ってきたら鳥を犠牲に捧げると約束致しました。
パイアンの神よ、(1)忌々しい髭も恐ろしげな彼を受け入れは致しませぬ、
あわれにもぼくはこんな男のために祈ったのです。
罪もない鳥の羽をむしったりするのは無駄なこと、
デロスのおん神よ、ポレモンのやつも髭をむしられたらいいんだ。

二八(2)

タルソスのヌメニオス

キュロスはぼくの主（キューリオス）(3)だ。一字欠けているからってそれがなんだ？

あの美しい児（こ）を読むんじゃなくて眺めるんだから。(4)

(1) アポロンのこと。

(2) ギリシア語の単語の音の類似にひっかけた言葉遊びの詩。
(3) *Κῦρος*（個人名）と *κύριος*（「主」を意味する普通名詞）が問題とされている。
(4) 読む（音読する）となれば一字（一音節）の有無は問題だが、眺めるのだから問題なし、ということ。

二九

メッセネのアルカイオス

プロタルコスは美しいがそれを望んではいない。でもいずれそう望むことになるだろう。花の盛り時は松明競走[1]のように駆け足で過ぎ行くもの。

(1) 少年の美しさが次から次へと別人に移って行く速さを、アテナイで行なわれていた松明を次々と手渡す競走に喩えた作。

三〇

同

ニカンドロスよ、君の脛は脛毛に覆われているな、
知らぬ間に臀のほうもそうならぬよう用心するがいい。
そうなったら愛を求める男がどれほど稀になるか、思い知るだろうよ、
青春の日々は呼び戻すことができぬことに、今から思いを致すことだ。

三一

パニアス

テミスにかけて、それを飲み足元もふらつくこの生の酒の酒杯にかけて、
パンピロスよ、君が愛される時は短いのだ。
君の腿はもう毛に覆われ、頰にも髭が生えそめたではないか。
それに別の狂気(2)へと愛欲が君を駆り立てる、
煌めく火花の跡がまだ少しでも残っているうちに、
惜しまずに愛を楽しめ。好機は愛神の友なのだ。

(2) 異性に対する愛。

三二

テュモクレス

覚えていような、きっと覚えていような、ぼくが言ったあの聖なることばを、
「青春の華はこよなくも美しく、こよなくもはかないもの」との。
空飛ぶ最も速い鳥さえも、青春の時の移ろう速さには及ばぬもの。
今も、ほら見るがいい、君の花は残らず地上に打ち捨てられているではないか。

三三

メレアグロス

ヘラクレイトスは美しかった、かつてはそうだった。だが今や花の盛りの
齢は過ぎ、後ろに跨る者たちに髭や脛毛が戦いを告げている。
ポリュクセノスの子よ、ここをとくと見定めて、驕り高ぶってはならぬぞよ、
臀にも復讐女神(ネメシス)は生じるものを。

三四

アウトメドン

昨日子供たちに体育を教えているデメトリオスの家で食事をしたが、
これぞ世にも幸福な男よ。
一人の子は彼の膝に乗り、一人は肩に乗り、
一人は食事を運び、酒の用意をしてくれた。
ほれぼれするような四人組だ。そこで冗談で彼にこう言ったものだ、
「ねえ君、夜もこの子たちに体操を仕込んでいるのかい?」とね。

三五(1)

ディオクレス

こんにちはの挨拶もしない少年に向かってある人が言うには、
美しさに驕っているダモンはこんにちはも言わないんだな。
だが見てろよ、その報いを受ける時がやって来るのさ。もじゃもじゃの
毛だらけになったら、返事もしない相手に自分から進んで挨拶するさ。

三六

アドラミュッティオンのアスクレピアデス

こめかみの下にうっすらと髭が生え、
腿を剛毛(こわいけ)が覆うようになってから、君は愛を求めるんだね。
「このほうがぼくにはいいんだ」と君は言うが、
穂よりもひからびた麦藁のほうがいいなんて言う者がいるもんかね。

(1) 同じテーマを詠った一二番、三三番の詩参照。

三七(1)

ディオスコリデス

人間(ひと)の命奪う愛神(エロス)がアンピポリスのソサルコスの臀を、
戯れに髄のようにやわらかく造った、
ゼウスを苛立たせようとて。あの児(こ)の腿ときたら
ガニュメデスのそれよりもずっとやさしいんだから。(2)

三八(3)

リアノス

おお臀よ、季節女神(ホライ)と典雅女神(カリス)がおまえに香油を滴らせ、
老人たちさえも眠らせてはくれぬ。
さあ言ってくれ、至福なる臀よ、おまえは誰のものなんだ。どの児の飾りと
なっているのだ？　臀が答えていわく、「メネクラテスのものさ」。

(1) 二三〇番のカリマコスの詩に想を得た作。
(2) 稚児を相手にした股間性交を暗示している。
(3) 右の三七番の詩に想を得たと見られる作。

三九

逸　名

ニカンドロスの美しさは消え去った。花咲く肌もすっかり失せてしまった。
優雅さなんて名前さえ残っちゃいない、
以前は神々にも列するものと思っていたものを。
若者たちよ、自分を人間を超えたものと思ってはならぬぞ。毛が生えるんだぞ。

四〇

逸　名

そこのお方、ぼくの外套を脱がせないでください。端だけが象牙彫りでできた
木像(4)を見るようにぼくを見てください。
裸のアンティピロスの美しさを眺めたいというのなら、
荊の上に咲いた薔薇の花を見ることになりますよ。

(4) 着衣姿の人物の像には、着衣から覗いている端だけが象牙で作られ、他は木で造られているものがあった。

四一

メレアグロス

テロンが美しいなんて書くことはもうやめた。以前は燃え盛る火のように
輝いていたアポロドトスも、今じゃ燃えさしにすぎない。
今や女性の愛をもとめるぼくだ。毛だらけの少年を抱きしめることなぞ、
山羊に跨る連中にやらせておけ。

四二

ディオスコリデス

禿鷹みたいなヘルモゲネスの姿を見るのなら、手に物をいっぱい持っての
ことだ。そうすれば君の心が夢見たものを得られようし、
眉根を寄せた愁眉を開くことにもなるだろう。
でも餌もつけずに波間に釣竿(1)を垂れたって、ただ多くの水を
港(2)から引き出すだけさ。あの遊蕩児には
恥じらいも憐れみも備わっちゃいないんだから。

(1) ペニスを指しているとする解釈がある(ヘルマン)。
(2) 少年の肛門を指しているとの解釈がある(同右)。

四三[3]

カリマコス

叙事詩の環に属するような長詩は嫌いだ。[4] 多くの人を
かなたこなたへと導く道もわたしの心には適わない。
人から人へと渡り歩く稚児もわたしの忌むところ。わたしは泉水からは
飲まないのだ。人皆が行なうことは厭わしい。
リュサニアスよ、君はいかにも美しい。だがそうはっきりとも言わぬ間に
木魂が答える、「彼は他人（ひと）のもの」と。[5]

四四

グラウコス

その昔、贈り物を愛する少年たちが、
鶉だの、縫った毬だの、骨牌などで言うことを聞いてくれた時代もあった。
ところが今じゃ御馳走や金をくれと言う。あんなおもちゃは通用しないのだ。
稚児好みのお歴々よ、何かほかのことを探しなされよ。

（3）カリマコスの詩作に関する信念を述べた詩として広く知られた作品。

（4）ホメロスを模倣したアンティマコスの『テバイス』や、ヘレニズム時代に入ってからのロドスのアポロニオスによる『アルゴナウティカ』のような長大な叙事詩を念頭に置いている。カリマコスのこの批判に対してアポロニオスが反駁したとされる詩が第十一巻二七五番の詩だが、真作かどうか疑わしい。

（5）原詩では「君はいかにも美しい（ναίχι καλὸς καλός）」という句と、「彼は他人のもの（ἄλλος ἔχει）」という句の間に音の類似を利用した言葉遊びがあるが、翻訳不可能。

四五

ポセイディッポス

いいとも、いいとも、矢を射かけるがいい、愛神(エロス)たちよ、ぼく一人で一時(いちどき)に
多くの矢の的になってやる。遠慮なく襲ってこい。ぼくに勝ったら神々の間で
弓の射手として名が挙がることだろう、馬鹿な児(こ)らよ、
大いなる箙を自在にする主としてね。

四六(1)

アスクレピアデス

まだ二十歳(はたち)を二つも越えぬこの齢で、俺はもう生きるのに疲れた。(2)
おい愛神(エロス)たちよ、なぜこんなに俺を苦しめる? なぜ俺の胸を灼く?
俺が死んだらどうしてくれるのだ。知れたことよ。そしらぬ顔で
また賽(さい)を振って遊んでいるんだろう、(3) 何事もなかったみたいにな。

(1) 同じアスクレピアデスによる一六六番の詩参照。
(2)「長安有男児／二十心已朽」(李賀)に表面的にはやや似るか。ただし詩人にやつれをもたらした苦悩の因は異なる。
(3) 恋を愛神の振る賽に喩えた詩として、つとにアナクレオンの「愛神(エロース)の振る賽ころは／気違い沙汰や乱痴気騒ぎ」(呉茂一訳)があり、アスクレピアデスはこれを念頭に置いていると見られる。

四七(4)　　メレアグロス

母の胸に抱かれた赤ん坊の愛神(エロス)が、夜明けに骰子遊びをしていて、
俺の魂をおもちゃにしおった。

四八　　同

ほらぼくはもう倒れ伏しているんだ。猛々しい神霊(ダイモーン)よ、ぼくの首を
踏みにじるがいい。神かけておまえの正体は知っているぞ、担うに重い存在
だってこともな。燃え盛る弓矢だって承知だ。だがぼくの心に松明を投げかけ
たって燃え上がりはしないさ。すっかり灰になっているんだから。

(4) 右の訳註参照。

四九　　　　　　同

生(き)の酒を飲め、不幸な恋に泣く男よ、忘憂の物を賜るブロミオス様が、
いとしい稚児を恋うて焦がれる胸の火を鎮めてくれよう。
生の酒を飲め、なみなみと注がれた酒杯を干して、
その胸内から暗い苦悩を追い出すがいい。

五〇[1]　　　　　　アスクレピアデス

さあ飲め、アスクレピアデスよ、なぜそう涙にくれている？　なにを悩むのだ？
無慈悲なキュプリスが虜にしたのはおまえだけではないんだぞ。[2]
邪悪な愛神(エロス)がおまえ一人に弓矢を向けたわけでもない。
まだ生きているのに、なぜそうして灰にまみれて伏しているんだ？
バッコスの生(き)の酒をあおろうじゃないか。暁まであと指一ふし。

（1）アルカイオスの名高い勧酒詩（「断片」三四六（ローベル・ペイジ））をモデルとし、勧酒の動機を恋の句の苦悩へと転じた作。表現の上でもアルカイオスの作に倣ったところが多い。
（2）酒宴の仲間がアスクレピアデスに呼びかけるという形を取っている作。

それとも人を眠りへと誘う燈火がともるのを待とうか。
さあ飲もうよ、恋に泣く男よ。愚かな男よ、永い夜の眠りに就くまで、
なにほどの時間も残されちゃいないのだ。

五一(3)

カリマコス

さあ注いでくれ、そして又しても「ディオクレスのために」と唱えよ、
してこの聖なる柄杓にアケロオス(4)が混じってはならぬ。
あの児は美しい、アケロオスよ、あまりにも美しい。
そうじゃないと言う者がいれば、ぼく一人があの美しさを知っているわけだ。

五二(5)

メレアグロス

船乗りたちには順風の南風が、おお恋に悩む男たちよ、
僕の魂の半分であるアンドラガトスを連れ去ってしまった。

(3)前半は第五巻一三六番のメレアグロス詩によく似る。
(4)アケオロスは河神の名前だが、神名ブロミオスがしばしば酒そのものを指して用いられるように、エピグラムの中では「水」の比喩として現われることが多い。ここもその一例で、酒に水が混じってはならぬ、生の酒でなくては、との意。「アケオロス」を詩人の恋敵になりうる人物の名と解する註釈者もいる。
(5)愛する者を言う「魂の半分」とする表現を含めて、七三番のカリマコスの詩の模倣。

かの船こそは三倍も恵まれたというもの、波間こそは三倍も幸せというもの、
あの子を連れ去って行く風こそは四倍も幸運だ。
ああ海豚になってあの子を肩に載せ、海を渡って
少年(こども)らが花と咲き匂うロドスを眼にできたらよいものを！

五三[1]　同

うるわしき北風を胸に受け、
あまたの積荷載せへレスポントスを航行する船よ、
コスの島の海岸のあたりで灰色の海を見つめる
パニオンの姿を見かけなば、うるわしき船たちよ、
かの女(ひと)に告げてよ、このことばを。
かの女を恋うれども船路ならで徒歩(かち)より行くと。
このことば伝えたまえば、よき報せもたらす船たちよ、ゼウスはただちに
おんみらの船の帆に順風を送りたまわん。

（1）女性への愛を詠ったこの詩は、第五巻に収めるべき作が混入したもの。

五四　　同

少年たちの間に、もう一人の愛の神（ヒメロス）なるアンティオコスの姿を眼にして、
キュプリスは愛神（エロス）を産んだことを否定した。
若者たちよ、新たな愛欲（ポトス）の化身を愛するがいい、
この少年は愛神（エロス）にも立ち勝る愛神（エロス）なのだから。

五五　　逸名（またはアルテモン）

レトの御子よ、おんみは波に洗われたデロスの地峡を領したまい、
大いなるゼウスの御子息よ、すべての者らに神託を告げたもう。
されど今ケクロプスの地(2)を領するはエケモス、もう一人のアッティカの
ポイボス、柔らかな髪の愛神（エロス）が咲き匂う花とばかり輝かせた人。
かつて海と陸とに君臨したアテナイは、その美しさで
今やギリシア全土をその奴隷としてしまった。

(2) アテナイを指す。

五六

メレアグロス

彫刻家のプラクシテレスがパロスの大理石で愛神(エロス)の像を造った、
キュプリスの御子の姿を形作って。
すると今度は神々の中で最も美しい愛神(エロス)が、自分の姿に似せて
プラクシテレス(1)を生きた像として造ったのだ、
一人は人間たちのもとで、一人は天上界で愛の魅力を支配し、
愛への思いが地上でも至福なる神々の間でも王笏を揮うようにと。
メロプスの聖なる島(2)こそはこよなくも幸せに包まれた地、
神の子なる新たな愛神(エロス)を、若者たちの王者としてはぐくんだのだから。

五七(3)

同

昔、彫刻家プラクシテレスは優雅な像を造ったが、
それには魂がなく、石を美しく造形しただけの黙した像だった。

(1) 少年の名も彫刻家と同じくプラクシテレスだったのである。

(2) コス島を指す。

(3) 前の五六番の詩のヴァリエーション。

だが今日のプラクシテレス(4)は魔法を駆使して生きた像を造り上げ、
おそろしく悪戯者(いたずらもの)の愛神(エロス)をぼくの心に中に作ったのだ。
名前こそ同じだが、こっちのほうが腕は確かだ、
石じゃなくて心に宿る魂の形を変えたのだから。
ぼくの性格も作り変えて、
心の中に愛神(エロス)の神殿を設けて欲しいもの。

五八

リアノス

トロイゼン(5)は若者を養うによき町、
児らのうち最も劣れる者を讃えてさえも過つことはない。
エンペドクレスが皆に立ち勝るのは、
薔薇の花が春に咲くもろもろの花々に立ち勝るのと同じこと。

(4) 詩人が恋する少年。

(5) アルゴリスにあった町。

五九

メレアグロス

愛神(エロス)に誓って、テュロスは優雅繊細な児らをはぐくむ地、
だが太陽(おおひ)なるミュイスコスは、その輝きで衆星の光を消してしまった。

六〇

同

もしぼくがテロンの姿を見るならば、すべてを見ているのだ。
すべてを見ていても彼の姿を見ないなら、何も見ないのと同じこと。

六一

逸名

用心してくれ、アリバゾス(1)よ、クニドスの島全体を
融かしてしまわないでくれよ。君の熱で岩だって消え失せるんだから(2)。

(1) ペルシア人の少年の名前。
(2) 発話者はカリア地方の島クニドス自身である。

六二

逸　名

ペルシアの母たちよ、あなた方の産んだ子らは美しい。

でもぼくにとってアリバゾスは美しさを超えた美しさだ。

六三

メレアグロス

ヘラクレイトスは黙ったままで、その眼はこんなことばを発している、

「ゼウスの雷火だってぼくは燃え上がらせてしまうぞ」。

してディオドロスは心の中でこんなことを言っている、

「ぼくの肌に触れたなら、岩だって溶かしてしまうさ」。

この児（こ）らの一人の眼のきらめきと、
もう一人の愛欲に燃え盛る甘い焔（ほむら）を身に受けた者こそは不幸というもの。

六四[1]

ピサをしろしめすゼウスよ、キュプリスの二人目の子なるペンテノルに、
峨峨たるクロノスの山の麓で[2]ペンテノルに冠を戴かせたまえ。[3]
して王よ、鷲に身を変えて美しいダルダノスの裔(すえ)に代えて
酌童となすべく、さらってゆきたもうな。このわたしがかつて
おんみのいとおしむ詩女神(ムーサ)らの賜物を捧げたことあらば、
神さびたあの児(こ)の心をわが心と和合せしめたまえ。

アルカイオス

六五

もしもゼウスが酌童にしようとて、
花の盛りのガニュメデスをさらって行ったときのままならば、
僕の美しいミュイスコスを心の中に秘め隠さねばならん、
僕の知らぬまに翼を広げてあの児(こ)を抱きしめたりしないように。

メレアグロス

(1) 一二三〇番のカリマコスの詩に倣った作。
(2) オリュンピア競技会は、エリス地方の町ピサ近くのクロノスの山の麓で開かれた。
(3) 競技会で栄冠を得させたまえ、との祈願。

六六[4]

逸名

愛神(エロス)たちよ、判定してくれないか、あの児(こ)が誰にふさわしいのかを。
本当に神々のものだと言うのなら、ゼウスが自分のものにするがいい。
ゼウスとは争えないからだ。でも人間たちのものになるところが少しでも
残っているのなら、愛神(エロス)たちよ、言ってくれないか、ドロテウスは
誰のもので、誰に与えられるのかを。かれらははっきりと言う、ぼくのもの
だと。
でもあの児は離れて行く。[5] 君にしても虚しく美しさに惹かれないようにする
ことだ。[6]

六七[7]

逸名

美しいディオニュシオスの姿が見えぬ。父なるゼウスよ、
神々ために二人目の酌童にしようとて、天上に上げられたのですか？

(4) ガニュメデスをモチーフとする作品群の中では制作年代時代が一番遅いと見られるこの詩は、先行する詩人たちの作品に倣って作られているが、最後の二行の意味するところが曖昧で、さまざまな解釈がなされている。
(5) これを、愛神たちの口から詩人の恋敵に対して発せられた命令のことば「立ち去れ」だとする解釈もある。
(6) この警告の意味するところは明らかではないが、詩人は「君」と呼ばれている相手もやはり、自分と同じく最終的にはドロテウスに捨てられることを予告していると解される。
(7) 二三〇番のカリマコスの詩、六四番のアルカイオスの詩、六九番の逸名の詩に倣って作られている。

鷲よ、羽をせわしく動かして、あの美しい児（こ）をどうやってさらったのだ？
あの児に爪痕が残ったりはしていないのか？

メレアグロス

六八[1]

カリデモスをぼくのものにしようとは思わない。あの児（こ）はもうゼウスに
神酒（ネクタル）を注ぐ酌童になったかのように、おん神のほうを向いているから。
いやあの児はぼくのものにしたくない。天界の王者と恋の勝利を争って、
どうして勝てようぞ？　ただあの児がオリュンポスへと去る時、
足を洗うために地上からぼくの涙を持っていってくれさえすればいい、
ぼくが捧げた愛の想い出に。うるおった眸でこのぼくに甘い一瞥を
与えてくれ、そっと唇の端にふれるだけの接吻（くちづけ）をしてくれるだけでいい。
そのほかはゼウスがそっくり御自分のものとなさればいいのだ、
それが定法（じょうほう）というもの。でもあの児が望みさえするならば、
ぼくだって神食（アンブロシアー）を味わえるかもしれないのだ。

（1）「ゼウスを相手に戦うことはできぬ」というカノン化したテーマに沿った作。六七番、六九番の逸名の詩を意識し、そのヴァリエーションとして作られた作。最後の詩句が具体的にいかなることを言おうとしているのか明らかではない。

六九(2)

ゼウス様、以前のままにガニュメデスの愛をお楽しみあれ、主よ、
ぼくのデクサンドロスは遠くから見るだけにしてください、嫌とは申しませぬ。
でも無理矢理にあの美しい児を連れ去るというのなら、それは堪えがたい
専制というもの。おんみの治下では生きてはおれませぬ。

逸　名

(2) 二三〇番のカリマコスの詩および六四番のアルカイオスの詩の模倣、ヴァリエーション。

七〇(3)

ミュイスコスよ、たとえゼウスが相手であってもぼくは立ち向かうぞ、
もしも君をさらって神酒を注ぐ酌童にしようとするのなら。
とはいえゼウスおんみずから、何度かぼくにおっしゃったものだ、
「何を怖れているのだ? 嫉妬でおまえを苦しめるようなことはせぬ。
わしも苦しんだから、憐れみを知る身だ」と。それがおん神が仰せられること。
でもぼくは蠅が飛び過ぎただけでも懼れるのだ、ゼウスが嘘をついたのでは

メレアグロス

(3) 六八番に見られた「ゼウスを相手に戦うことはできぬ」というテーマを逆転させた作。

ないかと。

七一

カリマコス

テッサロニケのクレオニコスよ、なんと惨めな、惨めな姿なんだ！
照りつける太陽に誓って、君だとはわからなかったよ。あわれなやつよ、
どこへ行っていたのだ？　骨と髪だけになってしまったじゃないか。
僕と同じ悪霊にとりつかれて、非運に遭ったのか？　わかったぞ、
エウクシテオスが君をさらっていったんだな。ろくでなしめ、ここへ来たとき、
きみはあの美しい児を食い入るように双の眼で見つめていたものな。

七二

メレアグロス

まもなく快い夜明けだ。戸口の前で寝もやらずに過ごしたダミスは、
身のうちに残っていたわずかな吐息を吐き出してしまった。

あわれな男よ、それもひとえにヘラクレイトスの姿を眼にしたため。
あの児の瞳が放つ輝きに射られて、火に投じられた蠟さながらに
立ちすくんでいたのだ。目覚めてくれ、不運なダミスよ、
ぼくも恋の傷を負った身だから、君の涙に添えて涙をそそいでやろう。

七三

カリマコス

息をしているのはぼくの魂の半分だけだ。後の半分は愛神(エロス)が奪ったのか、
冥王が奪ったのかぼくにはわからない、消えてしまったということ以外は。
それとも少年(こども)らの誰かのところへでも、またしても行ったものか。
でもぼくはかれらによく言っていたものだ「若者たちよ、逃亡奴隷を受け入れ
てはならないぞ」とね。テウティモスを探すがいい、(1)石打ちの刑に処しても
いいあいつめが、その辺りうろついていることはわかっているんだ。

(1) ここの部分テクストに欠損があり、さまざまな読みが提唱されているが、納得できるものがない。比較的意味の通るデエックのラテン語訳に拠り訳出した。なおこの詩はローマの詩人カトゥルス(よく知られた詩人カトゥルスとは別人)によって、翻案に近い形で翻訳されている。

七四

メレアグロス

クレオブロスよ、もしもぼくの身に何か起こったら、(少年(こども)らへの
愛に焼き尽くされて、燃えがらとなって灰の中に横たわっているのだから、)
お願いだ、地の中へ葬る前に骨壺を酒に浸して、そこにこう刻んでくれ、
「愛神(エロス)より冥王への贈り物」とね。

七五

アスクレピアデス

君の背に翼が生え、弓と矢を手にしたら、愛神(エロス)ではなくとも、
キュプリスの子で通るだろう。

七六(1)

メレアグロス

もしも愛神(エロス)が弓も、翼も、箙も、愛欲掻き立てる
燃える鏃(やじり)も持っていなかったら、
あの翼もつ児(こ)その人にかけて言うが、姿からでは
どっちがゾイロスでどっちが愛神かわからないだろうよ。

(1) 次の七七番の詩の模倣。七八番にも同想の詩が見られる。

七七

アスクレピアデスまたはポセイディッポス

もしも君がその背に黄金の翼生やし、銀色の肩に矢で満ちた箙を吊るして、
いとし児(こ)よ、愛神(エロス)の傍らに立ったなら、
ヘルメスに誓って言うが、キュプリス御自身でさえも、
どっちが自分の子かわからないだろうよ。

七八[1]

メレアグロス

もしも愛神(エロス)が短外套(クラミュス)[2]を着て、翼もなく、背中に
弓も箙もかけていず、帽子(ペタソス)[3]を被っていたならば、
あのやさしい児(こ)に誓って言うが、アンティオコスが愛神で、
逆に愛神がアンティオコスということになるだろう。

七九

逸　名

アンティパトロスはぼくの恋が冷めかけている時に接吻してくれた。
それで冷え切った灰の中から恋の焔がまた燃え上がったのだ。
心ならずも二度同じ恋の火に焼かれたわけだ。恋に悩む男たちよ、ぼくから
逃げるがいい、そばに来る者たちに触れて火をつけると困るから。

(1) 七六番の詩のヴァリエーション。
(2) 少年の着るものとされていた。
(3) 同じく少年の被るものとされていた。

八〇

メレアグロス

涙にくれた心よ、ようやく癒えた恋の故の傷を、
なぜその内奥でまた燃え上がらせようというのか?
駄目だ、駄目だ、ゼウスにかけて絶対に駄目だ、愚かさに惹かれる心よ、
灰の下にくすぶっている熾(おき)を掻き立てないでくれ、
これまでの不幸を忘れるならば、ただちに愛神(エロス)はその手を逃れようとする
おまえを捕らえ、逃亡奴隷のように責め苛むことだろう。

八一

同

己の心を欺く恋に悩む男たちよ、苦い蜜を味わって、
児(こ)への恋に胸焦がすことを知った者たちよ、
お願いだ、ぼくに冷たい水をかけてくれ、さあ急いで、
雪が融けかかったばかりの冷たいやつを心臓のまわりに注ぎかけてくれ、

ディオニュシオスの姿を見てしまったんだ。でも同じ恋の奴隷(やっこ)たちよ、
ぼくの胸内の火が臓腑に達する前に、それを消しとめてくれ。

同

八二[1]

ぼくは急いで愛神(エロス)から逃れた。だがやつめは灰の中から
ほんの小さな火(パニオン)を灯して、ぼくを見つけてしまった。
弓を引き絞ることもせず、指先で火をひとつまみすると、
こっそりとぼくに投げつけたんだ。
それで火が全身に燃え広がったというわけだ。パニオンよ、
小さな火がぼくの心の中で大火となって燃え盛ったのだよ。

同

八三

愛神(エロス)は弓でぼくを傷つけることはしなかった、

(1) この詩は「パニオン」(小さな火〔灯〕を意味する)という女性の名前(指小形)を男性の名前と取り違えたもので、異性愛の詩である。本来第五巻に収めるべき作が混入したもの。

以前のように燃え盛る松明をぼくの心臓の下に差し出しもしなかった。
酒宴の友として愛欲を掻き立てる、キュプリスの香しい小さな炎を持ってきて、
その先でぼくの眼に触れたのだ。その焔(ほむら)でぼくはすっかり
焼き尽くされてしまった。そのほんの小さな火が、みるみる
僕の心臓の中で魂を灼く大火事となったのだ。

同

八四

ああみなさん助けてください、初めての航海を終えたばかりで
陸地に足を印したこのぼくを、
愛神(エロス)が無理矢理に引っ張って行くんです、
僕の眼の前に美しい児(こ)の姿を松明のように輝かせながら。
ぼくは彼の足跡をたどり、空中に浮かんだ
その甘美な面輪(おもわ)をとらえ、唇でやさしく接吻(くちづけ)します。
辛い思いをさせられた海を逃れて、こんどは陸地で
それよりももっと辛いキュプリスの大波を渡ってゆくことになるのか?

八五

同

酒宴に興じる人たちよ、大海と海賊の手を逃れ、
陸地で破滅に瀕している、海から上がった者を仲間に受け入れたまえ。
船を下りて陸地に足を踏み入れたばかりのぼくを
乱暴にも愛神（エロス）が狩り立てて、
少年（こども）が通り過ぎてゆくところへと引っ張って行くんです。
それで心ならずも足が勝手にそこへと向いてしまいます。
ぼくは酒に酔ってではなく、胸に一杯焔を抱えて酔っているのです。
みなさん、見知らぬ方々よ、ちょっとばかり手を貸してください、
見知らぬ方々よ、お助けください、客人もてなす愛神にかけて、
死に瀕しながら友情を求めている者を受け入れたまえ。

八六　　同

キュプリスは女性への恋に夢中になるよう焚き付ける、
ところが愛神(エロス)自身は男の子への憧れへと駆り立てる。
さてどっちに従ったものか？　言わせもらえば、キュプリス御自身が、
「この大胆な子の勝よ」と仰せられることだろう。

八七　　逸　名

小癪なエロスめが、俺を女性への愛へとは駆り立てず、いつだって
男の子への熱い想いへの煌めきへと俺を向けさせるとは。
ある時はダモンへの恋の炎に灼かれ、あるときはイスメノスを見つめて、
いつも長い恋の思いに身を苦しめるこの俺だ。
俺が見つめるのはあの児(こ)たちばかりじゃない、
恋に狂った俺の眼は、あらゆる児たちのしかける網へと落ち込むのだ。

八八

逸　名

エウマコスよ、二人への愛が相闘いつつやって来てぼくを苦しめる、
二つの狂おしい愛に繋がれているのだ。
アサンドロスへと体が傾くかと思えば、
眼はテレポスのほうへといっそうぎらついて向けられる。
ぼくを二つに断ち割ってくれ、そうしてくれればうれしいのだ、
そして均等に分けたぼくの四肢を、籤引きで分けて二人して持つがいい。

八九[1]

逸　名

キュプリス様、なぜ一つの的に三本もの矢を[2]放ったのです?
たった一つの魂に三本もの矢が突き刺さっています。
一方に胸焦がすかと思えば、また一方に惹かれます。どちらを向いても
迷うばかり。猛火に包まれぼくはすっかり燃え尽きてしまいます。

(1) 前の八八番の詩の模倣で、そのヴァリエーション。アスクレピアデスの詩(第五巻一八九番)に倣った作でもある。
(2) この作品のテーマを、前の八八番と同じく、二つの恋の間に引き裂かれる悩みと解して、「三本の(τρισσούς)矢」を「二本の(δισσούς)矢」と改めるべきだとする解釈(デエック)もある。

九〇

逸　名

もう恋なんかしないぞ。三つの恋に俺は苦闘したんだ、
遊女への恋と、乙女への恋と、少年（こども）への恋に胸を焦がしたんだ。
そのすべてに俺は苦しんだ。無一文の身だから
遊女に扉を開けるよう説きつけるのに疲れ果てた。
乙女の閨の前で一晩中寝もやらずに臥して、
憧れの極みだった接吻（くちづけ）を与えたのが精一杯のところ。
三番目の恋については、何を言うことがあろうか。
あの児（こ）の瞳からは得たのは空しい希望だけだもの。

九一

ポリュストラトス

二つの恋がただ一つの魂を灼いている。おお、あらゆるところに向けられ
余分なものまですべてを見る眼よ、

美しさに輝く若者たちの華なる、金色(こんじき)につつまれ
際立ったアンティオコスの姿に見入ったではないか。それで十分だろう。
なぜにまた菫色の冠戴くパポスの女神の申し子なる
姿やさしいスタシクラテスに見とれたりするのか。
燃え上がれ、貪り尽くせ、徹底的に焼き尽くせ、
二つの恋が一つの魂をわがものとすることはできないんだから。

九二[1]

メレアグロス

おお、魂を裏切る眼よ、少年(こども)らを狩る猟犬、
キュプリスの鳥もちを塗ったまなざしよ、
またしても新たな恋を捕らえたのだな、羊が狼を、烏が蠍を、
灰が中にくすぶっている火を捕らえるようにして。
どうとでも好きなようにするがいい、なんだって濡れた眼で
涙を流し、愛を請う者を捨てて行くのか？
さあ今度は美しさに炙られるがいい、とろ火で焼かれるがいい、

(1) 詩人が心の平安を求めているのに、眼がそれを裏切って恋に陥れるという発想の詩。普通は愛（エロス）が眼を捕らえるのに対して、眼が恋（エロス）を捕らえるという逆転による発想に拠っているため、わかりにくい作品となっている。

愛神（エロス）は魂を料理することにかけちゃ最高の腕前なんだから。

九三

リアノス

少年（こども）たちは出口のない迷宮（ラビュリントス）だ。
どこへ眼を向けようとも、鳥もちで捕らえられるように捕らえられるから。
こちらではテオドロスが熟れた豊かな肉体（からだ）と、
まだ手もふれられていない花の盛りの四肢（てあし）で惹きつけ、
あちらでは、まだ背こそ高くはないが天上のものなるみやびに香る
ピロクレスの黄金の貌（かんばせ）が見られる。
だがもしもレプティネスのほうと体を向けたなら、
もはや手足は金縛りとなり、解きようもない金剛石で
釘づけされたかのように、一歩も動けはしまい。
頭の天辺から爪先までさほどの美しさで
少年の眼は燃えるがごとく煌めいているのだ。
すこやかであれ、美しい児（こ）らよ、

青春の華の盛りを迎えよ、して
頭に霜を戴く日までながらえよ。

九四[1]

メレアグロス

ディオドロスは心地よい、眼が美しいのはヘラクレイトス、
ことばうるわしいのはディオン、ウリアデスは腰つきがすばらしい。
ピロクレスよ、こっちの児のやわ肌に触れてごらんよ、
あの児に見惚れ、そっちの児と語らい、次には……
ぼくがちっとも嫉妬深くないことがわかるだろう。でも、もしもミュイスコスに
淫らな眼を向けでもしたら、美しいものを二度と眼にすることがないようになってしまうがいい。

(1) 前の九三番のリアノスの詩の模倣。

九五

同

ピロクレスよ、もしも愛の神たち(ポトス)が、してまた香り高いペイト女神が、
それに美しさの華摘む典雅女神たち(カリス)が、君を慈しんでいるのなら、
ディオドロスのうなじを抱きかかえるもよし、声うるわしいドロテオスが
君の前に立って歌うもよし、カリクラテスが君の膝に身を置くもよしだ。
ディオンが狙いを過たぬ君の角(2)を手で愛撫し、ウリアデスがその皮を剝き、
ピロンが君に甘い接吻(くちづけ)をし、テロンが君と語らい、
君はエウデモスの胸を彼の外套の下でまさぐるがいい。
いとも幸福な男よ、神がこれらの愉しみを君に与えたもうなら、
君はどんなに豪勢な、色とりどりの児らを盛りつけたローマ風サラダ(3)を
こしらえることになることか。

(2) 男根を指す。

(3) lanx satura という、オードブルとして食卓に出される、さまざまな御馳走をとりまぜたサラダ料理。

九六(1)

逸名

「神々は万人にすべてのものを与えてくれるわけではない」と
人々の間で言われているのは、徒言(あだごと)ではない。
君の容姿は非の打ちどころなく、眼には人も知る恥じらいが浮かび、
胸のあたりには優雅さが漂っている。
その魅力で君は若者たちを征服してしまうのだ。
でも神は君の足だけは優美なものとなしたまわなかった。
でも親しいピュロスよ、この長靴が君の足を覆ってくれよう、
して、その美しさを君はうれしく思うだろう。

九七(2)

アンティパトロス

エウパラモスの肌は愛神(エロス)のように赤みを帯びてつややかだ、
でもそれはクレタ人を統べるメリオネス(3)までのこと。

(1)美貌に恵まれたが足に何らかの欠陥がある少年に、靴を贈るさいに添えた作品。

(2)体の部位を人名とひっかけた言葉遊びから成る詩で翻訳不可能。前の九六番の詩と同じく、下半身に欠陥がある少年をテーマとした作。

(3)ホメロスに登場する英雄の名前。ここでは「メーロス［腿］」を言うために引き合いに出されている。

メリオネスから先はポダレイリオスが占めていて、エオスが(5)
姿を見せることはない。(6) 万物を生みなす自然の嫉妬深さを見よ。
もしもあの児(こ)の下半身が上半身に見合うほどのものであったなら、
アイアコスの裔(すえ)のアキレウスにも立ち勝っていただろうよ。

(4)

ポセイディッポス

九八(7)

愛欲(ポトス)は詩女神(ムーサ)の蟬(8)を茨の上に縛りつけ、
その傍らに燃える上がる火(9)を置いて押し黙らせようとする。
だがあらかじめ書物に養われた魂は他のことを軽く見て、
無慈悲な神霊(ダイモーン)(10)を非難する声を上げる。

逸　名

九九

わしは愛神(エロス)の虜となってしもうた。少年(こども)への熱い想いを

(4) ホメロスに登場する医者の名前。字義どおりには「足の細い人」の意。ここでは少年の足に欠陥があることを言うために引き合いに出されている。
(5)「薔薇色の指もつ」と形容される暁の女神。ここでは少年の足の指を言うためにその名が挙げられている。
(6) 足の指が極端に短いことを言うか?
(7) 学識ある者は恋に心を動かされることはない、という趣旨の詩。これに対して、続く九九番から一〇一番の三篇、それに一一七番の詩は、恋に落ちた老学者の心境を詠っている。
(8) 詩人の魂を指して言う。
(9) 愛欲を掻き立てる燃える松明の火。
(10) ここでは擬神化された愛欲(ポトス)を指している。

わが胸内に養うことになろうとは夢にも思わなかったこと。虜となったのだ。
だがそれは邪悪なことへの憧れならずして、廉恥心に養われた
純粋で無垢なまなざしが、わしの心を灰になるまで焼き尽くしたのだ。
詩女神(ムーサ)らのための営々たる労苦よ、おさらばじゃ。わが心は
燃え盛る火に投じられて、甘美なる苦悩の重みに耐えておるわ。

一〇〇

逸　名

おおキュプリス様、なんと見慣れぬ愛の港へとわしを引き入れなさったことか、
して、憐れんでも下さらぬとは、御自身も恋の苦悩を知る身なものを。
わしに耐えがたきを耐えて、こんなことばを吐かせるおつもりか？
「詩女神(ムーサ)らの業(わざ)に秀でたる者に、キュプリスのみが傷を負わせたり」と。

一〇一[1]

メレアグロス

愛欲(ポトス)に傷つくことのなかったわしの胸を、ミュイスコスが
その眼差しで射抜いてこう叫んだ。
「大胆不敵な男を打ち負かしたぞ。眉根の間に傲慢さを浮かべていた
知の王者を、ほらこうして足で踏みにじっているんだ」。
わしは苦しい息を励まして、あの児(こ)にこう言ったんじゃ、
「お若いの、なにを驚いているんじゃ？　愛神(エロス)はオリュンポスからゼウス
御自身さえも引き下ろしたんだぞ」。

一〇二[2]

カリマコス

エピキュデスよ、狩人は山中の至るところで兎を狩り立て、
至るところノロ鹿の足跡を追うものだ、
霜や雪を冒してね。誰かが

(1) 恋に落ちた老碩学の驚き。プロペルティウスの『エレギア』第一巻第一歌一―六行はこの詩の模倣である。

(2)「狩人は逃げるものを追い、捕らえたものはそのままにしておく」(オウィディウス『愛の歌』第二巻第九歌九行)、「わたしは追ってくるものからは逃げ、逃げるものは自分から追う」(同第二巻第十九歌三六行)参照。ホラティウス『諷刺詩』第一巻第二歌にも同様なことを詠ったくだりが見られる。

「ほら、傷ついた獣が倒れているぞ」と言っても、見向きもしないのだ。
ぼくの恋もそれと同じさ。逃げる者を追うことは心得ているが、
手中にあるものなんぞはやり過ごすんだ。

一〇三

逸　名

ぼくは愛してくれる者を愛し、辛いめに遭わせるやつを憎む者ことを
心得ている。どっちにも手練れのこのぼくだ。

一〇四

逸　名

ぼくが愛する人はぼくとだけいて欲しい。他の人たちのもとへも
行くようなら、キュプリスよ、愛を分け合うなんで大嫌いだ。

一〇五

アスクレピアデス

ぼくは母の懐から逃げ出してきた、捕まえやすいちっちゃな愛神(エロス)さ、
でもダミスの家からは遠く高いところへは飛んでゆかないんだ。
ここでは恋敵もいず、愛し愛されて、
多くの人じゃなく一人と楽しく過ごしているんだもの。

一〇六

メレアグロス

ぼくはただひとつの美しいものしか知らない。ぼくの貪欲な眼は、
ただミュシコスひとりを見ることしか知らないのだ。ほかのものには盲目だ。
ぼくにはすべてのものが彼の姿なんだ。眼が自分が愛する者だけを
見つめるのはぼくにへつらってのことなのか？

一〇七

逸名

典雅女神(カリス)たちよ、ディオニュシオスがぼくの愛を受け入れてくれるなら、
いついつまでもあの児(こ)を美しくあらせたまえ。
ぼくを袖にして他の男を愛したりするのなら、
時期の過ぎた天人花の実のように、ごみと一緒に捨てられますように。

一〇八

ディオニュシオス

純男(アクラトス)君[1]、君がぼくを愛してくれるなら、キオスの美酒にも等しい身に、
いや、キオスの酒よりももっと甘い身になって欲しいもの。
他の男をぼくよりも好ましいと思うなら、酢の甕から生まれた[2]蚊どもが、
君のまわりをぶんぶんと飛び交ってもらいたいね。

(1)「アクラトス」とは「純粋の」、「混ぜ物のない」というような意味で、主として水で割ってない生(き)の酒を指して用いられる。これは「純男」に当たる人名に引っ掛けた言葉遊びの作。
(2)蚊は酢から生まれるものと思われていた。

一〇九[3]

メレアグロス

姿やさしいディオドロスは若者たちの胸に火をつけていたのだが、
ティマリオン[4]の蠱惑的なまなざしに捕らえられてしまった、
甘くもまた苦い愛神(エロス)の矢を胸に受けて。
驚くべき光景を眼にすることだ、火が火によって燃え上がっているとは。

一一〇

同

あの児(こ)は甘美な美しさで煌(きら)めいている。ほら、燃える瞳が火を発して
いるぞ。愛神(エロス)があの児に稲妻で闘うことを教え込んだものか?
すこやかであれ、愛の炎を人間(ひとびと)にもたらすミュイスコスよ、
わが友なる松明として地上で輝きを放てよ。

(3) この詩は女性への愛を詠った作で、本来第五巻に収めるべきもの。

(4) 女性の名前。愛称形であるため、誤って男性と解されている。

一一一

愛神(エロス)には翼があるが、君は足が速い。
姿の美しさは両人(ふたり)とも同じ。エウビオスよ、弓を持たない点では一歩譲るが。

逸名

一一二

歓声を上げよ、若者らよ、アルケシラオスが愛神(エロス)を引っ張ってくるぞ、
キュプリスの深紅の紐で縛り上げて。

逸名

一一三(1)

ティマリオンよ、翼もつ愛神(エロス)自身でさえも、
空中で君の眸に捕らえられたのだ。

メレアグロス

(1) 一〇九番と同じく、これも女性への愛を詠った作。

一一四(2)　　　　　　　　同

ようこそ、黎明(よあけ)を告げる曙よ、そなたが今わたしから奪い行く
この乙女をば密かに誘(いざな)って、宵の星となり疾(と)く戻り来たれ。

一一五(3)　　　　　　　　逸名

混じり気の無い狂気そのものを飲んだのだ。ことばに大酔し、
長い道のりに備えて狂乱で武装したんだ。
さあ乱痴気騒ぎ練り歩くぞ。雷がなんだ、稲妻がなんだ、
俺に落ちかかったって、傷一つ追わない武具をまとっているんだ。

(2) この後朝(きぬぎぬ)の歌も女性への愛を詠った作。

(3) アスクレピアデスの詩(第五巻一八九番)の模倣。

一一六[1]

逸名

乱痴気騒ぎで練り歩くぞ。俺はすっかり酔っぱらっているんだ。
おい子供よ、俺の涙でぐっしょり濡れたこの花冠を外してくれ。
道のりは長いが無駄足は踏まぬぞ。今は真夜中、漆黒の闇だ。
でも俺にはテミソンという大きな灯りがともっているんだ。

一一七[2]

メレアグロス

——賽は投げられたぞ。灯をともせ。さあ出かけるぞ。
——おい、なんとまあ無茶な、酔っ払いめ、何をするつもりだ?
——乱痴気騒ぎで練り歩くのさ、あの女(ひと)の愛を求めに練り歩くのだ。
——心よ、何を考えているのだ?　恋の想いにとらわれたのか?
——さあ早く火をともせ。
——これまでの研学[3]はどうなった?

(1) アスクレピアデスの詩(第五巻一四五番)の模倣。

(2) 恋に落ちた老学者とその心との対話形式を採った詩。

(3)「研学」の原語は λογισμός で「論理」、「理性」などともとれるが、ここではより広く学問、研学を指しているものとして訳出した。

――営々たる学の蓄積なんぞくそ喰らえだ。わしの知っていることは
ただひとつ、愛神(エロス)はゼウスの傲慢をも打ち砕いたということだけじゃ。

一一八[4]

カリマコス

アルキヌスよ、ぼくが進んでやってきて君の戸口で乱痴気騒ぎをやらかしたなら、いくらでも咎めてくれ。
だが自分から進んで来たのでないなら、ぼくの無分別を思いやってくれないか。
生(き)の酒と恋心とがぼくを無理やりに来させたんだ。一方はぼくを
引っ張ってくるし、もう一方は正気でいさせてくれないんだ。
でも来る途中で、ぼくが誰かなんてわめいたりはしなかったぞ。君の戸口のところに
接吻しただけだ。それが罪だと言うのなら、ぼくは罪を犯したんだ。

(4) 愛する人(男性)に閉め出された男の歌。

一一九[1]

メレアグロス

酒神(バッコス)よ、おんみに欠けて誓うが、その厚かましさに耐えてみせるぞ。
さあ乱痴気騒ぎを始めるがいい。おんみは神で、人間の心を御するんだからな。
火の中で生まれたんで[2]愛の火が好きなわけだ。
おんみに嘆願するこのぼくを[3]縛って、引っ張って行こうというんだな。
おんみは裏切り者で信用がならない。自分の秘儀は隠せと命じているのに、
いまやぼくの秘密を明るみに出せと言うんだから。

一二〇[4]

ポセイディッポス

ぼくはしっかりと武装したぞ。おんみには降参しないぞ、
人間の身ではあってもね。ぼくに迫るのはおやめなさい。
ぼくが酔っぱらっていたら、降参したぼくを引っ張って行くがいい。
でもしらふでいるかぎり、理性で陣容を整えて立ち向かいますよ。

(1) 酒と愛の関係を扱った詩で、酒には恋を掻き立てる作用と恋を忘れさせる作用があるが、ここでは前者として働いていることを恨んだ作。オウィディウス「バッコスよ、おんみはウェヌスの子と結構仲良くやっているのだから」(『恋愛指南』第三巻七六二行)参照。
(2) バッコスは母セメレがゼウスの雷火で焼かれて死ぬ中で父ゼウスにより救い出された。
(3) 恋を忘れようとして酒を把ったことを指して言っている。
(4) 理性をもって己を律することのできる者は、愛が招く狂乱によく対抗し、これを克服できるというストア派の観念を詩の形で表明した作。

一二一

リアノス

クレニコスよ、君が狭い小道を通っている折に、
輝かしい典雅女神（カリス）たちが君に出遭い、
薔薇色の腕（かいな）に君を抱き取ったのか、少年よ?
君はさほどにも雅な姿だもの。でも君には遠くから挨拶するに
とどめよう。愛し児（めぐこ）よ、枯れ木が火の側に近づくのは
安全ではないからね。

一二二(5)

メレアグロス

おお典雅女神（カリス）たちよ、美しいアリスタゴラスの姿にひたと見入って、
そのやさしい腕のなかに抱き取られたのですか?
そのためにあの児（こ）の美しい容姿（すがた）が火と燃え、時を得たうるわしい
物言いをし、黙っていてもその眼が楽しげに語りかけるのですね。

(5) 右のリアノスの詩の模倣。

でもわたしからは離れていて欲しいもの。でもそれがなんになりましょう、
あの児は最近ゼウスみたいに、オリュンポスから雷霆を投げることを覚えたのですから。

逸名

一二三

拳闘で勝利したアンティクレスの子メネカルモスに
一〇枚のやわらかな鉢巻(レームニスコス)を巻いてやり、
多くの血にまみれたあの児(こ)に三度接吻(くちづけ)をした。
その血がぼくには没薬よりもかぐわしく思えたことだ。

アルテモンか?

一二四

戸口からこっそりと覗いていたエケデモス、
花の盛りの齢の児(こ)に、こっそりと接吻(くちづけ)をしてしまった。

ぼくは怖くてならないんだ。あの児が夢に現われて、
箙をたずさえ、二羽雄鶏をぼくにくれると、
あるときは微笑みを浮かべ、あるときは無愛想な顔で立ち去ったから。
ぼくがつかんだのは蜜蜂の群れか、イラクサか、それとも火か？

一二五[1]

メレアグロス

愛神(エロス)が夜中に夢の中で、まだ短外套(クラミュス)を着た姿の
十八歳のやさしく微笑んでいる少年を、ぼくの外套の下に連れてきた。
ぼくはその児(こ)の柔肌に胸を押し付けたのだが摘み取ったのは空しい希望だけ。
今もなおその記憶を恋うる気持ちが胸を熱くし、翼もって飛び去った
あの幻影(まぼろし)を追うことを猶もやめない。あわれな魂よ、
夢の中で美しさの幻影により空しく胸熱くすることをやめよ。

(1)「恋する者の夢」という、愛の詩に見られる共通テーマを詠った詩。第九巻二八六番（マルクス・アルゲンタリウス）、第五巻二番（逸名）、二三七番（アガティアス）、二四三番（マケドニオス）などに同想の作がある。

一二六

ぼくの心はまたしても悩みに襲われた。熱く燃える愛神（エロス）が、
うろつきながらその爪先でそれを引っ掻いたのだ。
して笑いながら言うには、「不幸な恋に悩む男よ、またしても
甘美な傷を負うことになるぞ、激烈な蜜に胸を灼かれてな」。
若者たちの間でその華ともいうべきディオパンテスの姿を見てからは、
逃げ出すこともとどまることもできないこのぼくだ。

同

一二七[1]

正午頃道を歩いているアレクシスの姿を眼にした、
ちょうど夏の果樹がその葉を落としたばかりの頃のことだった。
そこで二重の光線（ひかり）がぼくの身を灼いたのだ、
あの児（こ）の瞳が放つ光と太陽の光とがだ。

同

（1）一二一番のリアノスの詩の模倣、ヴァリエーション。

太陽の光なら、夜ともなれば直ちに消えてしまうが、
瞳が放つ光は、夢の中で美しい容姿(すがた)の幻となっていよいよ燃え盛る。
他の人々を労苦から解き放つ眠りが、ぼくには苦悩をもたらし、
魂に美しい像を刻んで、火と燃え立たせるのだ。

一二八(2)　　同

牧人の葦笛よ、山羊脚のパンを喜ばせようと、
山中でダプニスの名を調べに乗せるのをやめよ、
ポイボスの意を告げる、処女(おとめ)ダプネで飾られた竪琴よ、もはや
ヒュアキュントスを歌うのをやめよ。ダプニスが山棲みのニンフたちの、
ヒュアキュントスがおんみの喜びだった時も確かにあった。
だが今こそはディオンに愛の王笏を揮わせよ。

(2) ニンフにさらわれたアスタキデスを詠ったカリマコスの詩(第七巻五一八番)の模倣、ヴァリエーション。

一二九(1)

アラトス

アルゴスのピロクレスはアルゴスでは「美しい」と記され、
コリントスの列柱も、メガラの墓石も同じことを告げている。(2)
アンピアラオスの浴場(3)のあたりまで、彼は「美しい」と書かれているのだ。
でもそれは大したことではない。こちらの美童が譲るのは書かれた文字の
数だけ。
こっちの美しさを語っているのは石などではなく、リアノスが
その眼で見てのこと。その分だけ立ち勝っているのだ。(4)

一三〇(5)

逸　名

幾度も幾度もぼくは言ったものだ「あの児は美しい」と。これからもずっと
言い続けることだろう「ドシテオスは美しい、眼にするも優雅だ」と。
でもこのことばは樫の木や松に刻んだものじゃない、

(1) 詠われている内容が曖昧で多くの疑問が呈されている作品だが、詩人リアノスが讃えている少年のほうが美少年としてギリシア中部で名高いピロクレスにまさる、ということを主張した作。
(2) 愛する少年の名前を「美しい(καλός)」という語を添えて柱や樹木、壺などに刻む習慣があった、
(3) アッティカとボイオティアの境界のオロポス付近にあった浴場。
(4) 稚児愛に深く通じた詩人が讃えているのだから、という主張。
(5) 前の一二九番の詩の模倣。

愛神（エロス）がぼくの胸にしっかと焼き込んだものなんだ。
誰かが嘘だと言ったって信じてはならないよ。神かけて言うが、嘘をついてる
　のは
そいつなのさ。かく言うぼくだけがほんとのことを知っているのだから。

ポセイデッポス

一三一(6)

キュプロスと、キュテラと、ミレトスを、また馬の蹄こだまする
シリアをしばしば訪いたもう女神よ、
恵み深くカリスティオンがもとへと来らせたまえ、
愛する男を戸口から追い立てることなき女（ひと）を。

メレアグロス

一三二(7)

魂よ、ぼくはおまえにこう叫ばなかったか？「恋に悩む者よ、

(6) 遊女と見られるカリスティオンという女性のための祈願の詩で、この巻に混入したもの。

(7) 恋に落ちた者とその魂との対話。この詩とそれに続く一三二a番は明らかに愛する者を眼にして受けた激しい衝撃を詠ったサッポーの名高い詩（「断片」三一（ローベル・ペイジ））を念頭において作られており、サッポーを詠ったテーマをメレアグロス流に改変した作と言える。

鳥もちの側を飛び回ると、捕まってしまうぞ」とね。
そう叫ばなかったかね？　ほら、おまえは罠にかかってしまった。
なぜ縛めを逃れようと無駄にあがくのだ？　愛神(エロス)御自身がおまえの翼を
縛り、火の中に投じて、気を失ったおまえに没薬を注いだのだ、
して、渇いたら熱い涙を飲むようになされたのだ。

一三二a　　同

苦しみ呻く魂よ、おまえは火の中で赫赫と燃えるか思えば、
息を吹き返してしばしの間やすらぐ。
何を泣く？　無慈悲な愛神(エロス)をその胸内に養ったではないか。
養われておまえに仇なすことを知らなかったと言うのか？
知らなかったのか？　いまこそあれを立派に養った報いを受け、
燃え盛る火と冷たい雪を受け取るがいい。
おまえが自分で招いたことだ。その苦しみを忍べ。自分がしたことに
ふさわしい苦患(くるしみ)を舐めているんだ、煮えたぎる蜜に灼かれて。

一三三

同

夏に喉が渇いて、やわ肌の児(こ)に接吻(くちづけ)をした。
渇きが癒されたところでゼウスに問うてみた。「ゼウス様、
ガニュメデスの神酒(ネクタル)のような接吻をお飲みになるのですか?
あの児がおん神の唇に注ぐのはこれなんでしょうか?
若者たちの間でもきわだって美しいアンティオコスに接吻して、
わたしはあの児の甘い魂を飲みましたので」。

一三四[1]

カリマコス

客は胸に深い傷を負っているが、われわれがそれに気づかなかっただけだ。
三杯目を飲み干したとき、[2]彼が胸から苦しげな息を吐いたことは
見てのとおりだ。彼の花冠の薔薇からは花びらが
すっかり床に散ってしまった。

(1) 次の一三五番の詩の模倣。酒宴を描いた絵画を見ての作か(ガウ)。

(2) 酒宴に先立って、ゼウス・オリュンピオスと英雄たちとゼウス・ソテルのために三度献杯をする習慣があった。

何か大きな苦悩が胸を灼いているのだ。あてずっぽうじゃなく、神かけてそう推し量るのだ。ぼくも盗人だから盗人の足跡がわかるのさ。(1)

一三五

アスクレピアデス

酒は恋の証。(2)ニカンドロスは恋なぞしていないと言っているが、あの度々の飲み方から、それは明らかだ。
涙をこぼしたかと思えば深くうなだれ、眼を伏せている。(3)
被っている花冠だってずり落ちているじゃないか。

一三六

逸名

お喋りの鳥どもよ、なぜそんなに騒ぎたてるのだ？
愛い児のやわ肌に包まれているこのぼくを悩まさんでくれ、
木の葉にとまっている夜鶯たちよ。

(1) 何かの諺を踏まえた表現と見られる。意味するところは同じ恋の傷を負った経験者だから、恋に落ちた者の兆候からそれがわかる、ということ。

(2) 酒の詩人として名高いアルカイオスの断片「酒は人の心の覗き眼鏡」、「愛い子よ、酒と真実とは」などを念頭に置いた詩句。テオグニスにも「酒は人の心を表わすもの」との句が見られる。

(3) ホラティウス『エポーディー』第十一歌九—一〇行の「やつれた様子と、沈黙と胸底からの深い吐息は、彼が恋していることを物語っている」はこの詩に想を得たものか。

女の族(うから)よお願いだ、静かにしていてくれ。[4]

一三七[5]

メレアグロス

夜明けを告げて鳴く鶏よ、恋するものに悪しき報せもたらすやつよ、
今こそ三倍も憎たらしいやつ、勝ち誇って寝台(ねだい)のあたりで、夜中から
羽をばたつかせて騒ぎおって、愛に耽る夜はわずかしか残っていないのに。
ぼくの苦しみをうれしげに哂うのだな。
これが大事に育ててやった感謝の印か？　まだ深い夜明けにかけて言うが、
おまえがその苦々しい歌声を響かせるのもこれが最後だぞ。

一三八

ムナサルカス

急いで葉を地に散らす葡萄の樹よ、
昴星(すばるぼし)が沈むのを怖れているのか？[6]　おまえの葉蔭で

(4)「鶯」(ギリシア語では ἀηδών) は女性名詞であり、また鶯はテレウスに追われたピロメラが変身したものとされた神話伝説があるので、それによって「女の族」と呼ばれている。

(5) 朝早くから鳴き立てて暁の到来を告げ、恋人たちを閨から追い立てる鳥（鶏）を憎しとするいわゆる bird-motif は東西の詩歌に広く認められるものだが、これはギリシア詩におけるその代表例である。

(6) 昴星が沈むのは（十一月半ば頃）冬の到来を告げる印であった。

アンティレオンが甘い眠りに落ちるまで待ってくれないか。
そのときまでだ、美しい児たちにすべてを恵む与えるものよ。

一三九

カリマコス

パンに誓って、この灰の下に何かが潜んでいる、いかにも
ディオニュソスに誓って、このあたりに潜んでいるのだ。
自分の心が信用できない。ぼくを抱擁しないでくれ。
静かに流れる河が、壁の裾を侵しているのはよくあることだ。
今もそれを懼れるのだ、メネクセノスよ、そっと胸に忍び寄った者が、
ぼくを恋の中へと投げ入れはしないかと。

一四〇

逸　名

美しいアルケストラトスの姿を見たとき、ヘルメスに誓って言うが、

あの児は美しくないと言ってしまった、さほどとも思えなかったので。
するとたちまちに復讐女神がぼくを捕らえ、火の中に投じたのだ。
ゼウスがあの児の姿でぼくに雷霆を投げつけたんだ。
あの児を宥めたものか、それとも女神をか？　ぼくにとっては
あの児ほうが偉い神様。復讐女神様、おさらばです。

一四一(1)

メレアグロス

わが心よ、キュプリスにかけて、おまえは大胆不敵にも神でさえも
口にせぬことを広言してしまったな。テロンが美しくないと言ったのだ。
テロンが美しくないと思われたと言うんだな。たった一人で立ち向かって、
ゼウスが投じる雷火も怖れなかったのだな。
だから見ろ、おまえの以前の無駄口に対して、その大言壮語を見せしめに
懲らしめようとて、無慈悲な復讐女神がやってきたではないか。

(1) 前の一四〇番の詩の模倣、ヴァリエーション。

一四二

リアノス

デクシオニコスが緑なすプラタノスの葉蔭で、鳥もちで
クロウタドリを捕らえ、その羽をつかんだ。
聖なる鳥[1]は苦しみの声を上げ、囚われの身を嘆いた。
でも慕わしい愛神(エロス)よ、また咲き匂う典雅女神(カリス)たちよ、
ぼくはクロウタドリか鶫になりたいもの、そうすればあの児(こ)の手の中で
お喋りをしたり、甘い涙を流すことができるもの。

一四三[2]

逸名

――ヘルメス様、ある少年(こ)がぼくの胸を射抜きましたが、矢を抜きました。
――見知らぬ男よ、わしも同じ目に遭ったぞよ。
――アポロパネスへの想いで苦しんでおりまする。
――競技を愛する男よ、わしに先んじて言ったな。二人とも同じ火に飛び

(1) 美しい声で歌うので詩女神(ムーサ)に仕える聖なる鳥とされていた。

(2) 同じ競技仲間に少年に恋をした男と、競技場の前に立つヘルメス像との対話。

込んだわけじゃ。

一四四

メレアグロス

なぜ泣いているんだ、人の心を盗む神よ、その無慈悲な
弓と矢を投げ捨て、二つの翼をだらりと垂れて。
闘っても勝ちえないミュイスコスが、あの瞳でおんみをも灼いているのか？
これまで人にしてきたことを身をもって知るのが、おんみにはどれほど辛い
ことか！

一四五

逸　名

少年愛に耽る男たちよ、無駄な労苦はやめにしろ、骨折りはやめておけ、
愚かな者たちよ。甲斐なき希望を抱いて狂っているだけの話だぞ。
少年への愛を抱くのは、陸(おか)にいて海を汲みつくそうとすることや、

リビュア砂漠の砂粒を数え尽くそうとするのと同じこと。
少年たちが人間たちや神々の間で
虚栄に満ちた美しさを誇っていようともだ。
みんなこのぼくを見るがいい。ぼくがこれまでにしてきた骨折りは、
乾いた大地に散いた水も同然だ。

一四六

リアノス

俺は小鹿を捕らえたが逃がしてしまった。さんざんに苦労して
網をしかけたり杭を打ったりしたのに。
手ぶらで帰るのだ。なんの苦労もしなかったやつめが、
俺のものをかっさらっていったんですよ、愛神様(エロス)、あいつらを苦しめて
やってくださいよ。

一四七

メレアグロス

あの女(ひと)が誘拐されたぞ！　そんな野蛮な真似をするやつは誰だ。
愛神(エロス)御自身に向かってあえて戦いを挑むやつは誰なんだ？
さあすぐにも松明をともせ。おや足音がする。ヘリオドラのだ。
俺の心よ、胸の中へもどっていいぞ。

一四八(1)

カリマコス

ぼくの手が金を握っちゃいないことは分かっているんだ。
お願いだ、ぼく自身がよくわかっていることを言わないでくれ。
絶えず君の口からつらいことばを聞かされて、ぼくは苦しいんだ。
ねえ君、それは君の一番意地悪なところだよ。

(1) 愛の代償として金を求める稚児に対する苦情の詩。二一二番にも同様な趣の作がある。

一四九　　同

「君をつかまえるぞ、メネクラテスよ、逃げてごらんよ」。パネモスの月[1]の二十日(はつか)にそう言ったのだ。それとロイオスの月[2]の幾日だったかな……そう十日(とおか)だ、
その日に牡牛が自分から犂を付けにやってきたのだ[3]。ヘルメス様、よくぞやってくだされた。
よくぞね。二〇日遅れたって文句は言いませんよ。

一五〇[4]　　同

ポリュペモスは恋に悩む者になんとまあ結構な治療薬を見つけたことか[5]。
大地女神(ガイア)にかけて、あのキュクロプスは愚か者ではなかったたな。
ピリッポスよ、詩女神(ムーサ)たちは愛神(エロス)を痩せ細らせるものなんだ。
知恵はすべての病を癒す万能薬なのさ。

(1) プトレマイオス朝のエジプトで用いられていたマケドニアの暦。
(2) 右に同じ。パネモスの月の翌月に当たる。
(3)「頸木に付けられた牛」という諺があった。ここでは稚児が進んで念者の愛を求めてきたことを言う。
(4) 詩歌と飢えは恋の傷を癒し、恋を退ける最良の薬だとする観念の表出。
(5) 巨人（キュクロプス）のポリュペモスは海のニンフであるガラテイアに恋して容れられず、歌をうたって失恋の痛手を慰めた（ピロクセノスのディテュランボス「ガラテイア」およびテオクリトス『牧歌』第十一歌参照）。

思うに、飢えも苦悩を癒すのにたったひとつだけいいところがあるね、
稚児愛という病を胸中から根絶してくれることだ。(6)
ぼくにも愛神に対抗できる治療薬がたっぷりあるぞ、
だからこう言ってやれるのさ。「翼をちょんぎられるぞ、小僧っ子よ。
おまえなんざちっとも怖くはないさ」。
なにしろ家にはひどい傷でも治す二つの治療薬があるからね。

(6) これは通念というよりは詩人カリマコスが体験により得た結論か。

一五一

逸　名

もしもどこかで、少年(こども)らのうち花と咲き匂うこよなくも美しい児(こ)を
見かけたら、間違いなくそれはアポロドトスなのですよ。見知らぬお人よ、
もしもあの児の姿を見たのに、恋の炎に燃え上がらなかったら、
そりゃあんたがまったくの神か、それとも石ころだってことですよ。

一五二

逸名

ぼくが恋してるヘラクレイトスは、磁石(マグネース)[1]だ、石で鉄を引きつける
のじゃなく、美しさでぼくの心を引きつけるんだ。

一五三[2]

アスクレピアデス

以前アルケアデスはわたしのためもだえたもの。ところが今じゃ
あわれなわたし、あの人は戯れにもわたしに振り向いてもくれないの。
蜜のように甘い愛神(エロス)はいつも甘いわけじゃない。でもあの神は
恋する者たちを苦しめながらも、しばしば甘く優しい思いをもたらす。

(1)「マグネシア人」と磁石(マグネース)にひっかけた言葉遊びの作。

(2)男に捨てられた女性の立場から詠われた作で、稚児愛の詩ではない。

一五四

メレアグロス

あの児(こ)は甘やかでやさしい。ミュイスコスの名前さえもぼくには甘美で
魅力的。(3) あの児を愛さない口実なんてあるものか、あの児は美しい、
キュプリスにかけて、どこからどこまで美しいから。ぼくをつらい目に
あわせることがあっても、そりゃ愛神(エロス)が蜜に苦味を添えることを心得ている
からさ。

(3)「ミュイスコス」とは「ミュース［ハツカネズミ］」の指小形で「ハツカネズミちゃん」というような愛称。

一五五(4)

逸名

——ぼくに向かって二度とそんな言い方はするな。
——わしが悪いんじゃない、御主人様がわしをここへ寄越したんですからね。
——なんだと。もう一遍言ってみろ。
——もう一遍ね。「行ってこい」とおっしゃったんでね。さあ行きなされ。
遅れちゃいけません。みなさんがお待ちで。

(4) 念者たろうとする主人の使いで来た奴隷と少年との対話。

――まずその連中を探して、それから行こう。結果はわかっちゃいるがね。[1]

一五六

逸　名

ディオドロスよ、ぼくの恋は春の嵐に遭ったように
定めなき海の動きに翻弄されているばかりだ。
一面に雨雲が覆ったかと思えば、あるときは晴れた日のように、
君の眸にはやさしい微笑みが浮かんでいるんだもの。
ぼくは大海の波濤に弄ばれる難破者さながらに、
先も見えぬままに波間を渡ってゆくのだ。
ぼくを愛しているのか逆に嫌っているのか、その印を見せてくれ、
どっちの波間を泳いでいるのか知りたいのだ。

（1）この詩句が何を意味するのか曖昧でよくわからない。

一五七

メレアグロス

キュプリスがぼくの船の船長、愛神(エロス)が舵を取る、
その手にぼくの魂の舵の端を握って。
恋は激しい嵐となって吹きつのり荒れ狂う、
ぼくはあらゆる族(うから)の少年たちの海(2)を泳いでいるのだから。

一五八

同

テオクレスよ、恋の女主人なる女神が、ぼくを君に与えたのだ。
やわらかな革鞋(サンダル)履いた愛神(エロス)が、
見知らぬ地で異郷の者となったぼくを、解きようもない銜(くつわ)で繋いで踏み
　つけたのだ。
ぼくが求めているのはゆるぎない友情なんだ。
だが君は愛しているぼくを拒み、

（2）字義どおりには「パンピュリアの海で」となるが、ここには言葉遊びがあって、そこは翻訳不可能。波が荒いことで知られるパンピュリア（小アジアの一地方）の海で、という意味と「あらゆる族(うから)の（パンピュロス）」とをひっかけた洒落。

時間も、共に守った節制の印にも心を和らげることはない。
恵みを垂れたまえ、主よ、神霊が君をぼくの神と定めたのだ。
ぼくが生の果てまでゆくか死ぬかは君にかかっているのだ。

一五九

同

ミュイスコスよ、ぼくの命のもやい綱は君の手に握られ、
わずかに残った魂の気息は君の手中にある。
少年よ、聾者にさえも語りかける君の眸と、
輝く君の眉毛にかけて誓うが、ぼくに
曇った眼差しを投げかければ、そこに嵐を見るし、
あかるい眼差しをそそいでくれれば、心地よい春が馥郁と咲き匂う。

一六〇

逸名

勇を鼓してぼくは耐えてゆこう、胸内深く恋の苦悩に、
また解きようもない無情な縛めをも。ニカンドロスよ、
愛神(エロス)の打撃を識ったのは、なにも今ばかりではない、
恋の渇きも幾度か味わったのだ。
アドラスティア(1)よ、また神々のうち最も過酷な復讐女神(ネメシス)よ、
あの児(こ)の邪悪な思いにふさわしい罰を与えたまえ。

一六一(2)

アスクレピアデス

うら若い少年たちを愛するドルキオンは、やさしい児(こ)のように
卑俗なキュプリス(3)の矢を手早く射る術を心得ている。
瞳からも肩口からも憧れ誘う色を輝かせ、
少年帽(ペタソス)をかぶり、短外套(クラミュス)からは腿を覗かせて。(4)

(1)「避けがたい者」を意味する復讐女神だが、ネメシスの異称として用いられることもある。
(2) 少年の格好をして男の子たちを誘惑するドルキオンなる女性を詠った作。
(3) アプロディテ・ウラニア(天上界のアプロディテ)に対するアプロディテ・パンデモス(民衆の、庶民のアプロディテ)のこと。遊女たちを庇護する神ともされる。
(4) この詩行の前に二行ほど欠損があるものと思われる。

一六二[1]

まだ弓も持たず、野蛮でもなく、生まれたばかりのぼくの愛神(エロス)は、
キュプリスの膝もとで黄金の書き板を手にして、
ピロクラテス[2]がアンティゲネスの心を魅して捉えた詩を、
おぼつかない口でディアウロス[3]に読んでやっているところ。

同

一六三[4]

愛神(エロス)はいかなる美と美を取り合わせるかを発見した。
エメラルドと黄金とは合わせない、同じ光を発しないから、
象牙を黒檀とも合わせない、白と黒だから。取り合わせるのは
クレアンドロスとエウビオトス、ペイト[5]と友情の華。

同

(1)曖昧な内容の詩だが、幼い愛神が詩人の愛する少年ディアウロスに愛の詩を読み聞かせているという場面を想像した作か。
(2)いかなる詩人か不明。
(3)作者である詩人が愛する少年だが、これを詩人ピロクラテスが愛する少年とする解釈もある。
(4)その美質において同じ少年同士が睦み合っていることを言った詩。
(5)「説得(ペイトー)」の擬神化されたもの。

一六四

メレアグロス

生(き)の酒に甘い蜂蜜を混ぜるのは快いこと、
自分も美しい児(こ)が同じ児を愛するのは快いこと、
アレクシスがやわらかな髪のクレオブロスを愛しているように。
この二人はキュプリスの不死なる甘い酒。

一六五

同

クレオブロスの肌は真っ白な花の色、ソポリスの肌は蜂蜜色、
両人(ふたり)はともにキュプリスに花を捧げる役。
さればこそぼくはこの二人に胸焦がす。愛神(エロス)たちが言うことにゃ、
ぼくの身は白と黒とで織られているんだとさ。(6)

(6)「メレアグロス」という名前は分解すると、「メラス〔黒い〕」＋「アグロス〔輝く、真っ白な〕」という二語から成っている。それにひっかけた洒落。

一六六

アスクレピアデス

愛神(エロス)たちよ、ぼくの魂の残っている分だけでも、
神々にお願いだ、どうか静かに憩わせてくれ。
それともいっそ矢を射かけるんじゃなくて雷霆(らいてい)で撃ってくれ、
そうだ、ぼくをすっかり灰と炭にしてしまってくれ。
さあ撃ってくれ、愛神たちよ、ぼくは苦悩でやつれきっているんだ。
おんみらにしてもらいたいことがあるとすれば、それだけだ。

一六七

メレアグロス

吹きつのる風は嵐だ。ミュイスコスよ、甘い涙を流させる愛神(エロス)が、
乱痴気騒ぎによってぼくをひっとらえ、君のところへ運んで行く。
愛欲は燃え立ち激しい嵐となって荒れ狂う。
キュプリスの海をわたるこのぼくを、君の港へ迎え入れてくれないか。

一六八[1]

ポセイディッポス

ナンノ[2]とリュデ[3]のため二杯を注げ、恋を知るミムネルモス[4]と
思慮深きアンティマコス[5]のためにも二杯を。
五杯目にはこのぼくも入れてくれ、六杯目は、ヘリオドロスよ、
誰であれ恋している者のために。
七杯目はヘシオドスに、八杯目はホメロスに、[6]
九杯目は詩女神(ムーサ)たちに、十杯目は記憶の女神(ムネモシュネ)のために。
なみなみと注がれた酒杯を干してみせるぞ。それ以外は愛神(エロス)たちよ、
しらふだろうが酔っていようが、おんみらに感謝あるのみ。[7]

一六九

ディオスコリデス

テオドロスよ、ぼくは君という重荷から逃れた。だが
「無情非道な神霊(ダイモーン)から逃れたぞ」と言ったとたんに、

(1)アレクサンドリア派の詩人による典型的な酒宴詩だが、テクストの乱れがひどく、曖昧な点を残している。
(2)詩人ミムネルモスの愛した女性。
(3)詩人アンティマコスの愛した女性。
(4)前七世紀中頃のコロポンの詩人。ナンノへの愛を詠った詩によって名高い。
(5)前五世紀の詩人。エレゲイア詩でリュデへの不幸な恋を詠った。
(6)この詩行とそれに続く六行目は、内容からして後代に挿入されたものと見られている。
(7)この詩行の意味するところは明らかではない。

もっと無情非道なやつに捕えられてしまったんだ。アリストクラテスの
奴隷となってさんざんに奉仕しながら、三人目の主人を待っている始末だ。

一七〇[1]

同

灌奠（かんてん）と薫香、それに混酒器（クラーテール）にまじった神霊（ダイモーン）たちよ、
ぼくの愛の結末を握る者たちよ、畏き者たちよ、
おんみらをぼくは証人に立てよう、
おんみらすべてにかけてアテナイオスは誓ったのだ、
…………………………………………………………〔以下欠行〕

一七一

同

もろもろの風のうち最もおだやかな西風よ、おまえが連れ去った
愛らしい巡歴の者エウプラゴラスをわがもとへ戻したまえ、

（1）四行目以下に欠行があると見られる不完全な形の詩だが、誓いを破ったアテナイオスを非難する意図をもった作と解される。

何ヵ月かの時間を縮めて。ほんのわずかな時間でも、
恋する者には千年にも思われるのだ。

一七二[2]

エウエノス

憎むも苦しみ、愛することもまた苦しみだというならば、
身のためになる苦しみを選び取るさ。

一七三[3]

ピロデモス

デモとテルミオンの二人に殺されそうだ。テルミオンは遊女、
デモはまだキュプリスの味を知らぬ身だ。
テルミオンは愛撫を許すが、デモにはすることは許されぬ。
キュプリス様、どっちの愛により惹かれるか自分でもわかりませぬ。
でも乙女のデモちゃんを選ぶことにしたぞ、据え膳の女よりも、

(2) カトゥルルスの名高い詩(第八十五歌)「われは憎みかつ愛す」、オウィディウス『愛の歌』第三巻第十一歌三三—三四行「ぼくは定めなき心が相闘う愛と憎しみに引き裂かれるのを感じる、だが愛が勝つだろう」を想起させる作。
(3) 女性への愛をテーマとした詩で、第五巻に収めるべき作が混入したもの。

しっかりと見張られている娘のほうが憧れを誘うから。(1)

一七四(2)

プロントン

いつまで抗うつもりなんだ、いとしいキュロスよ？(3) 何をしてるんだ？
君のカンビュセス(4)をあわれんでくれないのか？ さあ、言ってくれ。
メドス(5)にはならんでくれ。君だってすぐにもスキュティア人(6)になるんだよ、
それで体毛が君をアステュアゲス(7)にしてしまうのさ。

一七五

ストラトン

奴隷の児たちを抱えている者達を羨んではならぬ、
女の子のような姿をした酌取りたちを身近に置いてはならぬ。
どんな男が恋に対して鉄石のようでありえよう？ 誰が酒に屈せずに
いられよう？ 美しい児を好奇心なしで眺められよう？

(1) オウィディウス『恋愛指南』第三巻五七九行「安全に得られた快楽というものは、得られたところでそれだけ楽しみは少ない」参照。
(2) ペルシア語の人名を用いた言葉遊びの詩。その妙味は翻訳不可能。
(3) クセノポンの『キュロスの教育』でギリシア世界に広く知られたペルシアの王子。ここはギリシア語の普通名詞「キューロス［権威］」にひっかけてある。
(4) キュロスの父でペルシア王。ここではギリシア語の動詞「カムノー［苦しむ、悩む］」にひっかけてある。
(5)「メドス」という人名を、ギリシア語「メー・ドス［与えない］」を意味するものとして用いている。

それは世に生きる者たちの性(さが)というもの。ディオポンよ、
お望みならば愛も酩酊もない世界へでも行くがよかろう。そこで
テイレシアス[8]かタンタロス[9]を飲み仲間に選ぶがいい、
その一人にゃ何も見えないし、もう一人は一つだけを見つめているものな。[10]

一七六

同

メニッポスよ、なぜそんな暗い顔をして足元まで衣裳に包んでいるんだね?

以前は服を腿のところまでたくし上げていたじゃあないか。

それになんだって眼を伏せてぼくのそばを走り過ぎるんだ、言葉もかけずに。

君の隠しているものがわかったよ。前から言っていたものがやってきたんだね。[11]

一七七

同

夕刻お別れのことばをかけ合ったとき、モイリスが

(6) 原語はスキュティア人を意味する「サカス」で、「サコス[髭]」という語を連想させるためにここで用いられている。
(7) カンビュセス王の舅でメディア人の王。ここでは一一番の詩における「アステュアナクス」と同じく、ギリシア語の動詞「ステューエイン[勃起する]」を否定することばとして引き合いに出されている。
(8) テバイの名高い盲目の予言者。
(9) 前出。神々に対する不遜な罪を犯して、冥府で永遠の渇きに苦しめられる劫罰を受けている。
(10) タンタロスは決して飲むことのできない身辺の水のみを見つめているから。
(11) 脛に毛が生えたことを言っている。

接吻（くちづけ）してくれたは現（うつつ）か夢か、しかとわからぬ。
ほかのことならみなはっきりと覚えているのに、
あの児（こ）がぼくに問いかけたことも、あれこれ尋ねたこともだ。
でも接吻してくれたのは、あれはほんとのことなのか？
ほんとだとするならば、神になったはずの身が、なぜ地上をうろついているんだろう？

一七八

同

上りくる太陽が衆星を圧するように、テウディスが少年たちの間で輝きを放ったとき、ぼくの心は燃え上がった。だから今でも
ぼくの心は燃えているのだ、体毛という夜が彼を包むようになってもだ。
沈みかけてはいても、やはり太陽なのだから。

一七九

同

テウディスが体を許すとぼくに言ったことを、決して、ぼく自身にさえも
口に出さないと、お誓いしました、クロノスの御子よ。
でも魂のやつが言うことを聞かずに、有頂天になって空に舞い上がり、
いい報せを隠しておくことができないのです。
御赦しあれ、おん神よ、言ってしまいますよ「あの児がぼくの意に従ったぞ」
とね。
父なるゼウスよ、知られぬままの幸運なんぞなんの喜びがありましょう?

一八〇

同

俺の胸は大火事だ。おい少年よ、俺の側で
その薄い亜麻布で風を煽ぎ立てるのをやめてくれ。
酒杯を煽ったせいで、俺の胸内は別の火が燃えているんだ、

おまえが煽り立てるといっそう激しく燃え上がるからな。

一八一

テオクレスよ、典雅女神(カリス)らは善き神で三柱、
オルコメノスにいますなどとは作り話の空言(そらごと)(1)さ。
きみの顔のあたりを舞い踊っていた女神たちは五十柱、
みな弓矢を携え、他の男たちの心を奪うんだ。

同

一八二

今頃になって君はぼくに無駄な接吻をするんだね、恋の炎が消えてしまい、
君をいとしい友とさえ思わなくなっているというのに。
君が僕の言うことを聞こうとしなかったあの日々を覚えているよ、
でもね、ダプニスよ、遅まきながら後悔の埋め合わせをさせてやるよ。

同

(1) 典雅女神たちの崇拝はボイオティアのオルコメノスで始まったと伝えられていた。

一八三　　　同

ヘリオドロスよ、貪欲な唇をぼくに押しつけ、激しく接吻するのでなく、
口を閉じたまま唇の端をそっとふれるだけなら、
接吻の喜びなんてどこにあるんだ？　それじゃ君のいないときに、
家で蠟製の像に接吻するのとおんなじだ。

一八四[2]　　　同

メネデモスを策を弄してものにしようとしたりしちゃならんぞ。
眉で合図すりゃ自分からはっきり言うから、「付いてゆきますよ」とな。
愚図愚図なんかしちゃおらん、「先導するものを追い越す[3]」くらいさ。
溝を通るんじゃなくて、川を下るようなもんだ。

(2) あまりにも容易に求愛に応じる者を、ホメロスの表現を借りて皮肉った詩。

(3) ホメロスからの借用(『イリアス』第二十一歌二六二行)。

一八五

紫色の縁どりをした衣裳を着たこの誇り高い児たちは、
ぼくたちには手の届かないもので、ディピロスよ、
高い崖の上に実った熟した無花果みたいに、
鷲や鷹それに烏なんぞが喰らうんだね。

同

一八六

メントルよ、一体いつまでそんなふうに傲然と眉を上げて、
挨拶ひとつしないつもりなんだ、
いつまでも若い身でいられて一生ピュロスの踊り(1)を
踊っていられるみたいに。先のことを考えろ。
君にも髭が生えるんだぞ、最後にくる禍だがもっとも大きな禍だ。
そうなったときに、どんなに友人が少ないか思い知るだろうよ。

同

(1)アキレウスの子ピュロスがエウリュピュロスを斃したときに始めたと伝えられる、激しい動きをともなう踊り。武装した少年たちによって踊られた。

一八七[2]　　同

ディオニュシオスさんよ、音調を変えることも知らないのに、
どうして子供たちにものを読むことを教えることができるんだね？
突然高い音から低い音へと移り、
細い音から野太い音へと変わったりするんですからね。
でも羨みはしませんよ。ただお励みなさい。
両方の音を出して、ラムダとアルパの字を妬むやつらにお聞かせなさい。[3]

一八八　　同

接吻(くちづけ)したのはけしからん、ひどいことだと言うならば、
その仕返しに接吻し、おんなじ罰を与えておくれ。

（2）表面上の意味の裏に猥褻な意味を隠した詩と見られるが、その意は明確ではない。

（3）「ラムダ」は動詞 *λαικάζειν*（春を売る）、「アルパ」は動詞 *ἀναφλᾶν*（手淫を行なう）を暗示しているらしい。

一八九

誰が君にそんなにも花冠をかぶせたのかね？　それが念者なら幸せな男だ。
それが君の親父だったら、やっぱり親父さんにも眼があるね。

同

一九〇[1]

君の姿を描いた人は幸せだ、君の美しさに
負けることを知ったこの蠟も幸せだ。
ああぼくは木食い虫になって
この絵に飛びついて、木を喰らいつくしたいものだ。

同

（1）板の上に蠟で描かれた美少年の絵を見ての作。

一九一　　同

君は昨日はまだ子供じゃなかったのか？　髭が生えようなどとは夢にも
思わなかったよ。なんだってこんな恐ろしいものが生えたんだね、
前には美しかったものがすっかり毛で覆われてしまったとは。なんとまあ
驚いたこっちゃ、昨日はトロイロス[2]だったのに、なんでプリアモスになっち
まったんだ。

一九二[3]　　同

長い髪も凝った形の巻毛もぼくの気に入らない、
自然じゃなくて手を加えてこしらえたものだから。
好きなのは運動場から出てきたばかり子の砂と埃にまみれた体、
それに四肢にオリーブ油を塗った肌の色。
ぼくの恋するのは飾り立てずに心地よい者。

（2）プリアモス王の末の子。
（3）化粧で飾りたてた女性よりも少年の美をよしとする詩。

人惑わす美しさは、女たちのパポスの女神の業(わざ)によるもの。

一九三　同

アルテミドロスよ、スミュルナの復讐女神(ネメシス)たちがささやく[1]
「度を越すことなかれ」ということばを、君は聴き入れようとしないのか？
いつも芝居がかった真似をして、高慢でまた野蛮な、
喜劇役者にさえもふさわしからぬ口のききかたをして。
高慢な少年よ、このことをしっかりと覚えておけ、
君もやがて恋をして、「締め出された女[2]」の役を演じるんだとな。

一九四　同

もしもゼウスが地上から人間の子たちを、
甘い神酒(ネクタル)を注ぐ酌童にしようと天上にさらったのなら、

（1）スミュルナでは二柱の復讐女神が祭られ、崇拝されていた。

（2）喜劇作者ポセイディッポスによる劇の題名。

鷲があの美しいアグリッパを、神々にお仕えすべく
その翼に載せて行ったことだろう。
クロノスの御子、世界の父よ、あの子の姿に見入られたならば、
ただちにプリュギアのダルダノスの裔(すえ)[3]に難を見出すことでしょう。

(3) ガニュメデスを指す。

一九五　　同

西風好む緑の牧場だとて、かほどにも
咲き誇る春の花々に飾られてはいない、
ディオニュシオスよ、君が眼にする生まれよき少年たちほどには。
これらはみなキュプリスと典雅女神(カリス)らが、その手で創りたまいし者ら。
その中でほら、ひときわ美しく咲き匂うのはミレシオス、
香りよき花びらに輝く薔薇にも似て。
でも多分あの児(こ)は知らないのだ、夏の酷暑に美しい花が枯れるように、
生えてくる毛がその美しさを台無しにしてしまうことを。

一九六

君の眸は閃光(きらめき)を放つ、神々しいリュキネスよ、
いや、わが主よ、輝きが火と燃えている。君とは
ほんのわずかな時間(とき)さえも面(おもて)を合わせていられない、
双の眸がさほどにも強く耀(きらめ)き光るから。

同

一九七

「時期を知れ」とは七賢人のどなたかがのたもうたところ、
すべてのものはその盛りの時にあってこそ愛らしいのだから。
胡瓜にしても菜園の床にあってこそ珍重されるが、
熟しきったら豚の餌。

同

一九八

わたしは若者たちの友、美しさを判定して誰々をより好むようなことはせぬ。
人にはそれぞれの美しさがあるものだ。

同

一九九

ぼくはたっぷりと飲んだぞ。だから心も口も
大分あやしくなっているんだ。
燈火(ランプ)の焔の先が二つに割れているところからすると、
何度も数えてみたんだが、客は二人だ。
今や酌童に心惹かれるばかりじゃなく、
季節外れだが水瓶座[1]にも惹かれるのだ。

同

(1) 水瓶座はガニュメデスが変身させられてなったものとされている。ここでは単にガニュメデスのような美少年を指して言われている。

二〇〇

やっとのことで得られる接吻も、抗う声も、
激しく抵抗する手も嫌いだ。
それでいて、いったん腕の中に抱かれるとたちまち言いなりになって、
嬉々として身をまかせるような児もあんまり好きじゃない。
両者の中間のところで、身をまかせるかまかせないか、
そのあたりを心得ている児がいいな。

同

二〇一

もしもクレオブロスが今来なかったら、もうこれからは決して家には
入れてやらんぞ。誓って言うが……いや誓うのはやめておく、
もしも夢を見て来ないんだったら、もしもあしたやって来るのなら、
一日が無駄になったからって、終わりというわけじゃない。

同

二〇二

君がここへやって来ると告げた手紙を見て、ダミスよ、
ぼくは翼ある愛神（エロス）に導かれ、空中を通って
スミュルナからサルディスまですばやくやって来たんだ。
ゼトスやカライスがぼくと一緒に走ったって遅れをとったろうよ。

同

二〇三

君はぼくが嫌がるときに接吻するし、ぼくが接吻するときには嫌がるね。
ぼくが逃げにかかると容易に許すし、ぼくが迫ると渋るんだね。

同

二〇四　　　　　　　　　　　　　　　　同

こりゃ「黄金に換えて青銅を」[1]だと君は言うだろう。美しいソシアデスと
毛むくじゃらのディオクレスが「取り換えっこ」遊びをしているんだ。
誰が薔薇の花を木苺と、無花果をキノコと、
牛乳のように真っ白な仔山羊と比べたりするものか。
愚かな児よ、何を与え、何を受け取っているのかわかっているのか？
それじゃディオメデスがグラウコスに贈ったのとおんなじだ。

（1）ホメロス『イリアス』第六歌に語られている、グラウコスがゼウスに惑わされてディオメデスに黄金造りの武具を贈り、代わりに青銅の武具を受け取ったことを指している。

二〇五　　　　　　　　　　　　　　　　同

まだほんの年若い隣の子が、しきりにぼくの気をそそりたてるんだ、
もうその道は心得たといわんばかりに笑いかけて。
まだ十二の歳も越えていないというのにだ。熟してない葡萄は番もされちゃいない。

熟したら見張り番がついて柵で囲まれるんだろう。

二〇六[2] 同

――いいかね、相手の体の真ん中をつかまえて、横に押し倒し、腕で抱き
抱えるんだ。その上に乗っかって、しっかりと押さえつけるんだ。
――ディオパンテスさん、そりゃ気違い沙汰だ。そんなことはできませんよ。
子供相手の組討競技(レスリング)はそれと違うんでね。
――しっかりと立って頑張るんだ、キュロス君、わしが打ってかかるのを
こらえなさい。
一人で学ぶよりはまず一緒に学ぶことだ。

二〇七 同

昨日ディオクレスは入浴していて、風呂の湯から一物を突き出した、

(2) 表面上はレスリング競技の説明をしているように見えるが、その裏には猥褻な意味が隠されていると思われる一篇。ただし具体的には何をどう指しているのか不明である。

「海から浮び上がるアプロディテ」さながらに。
もしもだれかがこれをイダ山の上でアレクサンドロス(1)に見せていたら、
これを三人の女神たちよりもよしとしただろうよ。

二〇八　同

羨みはしないが、幸せな小さな書巻(ほん)よ(2)、
どこかの児(こ)がおまえを読み、その上に顎を載せたり、
やさしい唇を押し付けたりするんだろう。あるいは
その柔らかな腿に載せて広げるんだろう(3)、いとも幸せな書巻よ、
しばしばその児の懐に入ったり、椅子の上に投げ出されて、
恐れ気もなくその児の体に触れたりもするんだろう。
その児と二人だけでおしゃべりしたりもするんだろう。
小さな本よ、お願いだ、できるだけしばしばぼくのことを話してくれよ。

(1) イダ山中で三人の女神の美の審判を務めたパリスのこと。

(2) 巻物の形をした本である。

(3) 巻物の形をしているので、膝や腿の上に載せて広げるのである。

二〇九

同

ぼくの傍らに臥してそんなに陰気な仏頂面をしないでくれ、ディピロスよ、
その辺に群れている餓鬼みたいな真似はよしてくれ。
もっと淫らな接吻をしてくれ、ことに及ぶ前に前戯をしたり、
いちゃつきあったり、引っ掻きあったり、接吻したり、ことばを交わし
　あったりしてね。

二一〇(4)

同

床の上にいるのは全部で三人だ。そのうち二人がやっていて、
二人がやられているのだ。不思議なことを言うもんだと見えますかね。
でもこりゃ嘘じゃない。真ん中にいる奴が二人分のはたらきをしているんでね。
後ろで愉しみを与え、前で愉しんでいるからさ。

(4) 第十一巻二二五番にも、同じくストラトンによるほぼ同内容の詩がある。

二一一　　同

ぼくが説きつけようと思っていることに、おまえがまだ通じていないのなら、
恐ろしいことが起こると思って怖れるのももっともだ。
だがおまえが御主人様の寝床で、その道の技に長けた身となっているのなら、
同じ額を払うと言うのに、なんだって他の者に与えるのを渋るんだ？
おまえの主人はその気が起こるとおまえを呼び、事が済むとお払い箱で、
主人なものだから、ことばもかけずに眠ってしまうじゃないか。
ここでの楽しみはそれとは違うぞ。ことばを交わして対等に戯れるのさ。
それに命じられてじゃなく、愛を請われてやるんだからね。

二一二[1]　　同

ああ可哀そうに！　なぜまた泣いているんだね？　なぜうなだれているんだ、
かわいい子や？　さあはっきり言ってごらん、僕を悲しませないで。何が

（1）愛の代償として金銭を要求するようになった少年を咎めた詩。一四八番と同じテーマの作。

欲しいんだね？
おや、ぼくに空っぽの手をさしだすのかい。ああ、おしまいだ。
きっと金をくれと言うんだろ。そんなことをどこで覚えたんだ？
もう甘いお菓子も、蜜味の胡麻も、
胡桃での的当て遊びも欲しくはないんだね。
もう金儲けに心が向いてしまっているんだな。そんなことを教えたやつは
くたばりやがれ。ぼくのかわいい子が台無しになっちまったじゃないか。

二一三

同

キュリス、君はそのほれぼれする尻で壁によりかかったりしているが、
なんでまた石なんか試しているのかね？　石なんかでき、や、し、な、いのに！

二一四　　　　　　　　　　　　同

俺に身をまかせて、金を受け取ってくれ。「ぼくは金持ちなんだ」と言うのかい。
それなら王様みたいにただで楽しませてくれ。

二一五　　　　　　　　　　　　同

今の君は春だ、その後にくるのは夏だ。それから後はどうなると思うね？
そこんところをよく考えろよ。麦藁になっちまうんだぞ。

二一六　　　　　　　　　　　　同

いまいましいな、君は何もしてない今はぴんと立ってしゃんとしているのに、昨日それをしようとしたときにゃ、息も絶え絶えだったとはね。

二一七 同

もう戦いに打って出ようというのかね、まだ未経験な子供で柔弱なのに。
何をしているんだ？　ほら、考えを変えなさい。ああ、なんたることぞ、
誰が君に槍[1]を執るよう説きつけたんだ？　誰が手に盾[2]を持たせた？
誰が兜[3]に頭[4]を隠せと教えたんだ？
ああ、誰にもせよ、新たなアキレウスとして、天幕の下で
こんなパトロクロスの愛を楽しむ者こそ至福の極みというものだ[5]。

二一八 同

一体いつまで笑ってばかりいて何も言おうとしない君に我慢しろと言うんだ？
パシピロスよ、そのあたりをはっきりと言ってくれ。

（1）裏の意味は陰茎。
（2）裏の意味は睾丸。
（3）裏の意味は臀。
（4）裏の意味は亀頭。
（5）アキレウスとパトロクロスの関係は同性愛で、念者と稚児の間柄であるとする見方が、古来存在した。

哀願すれば君は笑うし、もう一度哀願すれば答えない。
ぼくが泣けばまた笑う。ひどい児だ、これが笑いごとかよ。

二一九

同

学校の先生方よ、あんたがたも報酬を求めているんですかい？　なんとまあ
恩知らずなんです。なぜなんですい？　子供たちを眺めてるだけじゃ不足だと
でもおっしゃるんで？　その子たちとお喋りをし、挨拶する子に接吻する
ことができるんですよ。それだけでも金貨百枚に相当するってもんだ。
美しい子たちをお持ちの方がいたら、わしのところへよこして
接吻させておくんなさい。報酬は欲しいだけ取らせます。

二二〇

同

愚かなプロメテウスよ、お前が鎖に繋がれているのは火を盗んだからじゃなく、

ゼウスの粘土をひどい形にしてしまったからだ。(1)
人間を創る際におまえは毛を加えた。そこからして恐ろしい髭も生えるし、
少年ら(こども)の脚は脛毛に覆われるようになってしまった。
そのせいでおまえはガニュメデスをさらった鷲に肝臓を貪り食われているのだ。
髭というやつはゼウスにとっても嘆きの種なんだ。

(1) ゼウスの怒りにより大洪水でデウカリオン夫妻を除き人類が死滅した後、プロメテウスが粘土をこねて新たに人間を創ったとする説があった。

二二一

同

輝く大空めざして飛んで行け、あの児(こ)を載せてかなたへと行け、
鷲よ、二つの翼をはばたかせて。
やさしいガニュメデスをつかんで飛んで行け、
こよなく甘いに酒注ぐ酌童をしっかりと放さずに。
曲がった爪もつ脚であの児に血を流させてはならぬぞ、
ゼウス様がそのことを気にしてお心を痛めてはならぬからな。

二二二[1]

あるとき運のいい体育教師が年端もゆかない子供を教えていて、
胴の真ん中をつかみ、膝をつかせて
睾丸を愛撫していた。そのときたまたま
家の主人がその子に用事があってやってきた。
すると教師はすばやく足がらみをかけて
子供をあお向けに倒して、両手で咽喉を絞めた。
だが組討競技（レスリング）の技に通じていた主人は言った、
「やめなさい。その子を窒息させてしまいますぞ[2]」。

同

二二三

こちらへやって来る顔がうれしそうなので、それでもう十分だ。
あの児（こ）が通り過ぎるときも、ぼくは振り返って見たりはしないんだ。

同

（1）体育競技を口実に少年相手に猥褻な行為に及んでいた教師を揶揄した詩だが、具体的な意味は曖昧で不明である。

（2）「窒息させる（πνιγίζειν）」という動詞によって、と、それに近い音の πυγίζειν「男色を行なう」という動詞を連想させる洒落。翻訳不可能。

こうすることで、ぼくたちは神像と神殿を正面から見るのだ、
後ろの部屋(3)は見なくていいわけだ。

同

二二四

ぼくたちは正しい道を歩んできた。それが初めのとおり
このまま続くかどうか、ディピロスよ、よく考えておけ。
ぼくたちはたまたま翼もつものを授かった、君は美しさを、
ぼくは愛を。両方ともうつろいやすいものなんだ。
今のところは双方が相和してしばしもっているが、
互いに見張っていないと、飛んで行ってしまうぞ。

同

二二五(4)

暁に太陽の光が射してきたとき、

(3) 肛門を指すと解される。

(4) 謎めかした表現の下にきわめて猥褻な意味を込めた作であることは確かだが、不明の点が多い一篇。おそらくは明け方に肛門性交を行なうことの危険を説いたものであろう(ビレナ説)。

燃える犬座(1)と牡牛座(2)とを一緒にしてはならぬ。
実りをもたらすデメテル(3)が湿り気を帯びて
ヘラクレスの毛深い妻(4)を濡らすといけないから。

二二六

同

一晩中泣きぬれた眼を腫らして、
苦悩(くるしみ)のため眠れぬ魂を鎮めようとしているこのぼくだ。
昨日親しい友のテオドロスがぼくを独り置いて
故郷のエペソスへと帰って行ったので、ぼくは打ちひしがれているのだ。
彼が早く帰ってきてくれなければ、
ただ独り床に臥すことにとても耐えられないだろう。

(1)男根を指す
(2)会陰を意味するが、ここでは女性器を指しているのであろう。
(3)食物との関係から、肛門を指して言われているか？
(4)ヘラクレスの妻はへべ。この語は隠語として女性器を意味する。

二二七

美しい児に出遭うと、そのままやり過ごそうと思うんだが、
その前をちょっと通り越すと、振り返ってしまうんだ。

同

二二八

まだ思慮分別もつかない児が過ちを犯すと、
その児を誘惑した方が多く恥をかくが、
もうそれにふさわしい歳を過ぎた少年が稚児役をつとめると、
それに応じたことが倍も恥ずべきこととされるものだ。
だがモイリスよ、そのどっちに走るのもふさわしくない歳もあるんだ、
今のぼくと君の関係みたいにね。

同

二二九

同

アレクシスよ、後にやってくるのを怖れて、われわれがおまじないに
胸に唾を吐く[1]復讐女神（ネメシス）とはなんて好い女神なんだ。
君はあの女神が後を追ってやって来るのも眼に入らず、
妬みを買うほどのその美しさが、いつまでも保てるものと思っていたんだな。
ところが今じゃそんなものはすっかり失せてしまった。ひどく恐ろしい神[2]が
やって来たのさ。以前は君にお仕えしていたぼくらも、いまじゃ素通りだ。

二三〇

カリマコス

色浅黒い美しいテオクリトス[3]が僕を嫌っているのなら、ゼウス様、
四倍も彼を憎んでくださいまし。もしも愛してくれるのなら、彼を愛して
　やってください。
髪うるわしいガニュメデスにかけてお願いいたします、天界にいますゼウス様、

(1) 魔除けとしての動作。

(2) 字義どおりには「三倍も恐ろしい（τριχάλεπτος）」で、「毛」を意味するθρίξという語を連想させる言葉遊びがなされているが、翻訳不可能。

(3) 言うまでもなく著名な詩人とは別人である。

おんみも恋を知る身なれば。これ以上は申しませぬ。

二三一

ストラトン

恋をしているエウクレイデスは父を喪った。あれはほんとに幸せ者よ。
彼の親父は以前は息子が望むものはなんでもかなえてやったし、
今じゃ親切な骸となっている。だが俺はこっそりと稚児遊び。
ああ、なんて運が悪いこの俺だ、それに親父が不死なる身とあっちゃね。

二三二

スキュティノス

その名を言いにくいものよ、今は固くおっ立ってぐにゃりともせず、
いつまでもやみそうもなくぴんと張っているが、
ネメセノスがすっかり体を曲げて、ぼくの望み通りに身をまかせたとき、
おまえは死んだみたいにだらりとぶらさがってぃおったな。

ぴんと伸びようが、破裂しそうになりそうが、泣きわめこうが、まったく
　無駄だぞ。
俺の手がおまえを憐れんで動くなんて思うなよ。

二三三[1]

プロントン

喜劇作者さんよ、あんたは自分の最盛期は『お宝』だと考えているな、
それが『幻影』よりもすばやくうつろうってことを知らずにね。
時が経ってあんたは『憎まれ男』になり、それから『農夫』になり、
その後は『髪を剃られた女』を求めるようになるのさ。

(1) 喜劇作者メナンドロス作の喜劇の題名を利用した風刺詩で、本来第十一巻に収めるべき作。第五巻二一八番にもアガティアス・スコラスティクスによる同様な詩が見られる。

二三四

ストラトン

もしも君が美貌を誇るなら、知っておくがいい、薔薇だって美しく咲き誇るが、
突然に枯れしぼみ、塵芥(ちりあくた)とともに捨てられるのだということを。

花も美貌も許された盛りの時は同じこと、
時間（とき）というものに妬まれて、ともに同じく朽ち果てる。

二三五

同

美しさが老いるものならば、それが消える前にぼくにおすそわけしてくれ、
それが残るものならば、なんだって残るものを与えることを怖れるんだね？

二三六

同

ある宦官がみめうるわしい子らを召使に抱えている。なんのためにだって？
やつはその児（こ）らを非道な目に遭わせているのだ。
庭園の薔薇の番をして馬鹿な鳴き声を立てている犬みたいに、
やつはそのお宝を自分のためにも、他人（ひと）のためにも役立てちゃいないんだ。

二三七

おさらばだ、悪人を嫌うふうを装っているやつよ、おさらばだ、下劣なやつめ、
前にはもう誰にも身を許さないと誓っていたくせに。
誓ったりするな。わかっているんだぞ、隠せるもんか、
どこで、どんなふうに、誰と、いくらでやったか知っているんだ。

同

二三八(1)

子犬たちは若い子がするように戯れているときに、
互いに相手を喜ばせることをしているものだ。
交互に後ろから背に乗ったり、次には自分が
下になったりしているのだ。
どっちかが優位に立つなんてこともない。先には上に乗っていた方が、
今度は下になるといった具合だ。

同

(1) 諺にひっかけ、表面上の意味の下に、男性同士の性愛に関する猥褻な意味を込めていると見られる作。

まったく諺に言うとおりで、「変わりばんこに
驢馬は引っ掻きあう」ものだ。

二三九　同

五ドラクマくれというのかね？　一〇やるよ。二〇だってやるさ。
金貨だぞ、満足かね？　ダナエだって金に満足したんだ。[2]

二四〇　同

もうわしの鬢には白髪が生え、
一物は腿の間にだらりと垂れさがっているばかりだ。
睾丸(きんたま)は役立たずで、辛い老年がやってきた。
やれやれじゃ、釜を掘ることは知ってるんだが、もうできないんじゃ。

(2) ダナエは黄金の雨に身を変えて忍び込んだゼウスによりみごもった。

二四一　　　　同

子供よ、おまえは釣針を作ったね。わしはそれにかかった魚だ。
どこへでも引っ張ってゆくがいい。だが走るなよ、わしが逃げないようにな。

二四二[1]　　　　同

アルキモスのあれときたら、こないだまでは「薔薇色の指」ほどだったが、
今じゃもう「薔薇色の腕（かいな）」ほどになっちまった。

（1）第十一巻二一番の詩の再録。

二四三　　　　同

もしも釜を掘ったことが身の破滅をもたらしたというのなら、そのせいで
痛風になったというのなら、ゼウスさんよ、わしを肉吊るす鉤[2]にしてくりゃれ。

（2）この語は隠語としては稚児を意味する。

二四四　　同

色白の児(こ)を見ると、そりゃぼくには身の破滅だ。浅黒い児だと
燃え上がる。金髪だとたちまち全身がとろけてしまうんだ。

二四五[3]　　同

理性をもたぬ動物たちはただ雌とだけ番(つが)うが、理性あるわれわれは、
男色というものを発明した点でやつらにまさる。
女の尻に敷かれて牛耳られている連中は、
理性なき動物にまさる点なしというこっちゃ。

（3）一七番の詩と同じく、稚児愛を女性への愛よりもよしと主張する作。

二四六

同

二人の兄弟がぼくを愛している。どっちをぼくの御主人様に選ぶべきか
わからない。二人とも愛しているんだもの。
一人が離れればもう一人がやって来る。最もうれしいのは
一人がいてくれること、傍にいないもう一人を恋うること。

二四七

同

テオドロスよ、往古(そのかみ)イドメネウス(1)はクレタから
メリオネスを小姓としてトロイアへ連れていったが、
ぼくは君を二つの用を足す友としているんだ。
メリオネスは小姓でもあり、寵童でもあったが、
君はぼくの日々の仕事の世話をしてくれるが、夜になったら、
天に誓って、メリオネス遊び(2)をやってみようじゃないか。

(1) ホメロス『イリアス』に登場するクレタ島出身の英雄。

(2)「メリオネス」という名前の下に、「腿(メーロス)」を暗示している。

二四八

自分の稚児が盛りの齢を過ぎたってことがどうしてわかろうか、
いつもべったりとくっついていて、離れたことがないのなら。
昨日は好きだと思った者が、明日は嫌いになるってことがなかろうか？
今日は好きでも明日は嫌いになることが、どうして起きないことがあろ？

同

二四九

牛の腹から生まれる[3]蜜蜂たちよ、なんだってぼくの児の蜜のような
つややかな肌を見て、その顔めがけて飛んで行くんだ？
ぶんぶんと飛び回り、蜜を集めるその脚で、あの児のこよなくも
きよらかな肌に触れるのをやめないか。あちこちうろついているやつらめ、
どこだろうが蜂蜜をためた蜂の巣へと飛んでいってしまえ、
さもないと噛みつくぞ。ぼくって愛（エロース）の針をもっているんだからな。

同

(3) 古代人は、蜜蜂は牛の内臓から生まれるものと信じていた。

二五〇

夕食後、夜の乱痴気騒ぎに出かけようとした折に、
狼である俺は仔羊が、隣のアリストディコスの子が、
戸口に立っているのに出くわした。その児の頸に手を回し、
俺は心ゆくまで接吻した、多くの贈り物を約束して。
さてあの児に何を贈ろうか？　あれは騙すのにふさわしい児
なんかじゃない、イタリア男流の裏切りも許されないしな。

同

二五一

これまではお互いに顔に接吻してきた、あれをしてみるまでの行為としてね。
ディピロスよ、それは君がまだほんの小さな子供だったからだ。
頼むから今度は「やがて君にはふさわしくなくなる後ろの方をさせてくれ(1)」。
すべては時宜を得た時にやらねばならんのだからね。

同

(1) 言うまでもなく肛門性交を求めているのである。これはホメロス『オデュッセイア』第十一歌六六行の詩句を借用し、それを意図的にねじ曲げて使用した句。文脈に沿ってやむなく意訳した。

二五二

扉よ、お前を松明で焼き払ってやるぞ、
酔っぱらった勢いで中にいるやつも一緒にな。
それからさっさと逃げ出して葡萄酒色のアドリア海を渡り、
夜中に開いている戸口を狙って、待ち伏せ攻撃をかけるのさ。

同

二五三

しばらく君の右手を貸してくれ、踊りをやめようというんじゃない、
（あの美しい児はぼくを馬鹿にして笑っているけれども。）
あの児があいにくと父親の側に寝ていなかったら、
ぼくが理由も無しに泣いている姿を見なかったろうに。

同

二五四　　　　同

いったいどこの神殿から、どこからこの愛神（エロス）の一団(1)は
一面に光を投げかけているんだ？　みんな、ぼくは眼がくらんで見えないぞ。
どれが奴隷で、どれが自由人なのか、わからん。
この群れの主人は人間なのか？　そんなことはありえない。
そうならゼウスよりずっと偉いということになるからな、ゼウスはあんなに
　偉い神様なのに、
ガニュメデスしかいなかったからな。それを、この男はなんと多くの少年らを
　抱えていることか！

(1) 愛神のように美しい少年たちを指して言っている。

二五五　　　　同

物に通じてない男よ、この語が由来する本当の意味から出た
ことばそのものが君に教えちゃいないかね？　ディオニュシオスよ、

人はみな「稚児愛者(ピロパイス)」と言われるんで「薹(とう)が立った若者愛者(ピロプーパイス)」なんて言われやしない。

これにゃ反論できまいよ。

ぼくはピュティア競技遊びをやるが、君はオリュンピア競技だな。(2)

ぼくが排除した者たちを君が競技者として受け入れるわけだ。

メレアグロス

二五六(3)

キュプリスよ、おんみのため愛神(エロス)は自らの手で
児(こ)らの花を摘んで、心魅する花冠を編んだのだ。
そこに編み入れたのは甘美な百合の花ディオドロス、
また甘い香り放つアラセイトウなるアスクレピアデス、
さらに編みこんだのは茨の中に咲く薔薇ヘラクレイトス、
咲き匂う葡萄の花にも似たディオン。
そこにさらに結び合わせたのは黄金の巻毛もつサフランなるテロン、
その中にイブキ麝香草の若枝なるウリアデスと、

(2) ピュティア競技会は春に、オリュンピア競技会は夏に行なわれた。
(3) メレアグロスがその詞華集を編んだとき、「稚児愛詩集」の部の冒頭にこの詩を置いたものと見られる。

常に緑たもつオリーヴの若芽ミュイスコスをも入れ、
アレタスの愛らしい若枝をも折り取った。
島々の中でも至福の島、聖なるテュロスよ、
キュプリスのものなる、香り高い児らの杜が咲き誇る島よ。

二五七(1)

同

われはここにて最後の一周が終われることを告ぐる、
書かれたる頁をいとも忠実に守りきたる者として。
あらゆる詩人(うたびと)らの労作をこの一巻の書に蒐め収めたる
メレアグロスは、その業を終えたり。
彼がこの詩の花々を編んだは
ディオクレスがため、いついつまでもの想い出にせんとて。
われは蛇の背のごとくここに背を曲げ、
学殖豊かなる労作の果てを見守れる者。

(1) 同じくメレアグロスによって「稚児愛詩集」の最後に置かれた詩。

二五八

ストラトン

後の世の誰かがわたしのこの戯れの詩を耳にして、
ここに詠われた恋の苦悩はすべてわたし自身のものと思うやもしれぬ。
さりながらわたしは、神がその機会をお与えくださったとき、
愛した児(こ)らに向けてその折々に詩を綴っただけ。

第十三巻　諸種の詩律を駆使したエピグラム集

概観

第十三巻はわずか三一篇から成る小さな巻であるが、翻訳によって失われる部分が最も大きい詩の集積でもある。というのも、この巻に収められた詩は、ギリシア詩のもつさまざまに異なった詩律（古代ギリシア詩は韻を踏まないので韻律という言い方は当を得ていない）、詩形を示すために編まれたものであって、まったく言語体系の異なる邦訳をもってしては、それを伝える術がないからである。以下の翻訳は、ただそこに詠われた内容を散文的に伝えるにとどまる。原詩でこれに接した古代の読者にとっては、多様な詩律を用いて書かれたこの巻の作品は、そのこと自体が関心の対象であり、また眼を楽しませる要素であったろうが、翻訳を通じてこれに接する後代の読者には、残念ながらその意味は完全に失われてしまうのである。翻訳によって詩律、詩形の相違を示せない以上、邦訳を通じてこれに接し、ギリシア語の詩律、詩法、詩形になじみのない読者に、それぞれの詩がどのような詩律をもって書かれているか説くことは無意味なので、あえてその説明はしない。

ここに収められた詩は、『ギリシア詞華集』の母胎のひとつとなったケパラスの詞華集には存在しなかったが、後に『パラティナ詞華集』の編者が、湮滅して伝わらない何かの詩律の教本に拠って、そこからこれらの詩を採り、ここに組み入れたものと推定されている（七番、九番、二五番の詩は、前二世紀のアレクサンドリアの文法学者ヘパイスティオンの『詩律提要抄』にも見えるものである）。本来が詩律を示すための教本に例として引かれていたためであろう、一篇の詩の冒頭部のみが不完全な形で載っている作品が何篇か（四番、八―一〇番）ある。後にケパラスの詞華集を改編してプラヌデスが編んだ詞華集では、この巻からは二編が採られているのみで、他の詩は収められなかった。

収められた詩は、その内容からすると奉献詩と碑銘詩・悼詩が大多数を占め、前者が一三篇、後者が九篇、その他の詩が九篇となっている。

この巻で眼を惹くことは、なによりもそこに作品を採られた一四人の詩人たちのうちに、シモニデス、アナクレオン、バッキュリデスといった上古の名高い詩人たちが名を連ねていることであり、またテオクリトス、カリマコス、アスクレピアデスなどのヘレニズム詩を代表する詩人たちの作品が見られることである。中でもシモニデスは六篇、カリマコスは五篇を寄せている。ただしシモニデスの名のもとに伝わる作品は、明らかに真作ではないものもある。アナクレオン作とされる詩も断片にすぎない。

また一三番、一六番の詩のように本物の碑銘詩であって、実際に石碑に刻まれていた作も含まれている。

本来ギリシア詩の詩律の多様性を示すことを目的として編まれた巻であるから、この巻に収められた詩は、これに翻訳で接する今日の読者が詩興を覚えるほどの作は少ない。傑作、名詩と言えるほどのものはないが、文学的・詩的な価値から言えば、凡作というよりはまずまずの佳作を何篇か数え、『ギリシア詞華集』全体の中でも比較的質は高いと言えるかと思う。もっともテクストの破損、乱れがひどい詩が多く、曖昧でその意を明らかにしえない作が何篇かあるのを憾みとする。

一[1]

ピリッポス

おんみに挨拶を送る、パポスの女神よ、
おんみの権能(ちから)と、不死なる美しさと、人魅する威厳とを、
束の間の生を生きるなべての者たちは
ことばを尽くし、うるわしき技芸(わざ)のかぎりを尽くして
永遠(とこしえ)に崇め讃えまつる。

二

パイディモス

ゼウスの使者なる神よ[2]、カリストラトスが、

(1) アポロニデスによるアプロディテ讃歌(第九巻七九一番)、ピロデモスの詩(第十巻二一番)参照。

(2) ヘルメスを指す。

おんみがために姿も齢もよく似た若者の像を建てました。
若者はケピシア[3]の地区の者。おん主（あるじ）なる神よ、これを嘉納したまいて、
アポロドロスの子とその故郷（くに）とを護らせたまえ。

三

テオクリトス

伶人（うたびと）ヒッポナクス[4]ここに眠る。
おんみが心悪しき者ならば、この墓に近づくなかれ。
心根よく、由緒ある家の出の者ならば、
臆せずここに坐したまえ、お望みとあらばまどろみたまえ。

四[5]

アナクレオン

アリストクレイデスよ、勇敢なる友らのうち、まず悼むのは君だ、
祖国を奴隷の日々から護って、青春の華散らしたる友よ。

（3）アテナイの一地区。

（4）前六世紀後半の風刺詩人。乞食詩人で痛烈な個人攻撃の詩を書いた。『ギリシア詞華集』では、心悪しき詩人として詠われている。第七巻四〇五番（ピリッポス）、四〇八番（レオニダス）、五三六番（アルカイオス）の詩参照。

（5）トラキアの町アブデラの町を護って戦死した青年を悼んだ詩だが、おそらくはより長い詩の冒頭部の二行と見られる。

五[1]　　　　　　　　　　　　　　パライコス

——ぼくは往復競走の勝者だ。——ぼくは組討競技の勝者だ。
——ぼくは五種競技の勝者だ。——で、ぼくは拳闘の勝者さ。
——君の名前は？——ティモデモス。——ぼくはクレスというんだ。
——ぼくはクレテウス。——ぼくはディオクレス。
——お父上はなんていうんだね？——クレイノスだ。——ぼくたちも同じだよ。
——どこで勝利したんだね？——イストミアさ。——で君は？
——ネメアの原でさ、ヘラ祭[2]の折にね。

六　　　　　　　　　　　　　　同

われは勝利の印とて常春藤と花冠を戴ける
喜劇役者のみごとなる肖像を、

(1) 各種の運動競技で優勝した四人の兄弟の像と、通りかかった人との対話。

(2) ネメア競技の行なわれた競技場で祝われたアルゴスのヘラ祭のこと。

かのリュコン(3)の名を世にとどめんとて
ここに建つるなり。
かの者は輝ける名を得たる人物にして、
語らいにおいてすぐれ、よき酒伴なりき。
かの人物(ひと)の面影をとどめしこのものを、
後の世の人らに示さんとて、ここに建つ。

七

カリマコスス

リュクトス(4)のメニタスが
こう言いつつ弓を奉納した、
「そら、弓と箙を奉納しますぞ、
サラピス様、矢ならば
ヘスペリス(5)の者らが
持っておりますのでな」。

(3)アレクサンドロス大王の時代のロクリスのスカルペイア出身の喜劇役者。

(4)クレタ島のクノッソスの近くの町。

(5)リビュアのキュレナイカの町。後にベレニケと改称された。

八(1)

この青銅を打ち延べて造られましたる鼎をば、長距離走に勝利した
アリストマコスの子パイスがヘラ様に捧げます。

テオドリダス

九(2)

美酒に富むキオスより、エーゲ海の波間を分けてあまたの酒壺が来たりて、
レスボスよりは、美酒の精華(はな)もたらす酒壺また多く来たれり。(3)

カリマコス

一〇(4)

わが生のただひとつの甘美なる光(5)を奪い去った船よ、
港見守りたもうゼウスにかけて冀(こいねが)わくは……

同

(1)より長い奉献詩の最初の二行か?

(2)より長い詩の最初の二行。

(3)キオスの酒は極上のものとされ、レスボスの酒は最も純粋なものとされていた。

(4)愛する者が船で去ったのを嘆く詩。断片。

(5)恋人か親しい友人。

一一

シモニデス(6)

――この像を建てたのは誰じゃ？　――トゥリオイのドリエウスだ(7)。
――彼はロドスの生まれではなかったかな？　――いかにも。祖国から亡命
　する前に、
彼はその恐るべき腕を揮って、あまたの猛き業(わざ)をなしたもの。

(6) シモニデスの死後の人物のことを詠っているので、真作ではない。
(7) 前四三二、四二八年のオリュンピア競技会でのパンクラティオンの優勝者。

一二

ヘゲシッポス

あの日は呪われてあれ、月の無い忌まわしい夜と嵐荒れ狂う海の
轟く大浪とが、いともやさしい心もつアブデリオンが乗る船を、
かれが神々に一心に祈ったのも空しく、
セリポスの峨峨(がが)たる岩に打ち付けて微塵にしてしまった。
かの人はその地で異国の人にやさしい敬虔なる人らの手で荼毘に付され、
青銅の壺に収められ故郷アブデラへと還ったのだ

一三

逸　名

これをポリュムネストスの愛息ピュロスがパラス・トリトゲネイア様[1]に
捧げます、十分の一税としてお約束しましたので[2]。
キュドニアのクレシアスの手になるものでございます[3]。

一四

シモニデス

場内競走者のアルゴスのダンデス[4]ここに眠る。
こは駿馬(うま)養う祖国の名をかがやかせし者、
勝利を収めることオリュンピアで二度、ピュティアで三度、
イストミアで二度、ネメアでは一五度に及べり。
他の勝利につきては数うることも難し。

(1)アテナ女神の称呼のひとつ。

(2)神々に願をかけ、成就すると収入の十分の一にあたる金品などを奉納する習慣があった。

(3)奉納された品は鼎のたぐいではないかと見られる。

(4)この人物は前四七二年のオリュンピア競技会の優勝者としてディオドロス・シケリオテスによりその名が挙げられているが、競走者としてより名高かったダラスという人物の誤記ではないかとする説もある。

一五

逸名

われはディコン(5)、カリンブロトスの子、
ネメアで四度、オリュンピアで二度、ピュティアで五度、イストミアで三度
勝利を収め、シュラクサイの都巴(まち)に栄冠をもたらせし者。

一六

逸名

スパルタの王らはわたくしの父にして兄弟(6)。
わたくしキュニスカは俊足の駆る戦車競走に勝利し(7)、
この像(8)を建てたり。ギリシア全土の女たちのうち、
この栄冠を得たるはわたくしひとりのみと告ぐるなり。

(5)競走者として名高かったこの人物の名は、パウサニアスの『ギリシア案内記』第六巻第三章一三に挙げられている。
(6)キュニスカはアルキダモス王の娘で、アギス王、アゲシラス王の姉妹。
(7)キュニスカは、アルペイオス河畔で催され、最も渇望されていた戦車競走で勝利を収めセンセーションを呼んだ(パウサニアス『ギリシア案内記』第三巻第八章一参照)。
(8)原詩では単数形になっているが、実際には戦車と、それに繋がれた馬と、御者と、キュニスカ自身の像であった(パウサニアス『ギリシア案内記』第六巻第一章六参照)。

一七

逸名

かつてペイレネの泉水（みず）が(1)養いしイピオンが(2)、
手ずからこれを描けり。

一八

パルメノン

銅像よ、脚速き駿馬（うま）の勝利を告げよ、
拍車をかけられ、乗り手を振り落として、
平らかなる馬場をめぐりて走り抜けし駿馬なれば(3)。
それゆえにパルメノン黄金の勝利を得たり。
ポクリトスよ、おんみが子に、父のそれに等しき勝利の栄冠授けしは
アミュクライの主（あるじ）らなりき。

(1)コリントスにあった泉。
(2)この画家のすぐれた手腕は、第九巻七五七番の詩（シモニデス）に詠われている。
(3)競馬は馬そのものの速さが競われるので、乗り手がいなくとも勝利と認められたのである。

一九

シモニデス

これなる像はコリントスのニコライダスが捧げしものなり。
こはデルポイにて競走に勝利し、
パンアテナイアにては五種の競技に栄冠を得て、
次々に油壺を獲得せし者。
また聖なるイストミアにては海の主(4)が浜は、
渠(かれ)が三度(みたび)にわたり次々と賞を獲得せしことを識れり。
ネメアでは三度、ペラナでは四度、
リュカイオイでは二度勝利を収めたり。
テゲアにても、アイギナにても、威風堂々たるエピダウロスにても、
テバイにても、メガラ人(びと)らが里にても勝利せり。
プレイウスにては場内は場内競走と五種競技を制し、
大いなるコリントスを歓喜せしめたり。

(4) ポセイドンを指す。

二〇

同

わが祖国聖なるアテネの都巴(まち)に栄光を添えようとて、
オピスが、ヘパイストスの手を借りて造りました、かぐろい大地の子なる、(1)
このみやびな笛を、アプロディテ様に奉納いたします。
みめうるわしいビュルソンへの憧れに胸をひしがれましたので。

二一(2)

テオドリダス

これはプラタイア(3)のムナサルカスの墓、
エレゲイア詩の作者なりし人の。
かの人の詩はシモニデスの作より引き剝がせし
頁(4)にすぎざるもの。
空ろでいたずらに声高く騒々しい、
酒神讃歌(ディーテュランボス)の如くに。

(1)これを銀と解する説と葦と解する説がある。

(2)テオドリダスが、彼に敵対していた詩人ムナサルカスを誹謗した詩。ムナサルカスに関しては第一分冊巻末「詩人名鑑」参照。

(3)シキュオンにあった村。プラタイアは対ペルシア戦争で、ペルシア軍に勝利した戦場として名高い。

(4)この語に関してはペイトン、ベックビイの解釈を採るが、さまざまな説があって定解がない。

されどすでに死者なれば、石を投げるをやめよ、生きて世にあらば、
　太鼓のごとくやかましく吹き立てていたろうよ。

パイディモス

二二[5]

遠矢射るアポロンの君よ、巨人[6]の膂力（ちから）をひしぎたまいし
その弓を緩めたまえ。
狼を殺す箙を開きたもう要はなし[7]、
若者らに向け愛の矢を射かけたまえ。
若者らが愛し合うことによりいっそうの勇気を得て、
祖国（くに）護らんと戦わんがために。
愛神（エロス）は勇気を火と燃え立たせる者にして、先陣を切って戦わんとする
闘志を掻き立てる神々の中でも常に至高なる者。
父祖よりの神としてスコイノス[8]の者らが崇めきたる神よ、
メリスティオンの捧げものを御嘉納あれ。

（5）メリスティオンが弓を射ている愛神の像をアポロンの神殿に奉納した際の詩。
（6）レト女神を犯そうとしてアポロンとアルテミスに射殺された巨人ティテュオス。
（7）曖昧な詩句で定解がない。
（8）ボイオティアのテバイ近くの町。

二三

アスクレピアデス

道過ぎ行きたもう人よ、たとえお急ぎであろうとも、
ボトリュスの量りしれぬ悲嘆(かなしみ)に耳傾けたまえ。
齢八〇の老翁が九歳の子を葬ったのです、
すでにことば巧みに語る術(すべ)を心得ていた子でしたのに。
あわれな父親よ、またボトリュスのあわれないとし子よ、
おまえはいかほどの生のよろこびを知らずして逝ったことか。

二四

カリマコス

遊女のシモン(1)がアプロディテさまに
わが身の肖像画と、
わが乳房を愛撫していた
胸帯と、松明と、

(1)「シモン」という名が女性に用いられているのはここのみで、「シモス」の誤記かとされている。

あわれにも山中でわめきつつ振っていた
神杖(テュルソス)とを奉納いたします。(2)

二五

同

ピュライアのデメテル様に、
――ペラスゴスのアクリシオス(3)が
女神様のためにこの神殿を建てましたが――
それに地下の娘御なる女神様に、
ティモエドスがこの捧げ物を
いたしました。お約束どおりの稼ぎの十分の一にございます。

二六

シモニデス

彼の女(ひと)の名を世の人々に告げん、アルケナウテスのうるわしき妻が

(2) かつてバッコスの信女としてふるまったことを示す。

(3) ゼウスによりペルセウスの母となったダナエの父を指す。アルゴスの生まれであったが、ペラスゴスの人となった。

名もなきままにここに眠るは得ぬことなれば。
かの女はクサンティッペ、往古塔そびゆるコリントスの
領主として民人らを治めしペリアンドロスの末裔なる人。

二七

パライコス

ポコスは異国の地で命果てた。彼のかぐろい船は
波に抗すること叶わず持ちこたえられずして、
エーゲ海の海底深くへ藻屑となり消えてしまったのだ、
激しい南風により海面が湧きかえたがために。
父祖の地に屍なき墓が建てられ、
母のプロメティスはその墓の辺で、
非運を嘆く鳥[1]のごとく、
来る日も来る日も、歳夭くして死んだわが子を哭いている。

（1）翡翠を指していると思われる。

二八

バッキュリデスまたはシモニデス(2)

いかにも、アカマンティスの族(うから)(3)の輪舞合唱(コロス)にあって、
ディオニュソスの伴(とも)なる季節女神(ホライ)らは、常春藤(きづた)戴いて歌われる
酒神讃歌(ディーテュランボス)に歓声をあげ、して、髪紐と美しい薔薇の花を、
歌に巧みな歌い手らの輝く髪に載せたもの。
歌い手らはバッコスの競演の印とて、この三脚の鼎を奉納せり(4)。
かの者らをみごとに調練したのはアンティゲネス(5)、
またアルゴスのアリストン(6)は、澄んだドリスの笛に
澄み切った息吹き込んで、歌い手の甘美なる声に合わせ奏した。
蜜のごとき合唱の輪の音頭取ったは、ストルトンの子ヒッポニコス、
かの人は典雅女神(カリス)らが乗った馬車に運ばれ、
女神らは人々の間にあってその名をいや高くし、その勝利を輝かしきもの
　とせり、
菫色の冠戴く詩女神(ムーサ)らのために。

(2) アンティゲネスの作とする説もある。
(3) アッティカの一部族。
(4) 競演で勝利を得た場合、コロスの長は捧げ物をする習わしであった。
(5) アンティゲネスはコロスを調練し上演するコロスの長(コロディダスカロス)を務めたのである。
(6) アルゴスとテバイは笛の名手を出すことで知られていた。

二九

ニカイネトス

「酒こそは心魅する伶人（うたびと）らの馳せるべき駿馬（うま）、
水など飲んでおっては傑作はものせまい」(1)。
ディオニュソスよ、かく喝破せしはクラティノス(2)、
一杯はおろか酒壺をひとつ倒して気を吐いて。
さればこそかの仁は花冠饒（ゆたか）に戴ける大いなる者、
おんみと同じく、常春藤（きづた）もて額（ぬか）飾れる者なりき。

三〇(3)

シモニデス

詩女神（ムーサ）よ、踝（くるぶし）うるわしいアルクメネが子を、歌い聞かせたまえ、
踝うるわしいアルクメネが子を、詩女神よ、歌い聞かせたまえ。

(1) これはクラティノスのことばの引用である。その作の喜劇『瓶』からの句か。ホラティウス『書簡詩』第一巻一九の「水ばかり飲んでいる連中の書いた詩なんぞが／人々に好まれるわけも、永く生きられるわけもない」という詩句はそれに基づいている。

(2) 古喜劇作者。大酒呑みとして知られていた。

(3) 同じ内容を一行目と二行目で詩律の形を変えて詠っただけの作。翻訳すると無意味となる。

三一[4]

ロドスのティモクレオン

ケオス[5]のたわごとが、聞きたくもないわしの耳に届いた。
聞きたくもないわしの耳に、ケオスのたわごとが届いた。

(4) シモニデスに応じる形での同じ手法を用いた作。翻訳不可能。

(5) シモニデスの出身地。「ケオスのたわごと」とは、前のシモニデスの詩を指しているとも解せる。

第十四巻　算術問題集、謎々、神託など

概　観

全部で一五〇篇から成る第十四巻は、『ギリシア詞華集』全体の中ではやや特殊な位置を占めている。というのも、ここに収められているのは普通の概念で言えば詩ではなく、エピグラム詩の形で綴られた算数の問題集、謎々（なぞなぞ）、神託などだからである。アリストテレスが『詩学』で言っているように、韻文で綴られたものがすべて詩であるわけではない。にもかかわらず、詩とは言えないものが、本来ギリシア詩の集大成であるはずの『ギリシア詞華集』の第十四巻に、一五〇篇も収められているのは、ひとえにそれらがエピグラムという形で作られているがためである（ただしこの巻を構成している作品の大半は、エピグラム詩では最も普通のエレゲイア詩形を用いず、六脚詩脚（ヘクサメトロン）など他の詩律に拠っており、散文のもの（八〇番、九五番）さえもある）。

エピグラム詩は実に多様なテーマ、内容を包摂しうるものであって、事実『ギリシア詞華集』はその例証となっているが、その最たるものがこの巻だと言える。それゆえこの巻に見られる作品は、詩として読まれるべきものではなく、読者はあくまで知的な関心ないしは好奇心でこれに接することが求められるのである。

この巻を構成している内容を見ると、次のようになっている。

一―一三番　算数の問題（一―四番、六番、七番、一一―一三番）と謎々（五番、八―一〇番）

一四―四七番　謎々（三四番は謎めいた神託）
四八―五一番　算数の問題
五二―六四番　謎々
六五―一〇〇番　神託
一〇一―一一五番　謎々と神託
一一六―一四六番　メトロドロスの算術問題集
一四七番「ヘシオドスのホメロスへの答え」
一四八―一五〇番　神託

内容からすると右のようになっているが、ギリシアの神託は、デルポイのアポロンの神託がそうであったように、しばしば謎めいた表現で下されることがあったので、神託と謎々は重なり合う部分もあって、両者を截然と分けられない場合もある。

これら一五〇篇の作品は、ケパラスの詞華集にはなく、パラティナ詞華集が編まれる段階で編者により採り込まれたものと見られている。その出典は明らかではないが、神託、謎々などに関しては、古典作家の著作に引用されていたものが多い。出典はヘロドトス、ディオドロス、プルタルコス、ストバイオス、パウサニアス、アテナイオス、ディオゲネス・ラエルティオス、アキレウス・タティオス、スーダの辞典にまで広く及んでおり、一一三番のように碑文から採られた例もある。

算数の問題に関しては、ソクラテスなる正体不明の人物（『ギリシア詞華集』に三篇の詩を寄せているが伝不詳）の手になると思われるものが一篇と、後半部で三一篇を占めている「メトロドロスの算術問題集」の著者の手になるもの、それに残りの作者不明のものとで成っている。問題集の作者メトロドロスについては、諸説あってはっきりしない。前二世紀のミュシアのスケピスの人で、哲学者にして数学者、弁論家だとする説と、大帝コンスタンティヌス一世の時代のビザンティンの文法家と見る説があり、その二人とは別のメトロドロスだと唱える向きもあって、要するにこれまた伝不詳なのである。またその「算術問題集」にしても、この人物がみずからそれを作ったのか、あるいは先人の作を諸方から集めて、自分の名を冠した問題集としたのか、その点も明らかではない。とはいえ、詩的・文学的価値が問われ、詩人の個性や特質が問題になる詩とは違って、以上の点はこれらの問題集を読み鑑賞するとき、さして妨げとなることはない。また算数の問題ではあるが、その問題の立て方にギリシア人の風習やものの考え方が反映していて、その点でも読者の興味をそそるものがある。もっとも問題の立て方が複雑ないしは曖昧で、後代の註釈者たちによって解答が異なっている場合もいくつかあって、これは訳者の理解を越えている。

これらの算数の問題には、わが国の江戸時代の実用和算書『塵劫記』、とりわけその中の「新編塵劫記三」に似たところがあるので、それと読み比べると面白いであろう。問題の立て方や、配分率の問題、容積を問う問題など両者に共通したところもあり、比較するに値すると思われる。

次にこの巻で四五篇も占めている神託について、簡略に触れておく。

神託が古代ギリシア人の生活においては大きな役割を演じており、個人の生活は無論のこと、対ペルシア戦争の際に、アテナイの命運を決する大きな決断でさえもデルポイの神託に拠ったことは周知のとおりである。それらの神託がどのようなものであったかは、ヘロドトスをはじめとするさまざまな著作家に少なからぬ神託が引用されていることにより窺うことができる。それらを寄せ集めれば、今日われわれのもとに遺されているギリシアの神託は相当な数に上るから、この巻に収められたものはほんの九牛の一毛にすぎない。とはいえ、多くはヘロドトスから採られたこれらの神託は、数こそ少ないが、対ペルシア戦争において存亡の危機に立たされたアテナイ人に下された名高い神託（九三番）をはじめ、「ホメロスに下された神託」（六五番、六六番）、「オイディプス王の父ライオス王に下された神託」（六七番）、「アルキロコスの父テレシクレスに下された神託」（一一三番）、「立法家リュクルゴスに下された神託」（六九番）と言った名高い予言のほか、二〇篇を越えるデルポイの神託、さらには「アレクサンドロス大王の母オリュンピアスに下された神託」（二四番）といった珍しいものまでもが載っており、その意味でわれわれの関心をも惹きうる。これもギリシア文化、ギリシア人の精神生活を映す鏡のひとつと見做せるから、その観点からすると、それなりに興味深いものがある。

最後に謎々について一言だけ述べておくと、ここに見られる五〇篇あまりの謎々は、世の多くの謎々がそうであるように、内容からすればたわいもないものが多く、詩の形をしてはいても無論文学的な価値はない。当然のことながらまた作者も出典不明である。しかしこれによって、古代ギリシア人はこのような謎かけ遊びをして、知的な遊戯を愉しんでいたのだということを教えてくれる点で、一読には値しよう。

なおこの巻にはその内容からして、算数の問題でも、神託でも、本来の謎々とも言いがたい作が七篇入っている（八番、一〇番、一五—一八番、一〇四番、一〇七番、一一一番）。これらは本来他の巻に入れるべきものがここに混入しているのだと考えられる。

一　ソクラテス

問題

ポリュクラテス[1]が問う

幸福なるピュタゴラスよ、ヘリコンの詩女神(ムーサ)らの若芽よ、
わしの問いに答えてくれ、おんみの館でいかほどの数の者らが、
立派に知を競っているかを。

ピュタゴラスの答え

ではお答えしましょう、ポリュクラテス様、半数の者たちは
うるわしい数学[2]の勉強をしております。四分の一の者たちは
不死なる本性の研究[3]に励んでおります。七分の一の者たちは

(1) サモス島の僭主。
(2) ペイトンはこれを「文学」と解している。
(3) 医学の研究を言う。

全き沈黙と、内心の不滅のことばに専念しております。(4)

それに女性が三人、中でもとりわけすぐれているのがテアノ。

私が導いているピエリアの女神らの声の伝え手はこれだけでございます。

解答　$\frac{1}{2}+\frac{1}{4}+\frac{1}{7}=\frac{14+7+4}{28}=\frac{25}{28}$残り3で、弟子の数は全部で28人ということになる。うち数学者14人、医者が7人、哲学者が4人、それと女性が3人である。

二

問題　　逸名（以下とくに名を挙げていないものはすべて同様）

わたしは黄金（こがね）を打ち展べて造られたパラスの像。

黄金は血気盛んな伶人（うたびと）たちが寄進したもの。

カリシオスが黄金の半分を、テスピスが八分の一を、

ソロンが十分の一を、テミシオンが二十分の一を

寄進しましたが、残りの九タラントンと

(4) 哲学研究を言う。

これを造った技（わざ）はアリストドコスが提供したもの。

＊各人がどれだけの黄金を寄進したかを問う問題。

解答　$\frac{1}{2}+\frac{1}{8}+\frac{1}{10}+\frac{1}{20}=\frac{20+5+4+2}{40}=\frac{31}{40}$となり、使われた黄金は全部で40タラントン、うちカリシオスが20タラントン、テスピスが5タラントン、ソロンが4タラントン、テミシオンが2タラントン、アリストドコスが9タラントンを負担したことになる。

三

問題

キュプリスがしょげている愛神（エロス）に声をかけた、
「坊や、どんな辛いことがあったの？」。すると愛神が答えて曰く、
「ぼくがヘリコンから持ってきた林檎を、
ピエリアの女神たちが次々に奪ってしまったんだ。
クレイオが五分の一を取り、エウテルペが十二分の一を、
神々しいタレイアが八分の一を取ったんだ。
メルポメネは二十分の一を、テルプシコレは四分の一を、

エラトは七分の一を自分たちのものにしたんだ。
ポリュムニアはぼくから三〇個を奪い、
ウラニアは一二〇個を奪ったんだ。
カリオペは三〇〇個を持って行ってしまった。
お母さんには空っぽの手もおんなじの、残った五〇個だけを
持ってきたんだよ」。

＊林檎の総数を問う問題。
解答　クレイオ $\frac{1}{5}$＝672 個＋エウテルペ $\frac{1}{12}$＝280 個＋タレイア $\frac{1}{8}$＝420 個＋メルポメネ $\frac{1}{20}$＝168 個＋テルプシコレ $\frac{1}{4}$＝840 個＋エラト $\frac{1}{7}$＝480 個となり、ここまで 2,860 個となる。それに加えてポリュムニアが奪ったのが 30 個、ウラニアが奪ったのが 120 個、カリオペが 300 個で、奪われた林檎の数は 450 個、愛神（エロス）の手許に残ったのが 50 個で、林檎の総数は 3,360 個となる。

四

問題

膂力強きヘラクレスがアウゲイアス[1]に
飼っている牛の数がどれほどかを問うた。すると曰く、
「友よ、アルペイオス河[2]の岸辺にその半分がおるわ。
八分の一がクロノスの丘で草を食っており、
十二分の一は聖なるタラクシッポスの神域[3]におり、
二十分の一は聖なるエリスで牧されており、
三十分の一はアルカディアに置いてきたわ。
残りは、ほれここに五〇頭の群れがいるのが見えるじゃろう」。

＊牛の総数を問う問題。

解答　$\frac{1}{2}=120$ 頭 $+\frac{1}{8}=30$ 頭 $+\frac{1}{12}=20$ 頭 $+\frac{1}{20}=12$ 頭 $+\frac{1}{30}=8$ 頭、それと残りの 50 頭で、総数は 240 頭となる。

（1）ヘラクレスが十二功業のひとつとして掃除を命じられた家畜小屋の所有者であるエリスの王。
（2）オリュンピア近くを流れる河。次の「クロノスの丘」もその付近にある。
（3）同じくオリュンピアのアルティス付近にある神域。

五

謎々（なぞなぞ）

わたしは白い父親から生まれた黒い子、
翼もないのに空の雲にまで飛ぶことができる。
わたしに出遭った人の瞳に、苦しみもないのに涙を浮かべさせる者。
生まれるとすぐに空気の中に溶けてしまうもの。

答え　煙である。

六

問題

——立派な時計よ、朝方からどれほどの時間が過ぎたのかね？
——過ぎ去った時間の三分の二の倍の時間がまだ残っています。

解答　$5\frac{1}{7}$ の時間が過ぎ、$6\frac{6}{7}$ の時間が残っていることを言う。

七

問題

わたしは青銅製のライオン像、わたしの両の眼と口と右足とから水を噴き出しています。私の右眼は壺を一杯にするのに二日かかり、左眼は三日、足は四日かかります。私の口は六時間でそれを一杯にできます。口と眼と足と全部が一緒だったら、どれほど時間がかかるでしょう?

解答　この問題に関する答えは二通り出されており、$3\frac{33}{37}$時間とするものと$3\frac{44}{61}$時間とするものとがある。

八[1]

賽の目は六に一、五に二、三に四と出る。

（1）サイコロは反対面に一と六等の賽の目が刻まれている。

九

謎々

わたしの義父がわたしの夫を殺し、わたしの夫がわたしの義父を殺しました。わたしの義理の兄弟がわたしの義父を殺し、わたしの義父がわたしの父を殺しました。

＊この人物は誰かと問う問題。

答え　アンドロマケ。アンドロマケの二番目の夫となったピュロスの父アキレウスが彼女の夫ヘクトルを殺し、ピュロスがプリアモス王を殺し、パリスがアキレウスを殺し、アキレウスが彼女の父エエティオンを殺したからである。

一〇[2]

わたしは沈黙することを知らない鼎のことを知っている、
青銅が互いにぶつかりあって音を出し、
二番目の鼎が最初の鼎に当たって鳴り響き、

(2) ドドナのゼウス神殿に吊ってあった鼎を詠っているだけのこの詩は、算数の問題でもなければ謎々、神託でもない。

三番目は四番目を揺らせるという具合。
でもそれを動かす風が止んで吹かないと、
鼎は音を発しない。その性（さが）からしては饒舌ではないのだ。
鼎よ、おまえの性は声うるわしいもの、
おまえの本性に適えばよりうるわしい声を出す。
しかるべき時には黙し、しかるべき時に喋るのがおまえだ。

一一

問題

わたしは所有するスタテル金貨千枚を、
二人の子に受け取ってもらいたいが、
嫡子にわたる分の五番目の部分が、庶子が受け取る分の四分の
十だけ多くなるようにしてもらいたい。

＊配分の比率を問う問題。

解答　嫡子は $577\frac{7}{9}$ を、庶子は $422\frac{2}{9}$ の割合で受け取ることになる（$\frac{5{,}200+3{,}800}{9}$

=1,000)。

問題　一二

クロイソス王が全部で六ムナ[1]になる酒杯を奉納した、
それぞれの酒杯が他のものよりも一ドラクマずつ重いものを。

＊それぞれの酒杯はどれだけの重さかを問う問題。

解答　最初の奉納した軽い順から並べると、六つの酒杯はそれぞれ97.5; 98.5; 99.5; 100.5; 101.5; 102.50の重さとなり、合計600ドラクマ（＝6ムナ）になる。

(1) 一ムナは六〇〇ドラクマに相当する。

問題　一三

ぼくたちは二人で二〇ムナの重さになります、

このゼトスとその弟ですが。
ぼくの重さの三分の一と、弟のアンピオンの重さの四分の一とで
六ムナになりますが、それが母の重さです。

*それぞれの像の重さはどれほどかを問う代数の問題。

解答　ゼトスは12ムナ、アンピオンは8ムナ、母のアンティオペは6ムナの重さだということになる（ゼトス＋アンピオン＝20ムナで、ゼトスの重さは20－アンピオン＝12ムナ、アンピオンは8ムナとなる。12の$\frac{1}{3}$＝4ムナ、8の$\frac{1}{4}$＝2ムナで、合わせて6ムナが母の重さである）。

一四

謎々

一つの風、二隻の船、一〇人の漕ぎ手が漕いでいて、
一人の舵取りが二隻の船を操っているものは何ぞ？

答え　アウロス（双管の縦笛。吹き口は一つで、一〇本の指で演奏するから）。

一五[1]

イアンボス詩[2]の詩行は六脚から成る。
スポンダイオス[3]、コリオス[4]、ダクテュロス[5]、アナパイストス[6]、
ピュリキオス[7]、イアンボス[8]がそれ。それぞれが己が位置を占める。
ピュリコスは行末に、長音で始まる詩脚は、
一番目、三番目、五番目に置いてよい。
その他の詩脚はどこでもどこでも勝手に、
ただ王であるイアンボスだけは、必要なところに置かねばならぬ。

一六

ことば遊び

全体では一つの島、牛の鳴き声と借金取りが言うことばから成るわたしは誰？

答え　ロドス島。「ロー（rho）」という牛の鳴き声と、「ドス（dos）［返せ］」という借金取りのことばから成るとすることば遊び。

（1）単に抒情詩の一詩形であるイアンボス詩の詩律を説明しただけの作で、算数の問題、謎々、神託のいずれでもない。
（2）短調格を主としたギリシア詩の一種で、抒情詩の祖とされアルキロコスが痛烈な風刺、嘲罵の具としてこれを好んで用いたことで知られる。
（3）「長長格」（——）。
（4）「トリブラキュス」とも言われる「短短短格」（◡◡◡）。
（5）「長短短格」（—◡◡）。
（6）「短短長格」（◡◡—）。
（7）「短短格」（◡◡）。
（8）「短長格」（◡—）。

一七[1]

狩りの効用

狩りは戦いの練習となるもの、狩りは隠れているものを捕らえ、
襲ってくるものを待ち受け、逃げるものを追うことを教えてくれるから。

一八[2]

ディオメデの夫[3]がトロイアの地で（アイアス）槍を揮って[4]
プリアモスの子ヘクトルを殺した。

一九

謎々

先日、鉄の斧で切り裂かれた森の中を、仰向けに走っている獣を見たが、
そいつの足は地に触れてはいなかった。

*その獣とは何かを問う謎々。

（1）ただ単に狩りの効用を述べただけの作。

（2）言葉遊びの詩で翻訳不可能。

（3）原詩の *Διομήδης ἀνήρ* という表現は、「ディオメデの夫」とも「士（もののふ）ディオメデス」とも両様に解せる余地を残しており、それを利用した言葉遊び。

（4）原詩では「の地で（アイアス）」という語をギリシア軍の英雄アイアスとひっかけて用いており、「アイアスがトロイア軍のために槍を揮って戦った」とも解せるようになっている。

答え　いくつかの答えが提出されている。「虱」とする説、「鋸」とする説」、「櫛」とする説があるが、ヴァルツはこれをエロティックな意味に解して、「獣」とは男根で、「森」は陰毛、「仰向けに走っている」とは「（男根が）まっすぐ立っている」ことを言っているという、穿った解釈をしている。

二〇

謎々

燃えている火の真ん中に一〇〇を放り込むと、息子で処女（おとめ）殺しが生まれる。

＊この人物は誰かを問う謎々。

答え　アキレウスの息子のピュロス。火（pyros）の真ん中に一〇〇（r(h)の字で表わされる）を放り込むとpyrr(h)osとなり、処女だったプリアモス王の娘ポリュクセナを殺したピュロスの名となる。

二一

謎々

君が喋らなければ、それでわたしの名を言ったことになる。君が喋らなければならないとしたら？　驚いたことにやはりわたしの名を言うことになる。

＊この「わたし」とは誰かを問う謎々。答え「沈黙」である。二行目の意味は明らかではなく、いずれの註釈、訳註の解釈も納得できるものがない。

二二

謎々

喋ってはならぬ、わたしの名を言うことになるから。言わねばならぬのか？そうすると驚いたことに、わたしの名前を言うことになる。

＊この「わたし」とは誰かを問う謎々。

答え　沈黙。

二三

謎々

大地の息子がネレウスの子であるわたしを抱いている、
ステュクス[1]の楽しい流れの中に浸っているこのわたしを。

＊この「わたし」とは誰かを問う謎々。
答え　粘土製の壺に入った、黒い色の汁漬けになった魚。「大地の子」とは土製の壺、ネレウス（海を表わしている）の子とは魚、ステュクスとは冥府を流れる河のように黒い汁を言っている。

二四

謎々

眼にしたもうは新たなディオニュソス、わたしは

（1）冥府を流れているとされる河の名。

二重の胎[1]から生まれ、父は記憶を司っています。[2]
父が初めてわたしを生んだとき、
獣を背に載せた残忍なものとしました。[3]
でも後に姉妹の大切な息子を殺して以来、[4]獣を載せてはいません、[5]
天と、海と、大地と、至福なる神々の不滅の宮居を載せているのです。[6]

*この「わたし」とは誰かを問う謎々。
答え　不明である。この一篇は冒頭からしてテクストが破損しているばかりか、欠損していると見られる箇所もあって、全体として曖昧そのもので、問われているものが何かよくわからない。いくつかの異なる解釈が提出されているが、どれも牽強付会と思われ、納得できるものはない。多分「豹（panther）」ではないかと推測されている。

二五

謎々

わたしは太陽御自身[7]と月[8]とが消してしまったスキュラ[9]の
眼の光[10]を恋うて泣いています。父は娘のわたしを怖れています。[11]

（1）ディオニュソスはセメレの胎に宿ったが、母がゼウスの雷火により焼死した後、父ゼウスの腿に縫い込まれて生まれたので「二重の胎」と言われている。
（2）「父」とはアポロンを指すか?
（3）これが何を意味するのか不明。
（4）これでは意味が通らないので、ヴァルツはこの詩行に欠損があるものと見て、*χρόνῳ*「歳月によって」、という語を補い、「歳月によって *πάνθηρ* の *θηρ* の部分が消えてしまい」、という意味だとしている。
（5）*πάνθηρ* が *θηρ*「獣」を失って *πᾶν*「すべて」という語のみになってしまったことを言うか?
（6）*πᾶν*「すべて」なので森羅万象を担っている、という意味

わたしは死んだ頭から絶えず流れ出る二筋の流れを、
聳える丘の上に注いでいます。(12)

＊この「わたし」とは誰かを問う謎々。
答え　ニオベ。

二六

謎々

わたしは以前は黄色い色をしていましたが、刈り取られてからは
雪よりも真っ白になりました。
気持ちのよい、魚が泳いでいる中で水浴びするのが大好きで、
宴会の折には一番先に席に就きます。

＊この「わたし」とは誰かを問う謎々。
答え　麻布のタオル、ナプキンである。ナプキンは水で洗われ、宴席で
は食前に洗った手を拭くために最初に出されるから。

か？
(7)アポロンを指す。
(8)アルテミスを指す。
(9)ペイトン、ベックビイの読みを採るが、ヴァルツはこれを誤りとして、ニオベの悲劇の起こった「シピュロス」と読み替えるべきだとしている。
(10)アポロンとアルテミスに射殺された自分の子供たちを指して言われている。
(11)ニオベは悲しみのあまり石と化したが、冥府にあって劫罰を受けているニオベの父シシュポスは、石が頭上に落ちかかってくるのに絶えず怯えていることを言う。
(12)石と化したニオベが、その後もずっとその頭（両眼のあったところ）から、涙（水の流れ）を注ぎ出していたこと。

二七

謎々

かつてライオンだった乙女を海の中で探すと、
わが子を殺したヘカベの義母に出遭うでしょう。

＊この「ヘカベの義母」とは誰かを問う謎々。

答え　女神テティスである。テティスは自分を捕らえようとしたペレウスから逃れようとして、ライオンに変身したことがあった。「ヘカベ」はここではプリアモス王の妃ではなく、死後に浄福の島でアキレウスと結婚したという言い伝えのあったメディアを指している。テティスはアキレウスの母なので、彼と結婚したヘカベ（メディア）の義母ということになる。

二八

謎々

わたしは海の魚の族(うから)に属します。(1)

(1)「オノス」という、鱈に似た魚であろうとされている。

ディオニュソスの競技会に引っ張り出され参加させられました。(2)
競技場でたっぷりと体に油を塗った後、
わたしはこの手でデオ(3)の息子を殺しました。(4)
二番目にはわたしは多くの手に引っ張られて、
両側からあまたの巨人たちを吐き出しました。(5)

＊この「わたし」とは誰かを問う謎々。
答え　不明である。さまざまな推測がなされているが、どれも当たっているかどうかわからず、定解がないままとなっている。

二九

謎々

わたしだけが御亭主たち自身に懇願されて、
妻女たちと愛のまじわりをしています。

＊この「わたし」とは誰かを問う謎々。
答え　浣腸（の容器）である。

(2)「オノス」とはまた大杯をも意味するので、競技会の後での宴会に用いられたことを言うか？
(3) デオはデメテルの異称。「デオの息子」とは穀物のこと。
(4)「オノス」は碾き臼の上部をも言い、穀物を碾いたことを言っているものと推測されている。
(5) 二番目にはオリーヴの実を碾き、穀物に比べればはるかに大きい種（「巨人たち」）を吐き出すことを言ったものか？

三〇

謎々

わたしの父は雄羊、亀が彼のためにわたしを生みました。
生まれたときに両親二人を殺してしまいました。

＊この「わたし」とは誰かを問う謎々。

答え　竪琴。竪琴の同は亀の甲羅で、弦は羊の腸で作られるからである。

三一

謎々

葡萄酒の第二の母の名を書いて、それに冠詞を付け加えてごらん、
そうすれば父の妻となった国を祖国とする人物が見られます。

＊その人物とは誰かを問う謎々。

答え　ホメロス。葡萄酒（ディオニュソスを指している）の第二の母とはゼウスの腿（mēros）のこと。それに定冠詞（ho）を付け加えると homēros

となる。ホメロスの故郷はスミュルナ（ミュラとも呼ばれる）とされたが、ミュラは父キュニラス王を欺いて父娘相姦を犯したので、「父の妻となった」と言われているのである。

三二

謎々

わたしは殺されましたが、わたしを殺した男を殺しました。
でもその男は冥府には降りませんでした、わたしは死んだのですが。

＊この「わたし」とは誰かを問う謎々。

答え　ケンタウロスの一人であるネッソス。ネッソスはヘラクレスに殺されたが、ヘラクレスはネッソスの血が染み込んだ衣を着て、毒が体に回って死んだ。ただしヘラクレスは死後冥府には降らず、オリュンポスに上げられて神となった。

三三

謎々

わたしはわたしを殺した男を殺しました。でもうれしくはありません、わたしが殺した男は、死んで神になったからです。

＊この「わたし」とは誰かを問う謎々。

答え　同じくネッソス。

三四

ビュザンティオンの者たちに下されたアポロンの神託(1)

さる島なる町ありて、住民らは植物(2)の名に由来する血を引くなり、大陸に向かいて地狭と海峡とを擁す(3)。

そこにはわれに発する血とケクロプスの血とが流る(4)。

そこではヘパイストスが梟の眼せるアテナを嬉々としてわがものとす(5)。

ヘラクレス(6)に捧ぐる犠牲を送るべしと、われが命ずる地はそこなり。

(1)テュロスの住民に下された、謎めいたことばによるアポロンの神託。

(2)テュロス島の住民であるフェニキア人たちは、その名を椰子を意味する「ポイニクス」という語から得た。

(3)アレクサンドロス大王は長大な土手を築き、テュロス島を大陸と繋いで地峡とした。

(4)テュロスの住民にはアテナイ人の血が流れているということ。

(5)ヘパイストスは工業など技術的職業を、アテナはオリーヴ栽培を表わしている。その二つがこの島で栄えたことを言うか？

(6)ここで言われているヘラクレスとはシリアのヘラクレス、すなわちメルカルトのこと。

＊謎めいた表現で言われている島はどれかを問う。
答え　テュロス島。

三五

謎々

わたしは人間の体の一部。だから刃物で切り取れます。
わたしから一字を取り去ると、太陽が沈みます。

＊この「わたし」とは誰かを問う謎々。
答え「爪（onyx）」である。onyx から一字を取り去ると nyx「夜」となる。

三六

謎々

わたしの生は苦いものですが、死は甘く、どっちも水によるものです。(7)
わたしは血を流さぬ槍に貫かれて死にました。(8)

(7) 生きているときは苦い水すなわち海水により生き、死んだのは甘い水すなわち真水によって煮られてであることを言う。
(8) 煮え立った湯に放り込まれて死んだことを言うか？

誰かが生きた墓の中にわたしを葬りますと、(1)
わたしはまず兄弟たちの血で浸されます。(2)

＊この「わたし」とは誰かを問う謎々。
答え　海の魚である。

三七

謎々

わたしはパラス女神(3)の友、数え切れないほどの子を産みますが、(4)
人々がそれを石の下に投じてしまいます。(5)でもその子たちが死ぬと、(6)
ペロスの子(7)には光がもたらされ、人間たちの癒し、競技の護り手となるの
です。(8)

＊この「わたし」とは何かを問う謎々。
答え　オリーブの樹である。

（1）胃の腑にくだったことを言う。
（2）胃の腑で同じく魚で作ったソースと混じり合うことを言っていると思われる。
（3）オリーヴの樹。オリーヴはアテナ女神の樹とされる。
（4）たくさんの実をつけること。
（5）碾き臼に掛けることを言う。
（6）オリーヴ油になることを言う。
（7）「ペレウスの子」（アキレウス）と音の似た「ペーロス［粘土］の子」という言葉遊びで、粘土製のランプを表わしている。
（8）オリーヴ油は体に塗られて体の癒しとなり、とりわけ競技の際には必ず塗られた。

三八

謎々

わたしは弟を殺し、弟はわたしを殺しました。死んだのは父のせいです。
二人とも死んだので、母を殺すことになってしまいました。

＊この二人の兄弟は誰かを問う謎々。
答え　オイディプス王の双子の息子たちであるエテオクレスとポリュネイケス。父オイディプスの呪いを受けて殺し合い、二人とも死んだ。エウリピデスの悲劇『フェニキアの女たち』では、二人の死を悲しみ、母イオカステは自殺したとされている。

三九

謎々

人がわたしを島と呼んだのは間違いではありません。
なんとも騒がしい名前をつけてくれたものです。

＊この「わたし」とは何かを問う謎々。
答え　不明である。ロドス島だとする説があるが、ヴァルツはこれを「島」と呼ばれる派手な外套のことだとしている。いずれも牽強付会の解釈と思われる。

四〇

謎々

わたしたちは血を分けた姉妹です。一人がもう一人を産み、姉妹を産みながら、今度は姉妹から生まれるのです。ですから姉妹であり血を分けた仲でありながら、ともに姉妹であると同時にお互いの母でもあるのです。

＊この姉妹とは誰かを問う謎々。
答え　昼と夜である。

四一

謎々

わたしはわたしの母を産み、母から生まれます。
母よりも大きくなる時も、小さくなるときもあります。

＊このわたしとは誰かを問う謎々。
答え　四〇番と同じく昼と夜。ただしこれを月だとする解釈もある。

四二

謎々

わたしは処女で処女の娘。
処女なので毎年子を産みます。

＊この「わたし」とは何を指しているかを問う謎々。
答え　ナツメヤシの樹と実。ナツメヤシは雌の花しか咲かせないので「処女」と呼ばれる（ペイトンの説）。ただしこれを「葡萄の幹」とする説、

「季節」だとする説もあり、定解はない。

四三

謎々

わたしは天球に似た形をしています。二匹の動物がわたしを引っ張っています。エリゴネの動物[1]は前で、パシパエの動物[2]は後ろで。ヘラクレスの妻[3]がわたしを待ち構えています。ポイボスの愛しい花嫁[4]が燃え上がってしばしばわたしを苦しめます。

＊この「わたし」とは何かを問う謎々。

答え　陰嚢である。星座にひっかけ、それぞれの語がもつ裏の意味（隠語）を利用したエロティックな謎々。

（1）エリゴネはアテナイ王イカリオスの娘。「エリゴネの動物」とは犬のことで、隠語で男根のこと。

（2）牡牛のことで、隠語で肛門のこと。

（3）ヘラクレスの妻はヘベで、隠語では女陰を言う。

（4）アポロンが恋した月桂樹（ダプネ）を指す。ここでは陰毛を除去するために、月桂樹の葉を燃やしたものを用いたことを言っているものと解される。

四四

謎々

一夜のうちにわたしはトロイア軍を攻撃し、
ギリシアの軍勢を分断して、槍も揮わずに屈せしめた。
テュデウスの子も、都市(まち)破壊するオデュッセウスも、
勇み立つわたしを船のところから追い払うことはできなかった。
かれらの胸に気力と勇気を奮い立たせることで、
アルゴス勢とプリュギア勢の軍を滅ぼしたのだ。

＊この「わたし」とは何を指しているかを問う謎々。

答え　ホメロス『イリアス』第二歌で物語られている、ゼウスがアガメムノンに送った偽りの夢を指している。

四五

謎々

わたしは黒くて、白くて、黄色で、乾いたり、湿ったりしています。
木製の原の上に広げられると、
アレス[1]と手の掌によって、声は出さないが語ります。

＊この「わたし」とは何を指しているかを問う謎々。
答え　木の書き板の上に塗られた蠟である。

四六

謎々

わたしに一字を加えると足を傷つける名前になりますが、
さもなければ人が躓かぬようにいつも足を護っています。

＊この「わたし」とは何を指しているかを問う謎々。
答え　サンダル（sandalon）である。sandalon に c の一字を加えると scandalon

（1）鉄筆を指す。

「躓きの石」となるからである。

四七

謎々

光によってわたしは光を失います[2]。でもわたしの傍らに立つ人が、自分の足に役立てようとて、わたしにやさしい光をくださいます[3]。

＊ここで「わたし」と言われているのは何かを問う謎々。

答え　ランタン、手提げランプ。

四八

問題

典雅女神(カリス)たちが三人、同じ数の林檎がいっぱい入った籠を提げていました。九人の詩女神(ムーサ)たちが彼女たちに遭って、林檎をくれと言いました。典雅女神たちは詩女神たちに、三人が同じ数の林檎をあげました。

（2）昼間の光によって明るさを奪われること。
（3）夜になって灯をともされることを言う。

九人の詩女神がそれぞれ貰った数と、三人の典雅女神たちの手もとに残った数は同じです。
詩女神たちが何個ずつ貰ったか言いなさい。

答え　3個ずつである。林檎は全部で12個、女神(カリス)たちはそれぞれの籠に4つずつ林檎を入れており（3×4=12）、各人がその3つずつをあげたので、彼女たちの手もとには3個が残った（12−3×3=3）。

四九

問題

金と銅とを混ぜ、
それに錫と頑丈な鉄を混ぜて、
重さ六〇ムナの王冠を造ってもらいたい。金と銅で重さが
三分の二になるようにし、金と錫で重さが
四分の三になるように、金と鉄で重さが
五分の三になるようにしてもらいたい。

王冠全体で重さが六〇ムナになるためには、
金と、銅と、錫と、鉄とを
それぞれどれくらい入れたらいいか、言いなさい。

解答　金 $30\frac{1}{2}$、銅 $9\frac{1}{2}$、錫 $14\frac{1}{2}$、鉄 $5\frac{1}{2}$となる。

五〇

問題

銀細工師よ、この鉢にその重さの三分の一と、
その四分の一と十二分の一を放り込み、
それを炉に入れてかき混ぜ、インゴットを造ってくれ。
重さが一ムナになるようにせよ。

＊融かした鉢の重さを問う問題だが、設問が曖昧で混乱していてよくわからない。

解答　いくつかの異なった解答が提出されている。1ムナの$\frac{3}{5}$とする答え（ペイトン）、1ムナの$\frac{1}{2}$とする答え（ヴァルツ）、$1\frac{1}{2}$ムナ（メツィリア

ク、ツィルケル）とする答えなどがある。

五一

問題

甲「わたしは乙さんが持っている分と、丙さんが持っている分の三分の一とを持っています」。

乙「わたしは丙さんが持っている分と、甲さんが持っている分の三分の一とを持っています」。

丙「わたしは一〇ムナと乙さんが持っている分の三分の一とを持っています」。

＊甲、乙、丙のそれぞれが何ムナずつ持っているのかを問う問題。

答え　甲は乙＋丙の $\frac{1}{3}$＝45 ムナを、乙は丙＋甲の $\frac{1}{3}$＝37.5 ムナを、丙は 10＋乙の $\frac{1}{3}$＝22.5 ムナをそれぞれ持っていることになる。

五二

謎々

以前わたしはラピタイ族の者たちと、勇敢なヘラクレスと一緒に戦って、
二つの姿をもつケンタウロスたちを斃したことがあります。
以前わたしの三発の打撃を喰らって一人子の娘が死に、
海に住むクロノスの御子を悲しませたことがあります。
今日では三番目の詩女神(ムーサ)が、わたしがガラスの床で
火のようなニンフたちと交わるのを見つめています。

＊この「わたし」とは何かを問う謎々。
答え　葡萄酒である。ラピタイ族とケンタウロスたちの戦いは酒に酔ったことが原因で始まり、ポセイドンの息子である一つ眼の巨人キュクロプスは、酒を三杯飲んでたった一つの眼が見えなくなり、宴会を司る詩女神の見守るさなか、ガラスの杯の中で葡萄酒が（水で割られて）水と混じっている、というのである。

五三

謎々

パラスはかつてヘパイストス(1)の腕力に屈して、
ペレウスの閨(2)で共寝をしたことがありました。
二人がきらきら光る布(3)の下に潜り込むと同時に、
夜中に徘徊する太陽(パエトン)が生まれました(4)。

*ここで「パラス」(アテナ女神)と言われているのは何かを問う謎々。

答え　ランプである。

(1)火のこと。
(2)三七番と同じ言葉遊びで、「ペレウスの閨」とはランプを言う。
(3)ランプの芯のこと。
(4)ランプの炎のこと。

五四

謎々

パイエオン(5)のすぐれた技がわたしをも造り、
銅の唇の下に潜む生きた火を吹き込みました。
哀れな人間たちの体からかぐろい血を吸い取りながら、

(5)医術を指す。

わたしの腹で囲んでヘパイストス[6]を殺します[7]。

*この「わたし」とは何かを問う謎々。

答え　古代の医者が治療によく用いた「吸角」、「吸い玉」（銅で出来た鐘形の放血器、中で火を燃やして悪血を吸い出す器具）のこと。

五五

謎々

わたしだけが御亭主たちに請われて、
妻女たちと愛のまじわりをします。
わたしだけが両親たちが悲しんでいるさなかに、
若者たちや、男たちや、老人たちや、娘たちと交接します。
淫蕩な行ないはわたしの憎むところ。癒しの手はわたしが
アンピトリュオンの子[8]がやった労苦[9]を成し遂げることを喜びます[10]。
わたしは関係を持った者たちのためなら、
冥府の王プルトンとだって戦います、まじわった者たちの命を救うために。

（6）火を指す。
（7）吸角内部の火を消すことを言っている。
（8）ヘラクレスのこと。
（9）アウゲイアス王の厩を大掃除したことを指す。
（10）腸内をきれいに掃除したことを言う。

人間たちの知識が、山羊と象とを交わらせ、[1]
よく白い歯をもつ、よく鞣(なめ)された子であるわたしを造りました。

＊この「わたし」とは何かを問う謎々。

答え　二九番と同じく、浣腸器。

五六

謎々

あなたがわたしを見つめると、わたしもあなたを見つめます。
あなたはわたしを眼で見ますが、わたしは眼では見ません。眼がないからです。
お望みとあらば、声を出さずに喋ります。
あなたは声をお持ちですが、わたしはただ空しく唇を開けるだけ。

＊この「わたし」とは何かを問う謎々。

答え　鏡である。

（1）浣腸器は山羊皮と象牙で作られた。

五七

謎々

わたしは母と同じ名を持っていますが、母よりも甘いのです。
母は背が高いのですが、わたしは小さいのです。
母は頭しか食べられませんが、わたしはそっくり食べられます。
でも内臓だけは食べられません。

＊この「わたし」とは何かを問う謎々。
答え　ナツメヤシである（ギリシア語ではその樹も実もともにポイニクス（phoinix）と呼ばれる）。

五八

謎々

わたしは頭が無いのに脳を持っています。緑色をしていて、
地面から長い首をもたげています。

笛の上に載った球に似ています。
わたしの脇腹のあたりを探ると、そこに母の父がいます[1]。

*この「わたし」とは何かを問う謎々。

答え　アーティチョークである。

五九

謎々

わたしは五〇人の子を孕み[2]、
盗賊たちの頭目(かしら)[3]を殺しました[4]。
その男は二度死んだのです、二つの腹が彼を産んだものですから、
最初は人間の腹が、次には青銅の腹がです[5]。

*この「わたし」とは誰のことかを問う謎々。

答え　イアソンに率いられてコルキスへ遠征した英雄たちを乗せたアルゴ船。

(1)アーティチョークの頭状花の中には、その種子が入っていることを言う。
(2)五〇人を乗り組ませたことを言う。
(3)イアソンはコルキスから金毛羊皮を奪い去ったので「盗賊たちの頭目」と言われているのである。
(4)後にイアソンは、年経て朽ち果てたアルゴ船に寄りかかっていた折に、それが崩れ落ちて死んだとされていた。
(5)メデイアは死んだイアソンを青銅の大釜で煮て、生き返らせたとする伝承があった。「青銅の腹」とは大釜を指す。

六〇

謎々

森がわたしを産み、鉄[6]がわたしの姿を変えました。
わたしは詩女神(ムーサ)たちの秘密を預る身。
閉じられると黙っていますが、広げられると喋ります。
アレス[7]だけが、わたしが安心して言葉を託せる者です。

＊この「わたし」とは何かを問う謎々。
答え　折り畳み式の書き板である。

（6）指物師が使う鉄の工具を指す。
（7）鉄筆のこと。

六一

謎々

わたしは山で生まれ、母は木です。
火が父親で、わたしは黒い塊です。
父がわたしを深い壺の中で溶かしますと、

海を行く車の傷を癒します。

＊この「わたし」とは何かを問う謎々。
答え　松脂からとれるタールである。

六二

謎々

わたしは毛が詰まっていますが、葉が毛を覆っています。
孔は見えません。多くの子供たちの遊びお相手をします。
わたしを投げるのが下手だと、その子は
驢馬のように突っ立っています。

＊この「わたし」とは何かを問う謎々。
答え　馬の毛で作った毬である。

六三

謎々　　　　　　　　　　　　　　　　　　　　メソメデス

その娘は這い、空を飛び、歩きます。
走ると自分のものでない足跡を残します。
前面は翼を持った女で、真ん中は咆哮するライオンで、
後ろはとぐろを巻いた蛇です。
逃げるときにはその体全体は
蛇でもなければ、女でもなく、
鳥でもなければ獣でもありません。
その娘には足がないらしく、
咆哮する獣には頭がありません。
いろんなものがごちゃごちゃ混じった性質を持ち、
完全な部分と不完全な部分とからできています。

＊ここで描かれている怪物は何かを問う謎々。

答え　スピンクスである。

六四

スピンクスが人間たちにかけた謎

この地上には二足で、四つ足で、三つ足だが、その声だけは
変わらない生き物がいる。それはこの地上を這いまわり、
空を飛び、海を泳ぐもののうち、ただ一つ性(さが)を変えるもの。
だがそれが最も多くの足に支えられて歩くとき、
その歩みは最も遅い。

＊スピンクスが道行く人々に問いかけ、最後にオイディプスによって解かれたことで名高い謎。

答え　人間である。エウリピデスの悲劇『フェニキアの女たち』への古註によれば、スピンクスへのオイディプスの答えは次のようなものであった。

不吉な翼もつ死者たちの詩女神(ムーサ)よ、たとえ望まずとも
汝の誤りに終わりもたらすわが答えのことばを聴け。
汝の言うは人間である。それは生まれたばかりの頃は

地上を手と足で這って歩く。
年を取ると背が曲がり、三本目の足である杖にすがって歩くのだ。

六五（以下一〇〇番までは神託）

ホメロスに下された神託

汝が母の祖国なるイオスと呼ばるる島ありて、死せる汝の屍を受け取らん。[1]
されど子供らが汝にかくる謎[2]には用心せよ。

六六

同じく

幸福にしてまた不幸なる者よ（汝はその双方に生まれついたればなり）、
祖国[3]を探し求めおるか？　汝の父の祖国ならずして
母の母国は、ミノス王の地クレタより
ほど近からずまた遠からぬ島[4]のうちにあるぞよ。
汝はその地にて生の終焉（おわり）を迎うる運命（さだめ）なるぞ、

（1）ホメロスがイオスの島で詩女神の意を受けた子供たちがかけた謎が解けず、詩女神に見捨てられたことを悟ってみずから命を断ったことを詠った、メッセネのアルカイオスの詩（第七巻一番）参照。
（2）ホメロスにかけられた謎は第九巻四四八番の詩に出る。
（3）ホメロスの故国（生地）をめぐって、七つの都市キュメ、スミュルナ、キオス、コロポン、ピュロス、アルゴス、アテナイが争ったことが、第十六巻二九七番の逸名の詩に詠われている。また後にこの問題に関心を持っていたハドリアヌス帝がデルポイの神託に問うたところ、それはイタカであるとの答えを得た。一〇二番の神託参照。
（4）イオス島を指す。

子供らの口より、曲がれることばもて織りなされたる
解しがたき歌を聴き、その意を解すること能わざるときには。
汝は二様の運命をば割り当てられたり。一つの運命は汝の
二つの太陽を翳らせ[1]、他の一つは、汝が存命の折も死せる後も
神々に等しきものとなせり。死してなお汝は数多の歳月にわたり老いること
なからん。

六七

ライオス王に下された神託

ラブダコスが子ライオスよ、幸せなる子孫を設けんことを祈るか。
われは汝に愛しき息子を授けん、されど汝はその子の手にかかり、
陽光を後にする運命なるぞ。そはわが定めしところぞ。

(1) 両眼の光を失い失明したことを指す。ホロメスは盲目の詩人とされていた。

六八

カリュストスに下された神託(2)

その名も高きケイロンの愛し子よ、ペリオンの山をば去りて、
エウボイアへと赴け。そこに聖なる場を築くべしと
神々が命じたもうなり。

六九

立法家リュクルゴスに下された神託(3)(4)

リュクルゴスよ、わが沃かなる社に来たれるか、
ゼウスとオリュンポスに宮居するすべての神々に愛でられし者よ。
汝を神なりと宣るべきか、(5)はた人間なりと宣るべきか、惑いおるぞ。
されどリュクルゴスよ、汝はむしろ神ならんと覚ゆるぞよ。(6)

(2) ケンタウロス中の賢者ケイロンの子で、エウボイア島に彼の名を冠した町を建てたと伝えられる。

(3) 前九世紀から八世紀頃のスパルタの名高い立法家。さまざまな法律を定め、スパルタの国制を整えた。

(4) ヘロドトス『歴史』第一巻六五に現われている。

(5) この託宣はプルタルコスの「リュクルゴス伝」にも見える。

(6) リュクルゴスは自分の立てた法が正しかったかどうか伺うためにデルポイを訪れ、神託により正しさを認められたものと覚って、みずから命を断ったと伝えられる。

七〇

セラピスによって下された神託

異国の者よ、いささかなりとも神々を咎めてはならぬぞ。
汝の父が汝の胤(たね)を播きし時をこそ咎むべし。

七一[1]

アポロンの巫女ピュティアの神託

異国の者よ、浄き心もて清浄なるおん神の社に入り来たりて、
ニンフの水[2]に手を浸せるか。
善人(よきひと)にはわずかな水にて足らん、
悪人は大洋の水すべてを以てしても穢れは洗い流せざるべし。

七二

いかにして船主から誓約を引き出すべきかお伺いを立てたルピノスに下

(1)デルポイの神託所に参詣した人が、体を浄めるための水を湛えた水盤に刻まれていた詩句。

(2)手を洗い浄めるための水。

された神託

暁方に巨神（ティタン）[3]が地上より高きところにてその道に上り、
その光もて漆黒の夜の悪しき気を吹き払い、
朝まだきに目覚むる暁女神が輝きつつ
その眩き光を新たなる日にそそぐとき、
その男を浜辺へと導き行きて、波打ち寄せる海岸に立たしめ、
太陽の光をまっすぐに見つめさせよ。
して右脚を海の中の波間に入れ、左足で大地を踏ませよ。
片手で海に、もう一方の手で大地に触れさしめ、
天と、広大無辺の大地と、海の港と、
天上界の火を持ちたもう、生命（いのち）恵みたもう
おん主にかけて誓いをなさしめよ[4]。
かかる誓いは、誇りいや高き天上界の神々なりとも、
その脣（くち）もて軽んずること能わじ。

（3）太陽を指す。

（4）誓いを立てる場合は、水と、地と、天と、火にかけて誓うものとされていた。

七三

デルポイのピュティアの口を通じてメガラ人に下された神託(1)

地上全土のうちペラスゴスのアルゴス(2)が最もよし。
馬はテッサリア産が、女はラケダイモンの女が、
男は美しきアレトゥサの水を飲みおる者たち(3)がよし。
その者らよりさらによきは、ティリュンスと羊に富む
アルカディアとの中間の地に住める者ら、
戦闘駆り立てる突き棒なる、麻の胸甲つけたるアルゴス人ぞ。
汝らメガラ人人は、三番目でもなければ四番目でもなく、
十二番目でさえもなく、ものの数に入ってはおらぬぞよ。

七四

アポロンの巫女ピュティアの神託

神々の聖所は善人には開かれておるぞよ。浄めは必要なし。
穢れは徳を穢すことなし。

(1) メガラ人は常々自分たちをギリシアで最も優れた人々だと自負しており、それを確かめるべくデルポイの神託を伺ったのである。
(2) テッサリアのアルゴスを指している。
(3) エリス地方の人々を指す。

心悪しきものは立ち去れ、
体に水を注ごうとも、魂を浄むることは叶わじ。

七五

その地にあったゼウス神殿の柱を積んだ船が難破した折に、ヘリオポリスの住民たちに下された神託。その柱は今はベリュトスにあり

（ゼウスがアポロンに言うには）

ポセイドンにかく言え、「汝は年上の兄ら[4]に
従うべきぞ。わが誉れある神殿の
柱を得て得意になるはよろしからず」とな。
かく言いつつきらめく海を三度かき混ぜなば、渠は従わん[5]。
もしも従わずんば、海すべてを焼き尽くされぬよう用心せよ、
何物も、たとえ海なりとも、ゼウスの雷火を消すこと能わざればなり。

（4）ゼウスと冥王ハデスを指す。ホメロス『イリアス』第十三歌三五四―三五五行に、「もとより二人の神は家系を同じくし、両親も同じであったが、ゼウスの方が生れも早く、知慧も優っていた」（松平千秋訳）とある。
（5）難破した船に積まれた神殿の柱を海中に蔵していることを言っている。

七六

ピュティアの神託(1)

汝らはアルカディアを求むるか。そは過大なるものを求むるなり。
汝らには与えじ。アルカディアには樫の実を喰らう士(もののふ)(2)ら
あまたおりて、汝らを阻まん。されど汝らにすべてを拒むにはあらず、
汝らにテゲア(3)を与えて、その足もて地を踏みて舞い踊らしめ、
その縄もてうるわしき平原(はら)をば測らしめん(4)。

七七

テセウス伝に引かれている神託(5)

今石造りの閾を越えてポイボス・アポロンが神託所に
入り来たる男こそ幸せなれ。
この者はよき法求めてここに来たれりしが、われは地上の
他のいかなる都城(まち)も持たざる法をば与えん。

(1)ヘロドトス『歴史』第一巻六六に見える神託。スパルタ人はアルカディア攻略を思い立ってデルポイの神託を乞うたところ、得たのが次のような神託であった。
(2)樫の実は本来豚の餌となるもので、それを喰らうというのは文化程度が低い野蛮な(しかし質実剛健な)民というイメージがある。
(3)スパルタの隣国。
(4)スパルタはテゲアとの戦いに敗れ、捕虜になったスパルタ兵は自分たちが持参した足枷をはめられ、縄で地を測る仕事をさせられた。神託はそれを予告していたのである。
(5)この神託はプルタルコスの「テセウス伝」には見えない。
(6)ヘロドトス『歴史』第一巻六七に見える神託。テゲアと

七八

ピュティアの神託(6)

アルカディアの平らなる地にテゲアなる町あり。
そこには剛(つよ)き必定の力により、二つの風吹きいたり(7)。
一撃をもってすれば一撃が応え(8)、禍には禍が重ならん。
アガメムノンが子を擁するは、そのものはぐくむ地なるぞ。
彼を携えて還りなば、テゲアの主となることを得ん(9)。

七九

同じく(10)

リュディア人(びと)にして、あまたの民人らの王、大馬鹿者のクロイソスよ、
汝が館にて、汝が子が、多く祈り求めたる声発するを願うなかれ(11)。
そを聞かぬがままにいることぞ、はるかによけれ、
その子が初めて声出(いだ)す日こそは、厄災(わざわい)の日なれば(12)。

戦っていつも敗れていたスパルタ人は、テゲアに勝つ方法をデルポイの神託に伺ったところ、アガメムノンの子オレステスの遺骨をスパルタに持ち帰れば勝利が得られるとの神託を得た。オレステスの墓所がわからないので、再びデルポイに問うて得たのが次のような神託であった。

(7) テゲアの鍛冶屋から聞いた話により、オレステスの墓を発見したリカスが眼にすることになる、鍛冶屋のふいごの風のこと。

(8) 鍛冶屋の鎚と金床が撃ち合うことを言っている。

(9) リカスなるスパルタ人がテゲアを訪れ、たまたま鍛冶屋の作業を見ていて、その話からオレステスの墓所の在り処を突きとめ、遺骨をスパルタへ持ち帰ったことにより、スパルタは

八〇

同じく(1)

すでに定められたる運命を逃るることは神と雖もできぬぞよ。

八一

同じく(2)

地峡(イストモス)に城塞築くことも、堀り進むることもやめよ、
ゼウスそれを望みたまわば、彼の地を島となしたまいしならん。

八二

同じく(3)

シプノスの評議会の建物(プリュタネイオン)が白く、
市場(アゴラー)の正面が白色とならんとき、(4)
木造の罠と赤き使者(5)とに対し身を護るがため、賢明なる人物を要す。

テゲアに勝利することとなった。

(10) ヘロドトス『歴史』第一巻八五に見える神託。

(11) クロイソスには唖の子がいて、その子の声を聞こうと手を尽くし、デルポイの神託に伺いを立てて得たのがこのような神託であった。

(12) ペルシアとの戦いに敗れ、一人のペルシア兵がクロイソスを殺そうと迫ってきたとき、唖の子は初めて声を発して「おい、クロイソスを殺すな」と言ったという。

---

(1) デルポイの神託を信じて(あるいは曲解して)国を滅ぼしたクロイソスが、デルポイの神託の非を詰(なじ)ったのに対するピュティアの解答。

(2) ヘロドトス『歴史』第一巻一七四に見える神託。狭い地峡

八三

同じく(6)

バットス(7)よ、汝が声の件で来たれるか。されどアポロンの君は、
町築くべしとて汝を羊に富むリビュアに遣(つかわ)したもうぞ。

八四

同じく(8)

もしも汝が一度も行きたることなき羊養うリビュアを、そこに行きたる
ことありし我よりもよく知るとなら、汝が知恵を称賛するぞよ。

八五

同じく(9)

美(うま)し国リビュアに土地の分配了(おわ)りて後
赴かん者は、悔ゆるらんと告ぐるぞ。

に運河を掘って、自分たちの領土を島にしてしまおうとしたクニドス人に下された神託。

(3)ヘロドトス『歴史』第三巻五七に見える神託。金銀の鉱山で潤っていたシノプス島の住民は、デルポイに宝蔵を寄贈し、自分たちの繁栄が永続するか否か伺ったところ、得たのがこの神託であった。

(4)ともにパロス産の白亜の大理石で飾られていた。

(5)サモス人が船団を待機させ、朱塗りの船に乗った使者を送ってくることを意味する。

(6)ヘロドトス『歴史』第四巻一五五に見える神託。

(7)「バットス」とは「吃音者」を意味する名前。成人後自分のどもりについて神託を伺うためデルポイへ詣でたバットスに対して下されたのがこの神託

八六
同じく(1)
大いに敬われるべき身ながら、エエティオン(2)よ、汝を敬う者なし、
ラブダは孕みおるぞ。やがて転(まろ)べる石(3)を産み、
領主らが上に落ちかかりて、コリントスを罰するならん(4)。

八七
同じく(5)
鷲(6)が岩間(7)にて孕み、生肉を喰らう
強き獅子を産むらん。して多くの者らをその膝下に屈せしめん。

八八
同じく(8)
わが館に入り来たる男こそ幸いなれ、

であった。
(8)同じくヘロドトス『歴史』第四巻一五七に見える神託。リビュア沿岸の島に入植したが成果がはかばかしくないので、デルポイの神託を伺って得たのがこのようなお告げであった。
(9)リビュア三代目のバットスの時代に、あらゆるギリシア人に対してリビュア入植を勧めるために下されたデルポイの神託。

(1)ヘロドトス『歴史』第五巻九二に見える神託。八七番、八八番も同じ。
(2)コリントスの支配者バッキアダイの一門の娘で、脚が不自由なため娶るものがいなかったラブダを敢えて娶ったペトラ(「石」)区出身の人物。この神託は子が授かるかどうか伺いを立てたエエティオンに下された

エエイティオンの子キュプセロス、その名も高きコリントスの王よ、
汝自身も、汝らが子らも幸いならん、されど汝の子らが子はさはあらじ。

八九

同じく(9)

その時こそ悪業をたくらみしミレトスよ、
汝は多くの者らの宴にしてよき引き出物とならん。
汝が妻女らは髪長き主ら(10)の足をば洗わん、
ディデュマのわが神殿には、異国の者らに委ねられん(11)。

九〇

同じく(12)

女が男に勝ちて、男を追放し、
アルゴスにて栄誉を贏(かちえ)ん時、
多くのアルゴスの女らは己が頬をかきむしり嘆かん。

もの。
(3)「転べる石」とは後にコリントスの独裁者となったキュプセロスを暗に指している。
(4)キュプセロスがコリントスの支配者バッキアダイ一族を倒して権力を握ることを言う。
(5)エエティオンに先立って、バッキアダイ一門の者たちに下っていた神託。
(6)鷲（アイエトス）とはエエティオン（ドリス方言ではアエティオン）を指している。
(7)「岩間」とはエエイティオンの出身区ペトラ（「石」）で、という意味を含む。
(8)成人後デルポイで神託を乞うたキュプセロスに下された神託。これに勢いを得て、キュプセロスはバッキアダイを倒してコリントスの支配者となった。
(9)ヘロドトス『歴史』第六巻

時経て後の人は言うらん、
「とぐろ巻きたる恐ろしき大蛇(1)が、槍に突かれて死せり」と。

九一

同じく(2)

エピキュデスの子グラウコスよ、当座はさようなる誓を立てて勝ち、
金を略取することが汝を利するらん。
誓うがよい、誓を忠実に守る者をも死は待ち受けるものなればな。
されど誓い（ホルコス）の神は名もなく、手も足もなき子を持ちたもうが、
その御子はすばやく人を追い行きて、
その一族をも、一家をも残らず捕らえ滅ぼすなり。
誓いを守る男の族（うから）は、後の世に至りて栄ゆらん。

一九に見える神託。対ペルシア戦争のさいにペルシア軍により陥落し、悲惨な状況に陥ったミレトスの市民に、それに先立ってこのような神託が下されていた。

(10)ペルシア人を指す。

(11)ミレトス陥落後ディディュマの神殿は略奪され、放火された。

(12)ヘロドトス『歴史』第六巻七七に見られる神託。この神託の意味するところは明らかではない。

(1)アルゴスを指す。「アルゴス」とは彼らの言葉では「大蛇」を意味するという。

(2)ヘロドトス『歴史』第六巻八六に見える神託。ミレトス人から預かった金を返すよう要求され、それを拒んだスパルタ人グラウコスが、誓を立てた上で

九二

同じく(3)

おお哀れなる者どもよ、なぜいつまでも坐しおるか?
家と輪形なす都城(まち)の高き頂(4)をも捨てて、地の果てまで逃れよ。
都城には頭も、胴体も、
端なる足も、手も、胴もあますところなく、
完膚なきまでに滅びん。都城は焔に包まれ、
無慈悲なるアレスがシリアの戦車(いくさぐるま)を御さん。
渠汝(かれ)らのもののみならずあまたの堂塔を覆さん、
不死なる神々のあまたの神殿を猛火に委ねん、
そこなる神々は恐怖に蒼ざめ、
冷や汗を流して立ち尽くさん
そがいと高き屋根より、避けえぬ厄災(わざわい)の前兆なる黒き血ふり注がん、
聖所を出(い)でよ、厄災に存分に浸るがよい。

金を騙し取ってよいかどうかデルポイの神託を伺ったのに対する託宣。

(3)この九二番と九三番の名高い神託は、ヘロドトスの『歴史』第七巻一四〇、一四一に現われるもので、対ペルシア戦争において全都が占領され、壊滅する危機に瀕していたアテナイの住民たちに下されたデルポイの神託である。

(4)アクロポリスを指す。

九三

同じく(1)

パラス女神あまたのことばを費やし、その聡き知恵もて懇願すれども、
オリュンポスなるゼウスの御心を宥むること能わじ、
このことばをば再度(ふたたび)鉄石の固きに封じて告ぐるなり(2)。
ケクロプスの国の国境(くにざかい)と
聖なるキタイロンの谷の中間に横たわるすべて地は奪い去られん。
されど遠く見はるかすゼウスは、トリトゲネイア(3)に、
唯一奪われも壊されもせぬ木の砦(4)をば与えたまわん。そは汝とその子等に
　救いとならん。
汝は安閑として騎兵と、
陸路迫り来る大軍とを待つべからず、
背を向けて退却すべし。かれらに立ち向かう日は来たらん。
おおサラミスよ、おんみは女らの産める多くの子等の命奪わん、
デメテルの賜物(5)が播かれ、また収穫(とりいれ)がなさるるその折にこそは(6)。

(1) あまりにも過酷な神託を告げられ悲嘆にくれたアテナイの託宣使たちが、嘆願者として再度デルポイの神託を乞うて得たのが、アテナイの運命を決したことで名高いこの神託である。
(2) 覆しようのない、冷厳で決定的なものであることを意味する。
(3) アテナイの守護神であるアテナ女神の異称。
(4)「木の砦」とは何を意味するかアテナイ人の間で議論があったが、これを船と解し、艦船を多く建造して海戦に備えることを強調し、勧告したのがテミストクレスであった。
(5) 穀物のこと。
(6) 海戦によってアテナイ軍が勝利する日は、この神託では曖昧な形でしか言われていない。

九四

同じく(7)

隣国の者らには憎まれ、不死なる神々には愛される民よ、
坐して国内(くにうち)に居れ、用心しつつ槍を構えて。
されど頭(8)をば護れ、頭は体(9)を救わん。

九五

同じく(10)

愚かなる者らよ、汝らはミノス王が汝らに悲涙をもたらせしに、
それにも不平なるか。蛮族の男がスパルタの地より女を奪い、
メネラオスがその復讐を遂げしを援けしにもかかわらず、
かの王がカミコス(11)にて死したる折にはギリシア人(びと)ら
彼を援けざるを憤りて、ミノス王が涙をば流せしものを。

(7) ヘロドトス『歴史』第七巻一四八に見られる神託。対ペルシアで同盟を結んだギリシア諸国との同盟に加わるべきか否か伺いを立てたアルゴス人に下された デルポイの神託。中立を守ることを勧告している。
(8) 曖昧な言い方だが、市民の中核をなす人々を言うか?
(9) アルゴス市民全体を指すか?
(10) ヘロドトス『歴史』第七巻一六九に見られる神託。クレタ人は対ペルシア戦争に加わり、ギリシアを援けるべきか否かデルポイの神託に問うたが、そこで得たのがこの神託であった。
(11) シケリアのこと。

九六

同じく(1)

土地広きスパルタに住まう者らよ、汝らが栄えある
大いなる都巴(まち)はペルセウスが末裔(2)らに掠略さるるか、
さもなくんばラケダイモンが国は、
ヘラクレスの血を引く王(3)を悼むこととはならん。
ペルシア人(びと)らはゼウスがほどの力を持ちいたれば、牡牛の力もても、獅子の
　力もても
抗しえじ。ゼウスがほどの力を持ちおればなり。両者のいずれかを
喰らい尽くすまでは、何人も渠(かれ)をば制しえじと告ぐるぞよ。

九七

同じく(4)

蛮語さえずる者どもが葦でできた頸木を海原に投ずる折には(5)、
鳴き立てる山羊どもをエウボイアより遠ざけるを考えよ。

(1)ヘロドトス『歴史』第七巻二二〇に見られる神託。対ペルシア戦争が勃発した当初、スパルタがこの戦いの帰趨についてデルポイの神託に問うたところ、スパルタはペルシア人に掠略されるか、それとも自国の王の死を見るかのいずれかであるとの答えを得た。これがその神託。
(2)ペルシア人を指す。
(3)スパルタの王を指す。
(4)ヘロドトス『歴史』第八巻二〇に見られる神託。エウボイア人はペルシア軍の来寇に備えて家畜を安全な場所に移すよう、このような託宣を受けていた。
(5)クセルクセスは海に架橋すべく、パピルス製の縄をあまた用意していた。

九八

サラミスにおけるギリシア軍の勝利に関するバキスの神託[6]

されどかの者ら狂気の望み抱きて輝けるアテナの都巴（まち）を掠略し、
黄金の剣持ちたもうアルテミスの聖なる海岸（はまべ）[7]と
海に洗わるるキュノスラ[8]とを、船もて橋を架け繋がんするとき[9]、
正義女神（ディケ）は増上慢（ヒュブリス）が生める子なる激しき「豊満（コロス）」が、
すべてを己に服せしめんと気負い立つを挫きたもうらん。
青銅は青銅と撃ち合い、アレスは海をば血潮で染めん。
遠く見はるかすクロノスの御子と勝利女神（ニケ）の君とは、
ヘラスに自由の日をもたらさん。

九九

プラタイアイでの勝利に関する神託[10]

テルモドン[11]の川岸と草生い茂るアソポスほとりに、
ギリシア人（びと）の軍勢群がり、異荻どもの喚声（さけび）聞こゆらん、

(6) ヘロドトス『歴史』第八巻七七に見える神託。
(7) ペイライエウス近くのアルテミス神殿のあったムニュキアを指す。
(8)「犬の尾」を意味するアッティカの半島。
(9) ムニュキアとキュノスラを船を繋いで架橋し、ギリシア艦隊を封じ込めるのが、ペルシア軍の作戦であった。
(10) ヘロドトス『歴史』第九巻四三に見られる神託。
(11) ボイオティアのアソポス河の支流。

そこにて定命(さだめ)至らざるうちに、弓携える
数多のメディア人ら斃るらん、運命の日が来たれるとき。

一〇〇

メネラオスとアレクサンドロスに下された神託(1)

二人の王よ、片やトロイア人(びと)の、片やアカイア人(びと)の王なる者よ、
なにゆえ同じからざること想うてわが館に入り来たれるや?
一人は若駒より子を得んことを求め、一人は若駒を攫わんことを思うか?
大いなるゼウスよ、いかに思し召さるるか?

一〇一

クレオブロスの謎々(2)

一人の父親がいて十二人の子供を持っています。
その子たちは六〇人の姿の異なった子供たちを持っています、
その子たちのある者は白く黒く、ある者は黒い姿をしています。

(1)トロイア戦争以前のこと、メネラオスはスパルタを襲った疫病を鎮めるため、ピュティアの命によっても犠牲を捧げるべくトロイアに赴いた。その後再びデルポイに行き、子が授かるか否か神託を乞うた。アレクサンドロス(パリス)が彼に同行し、自分の娶るべき妻について神託を乞うた。両者に下されたのがこの謎めいた神託である。神託はヘルミオネの誕生とヘレネの略奪を暗示している。

(2)リンドスのクレオブロスはギリシア七賢人の一人。

不死の身なのですが、みんな死んでしまいます。

＊この父親と子供たち（原語は女性形代名詞なので娘たち）とは誰かを問う謎々。答え　父親は一年、十二人の子供たちは月、その子たちは日である。日は昼と夜があり、次々と変わるので「死んでしまう」と言われている。

一〇二

巫女ピュティアがハドリアヌス帝に告げた神託(3)

汝は知られざること、不死なるセイレンの出自と郷国(くに)とを我に問うか。
イタカなる地がホメロスの生国ぞ。(4)
テレマコスがその父、ネストルが娘ポリュカステが母にして、(5)
万人に知恵抜群にすぐれたるこの人物(ひと)を産めり。

(3) 二二五頁註（3）参照。

(4) ホメロスの生地をイタカとするのはこの神託だけである。

(5) ホメロスをネストルの孫とするのもこの神託だけである。

一〇三

謎々

もしもあなたがまだ若い頃のわたしをつかまえていたなら、わたしから流れ出る血を吸っていたでしょう。でも歳月(としつき)が経ってわたしも年老いましたから、皺くちゃで水気もないわたしを食べてください、骨も肉も噛み砕いてね。

＊この「わたし」とは何を指すかを問う謎々。
答え　干し葡萄である。

一〇四

謎々[1]

山羊飼いよ、おまえは革袋を背負い、籠を手にして、肩に山羊を担っているな、すべておまえの地の印だな。

(1) 山羊飼いの姿を描いただけで、実際には謎々とはなっていない。

一〇五

謎々

わたしは地に着く動物の体の一部です。わたしから一字を取り去ると頭の一部となり、もう一字を取り去ると動物となり、さらにもう一字を取り去ると、わたしはいなくなるだけではなく、二〇〇となります。

＊この「わたし」とは何を指すかを問う問題。

答え 「足（pous）」である。一字取り去るous「耳」となり、さらにもう一字取り去るとus「豚」となり、そこから一字取り去るとs（シーグマ）という字が残ってこれはギリシア語では二〇〇を表わす。

一〇六

謎々

四文字だとわたしは道を歩きます。最初の一字を取り去ると

わたしは聞きます。それに続く字を取り去ると、
泥まみれになるの好きながわたしがいます。
最後に来る字を取り去ると、場所を訊く副詞になります。

＊この「わたし」とは何を指すかを問う謎々。
答え　四文字の「わたし（pous）」は足、次は「耳（ous）」、次は「豚（us）」、
最後に来る字を取り去ると、「どこに？（pou）」と訊く副詞となる。

一〇七

謎々

愛神（エロス）は松明も、弓も、矢も投げ捨ててしまいました。
その代わりにエティオピアの塵をそそぎかけます。

＊謎々らしくないが、この「エティオピアの塵」とは何かを問うている。
答え　黄金のことである。

一〇八

謎々

わたしは内部に何も持っていません、でもわたしの内部にはすべてがあるのです。
わたしは自分の特性をすべての人にただで利用させます。

＊この「わたし」とは何かを問う謎々。
答え　鏡である。

一〇九

謎々

眠っていた娘は火に焼かれて死にました。裏切り者は酒。
何で殺されたのかというと、それはオリーヴの樹の幹。
殺した下手人は難破者。(1) 娘は生きた墓(2)の中に、
娘はブロミオスの贈り物を呪いながら、横たわっています。

(1) オデュッセウスとその部下たち。
(2) 潰された眼の眼窩を言う。

パラスと、ブロミオスと、名高い足萎えの三人[1]が、
この一人娘の命を奪ったのです。

＊この「娘」とは誰かを問う謎々。

答え　一つ眼巨人キュクロプスの一人、ポリュペモスの眼である。「娘（core）」という語は眼球をも意味する。ポリュペモスはオデュッセウスに欺かれて酒を飲み、睡眠中に焼けたオリーヴの樹を眼の中にねじ込まれ、その眼を失った。

一一〇

謎々

わたしを見ようとする人には見えません。見ようとしないと見えるのです。
喋ってもいないのに喋り、走ってもいないのに走るのです。
わたしは嘘つきですが、いつも本当のことを言います。

＊この「わたし」とは何を指しているかを問う謎々。

答え　「夢」である。

（1）オリーヴの樹と、酒と、火（ヘパイストス）を指している。

一一一

謎々

子を持たぬ親から生まれた子を持たぬ者。矢を持ち、子供で、飛ぶ者。

＊ここで言われているのは誰のことかを問う謎々。

答え　おそらくは愛神（エロス）のことだろうとされている。一説によれば愛神は

カオスとタルタロスの子だとされているから、カオスのように自分も

子を持たなかったということ。

一一二

リュディアの王クロイソスに下された神託(2)

騾馬(3)がメディア人（びと）の王となれるとき、その時こそ、

脚弱きリュディア人（びと）よ、汝らは砂多きヘルモス河へと逃れ、

踏みとどまれずして、臆病者たるを恥と思わざらん。

(2) ヘロドトス『歴史』第一巻五五に見られる神託。

(3) 騾馬とはメディア王家の血を引く母とペルシア人庶民の間に生まれたキュロスを暗示している。クロイソスはその意味するところがわからなかった。

一一三

アルキロコスの父テレシクレスに下された神託

おおテレシクレスよ、汝が子は不死にして、その名は人々の間で
いや高からん、汝が船より降りて郷国(くに)の地を踏むとき、
最初に汝にことば掛くるその子こそは。

一一四

キュジコスでアレクサンドロス大王の母に下された神託(1)

ペルシア人(びと)はわれに仕うる者、導き手をば暴虐なる手もて殺したり。
故郷の土がその者が骸を覆いおるなり。
そが者の白き骨を速やかに太陽(おおひ)が光に現わさん者こそ(2)、
ペルシア人(びと)が大いなる力を、国内(くにうち)にて打ち砕かん。
彼の者はアシアのうちに、月桂樹と老いたるペリオス(3)の流れに
取り巻かれたる島にあり。
そこへの路指し示す予言者を求めよ、

(1)この神託はここのみに出ているものだが、曖昧でその意味するところは明らかではない。アレクサンドロス大王の母オリュンピアスが、息子はいかにしたらペルシアを征服できるか神託を乞うたのに対する答えである。
(2)古い時代の英雄の遺骨が勝利をもたらすという信仰があった。
(3)どこを指しているのか不明。

砂多きアパルニスに住まうポカイア人をば。[4]

＊この神託の意味するところは明らかではないとされている。

一一五

コンスタンティヌス帝は、トロイアの近くまでやってきてそこに帝都を建てんと思ったが、この神託を得てそこから出発し、コンスタンティノポリスを建設した。

往古（そのかみ）覆されしトロイアに礎の上に、
新たなるローマ築くは許されざることぞ。
鹿と魚（うお）とが同じ場にて餌を食める、[5] 海近きプロポンティスの
メガラ人（びと）の都巴（まち）[6]に、欣びつつ足をば踏み入れよ。

（4）ランプサコス付近の町。

（5）金角湾は陸地深くまで入り込んでいるので、漁場と鹿の草食む陸地とが接近していた。

（6）ビュザンティオンの町は前七世紀の中頃メガラ人によって築かれていた。

メトロドロスの問題集[1]

一一六

お母さん、胡桃のことでなぜわたしをぶつの？
美しい娘たちが全部自分たちで分けたのよ。
メリッソンがわたしから七分の二を取り、
ティタネが十二分の一を取り、遊び好きのアステュオケと
ピリンナが三分の一と六分の一を取ったの。
テティスがわたしから二〇個を、ティスベは十二個を奪ったの。
それにほらごらんなさい、グラウケが十一個を手にして笑っているわ。
わたしにはこの一個しか残っていないのよ。

＊胡桃は全部で何個あり、それぞれが何個を手にしたかを問う問題。
解答　胡桃の数は全部で336個。配分はメリッソン $\frac{2}{7}=96$ 個、ティタネ $\frac{1}{12}=28$ 個、アステュオケ $\frac{1}{3}=112$ 個、ピリンナ $\frac{1}{6}=56$ 個、テティス20個、ティスベ12個、グラウケ11個、手許に残ったのが1個。

（1）以下一四六番まで「メトロドロスの算術問題集」が続く。

一一七

――子供や、おまえにあげた林檎はどこへ行ってしまったの？
――イノが六分の二を、セメレが八分の一を、
アウトノエが四分の一を取ったったんだ。それから
アガウエが五分の一をぼくの懐から奪い去ったんだ。
お母さんの分は一〇個残っているけど、キュプリス様に誓って、
ぼくには一個しかないんだよ。

＊林檎は全部で何個あり、それぞれが幾つずつ手にすることになったかを問う問題。

解答　林檎の数は全部で120個。内訳は$\frac{2}{6}+\frac{1}{8}+\frac{1}{4}+\frac{1}{5}=\frac{109}{120}$で娘たちが取った分は120個中の109個、それに母親の分10個、子供の手許に残ったのが1個で全部で120個となる。配分は、イノ40個、セメレ15個、アウトノエ30個、アガウエ24個、それと母親10個、子供1個。

一一八

あるときミュルトが林檎を摘み取って友達に分けてあげました。

クリュシスには五分の一を、ヘロには四分の一を、プサマテには
十九分の一を、クレオパトラには十分の一をあげ、
パルテノペには二十分の一を贈り、エウアドネには
十二個しかあげませんでした。
彼女の手許には林檎が一二〇個残りました。

＊林檎は全部で幾つあり、娘たちそれぞれが手にしたのは何個かを問う問題。

解答　林檎の数は全部で380個。内訳は$\frac{1}{5}+\frac{1}{4}+\frac{1}{19}+\frac{1}{10}+\frac{1}{20}=\frac{248}{380}$で、娘たちに分け与えられた林檎は380個中の248個、それにエウアドネの分12個、手許に残ったのが120個。配分はクリュシス76個、ヘロ95個、プサマテ20個、クレオパトラ38個、パルテノペ19個、それとエウアドネ12個、ミュルテの手許に残った分120個。

一一九

あるときイノとセメレとが、くれとせがまれたので、
十二人の女友達に林檎を分けてあげました。

セメレは彼女たちそれぞれに偶数の数の林檎を、
イノは奇数の数をあげました。イノの方がより多くの林檎をもっていました。
イノは三人の友達には持っていた林檎の七分の三を、
二人の友達には五分の一をあげました。
アステュノメが十一個取ってしまったので、
妹たちにやる分が二個しかなくなってしまいました。
セメレは四人の友達に林檎の四分の二をあげ、
五人目には六分の一をあげました。
エウリュコレには四個をあげて、
あと四つ残ったので、セメレはうれしくなりました。

＊イノとセメレはそれぞれ何個林檎を持っていて、それをどう分けてあげたのかを問う問題。

解答　イノが持っていたのは35個で、それを15個、7個（$\frac{3}{7}+\frac{1}{5}=\frac{22}{35}$）あげ、アステュノメが11個取り、妹たちの分2個が残った。セメレが持っていたのは24個で、それを12個、4個（$\frac{2}{4}+\frac{1}{6}=\frac{16}{24}$）、4個あげ、手許に4個が残った。

一二〇

この胡桃の木は実をいっぱいつけていました。
それを突然ある人がむしってしまいました。その人が言うには、
「パルテノペイアがわたしから胡桃の実五分の一を取り、
ピリンナが八分の一を自分のものにし、
アガニッペが四分の一を、オレイテュイアが七分の一を得てよろこび、
エウリュノメが胡桃の六分の一をもぎ取ってしまったんだ。
三人の典雅女神(カリス)たちが一〇六個の胡桃を分け、
詩女神(ムーサ)たちが九の九倍の数をわたしから取ったのだ。
残りの七個はまだ遠くの枝にぶら下がったままだ」。

＊胡桃の数は全部でいくつか、またそれぞれがいくつずつ取ったかを問う問題。

解答　胡桃の総数は1,680個である。$\frac{1}{5}+\frac{1}{8}+\frac{1}{4}+\frac{1}{7}+\frac{1}{6}=\frac{1,486}{1,680}$に加えて106＋9×9＋残りの7個の分＝194を足すと、1,680個となり、配分は、パルテノペ336個、ピリンナ210個、アガニッペ420個、オレイテュイア240個、エウリュノメ280個、典雅女神たち106個、詩女神たち

81個、残ったもの7個となる。

一二一

ガデイラの町から七つの丘の都[1]まで六分の一の道程は、
家畜の鳴き声のするバイティスの岸に沿って進み、
そこから五分の一の道程は、ポキオンのピュラデスの地、
あまた牛がいるためにその名を得たタウレを進み、
そこから険しいピュレネまでは八分の一を進み、
それから一二〇分の一を進んだ。ピュレネと高いアルプスの間で
四分の一の道程を進み、そこからアウソニアの地が始まり、
十二分の一を進むとすぐに琥珀色のエリダノス［ポー］河が見えた。
おおそこから二五〇〇スタディオンと、
さらに五〇〇スタディオンの
旅をなし終えたわたしは幸せ者だ。わたしの旅は、
タルペイアの岩にある宮殿を見るためだったのだから。

＊この人物がガデイラからローマまで歩いた距離はどれくらいか、また

(1) ローマのこと。

それぞれ分数で表わされている各地の間の道程はどれくらいかを問う問題。

解答　総距離は15,000スタディオン。$\frac{1}{6}+\frac{1}{5}+\frac{1}{8}+\frac{1}{120}+\frac{1}{4}+\frac{1}{12}=\frac{100}{120}$に2,500スタディオンを足したものが全行程であるから、2,500スタディオンは$\frac{20}{120}=\frac{1}{6}$に当たり、全行程は2,500×6＝15,000となる。各地の道程はガデイラ‐バイティス間2,500, バイティス‐ウァッカエ間3,000, ウァッカエ‐ピュレネ間2,000, ピュレネ‐アルプス間3,750, アルプス‐エリダノス間1,250, エリダノス‐ローマ間2,500スタディオン。

一二二

万物を屈せしめる黄金よ、おまえの顔を拝もうとて、
眸うるわしい正義女神（ディケ）の聖なる面紗（ヴェール）を穢してから、[1]
俺の手には何もありゃしない。不吉な兆候の下で、四〇タラントンを友達に
無駄にくれてやり、ああ、いろいろと姿を変える悪運めが、
元の半分と、三分の一と、八分の一とは敵の手に渡っているのを
眼にすることになるとは。

（1）泥棒を働いたことを言う。

＊この泥棒が盗んだ金貨は総額何タラントンか、またそれを奪った敵は何タラントンを手にしているかを問う問題。

解答　総額は960タラントン。$\frac{1}{2}+\frac{1}{3}+\frac{1}{8}=\frac{23}{24}$に友達にやった分が$40=\frac{1}{24}$で、$40\times24=960$となる。奪われて敵の手にあるのは480, 320, 120タラントン、合計920タラントンとなる。

一二三

息子よ、わしの遺産の五分の一を取るがよい。妻よおまえは
十二分の一を受け取れ。わしの死んだ息子の四人の子供と、
わしの二人の兄弟と、悲しんでおられる母上は、
わしの財産の十一分の一を取るように。
従兄弟たちは十二タラントンを、
友人のエウブロスは五タラントンを取るように。
わしに忠実に仕えてくれた奴隷たちは自由の身とし、
奉仕の謝礼を与える。
次のように受け取るべし。オネシモスは二五ムナを、

ダオスは二〇ムナを、
シュロスは五〇ムナを、シュネテは一〇ムナを、
ティビウスは八ムナを、シュロスの子シュネトスには
七ムナを与える。わしの墓を三〇タラントン使って美しく飾り、
地下のゼウスへの供犠に使うように。二タラントンはわしの
火葬代、葬儀の際の供え物の菓子代、屍衣の代金とし、
二タラントンはわしの亡骸が受け取る贈り物としてくれ。(1)

＊遺産の総額はいくらで、それぞれがいくら遺産を受け取ったかを問う問題。

解答　遺産の総額は660タラントン。分数で示されている分は$\frac{1}{5}+\frac{1}{12}+\frac{7}{11}=\frac{607}{660}$、その他の整数で示されている分は$12+5+30+2+2=51$タラントン、奴隷たちの分$25+20+50+10+8+7=120$ムナ$=2$タラントン、合計53タラントン。配分は息子132, 妻55, 四人の孫一人につき60, 二人の兄弟一人につき60, 母親60, 従兄弟たち12, 友人5, 奴隷たち2, 墓の費用30, 葬儀費用4タラントンとなる。

(1) 遺体に香油などを塗ることを言っていると解される。

一二四

太陽と、月と、黄道十二宮の惑星はお前が生まれた日に
次のように運命を定めたぞよ。
生涯の六分の一は父なき子としていとおしい母のもとで過ごし、
八分の一は敵に強いられてその奴隷として過ごし、
三分の一は、神はおまえを故郷に帰し、妻と
遅く生まれる息子を授けるであろう。
その後、妻と息子はスキュタイ人の槍にかかって命を落とし、
二人の不幸に涙を流した後、
二十七年の後、命果てるであろう。

＊この人物は何歳まで生きるかを問う問題。
解答　72歳までである。$\frac{1}{6}$（12年）$+\frac{1}{8}$（9年）$+\frac{1}{3}$（24年）$=\frac{15}{24}$，プラス $27=\frac{9}{24}$．

一二五

わたしは墓。ピリンナの胎が産んだのも空しく、

その死をさんざんに嘆かれた子供たちを蔵めています。
ピリンナがわたしにゆだねた子供たちの五分の一は男の子、
三分の一は女の子、ほかに結婚したばかりの娘たちが三人、
後の四人は日の光を仰ぐことも声を発することもなく、
胎からアケロンの辺へと下ったのです。

＊死んだ子供たちの数は何人かを問う問題。
解答　15人である。$\frac{1}{5}+\frac{1}{3}=\frac{8}{15}$，プラス$3+4=7$で総数は15となる。

一二六

この墓に眠るはディオパンテス。ああ、なんという大きな驚きだ、
墓は彼の生きた期間を数学的に告げているではないか。
神は彼の生涯の六分の一を少年として過ごさせたまい、加えて
その十二分の一を頬にうっすらと髭が生える齢となさった。
七分の一を過ぎた歳に婚礼の灯をともしてやり、
結婚から五年目に子供を授けられた。
ああ、遅く生まれた哀れな子よ、

冷酷な運命が父親の半分の齢で命を奪った。
悲しみを癒そうとして、父は四年の間数学に没頭し、
命が果てるのを待ち受けたのだった。

＊父親は何歳まで生きたか、何歳で結婚し、何歳の時に子供が生まれたか、
その息子が死んだときには何歳だったかを問う問題。
解答　父親は84歳まで生きた。分数で示されている期間は$\frac{1}{6}+\frac{1}{12}+\frac{1}{7}+\frac{1}{2}=\frac{75}{84}$となり、その差は9で、それが整数$5+4=9$年と同じなので、ディオパンテスは84歳まで生きたことになる。結婚したのは33歳で、38歳で息子が生まれ、80歳の時に42歳の息子を失った。

一二七

デモカレスは生涯の四分の一を少年として過ごし、
五分の一を青年として、三分の一を成年男子として生きた。
白髪の老年がやってくると、
十三年間を老いの閾の上で過ごした。

＊デモカレスは何歳まで生き、それぞれの時代を何年間過ごしたかを問

う問題。

解答　生きたのは60歳まで。分数で示されているのは$\frac{1}{4}+\frac{1}{5}+\frac{1}{3}=\frac{47}{60}$となり、その差13は整数で示されているのと同じ。したがって60という数になる。それぞれの期間は少年時代15年、青年時代12年、成年時代20年、老年時代13年となる。

一二八

兄はぼくになんてひどいことをしたんだ、
親父の遺産の五タラントンを不正なやり方で分割したんだから。
泣きを見たぼくは十一分の七を取った兄の五分の一しか貰わなかった。
ゼウス様、眠りこけておられますね。

＊兄と弟はそれぞれどれくらいの遺産を手にしたかという問題。

解答　この問題に関してはいくつもの異なった答えが出されていて、訳者にはいずれが正解かわからないが、$\frac{7}{11}$の$\frac{1}{5}$はすなわち$\frac{7}{55}$で、不公平な分配であることはわかる。

一二九

広々としたアドリア海の航路を船で渡ってゆくときに、
彼は舵取りに尋ねた。「あと目的地までどれくらいの距離があるのかね？」。
すると応えて曰く「船旅のお方、クレタ島のクリオ岬からシケリアの
ペロリスまでは六〇〇〇スタディオンありますが、
シケリアの海峡に着くまでには、これまでわたってきた距離の
五分の四の距離がまだ残っています」。

＊この船はここまでどのくらいの距離を渡り、目的地まであとどれくらい残っているかを問う問題。

解答　渡ってきた距離x＋残っている距離$y=6{,}000$で、$y=\frac{4}{5x}$であるから、渡ってきた距離は$3{,}333\frac{1}{3}$スタディオン、残りは$2{,}666\frac{2}{3}$スタディオンということになる。

一三〇

四つの泉があって、一つ目は一日で水槽を一杯にし、
二つ目は二日間で、三つ目は三日間で、四つ目は四日間で一杯にします。

全部一緒だと、どれくらい時間がかかるでしょう？

解答　$1+\frac{1}{2}+\frac{1}{3}+\frac{1}{4}+\frac{1}{12}=\frac{25}{12}$ であるから、一日の $\frac{25}{12}$ 時間かかるということになる（ヴァルツの解答）。これに対してペイトン、ベックビイは一日の $\frac{25}{12}$ としており、いずれが正解か訳者にはわからない。

一三二

豊かに水あふれる泉であるわたしの口を開いてください、
この水槽を四時間で一杯にしてみせましょう。
私の右隣の泉はそれを一杯にするのに四時間余計にかかります。
三番目の泉はその倍の時間がかかります。
でもその両方の泉にわたしと一緒にそそぐようにさせたなら、
一日のもっと少ない時間で一杯にできましょう。

＊三つの泉が一緒だと、水槽一杯を一杯するのにどれくらいの時間がかかるかを問う問題。

解答　$2\frac{2}{11}$ 時間かかる。最初の泉 4 時間、右隣の泉 8 時間、三番目の泉 12 であるから、三つの泉が一時間で水槽を一杯にするのは、$\frac{1}{4}+\frac{1}{8}+\frac{1}{12}$

$=\frac{11}{24}$、三つの泉が一緒になって水槽を満たすには$\frac{24}{11}$時間すなわち$2\frac{2}{11}$時間かかることになる。

一三二

わたしは青銅でできたキュクロプス。
誰かが眼と、口と、手を造り、
それを注ぎ口につなぎました。水を注ぎ出しているように見え、
口からは水を吐き出しているように見えるのです。
それぞれが注ぎ出している量は不規則ではありません。
手から注いでいる水はわずか三日で水槽を一杯にし、
眼からのそれは一日で、口からは一日の二分の五で一杯にします。
三つ一緒だったらどれくらい時間がかかりますか?

解答　一日の$\frac{6}{23}$時間かかる。三つが一日で水槽を満たす時間は、$\frac{1}{3}+1+\frac{5}{2}=\frac{23}{6}$. 三つが一緒になって水槽を満たす時間は$\frac{6}{23}$時間ということになる。

一三三

ああ、この二人の河神と雅な酒神（ブロミオス）とは、
なんとうるわしい流れを混酒器に注いでいることか。
でもその流れかたはみんな同じではない。
ナイルは一日の流れだけで器を一杯にするだろう、
それだけの水がその胸から流れ出ているのだ。酒神の神杖（テュルソス）は、
それを三日で一杯にするだけの酒を吐き出し、
アケロオスよ、おんみの角（つの）はそれを二日で一杯にする。
みんなが一緒なら、わずかな時間で一杯にするだろう。

＊ナイル河、アケロオス河、酒が一緒に注ぎ込んだら、どれくらいの時間で混酒器が一杯になるかを問う問題。

解答　ナイルは1日、アケロオスは$\frac{1}{2}$日、酒神は$\frac{1}{3}$日であるから、$1+\frac{1}{2}+\frac{1}{3}=\frac{11}{6}$となり、一日の$\frac{6}{11}$の時間で一杯となる。

一三四

おお、女よ、どうして貧しさを忘れたのだ？　貧乏は相変わらず
逃れられぬ労苦という突き棒でお前にのしかかっているではないか。
おまえは以前は一日に一ムナの糸を紡いだものだった、
上の娘は一と三分の一ムナを紡ぎ、下の娘は半ムナを紡いだものだ。
今じゃみんな合わせて量っても一ムナしか紡がないで、
夕食の支度をしているではないか。

＊母と娘二人は、その日それぞれどれくらいの量の糸を紡いだかを問う問題。
解答　以前は、母 $1+$ 上の娘 $1\frac{1}{3}+$ 下の娘 $\frac{1}{2}=\frac{17}{6}$ ムナを紡いでいたが、その日は三人で 1 ムナ（つまり $\frac{17}{17}$）しか紡がなかったので、約三分の一の量でしかない。母が紡いだのは $\frac{6}{17}$、上の娘 $\frac{8}{17}$、下の娘 $\frac{3}{17}$ ムナ、ということになる。

一三五

ここに立つぼくたち三人の愛神像（エロス）は、

美しい水槽に水をそそぎ込んでいます。
右側に立つぼくは、広げた翼の端から
一日の六番目の時間でそれを一杯にします。
左側にたつぼくは、壺からの水で四時間でそれを一杯にします。
真ん中のぼくは、弓から出る水で半日で一杯にします。
翼と、弓と、壺から水をそそいだら、ぼくたちが
どれほどわずかな時間で水槽をいっぱいにするか、言ってごらん。

解答　一日を12時間として、右の愛神$\frac{1}{2}$+左$\frac{1}{4}$+真ん中$\frac{1}{6}$=$\frac{11}{12}$、したがって水槽を一杯にするには$\frac{12}{11}$時間、一日の$\frac{1}{11}$かかることになる。

一三六

煉瓦職人さんよ、急いで家を建てたいんだ。
今日は空も晴れ渡っているし、
そうたくさんの煉瓦は要らないのだ。あと三〇〇個あれば足りるんだ。
あんた一人で一日で作れるだけの量だ。

あんたの息子は二〇〇個作ったところで仕事を止めてしまったし、
あんたの婿はそれと同じ数より五〇個多く作ったところでやめてしまった。
三人一緒に作ったらどれくらいの時間でできるかね？

解答　300 + 200 + 250 = 750 であるから、三人で作る煉瓦は $\frac{300}{750}$ となり、
一日の $\frac{2}{5}$ の時間でできる勘定になる。

一三七

道行く人よ、わたしたちのために涙をそそいでくれたまえ、
われわれはアンティオコスの家が崩壊して死んだ会食者たちだ。
神はこの場所を饗宴の場とも墓ともなさったのだ。
われわれのうちここに眠る四人はテゲアの者たち。
メッセネの者が十二人、五人がアルゴスの者、
会食者の半分がスパルタ人で、それにアンティオコス、
死者の二十五分の一はアテナイ人だったが、
コリントスよ、おまえはヒュラスたった一人を悼んで哭け。

＊死んだ会食者の数は何人だったかを問う問題。

解答　50人である。分数で示されているのは、スパルタ人$\frac{1}{2}+\frac{1}{25}=\frac{27}{50}$で、あと23人は整数で示されている数と一致する（$4+12+5+1+1=23$）から、50人ということになる。

一三八

五人の友達と遊んでいたニカレテは、
持っていた胡桃の三分の一をクレイスに、
四分の一をサッポーに、五分の一をアリストディケに、
二十分の一を、それからさらに十二分の一をテアノに、
二十四分の一をピリンニスにあげました。
ニカレテは五〇個を自分のために残しておきました。

＊ニカレテは何個の胡桃を持っていたのかを問う問題。

解答　1,200個である。$\frac{1}{3}+\frac{1}{4}+\frac{1}{5}+\frac{1}{20}+\frac{1}{12}+\frac{1}{24}=\frac{1,150}{1,200}$であるから友達にあげた分は1,150個、自分に残したのが50個で、合計1,200個となる。

一三九

日時計板製作者の誉れなるディオドロスよ、
太陽の黄金の車輪が、東から上って天極に達した時間を教えてくれ。
五分三の四倍の時間をそれはたどり終えて、
あとは西の海に沈むまでどれくらいの時間がかかるか。

解答　たどり終えた時間をx, 残っている時間をyとすると、次のような数式で割り出すことができる。$y = 12 - x$; $y = (\frac{3}{5} \times 4)\, x = \frac{12}{5}x$; $12 - x = \frac{12}{5}x$で、たどり終えた時間xは$\frac{60}{17} = 3$時間と$\frac{9}{17}$, 残りの時間yは8時間と$\frac{8}{17}$という結果となる。

一四〇

至福なるゼウスよ、テッサリアの女たち[1]が戯れになすかような業(わざ)[2]を
好みたもうか？　人間(ひと)の眼から月の面を暗くしてしまうのです。
わたしはこの眼で見たのです。夜はまだ夜明けまで、過ぎ去った時間の
六分の四と七分の二ありました。

（1）テッサリアの女たちは魔術に長けているとされていた。
（2）魔術により月食を起こしたことを言う。

＊過ぎ去った時間はどれくらいで、夜明けまで残った時間はどれくらいかという問題。

解答　過ぎ去った時間をxとし、残った時間をyとすると、次のような数式が得られる。$y = 12 - x$; $y = (\frac{4}{6} + \frac{2}{7})x = \frac{20}{21}x$; $12 - x = \frac{20}{21}x$; $x = \frac{252}{41}$で、過ぎ去った時間は6時間$\frac{6}{41}$、残った時間は5時間$\frac{35}{41}$となる。

一四一

昨日妻が子供を生んだときの
恒星と惑星の子午線通過の時間を教えてくれないか。
それは昼間のことで、太陽が西の海に沈むまでに、まだ
明け方から七分の二の六倍の時間があったのだ。

＊それまでに過ぎ去った時間はどれくらいで、日没まではどれくらいかを問う問題。

解答　過ぎ去った時間をxとし、残った時間をyとすると、次のような数式が得られる。$y = 12 - x$; $y = 6 \times \frac{2}{7}y$, そこから$x = \frac{84}{19}$で、過ぎ去った時間は4時間$\frac{8}{19}$、残った時間は7時間$\frac{11}{19}$となる。

一四二

糸紡ぎの女よ、起きろ、もう夜明けは過ぎたぞ、
残っている八分の三の時間の五分の一はもう過ぎてしまったぞ。

＊夜明けからどれくらいの時間が経ったかを問う問題。
解答　残っている時間をxとし、過ぎた時間をyとすると、次のような数式が得られる。$y = 12 - x$; $y = (\frac{1}{5} \times \frac{3}{8})x$, 解析すると$x = \frac{480}{43} = 11$時間$\frac{7}{43}$となるので、夜明けから経った時間$y$は$\frac{36}{43}$時間である。

一四三

父はシュルティスの浅瀬で命果てたが、
その船旅からわれわれの長兄が
五タラントンを持ち帰った。
そのうちには四分の三をくれ、
母にはぼくが貰った分の八分の二をあげた。
神々の正義を外れなかったわけだ。

＊三人にはそれぞれいくらずつが手許に入ったかを問う問題。

解答　兄は$1\frac{5}{7}$タラントン、弟は$2\frac{2}{7}$タラントン、母は1タラントンを手にした。

一四四

銅像甲「わたしが立っているこの台座とわたし自身とでどれほどの重さになるんだろう？」。

銅像乙「ぼくの台座とぼく自身の重さと同じタラントンです」。

甲「わたしだけで君の台座の倍の重さがあるんだ」。

乙「ぼくだけであなたの台座の三倍の重さがあるんですよ」。

＊二つの銅像の重さの比率を問う問題。

解答　甲は乙より三分の一だけ重く、乙は甲の四分の三の重さである。

一四五

甲「ぼくに一〇ムナくれないか、そうすればぼくは君の三倍金持ちになるんだ」。

乙「ぼくが君から同じ額を貰えば、ぼくは君の五倍金持ちになるよ」。

＊甲と乙はそれぞれどれくらいの額の金を持っているかを問う問題。

解答　ここから次のような数式が成り立つ。$x+10=3(y-10)$, $y+10=5(x-10)$，解析すると$x=\frac{110}{7}$，すなわち甲は15と$\frac{5}{7}$ムナ、$y=\frac{130}{7}$，すなわち乙は18と$\frac{4}{7}$ムナ持っていることになる。

一四六

甲「ぼくに二ムナくれ。そうすれば君の二倍の重さになるんだ」。

乙「僕にも同じだけくれよ。そうすれば君の四倍になる」。

＊甲と乙はそれぞれどれくらいの額の金を持っているかを問う問題。

解答　ここから次のような数式が成り立つ。$x+2=2(y-2)$, $y+2=4(x-2)$，解析すると$x=\frac{26}{7}$，すなわち甲は3と$\frac{5}{7}$ムナ、$y=\frac{34}{7}$，すなわち乙は4と$\frac{6}{7}$ムナ持っていることになる。

一四七

トロイア戦争に参加したギリシア人の数を訊いたヘシオドスへのホメロスの答え

激しく燃え盛る野営の火が七つありましたな。
その各々に五〇の焼串があって、それには五〇の焼肉が焼かれていて、
それぞれの焼串の前には九〇〇人のアカイア人がいましたわい。

解答　ギリシア人の数は 315,000 人（7×50×900）。

一四八

クテシポン[1]で誕生日に競馬競技を開催し、それを見物していた背教者ユリアヌス帝に下された神託[2]

知慮に富むゼウスは、往古（そのかみ）オリュンポスに宮居する
至福なる神々の最も憎むべき敵なる巨人どもを滅ぼしたまえり。
ローマ皇帝なる神のごときユリアノスは、白兵戦を激しく闘いて、

（1）ティグリス河左岸にあった町。
（2）ユリアノス帝は後三六三年ペルシア征討に赴き、会戦に勝利してクテシポンにまで達したが、その地での戦闘で負傷し死んだ。この神託はその直前に下されたもの。

ペルシア人の町と、永く延びたる城壁とを、
火と苛烈なる刀槍をもて破壊し、
他の多くの民をも次々と屈服せしめたり。(3)
渠(かれ)また度重なる激闘により西方の者らのアレマニアの
領土を征服し、その地を掠略したり。(4)

一四九

てんかんの治療についてお伺いを立てたアテナイ人ティモクラテスに下
された神託

めえめえと鳴く山羊の頭から最も大きな虫を取り出し、(5)
野に草を喰らう羊の体を地に押し倒して、
頭より這い出る虫どもをば……(6)

(3) ユリアノスは副帝(カエサル)時代にガリアに派遣され、アラマンニ族、フランク族などを打ち破っている。
(4) 後三五七年にストラスブルグの戦いでアレマンニ族を敗北せしめたことを指す。
(5) てんかん治療のためには、山羊の脳内に巣食う虫が、山羊がくしゃみをしたときに飛び出したのを、それが地上に落ちるまでに捕らえ、それを山羊の皮に結びつけて首筋の皮膚に当てるという、奇妙な治療法があったらしい。
(6) ここは欠文があり、テクストが乱れていて意味がはっきりとしない。

一五〇

いかにして子を設けることができるかお伺いを立てたアイゲイウスにくだされた神託

人々の中で最もいとおしき者よ、アテナイ人の地に着くまでは、
革袋より突き出た足[1]を解いてはならぬぞよ。[2]

(1) 男根を指して言われている。
(2) 女性と交接してはならぬということ。

第十五巻

さまざまな詩　雑纂

概　観

「雑纂（σύμμικτα）」と呼ばれている第十五巻は、『ギリシア詞華集』の母胎となったパラティン詞華集の最終巻にあたる。これは第十三巻と同様わずか五一篇から成る小さな巻で、多くはケパラスの詞華集から採られた、アレクサンドリア時代からビザンティン帝国時代、それも十世紀というかなり降った時代までにわたるさまざまな内容の詩が収められている。この巻が『ギリシア詞華集』全体の中で占める位置はおよそ大きなものではない。玉石混交と言いたいところだが、ほとんどが凡作で、その内容からしても、詩的・文学的価値からしても、さしたる意味はもたないと言える。ここに収められた詩はまさに「雑纂」と言うにふさわしく、キリスト教信仰にかかわる詩、太陽神の祭司のための一群の碑銘詩、聖書の一節をホメロスの言語で綴っただけの愚作、哲学者の述懐詩、戦車競走に勝利を収めた競技者のための頌詩、混入したと思われる愛の詩、ホメロスの校訂に関わる詩、事物描写詩など、実に雑多な作が並んでいるのが見られる。キリスト教に関する詩が十四篇と最も多いが、見るべき作はない。次いで多くを占めているのは、最後に置かれているユスティニアノス一世の時代に活躍した名高い戦車競走者のための碑銘詩である。銅像に刻まれたこれらの詩は、当時の人々の戦車競走への熱狂ぶりを伝えるものではあるが、詩的な価値は乏しく、今日文学として読むに堪えるほどのものではないと言える。

その中にあって注目すべきものがあるとすれば、それは全部で六篇を数える（二一番、二二番、二四一二七番）「図形詩（τεχνοπαίγνια, Figurengedichte, poésie de figure）」であろう。二十世紀のシュールレアリスト詩人アポリネールの詩集『カリグラム』の遠祖とも言える、ある事物を詠った詩が、その事物の形をした詩行の配列でできているこの種の詩は、ヘレニズム時代のギリシア詩の技巧が、その極致にまで達したことを示している。と同時に、詩というものが、もはや耳で聴かれるものではなく、眼で読まれるものとなったことをこれほど端的に示すものもない。テオクリトス、ドシダス、シミアスの三詩人が、巧緻をきわめた詩技を駆使して作り上げたその図形詩は、複雑な詩律とことさらに曖昧な表現を用い、まさに謎解きであって判じ物となっている。一連の図形詩の最後に置かれたシミアスの「卵」と題された詩のように、あまりに巧緻をきわめ、曖昧かつ朦朧とした表現に拠っているため、何を詠っているのか解しがたい作もある。その妙味は原詩によってのみ感得できるもので、いかなる翻訳でも伝えようがないが、詩人による高度な知的遊戯として、それなりに興味深いものがある。「解説」でも触れるが、図形詩は必ずしもギリシア詩に固有なものではなく、中国やわが国の漢詩にもその例があり、またローマ時代に入ってからもラテン語でも作られ、またルネッサンス時代以降もかなり盛んに作られた。ヨーロッパ最古の図形詩であり、モデルともなったこの巻の図形詩は、詩的な価値から言えばさほどのものではないが、この種の詩の淵源、先蹤としては注目すべきものがある。ただ残念ながらことば遊びとして性格が強いため、翻訳は事実上不可能である。邦訳では原詩と外形だけを似せて、こういう形の詩なのだということを示し、その面影を想像していただくほかはない。

一

ヨアンネス・グランマティコスの小詩に寄せて[1]　　逸　名

画家は絵には描いてはならぬものを、あえて描いたものよ、
みごとにことばを尽くして、真に迫った架空の世界像を描き出したことだ。
絵というものはありもせぬものを至るところで創り出すものなのだ。

二

リュキアの町ミュラに寄せて　　逸　名

うるわしい輪舞場もつ町のこの城壁を、
総督パラディオス[2]の建言を容れ、造営の技に長けた
アルテモン[3]の計画に従って増築なされたるはマルキアノス帝。

（1）ガザの町にあった公衆浴場には世界地図が描かれており、それを詠ったガザのヨアンネスの長詩があった。この詩はそのヨアンネスを読んで作られたものと見られる。

（2）マルキアノス帝（在位、後四五〇―四五七年）治下の東方総督。

（3）伝不詳。建築家であろう。

かくて町はようやく昔の規模に復したもの。

三

ニカンドロスの墓に寄せて　　逸名

神は十七歳のこのわたし、穢れなき、無垢なる
ニカンドロスを殉教者としたまえり。(4)

四

ニカイアにおける湖近くの墓のオベリスクに刻まれた墓碑銘　　逸名

ニカイアよ、天を摩せんばかりのこの墳墓(はか)と、
太陽に隣するピラミッド(5)を誇りとせよ。
この墓は壮大なる奥津城(おくつき)に葬られたる、
生ける者の間にその名も高かりし祭司(6)を蔵せるもの。
この大いなる塚はサケルドスがものにしてセウェラ(7)が記念碑。

(4) ディオクレティアヌス帝によるキリスト教迫害によって殉教した三十六殉教者の一人。

(5) サケルドスとその妻のために築かれた、正方形の台座の上に立つピラミッド形の巨大な墳墓。
(6) サケルドスは太陽神の祭司であったらしい。
(7) サケルドスの妻。

それに隣するは天にして冥府ならず。

五

同じく　　　　　　　　逸　名

天を摩せんばかりの金色に輝くこの記念塔は、
その生に等しく、星辰に隣する
墳墓(はか)に葬られたる人のもの。この墓が納めるは
天界の秘儀に参ずる祭司にして、
崩れ落ちたる祖国(1)を地より立ち上がらせ、再建せし人物(ひと)。
思慮と弁舌にかけて至高の才に恵まれたり。
この人物をめぐり、その屍焼いたるアテナイと(2)
己が胸に遺骨収めたる町との間に争いが起こりぬ。

(1) サケルドスは地震で壊滅したニカイアの町を復興させる上で非常に大きな働きをしたのである。
(2) アテナイで客死したからである。

六

同じく　　　　　　　　　　　　　　　　　　　　　　　　逸名

アスカニアの地に星のごとく燦然と輝き、陽光を照り返す
この大いなる墳墓(はか)は、サケルドスがために築かれしもの。
かの人の霊はここに平安の裡にやすらう。
これなるは傾ける祖国に手を差し伸べ、
齢若くして父君より聖なる冠を受け、額(ぬか)飾りし人物(ひと)。
その大切なる亡骸(なきがら)をば祖国が受け取り、
アッティカは火にて浄め、
ギリシア全土の町が崇めいたり。

七

同じく　　　　　　　　　　　　　　　　　　　　　　　　逸名

わが祖国はニカイア、わが父は天界の祭司なりしが(3)
われはその祭儀を継げり。

(3) 太陽神の祭司だったことを言う。

われはまたアウソニアのゼウス(1)が援けを得て、
地震（ない）にて崩れ落ちたるわが町を冥府より救いぬ。
アスカニアを遠く離（さか）れる地にてみまかり、
父祖の地なるアッティカにて、屍焼く火に上れり。
この壮麗なる奥津城（おくつき）は祖父と同じ名のわが子が建てしもの。
徳は両者（ふたり）をうちまもりいたり。

八

同じく　　　逸名

両人（ふたり）にとってのただ一度の婚儀、共にした生涯、
死してなお相思い離るることはありませぬ。
サケルドスよ、あなたの祭儀と、士（もののふ）らしい事績とは、
日輪のめぐるかぎり、永遠（とわ）にあなたの名を世に告げるでしょう。
このわたしセウェラを、夫と、わが子と、わが人柄と、美貌とが、
往古（そのかみ）のペネロペよりも名高くしてくれました。

(1)ローマ皇帝を指す。

九

テオドシオス帝頌(2)　　キュロス

陛下はアキレウスがなせる目覚ましきはたらきをすべてなしたまいぬ、
密かな恋せしこと(3)除きて。テウクロスのごとき弓の上手にましませども、
庶子にはおわさず(4)。アガメムノンにも似たる偉丈夫におわせしが、
酒により心乱さるることなし(5)。
知恵聡きこと知謀に富むオデュッセウスになぞらうるにふさわしきも、
悪しき策（はかりごと）謀企まるることなし。
陛下よ、ピュロスが老翁(6)にも似たる蜜のごとき声音（こわね）もて語りたもうは、
人生三代（ひとのよ）を生くるに至らざるうちのこと。

一〇(7)　　同

海のいずこに証人を求めたらよかろうか？　語れ岩礁（いわ）よ、
語れ大浪よ、いかにしてかの者らが嵐と闘ったかを。

(2) テオドシオス二世治下でコンスタンティノポリスの施政長官を務めた人物によるお追従の詩。
(3) アキレウスはシュロスの王リュコメデスの館に女装させられ匿われていた折に、王の娘デイダミアに恋した。
(4) 弓の名人テウクロスは、テラモンの庶子であった。
(5) アガメムノンは酒に酔って迷妄に陥り、アキレウスからブリセイスを奪うという愚挙を犯した。
(6) トロイア遠征軍の英雄の一人で、人の世三代を生きた、長寿で弁舌の巧みさで知られた老将ネストル。
(7) これは明らかに断片である。

船は壊（こぼた）れ、帆柱は折れ、竜骨は沈み、積み荷は失せた。

二

逸名

リンドス[1]の城にて[2]

アトリュトネ[3]を空に浮かぶがごとき砦の斜面に迎え入れし[4]
リンドスが誉れは広く轟けり。
町の愛すべき名はいよよ高まれり、
かの処女神が青黒き恵み[5]もて町を満たしたもうとき。
果実あまたつけたる岩をうちまもる人に、
この地は、富み栄えたるアテナのまします地なることを告ぐ。
アテナ女神が祭祀アグロカルトス、己が財貨を費やし
女神にこのうるわしき供物[6]を捧げたり。
かの人はケレオス[7]にもイカリオス[8]にも増し、
この地に隈なく聖なるオリーヴの樹を広ぐることに長けたりき。

（1）ロドス島の町の名。
（2）アテナ女神の祭祀のための碑銘。
（3）アテナ女神のこと。
（4）斜面にオリーヴの樹が植えられたことを言う。
（5）オリーヴの樹を指す。
（6）オリーヴの実を指す。
（7）エレウシスの王。息子トリプトレモスと共にデメテルを歓待し、小麦の栽培を教えられた。穀物栽培の祖とされる。
（8）アッティカの王。葡萄酒をもたらしたディオニュソスを受け入れ歓待した。

一二

哲学者レオン

運命女神（テュケ）よ、わしにエピクロスのよろこばしい閑雅と、
心楽しい安穏とをお与えくだされたのはありがたき幸せ。
多くの煩いを生む人の世の営みが、わしになんの用があろうぞ。
富などは要らぬ、盲目で常ならぬ友なのだから。
名誉も要らぬ、名誉とは人間（ひとのこ）の抱くはかない夢。
わが前から消え失せよ、キルケ(9)の靄靄（あいあい）たる洞窟よ、
天界より生を享けながら、獣のごとく樫の実を喰らって生きるのは
わが恥とするところ。祖国を忘れさせる蓮食人の甘い食もわが忌み嫌うところ。
われに敵意抱くセイレンら(10)の誘惑に満ちた歌も、わが拒むところ。
神に賜われかしと祈るのは、魂の救いとなる花モリュ草(11)、
もろもろの悪しき想念よりわれを護るもの。
蠟もてわが耳をしかと塞ぎ、肉欲を遁れたきもの。
かくのごとく語りまた書き、わが生の果に至らん。

(9) 絶海の孤島に棲む魔女。非理性的な迷妄の象徴として言及されている。
(10) 肉欲と贅沢の象徴として言われている。
(11) キルケの魔法の力を防ぐために、オデュッセウスがヘルメスから与えられた薬草。

一三

みずからの椅子に寄せて(1)　　シケリアのコンスタンティノス

君が知者ならばこの椅子に坐るがいい、
詩女神(ムーサ)に指先でほんの少し触れた程度なら、
わたしから遠ざかり、ほかに坐る場を求めよ。
わたしは知に浸った人物(ひと)を載せまいらすもの。

一四

右の詩に応えて　　テオパネス

うぬぼれの強い椅子よ、どれだけ際立ってすぐれたところがあるのだ、
知者のみを愛してして無学な者たちを退けるとは?
黄金造りでも、銀造りでも、象牙でもできていないではないか。
カリオペも知らずへパイストスの技にも与らぬ
指物師たちが、知者も無知な者も坐るべく、
木で造った椅子ではないか。

(1) 学者の椅子が発話者となっている作。

一五

リンドスにおいて奉納した十字架に寄せて

ロドスのコンスタンティノス

われを造れるはヨアンネスと
その名高き子コンスタンティノス、誇り高きリンドスの町が
先立つ世代よりすぐれた者とし、
レオン皇帝陛下の忠実なる僕（しもべ）となした者。
この人とともに弟アレクサンドロスと弟コンスタンティノスが、
神の賜うた帝国の王笏を、心を一にして支えたり。

一六

同じ十字架に寄せて

同

なべての造作（つくられしもの）はおんみには値せぬもの、
すべに冠絶したもう世界の女王たるお方よ、
おんみの栄光は、技もて成れるものとうつろい失せるものを超えたれば。

されどコンスタンティノスがおんみに捧げたるこの作は、
おんみに値するもの、聖なる処女よ、
おんみが御子の王笏と、その肉体が蒙りし
幾重にも祝福されたる受難とをよく表わしえているとなら。

一七

聖母の画に寄せて

聖なる処女よ、おんみの後姿を描かんとすれば、
絵具ならずして星辰をもってせねばなりませぬ。
光の門にましませば、光り耀く天体をもってせねばなりませぬ。
されど星辰は人間の意に従わぬものなれば、
自然が供する素材と画法とに則って、
おんみの御業と御姿とを描くのでございます。

同

一八

チェッカー盤に寄せて

逸名

パラメデスよ[1]、おんみの骨は鋸で挽かれて
戦いより生まれた遊戯の駒になるべきであったな。
戦いの場に身を置きながら、おんみは別の戦いを、
木製の板の上での友愛に満ちた戦いを考案されたのだから。

(1)トロイア遠征軍の武将の一人。風を待ってギリシアの艦隊がアウリスに停泊中に、チェッカー遊びを発明したとされる。

一九

アスクレピアデスという名の医者に

逸名

医者のアスクレピアデスが娘を拉致した。
攫った娘を犯した後で、正式な結婚式を催し、
大勢の踊り手だのふしだらな女たちだのを招いた。
宵を迎えた頃に家は崩れ落ち、
そこにいた者すべてが冥府への路を下ることとなった、
死体は死体に重なり合って。

薔薇の花で一面に飾られた立派な婚礼の間は、
死んだ者たちの血潮に浸されたのだった。

二〇

パルラダス

この惨めなる生を沈黙の裡に生きよ、
黙せる時そのものに倣って。
隠れて生きよ[1]、さもなくば黙って死ね。

二一

葦笛（シューリンクス）（図形詩）　テオクリトス

誰の連れ合いでもなき[2]遥か遠くで戦う者[3]の母者なる人[4]が、
石に取り換えられたる者[5]の乳母[6]の足速い護り手[7]を産んだ。
産んだのは、牛の娘[6]が嘗て育てた角ある者（ケラスタース）[7]ならずして、
Πの字を欠く盾の縁[8]が、嘗て恋の炎に胸を灼いたる者[9]、

（1）エピクロスのよく知られた格言。
（2）「誰の連れ合いでもなき」は、直訳すると「誰でもない男（ウーティス）の連れ合い」であるが、オデュッセウスはキュクロプスに自分の名は「ウーティス」だと名乗ったので、こう言われているのである。
（3）「遥か遠くで戦う者」とは「テレマコス」のこと。
（4）ペネロペイアを指す。
（5）ゼウスのこと。母神レアが赤子のゼウスの代わりに石を襁褓にくるんでクロノスに呑み込ませたので、こう言われている。
（6）ゼウスに乳を与えたと言われる山羊アマルテイアを指す。
（7）パンを指す。
（8）「Πの字を欠く盾の縁」とは原語で ἴτυς. それに欠けたΠの字を補うと、ニンフの名

名は「すべて」[10]と言い、二つ身で、[11]言葉を返す娘に、[12]
風の声から生まれる娘に、嘗て愛欲の念を抱いた者。[13]
菫色の冠戴く詩女神らがため、胸焦がせし愛欲の
形見にと、蠟で葦固めて、鋭き音の笛を造った者。
祖父殺しと同じ響きの名をもつ者どもの、[14]勇猛
なる心を打ち砕きて、テュリアより[15]駆逐した者。
御神に捧げんとて、パリス‐シミキダス[16]は、
羊飼いの大切なる頭陀袋[17]をば奉納した次第。
人間（ひと）踏み越え行く者[18]よ、サエッタ女[19]の胸に
恋の矢をば射込みし者よ、心に喜びを覚え、
盗人神をばその父として生まれたる者よ[20]
その父の名すらも知られることなき者よ、[21]
二股の足もつ者よ、いざや麗しき調べ
奏でたまえや、黙せる乙女らがために、
うるわしく答えを返す声をもてども
姿眼に見えることなき乙女らがため。[22]

Πιτυς となる。言葉遊び。

(9) ピテュスがパンに恋したことを言う。

(10)「すべて（ὅλον）」とはパンのこと。「パン」という神名は「すべて」を意味するものと解されていた。言葉遊びで、その妙味は翻訳不可能。

(11) 上半身は人間に似て、下半身は山羊なので「二つ身」と言われている。

(12) エコ（木魂）を指す。

(13) パンはニンフのエコに恋したことがあった。

(14)「祖父殺し」はペルセウス。「それと同じ響きの名もつ者ども」とはペルシア人を指す。

(15) 対ペルシア戦争の際に、マラトンの戦いにおいてパンはギリシア人に加勢し、ペルシア人を駆逐するのを援けたとされていた。

＊牧神パンに奉納した葦笛を詠ったこの図形詩は葦笛の形をしている。全篇翻訳不可能な、おそろしく大胆なことば遊びで成り立っており、一種の判じ物となっていて、いかなる外国語にも翻訳不可能である。ひとまず原詩に外形を似せて訳出したが、そのことば遊びを読み解き、意味の通るようにその内容をパラフレーズすると、大体次のようなことを詠っていることがわかる。

「オデュッセウスの妻にしてテレマコスの母が、ゼウスの乳母（アマルティア）の足速い護り手である者を産んだ。それは蜜蜂が嘗て育てたコマタスではなく、その名はパンと言って、ピテュスが嘗て恋い焦がれた相手で、嘗てエコ（木魂）に愛欲の念を抱き、菫色の冠戴く詩女神たちのために、恋い焦がれたが自分を嫌って葦に変身したシュリンクスの形見にしようと、蠟で葦を固めて葦笛を作った者。彼（パン）はまた（対ペルシア戦争の際に）ペルシア人たちの勇猛な心を打ち砕き、テュリアの地から駆逐した者。このパンに捧げようと、パリスと同じく、シミコスの子である『神々を審判する（テオ・クリトス）』このわたしが、羊飼いの背負う革袋（葦笛をも指す）をここに奉納します。岩を踏み越えて行く者よ、リュディア女の心に恋心を燃え立たせた者よ、（アポロンの牛を盗んだ）ヘルメスを父とし、また父の名が知られていないともされる神よ、二股の山羊足の神よ、こちらから声をかけぬかぎり沈黙し

(16) テオクリトスが自分自身を指して言っている表現。「パリス」とはかつて女神たちの美の判定を務めたパリスで、「それと同じく神を判定する者（「テオ・クリトス」なるシミキアスの子が」ということを言っている。翻訳不可能な言葉遊び。

(17) 原語 *πᾶμα* は「財産」とも「頭陀袋」などとも解釈されているが、実際に奉納されるのは葦笛（の形をした）この詩である。

(18) 言葉遊びで、「人間（ひと）を踏み越えて行く（*βροτοβάμων*）」とは、「岩を踏み越えて行く（*λαοβάτης*）」という語を考え、*λᾶας*「岩」という語が人間を意味する *λαός* という語に音の上で近いところから思いついた大胆な言葉遊び。翻訳不可能。

(19) リュディア生まれのオンパ

ているエコのために、呼びかければうるわしい声で応えるが姿見えぬ
エコのために、うるわしい調べを奏でよ」。

二二

斧（図形詩）[1]　シミアス

男の如く雄々しい心持ちたもうアテナ女神様に[2]、ポカイアの者エペイオス[3]が、
力強き思慮賜りましたる御礼に、神々の建てたもうた高き城壁を打ち壊し
ましたる斧を奉納致しました、命運を決した火炎もて聖なる都城を
灰塵に帰せしめました折のこと。ダルダニアの黄金の衣裳
まとえる王らを、玉座から追い落としたる者なれど、
アカイア人（びと）らの
主だった戦士の
数には入らずして、澄んだ泉から水運ぶ仕事せる
名もなき者。穢れなき、思慮豊かなるパラスよ、おんみの
恵みにより、ホメロスが詩（うた）の道に上りて詠われることを得たり[4]。
おんみがその恵み深きまなざしもて見守りたもう者は、幾重にも至福なれ、
女神が賜るその恵みこそは、人の世の続くかぎり永遠（とわ）に息づき続くものなれば。

レを指す。
(20) パンはアポロンの牛を盗んだヘルメスを父として生まれた。
(21) パンはヘルメスの子であるという説と同時に、ペネロペイアの私生児であるとする説もあった。
(22) エコ（木魂）のこと。

(1) 斧を詠ったこの詩は斧の形をしているが、原詩は頭から読んでいくのではなく、まず一行目を読み、次いで最終行に移り、以後交互に内側に読んで行くという、アクロバティックな構造を持っている。その複雑な技法は完全に翻訳不可能なので、翻訳はともあれ外形だけを似せることとした。
(2) エペイオスに木馬を作る計略を授けたのはアテナ女神だとする説が後に生じた。

二三

マルクスの書(1)に寄せて

悲嘆（かなしみ）を鎮めんと思うなら
この祝福された書を繙（ひもと）いて、
しかと熟読するがいい。
さすれば未来、現在、
過去に関する
いとも饒（ゆたか）な知恵を容易に眼にできよう、
して人の世の喜びも悲しみも、
所詮は一筋の煙に過ぎぬとことをも。

逸名

(3)アテナの助言によって木馬を作った人物。「策略の具を作ったエペイオス」（『アエネイス』第二歌二六四行）とウェルギリウスによっても詠われている。

(4)エペイオスのことはホメロス『イリアス』第二十三歌六六四行以下で詠われている。

(1)五賢帝の一人とされる哲人皇帝マルクス・アウレリウスの著書『自省録』を指している。

(2)愛神の翼を詠ったこの詩は、詩行の配列が翼の形をして

二四

愛神(エロス)の翼（図形詩）(2)

シミアス

胸広きガイアの主なるわれを見よ、アクモンが子(3)を天界より駆逐せる者をば、
われがかくも年若くして頬(4)に髭濃き姿を見て怖れおののくことなかれ、
われは「必定(アナンケ)」が統治したる折に生まれし者なれば、
ガイアの暗鬱なる想念になべてが服したる時のこと、
地を這うもろもろの生き物も、
空を飛ぶ生き物すべてもが。
われは是カオスの子にして、
キュプリスの速翔ける子には
あらず、また軍神アレスが子にも非ずと呼ばるる者。(5)
われは暴力(ちから)によらずして、やさしき心もて治めた者、
大地も、海の深淵も、青銅もて造りなせる天上界も、われに服したり。
われはかの神々が始原より持てる王笏を奪い、神々がために法をば布きたり。

いるが、その複雑な詩律は翻訳では伝えようがないので、外形だけを似せてある。

(3) ウラノスのこと。ヘシオドスの『神統記』では大地女神ガイアが一人で産んだ子とされているが、異伝ではアクモンがその父とされる。

(4) 以下、愛神が年若い髭を生やしていると言われているが、このくだりは古来註釈者を悩ませてきた。髭の生えたエロス像というものはないので、「小さいけれども完全に大人である、成熟している」ということを意味していると解される。

(5) エロスはヘシオドス『神統記』ではアプロディテやアレス以前に誕生した根源的な存在とされているが、後にアプロディテとアレスの子とする伝承が生じた。

二五

祭壇（図形詩[1]）

ベサンティノス（ウェスティヌス）

犠牲獣のか黒い血の滴りが
ホネガイのように紫色に
わたしを染めたりはせぬ。
ナクソスの砥石[2]で研がれた刃物は、パンの財貨（たから）[3]を
傷つけることはなく、ニュサの杜から採れた香りよき
松脂が渦巻く煙でわたしを黒ずませたりすることもない。
見たもう祭壇は黄金もて築かれたものでも
アリュベの土塊[4]もて築かれてもいないもの。
またキュントスに生（あ）れませる御子兄妹[5]が、
キュントスのなめらかなる
山中で草食む山羊の骨もて
築きたまいしものにも非ず。
天界で生れませる女神ら[6]
地上に生れませる九柱の

（1）祭壇を詠った原詩は、やはり祭壇の形に詩行が配列されている。この訳もこれを横にしてみると原詩と同じように祭壇の形になるよう、外形を似せた。この詩は次のドシアダスの詩の模倣である。
（2）ナクソスは良質の砥石の産地であった。
（3）羊の群れを指す。
（4）銀のこと。
（5）アポロンとアルテミスを指す。
（6）典雅女神（カリス）たちを指す。

女神ら(7)とわれを築き給いぬ。
不死なる神々の王者がそを
不朽のものとなしたまいぬ。
ゴルゴンの子が穿ちし泉の
清水(みず)飲みたまいしお方よ、
供犠をなしたまえ。われに
ヒュメトスの姉妹らが捧ぐる灌奠(かんてん)より
千倍も甘き灌奠をなしたまえ。
怖れ抱かずわがもとへと歩み来らせたまえ。
われはかの毒気放つ怪物とは縁なき清浄(きよ)らなるもの、
深紅の羊(8)盗み出せる者(9)がミュリナ近くで三人の父持つ
娘神(10)に捧げたトラキアのネアイの祭壇に潜める怪物とは。

（7）詩女神（ムーサ）たちを指す。詩女神たちはヘリコン山に住むとされていたが、これは異伝で、普通の伝承では地上で生まれたとはされず、記憶女神（ムネモシュネ）を母として天上界で誕生したということになっている。
（8）コルキスのアイエテス王のもとで護られていた金羊毛の毛皮を指して言われている。
（9）イアソンのこと。
（10）アテナ女神の異称であるトリトゲネイアを指していると解される。

二六

祭壇（図形詩(1)）

ドシアダス

男の衣裳まとえる女(2)の
二度若返ったる夫君(3)が
われを築いたり。そは灰に身を横たえしエンプサ(4)が子にあらず、
テウクロスの牛飼い男(5)、犬(6)の子の手にかかりて死せる者ならず、
そは女神クリュサ(7)が愛顧せる者(8)、人煮る女(9)が
青銅の四肢もつ番人(10)をば打ち砕きし折のこと(11)。
そは父なき二人妻の夫(12)、
母に捨てられし者(13)の作。
われが築かるるを見て、
「神の審判者(テオ・クリトス)」を殺せし者(14)、
三夜の男(15)の屍焼きし者、
恐ろしき叫びをあげぬ。
彼を毒もて傷つけたれば、
地を這い老い脱ぐもの(16)が。
波に洗わるる処(17)にて呻吟していたりしその者を、
パンの母の夫君にして嘗て盗人をはたらきし者(18)、

（1）前のベサンティノスの詩のモデルとなったこの詩は、祭壇の形をしているので、原詩に外形を似せて、（横にしてみると）祭壇の形になるように詩行を配列した。
（2）メデイアのこと。テセウスに追われ、その追及を逃れるために男装をした。
（3）イアソンの死後、メデイアは彼を青銅の大釜で煮て若返らせた、ないしは生き返らせたとする伝承があった。
（4）テティス女神の異称。その子とはアキレウス。
（5）パリスを指す。
（6）ヘカベのこと。トロイア陥落後、悲しみのため犬に変身したとする伝承があった。
（7）アテナ女神を指す。
（8）イアソンを指す。
（9）メデイアを指す。

二度の生を生きし男[19]と人喰らう男の子[20]とが、イリオン滅ぼす矢のために[21]
　三度劫略の憂き目見たる[22]、テウクロスの地[23]へといざない行きぬ。

＊祭壇の形をしたこの詩も、テオクリトスの図形詩「葦笛」、それにこの詩を模倣したベサンティノスの図形詩「祭壇」と同じく、大胆な言い換えを用いたことば遊びによって成り立っており、ギリシア文学によく通じた人のみが読み解くことのできる、凝りに凝った一種の判じものので、そのままでは理解できないようになっている。これも翻訳不可能な作品であるが、ひとまず原詩に形を似せて訳出した。その内容をパラフレーズすると、以下のような内容の詩である。
「男装をして（テセウスの追跡から）逃れた女（メディア）の夫、二度若返ったテッサリアの男（イアソン）が、このわたしを築いた。これを築いたのは灰の上に置かれたことのあるテティス女神の子、トロイアの牛飼いで、犬（に変身したと言われる）ヘカベの子（パリス）の手にかかって死んだ者（アキレウス）ではなくしてアテナ女神の愛顧を受けていた者（イアソン）である。

（わたしが築かれたのは）夫を釜で煮て若返らせた女（メディア）が、二人の妻を持ち、父を持たず、母に投げ捨てられたことのある者（ヘパイストス）が造った青銅の四肢をもつ巨人タロスを、粉微塵に打ち砕いた

(10) クレタを守っていた青銅の巨人タロスを指す。
(11) タロスはメディアによって打倒された。『アルゴ号遠征記』第四巻一六七五―一六八五行参照。
(12) ヘパイストスのこと。ヘラが夫ゼウスによらずして一人で産んだので「父なき」と言われている。アプロディテと典雅女神カリスのアグラエの二人を妻としていた。
(13) ヘパイストスは母ヘラに天上界から投げ落とされ、レムノス島に墜落した。
(14)「神の審判者（テオ・クリトス）」とは言葉遊びで、三柱の女神の審判を務めたパリスを指す。それを殺した男はピロクテテス。
(15) ヘラクレスを指す。ゼウスはヘラクレスを産ませたアルク

ときのことである。
わたしが築かれたのを見て、女神らの美の審判をした者（パリス）を斃した者、三夜のうちに孕まれた男（ヘラクレス）の屍に火を点じた人物（ピロクテテス）は、恐ろしい叫び声を上げた。地を這い、老いの印である皮を脱ぎ捨てる蛇が、その毒で彼を傷つけたからである。
波に洗われる処（レムノス島）で呻吟していた彼を、パンの母（ペネロペ）の夫であり、かつて（パラス像を）盗んだ男、（生きたまま冥府に降り）二度生きたことになる男（オデュッセウス）と、人の頭を喰らった男（テュデウス）の息子（ディオメデス）とが、（ピロクテテスの）矢がトロイアを滅ぼすのに必要なので、（レムノス島から連れ出して）三度にわたり劫略されたことのあるトロイアへといざなって行った」。

二七

卵（図形詩）(1)

シミアス

お喋りな母親なる
ドリスの夜鶯が、これぞ
新たに織ったもの。心に喜びて受け取りたまえ。

メネと交わったさいに、一夜を三倍の長さとしたのでこう言われている。
(16)蛇のこと。蛇は脱皮するので「老いを脱ぐもの」と言われている。
(17)ピロクテテスが置き去りにされていたレムノス島を指す。
(18)オデュッセウスを指す。
(19)オデュッセウスは生きたまま冥府に降ったことがあるので「二度の生を生きし」と言われている。
(20)ディオメデスの父テュデウスは、テバイ攻略の際に彼に重傷を負わせたメラニッポスの頭を喰らったとされている。
(21)トロイアが陥落するためには、ピロクテテスの弓の力が必要だと言う予言があった。
(22)トロイアはヘラクレスと、アマゾンたちと、ギリシア人と

郵便はがき

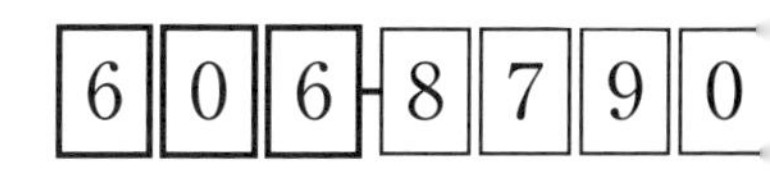

左京局
承認
5236

（差出有効期限
平成３０年
3月31日まで）

（受取人）
京都市左京区吉田近衛町69
京都大学吉田南構内

京都大学学術出版会
読者カード係

▶ご購入申込書

書　名	定　価	冊　数

1．下記書店での受け取りを希望する。

都道　　　市区　店
府県　　　町　　名

2．直接裏面住所へ届けて下さい。

お支払い方法：郵便振替／代引　　公費書類（　　）通　宛名：

送料　ご注文 本体価格合計額　1万円未満：350円／1万円以上：無料
代引の場合は金額にかかわらず一律230円

京都大学学術出版会
TEL 075-761-6182　学内内線2589 / FAX 075-761-6190
URL http://www.kyoto-up.or.jp/　E-MAIL sales@kyoto-up.or.jp

数ですがお買い上げいただいた本のタイトルをお書き下さい。

名）

書についてのご感想・ご質問、その他ご意見など、ご自由にお書き下さい。

名前

（　　歳）

住所

〒

TEL

職業

■ご勤務先・学校名

属学会・研究団体

-MAIL

購入の動機

A.店頭で現物をみて　B.新聞・雑誌広告（雑誌名　　）
C.メルマガ・ML（　　）
D.小会図書目録　E.小会からの新刊案内（DM）
F.書評（　　）
G.人にすすめられた　H.テキスト　I.その他

常的に参考にされている専門書（含 欧文書）の情報媒体は何ですか。

購入書店名

都道府県　市区町　店名

購読ありがとうございます。このカードは小会の図書およびブックフェア等催事ご案内のお届けのほか、告・編集上の資料とさせていただきます。お手数ですがご記入の上、切手を貼らずにご投函下さい。
種案内の受け取りを希望されない方は右に○印をおつけ下さい。　案内不要

西洋古典叢書

月報 126

2016＊第6回配本

ストアー・ポイキレー（彩画列柱廊）

【今日のアドリアヌウ通りから北側を見下ろしたところに、土台の南西端部が確認さ

目　次

2017年2月
京都大学学術出版会

戦上手のピリッポス五世がローマ軍との戦いで一目散に逃げ出す

勝又俊雄

「ギリシア詞華集」第二分冊を紐解くと、詞華集の核とも言える第七巻に出くわす。その二八〇番にアイガイのイシドロスによる墓碑銘が記されている。かつての戦士の円墳は畑になり、農夫は、その遺灰をかき回し、小麦が播かれている。そうではなく涙を注げと。これを読んだ時に、私は、熊本大学のメッセネ・フィガリア（ピガレイア）調査隊の一員としてアルカディアのフィガリアでフィールド・ワークを行なっていた時に起こった出来事を思いだした。フィガリアの中心にある「アゴラ」と思しき場所で、近隣のギリシア人たちが乗る一台の車が狭い道であるにもかかわらず、無理やり車を反転させるためにバックし、傍若無人にも遺構の石組みを壊してしまった。彼らは、後ろを振り返りもせずに走り去ってしまった。その場に居あわせた他のギリシア人たちは、「あれが現代のわが民」と嘆いたことを思いだした。「アゴラ」には、スパルタの支配からフィガリアを解放したオレスタシオンの勇士百人の「円墳」があったとパウサニアスが記している。過去への無知は、何も現代の文化財の破壊にとどまらず、すでに古代においても起こっていたのである。もしも前六世紀後半に辛辣な詩をもって活躍したヒッポナクスのような詩人の墓碑がそこに立っていたならば、「ギリシア詞華集」の同巻四〇五番、四〇八番そして五三六番のような墓碑銘が示すように、誰もその上に種を播かなかったであろうし、誰も「アゴラ」を壊さなかったであろう。

アルカディアのフィガリアにとってこの詩人のような存在は、他のペロポネソス半島のポリスと同じように、長い間軍事強国のスパルタであった。その代わりに、フィガリアは、「スパルタの平和」の元で、繁栄を謳歌してきたことも確かである。その太平が一変したのは、前三七一年にレウクトラの戦いでスパルタがエパメイノンダスの率いる新興テバイに大敗を喫してからである。

「スパルタの平和」が喪失し、その庇護をペロポネソス半島のポリスが甘受出来なくなるや否や、新たな覇者テバイは、毎年スパルタの勢力の基盤を無に帰すためにペロポネソス半島北東部に侵攻するようになり、ペロポネソス半島のポリスの政治的不安は早くも現実のものとなった。

さらに、ペロポネソス戦争の戦闘実践の過程で、複数の勢力間の戦闘に会戦のみならず攻城と籠城という新たな戦局が生じた結果、たとえ攻城機や投石機が導入される以前とは言え、ペロポネソス半島西部のポリスも攻城と籠城に素早く対応するために囲壁の建設が焦眉の急となった。それゆえに、それぞれのポリスが自らの財政の許す範囲でその総力を傾注し囲壁の築造に邁進することになった。その場合に、主門への衝角突きならびに囲壁の地下トンネル掘削による囲壁の崩落のような旧来の攻城戦法に意を払いながらも、短期間に囲壁を築造するために、石切り場でほぼ同じ大きさに切り出された矩形の石材の高さを揃えて、それらを一気に積み上げる工法が考案された。筆者は、熊本大学のメッセネ・フィガリア調査隊で得た知見と実地調査に基づき、その工法が最初に前四世紀前半にメッセネのアクロポリスとフィガリアの市壁で実践に移されたことを明らかにし、それに因んでそれを「イトーメ／フィガリア囲壁様式」と名付けた。しかも「イトーメ／フィガリア囲壁様式」の囲壁は、レウクトラの戦いの直後のメッセネ再建（前三七〇年）から攻城塔および投石機のような新兵器が登場する以前のマンティネイアの戦い（前三六二年）の間のわずか八年間に築造された。

一方、「ギリシア詞華集」の同巻二四七番にはメッセネのアルカイオスによる墓碑銘がある。それは、マケドニア王国のピリッポス五世が前一九七年にフラミニウスの率いるローマ軍と相見えたキュノスケパライの戦いで大敗し、斃れた自軍の兵士たちを弔いもせずに一目散に逃げさったことが記されている。これは、ペロポネソス半島の西部で起こったアカイア同盟とアイトリア同盟による同盟市戦争にアカイア側からの要請で介入し、絶対的裁定者として正義を掲げアイトリア同盟軍に脅威を与え、ついにはペロポネソス半島から撤退させる前二二〇年の戦上手のピリッポス五世の姿とはまったく異なるものである。

アルカディアにおけるピリッポス五世は、攻城機および投石機を備え、それらを合理的に操作し機能させることに長けた組織立った軍を率い、その威風は辺りを払うようであったように思われる。

他方、フィガリアは、前三世紀にペロポネソス半島西部を巡る同盟間の勢力争いにおいて顕著な役割を果たすようになる。同世紀初頭に、フィガリアは、西と北からメガロポリスに侵入しようとするアイトリア同盟の拠点となる。前二七〇年頃以降、碑文によれば当同盟の総領事にも任ぜられる。さらに、ポリュビオス（第四巻）によれば、前二四〇年にはフィガリアは、アルカディアにありながらもアイトリア同盟の盟邦として見なされるようになる。また、前二二〇年にはライヴァルの反メッセネの敵対行動をとるためにアイトリア同盟軍の駐屯基地の役割も担ったとポリュビオスは伝えている。さらに、同じ年にはその軍勢がメガロポリス域内のメテュドリオンに奇襲し、さらに、そこからメガロポリス全体に攻撃を仕掛けようとした。この出来事がアカイア同盟にピリッポス五世に救援を求めさせる契機となった。

しかし、同盟市戦争の最中に、フィガリアは、これまでの親アイトリア政策を一変させる出来事に接する。アイトリア同盟軍が自らの傭兵に守備させていたアリペイラが、ピリッポス五世の軍勢によって陥落する。一方、アイトリア同盟軍の本隊は、隣接するトリフュリア地域のテュパネアイに駐屯していたにもかかわらず、援軍を送るどころか撤退を決め、それに際し、恩あるテュパネアイを略奪したうえに、ピリッポス五世に明け渡し、さらに、隣接するヒュパナも見捨て、ついには安全なレプレオンに引き上げる。フィガリア人たちは、アリペイラとトリフュリア地域からのこの驚くような報に接すると、アイトリア同盟との関係に反感を募らせ、最後には武器を手にポリス内のアイトリア同盟軍の司令部（「アゴラ」の西の平地）を占拠し、アイトリア人たちを追放し、ピリッポス五世に市民もポリスも委ねるにいたる。今まで、アルカディアにおけるアイトリア同盟の急進的とも言える先兵であったフィガリアは、これで目が覚めたかのように、アイトリア同盟との関係を断ち、メッセニアへの野心もメガロポリスへの領土欲も捨て去り、アカイア同盟に参加する。

また、ポリュビオス（同上）によれば、レプレオンの市民たちもフィガリアと同様にアイトリア同盟軍つまりエリス兵、アイトリア兵と同地の盗賊、傭兵、スパルタ兵など総勢二七〇〇名をアクロポリスと市域から退去するように要求する。両者が一触即発のなか、フィガリア離脱とピリッポス五世の軍勢の接近の報に接したアイトリア同盟軍は、レプレオンを退去せざるをえなくなる。

　さらに、同盟市戦争の最後にアイトリア同盟軍は、堅城サミコンに逃げ込む。しかし、ピリッポス五世は程なくそこを攻囲するが、その威風はアイトリア同盟軍にサミコンほどの堅城を戦わずして明け渡たさせる。

　このような男盛りの威風は二三年の月日を経て老境に達したピリッポス五世がローマ軍を前にした前一九七年にはまったく失われていたようである。

　それにもかかわらず、アイトリア同盟軍が駐屯したポリスの市壁（フィガリア）ならびにアクロポリスの囲壁（テュパネアイ／サミコン）が現在でも地域を代表する名城であることを考えるとアイトリア同盟軍の戦略的な見立ては、優れていたと考えざるをえない。たとえばフィガリアでは、市壁は北、東、南において鉄壁で付け入る隙はない。しかし、その市壁の盲点は、明らかになだらかな谷を横切る西壁である。もっともフィガリア人たちは、たとえ自らのポリスがピリッポス二世の治世期である前四世紀後半に実戦配備された攻城機および投石機を軸とする新しい戦法に対応していない旧来の囲壁に属する「イトーメ／フィガリア」囲壁様式によって囲われているとは言え、ポリス自体が標高八〇〇メートル以上の峻厳な高地にあり、まさに難攻不落の天然の要害と呼べると考えていたにちがいない。

　また、先のアルカイオスに対抗しピリッポス五世が創作した応答歌（第十六巻二六b番）が残されている。そこには憎っくきアルカイオスを吊るすために皮を剝ぎ取り葉もない十字架を立てたとうたわれている。かつての戦上手のピリッポス五世は、ローマ軍の隊形と秩序からフラミニウス麾下のローマ軍の侮りがたい実力を看取する。当時のローマ軍は、ハンニバルが率いるカルタゴ軍との長い激戦を経て鍛えられた、質実剛健をもってなる強力な軍に姿を変えていた。それゆえに、ギリシア・ヘレニズム諸国の軍もアカイア同盟軍も歯が立たなかったのである。

　ピリッポス五世は、先の同盟市戦争において圧倒的な軍事力でアイトリア同盟軍を苦もなく一蹴したかつての戦上手の名声の記憶から過大評価され、戦場を捨てて逃げた臆病者とアルカイオスに嘲笑われる結果を招いたのかもしれない。

（西洋美術史・女子美術大学教授）

連載

西洋古典名言集 (42)

ヘロドトスの『歴史』

現在トルコのリゾート地のひとつとして知られるボドルムは、小アジアの南西岸に位置している。前方にはコス島を臨み、海岸線の美しいこの町は、かつてはハリカルナッソスと呼ばれた。前十世紀頃にはドリス系ギリシア人が入植し始め、その後、地元のイオニア人、カリア人を吸収するなかで、交易の要地となる港湾都市として栄える。同地が輩出した最も著名な人物のひとりであるヘロドトスは、前四八四年頃に誕生したが、ボドルムを訪ねると「歴史の父」と称されたこの人物の彫像が立てられているのを目にすることができる。「歴史の父（pater historiae）」というこの名称は、キケロ（『法律について』第一巻一-五）によって付けられたものであるが、歴史研究の祖と言うほうが適切であるかもしれない。九巻の書物として残されているこの『歴史』が扱っているのはペルシア戦役だが、肝心の戦争の経過が語られるのは第六巻の途中あたりからで、それまではエジプトの地理や歴史などさまざまな話題について語られ、うっかりすると戦記であったことを忘れそうになるが、その旺盛な探究心はたいしたもので、キケロの言うヒストリアーを探究という本来の意味に解釈すればいくらか納得できるかもしれない。

それはさておき、ヘロドトスの『歴史』も歴史と言うからには、それを語る歴史観があるはずである。アリストテレスは『詩学』（第九章冒頭）において、歴史家はすでに起きた個別的な事件を語るだけであるのに対して、詩人は起こりうる事件を扱い、その意味では普遍的な事柄を対象としているから、詩は歴史よりも哲学的で意義深いものであると述べている。しかしながら、個別的な事件を集めればそれで歴史になるわけではない。むしろ、雑多な出来事の中でどれを選択し扱うのかというような、なにか統一的な視点のようなものが求められるだろう。それがその歴史観だということになる。ところで、ヘロドトスの『歴史』の冒頭部を読むと、「ギリシア人とバルバロイたちによって果たされた偉大な驚嘆すべき事績を、とりわけどのような原因によってお互いに戦いを交えるに至ったか」について述べると宣言されている。つまり、ペルシア戦争が起きた原因（アイティエー）をこれから語ろうというわけである。けれども、個々の小事件が出来した経緯はさておき、『歴史』を読んでいくと、このような戦争がなぜ起こったのかがだんだんと分からなくなってくる。同書の第一巻にはソロンとリュディア王クロイソスの有名な問答の話が出てくる。諸国を見聞して回っているソロンに、王は自分の富を見せつけながら「この世界で一番幸福な人に出会われたかね」（第一巻三〇）と問いかける。当然、「あなた様です」という答えを期待しての質問であったが、ソロンはなかなか自分の名前を挙げてくれない。しびれを切らしたクロイソスは「いったい今の私の幸福をどう思っているのか」と問いただす。そこで、ソロンは「人の一生はすべて偶然でありますす」と切り出し、「人間は死ぬまでは好運な人と呼んでも、幸福な人と呼ぶことを差し控えねばなりません」（同、三二）と進言する。その後、キュロスが率いるペルシアと戦争をすべきかどうかについて神託を求め、結果としてその神意を見誤り、リュディアの都サルディスは陥落することになってしまい、その時はじめてクロイソスはソロンが忠告したことの正しさを悟るわけである。

これは『歴史』でもとりわけよく知られた事件であるが、なぜクロイソスはキュロスに敗れたのだろうか。ペルシアの大軍を前にしてならば、当然のことともも言えるだろう。しかし、ヘロドトスが挙げる敗因はそのような数量的なものではない。むしろ、クロイソスが自分を世界で一番幸福な人間と考えたために受けた「神罰」（同、三四）だと言っているのである。神罰はより正確には「神のネメシス（怒り）」である。神のネメシスは常に人間のヒュブリス（傲慢）に向けられる。つまり、ヘロドトスによれば、因果応報的な原理に従ってクロイソスの王国は滅んだのである。

このようなヘロドトスの歴史観（これを歴史観と呼ぶべきかどうかは別として）を最もよく表わしているのは本書の冒頭部分である。「かつては強大であった国々の多くがいまや弱小となり、私の時代に強大であった国々はかつては弱小であったのである。人間の幸福がけっして同じ所に留まらないことを知っている私は、両方の国々について同じように述べていくことにしたい」（同、五）とある。このように人間の歴史はその興亡を繰り返すのであるが、そのわけは神が驕り高ぶる人間を嫌うためである。「人間に関わることは車輪のごとくくるくる回り、同じ者がつねに好運であることを許さない」（同、二〇七）という言葉は、ヘロドトスの無常観を表わすものとしてよく引用されるが、イギリスの古典学者ドッズは、こうした見方を前時代のアルカイック期の思想の残滓だとしている（*The Greeks and the Irrational*, p.29）。

（文／國方栄二）

西洋古典叢書

［2016］全６冊

★印既刊

●ギリシア古典篇

エウリピデス　悲劇全集　5★　丹下和彦 訳

ガレノス　身体諸部分の用途について　1★　坂井建雄他 訳

ギリシア詞華集　3★　沓掛良彦 訳

ギリシア詞華集　4★　沓掛良彦 訳

●ラテン古典篇

クインティリアヌス　弁論家の教育　4★　森谷宇一他 訳

リウィウス　ローマ建国以来の歴史　2★　岩谷　智 訳

●月報表紙写真——ストアー・ポイキレー（彩画列柱廊）は、アテナイのアクロポリスの北西麓に広がるアゴラー（公共広場）の北端に接したあたりに位置し、一九八〇年頃にその遺構が発掘・確認された。建造は政治家キモンの一族のペイシアナクスによる（前四六〇年代）。この列柱廊は名前のとおり、多数の彩色画パネルが壁面に飾られていて（有名なポリュグノトスの作品もあった）、パウサニアス『ギリシア案内記』には、神話や歴史上の著名な合戦場面を題材とする数点の各絵画が詳しく紹介されている。前四世紀末にキティオンのゼノンがここで哲学を講じて、やがてギリシア哲学最大の学派を形成した。「ストア派」の名は、むろんこの建物に由来するものである。（二〇〇三年五月撮影　高野義郎氏提供）

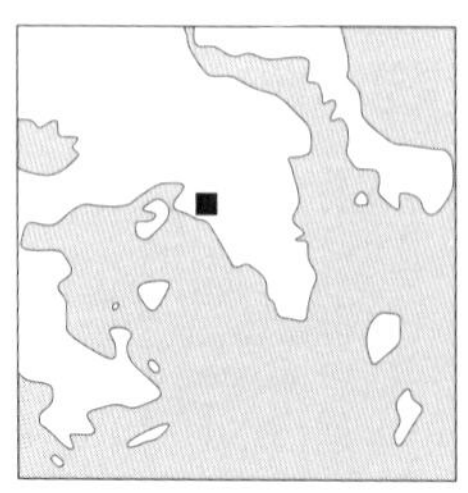

浄らなる母がよく通る声上げてそれを産んだのだ。神々の使者なる、
声強きヘルメスが、人間の族のもとへとそれをもたらした、子を慈しむ母の翼の
下からそれを取って。して前の詩行を承けて、うるわしくリズム順を守って一脚から十脚
にまで増えてくようにと命じたもうた。俊敏に、高きところより斜めにまき散らされた詩脚を作れ
と命じたもうて、詩脚を打ち合わせ、さまざまに飾られた、ひとつの形持つピエリアの詩女神らの歌と
なるべく。まだらの模様持つ、身軽やかな小鹿のごとく脚動かし、しなやかな脚もつ子等は、愛しい母
を恋うて、その乳房もとめて一散に駆け寄る。すばやく脚動かして高き尾根を飛び越え、愛する
乳母の跡を追って。饒かな山の牧草地に響くその仔らの鳴き声は、細やかなくるぶし持つ
ニンフらの洞窟にまで届く。猛々しい心持つ獣が塒の奥底まで届くその声を
たちまちにして聞きつけ、岩がちなその塒から踊り出ると、まだら
模様持つ母鹿の仔を捕らえんとて逸りたつ。鳴き声を
追ってすばやく進むと、雪に覆われたる山の
谷合へと身を躍らせる。それにも似て、
名高き神は御足をすばやく運び、
複雑に織りなされた
歌の詩律を定め
たもう。

によって、三度にわたって劫略された。

(23) トロイアのこと。

(1) 卵形に詩行を配列したこの図形詩は、二二番の詩と同様に、頭から順に読んで行くのではなく、最初の行から最終行へと移

＊「卵」と題されほぼ卵の形に詩行が配置されたこの図形詩は、この巻に収められた六篇の図形詩の中でも最も難解晦渋な作品であって、謎解き、判じ物そのものと言うほかない。複雑きわまる詩律を持ち、奇抜な発想とことばのアクロバットで成り立っていて、何をどう詠おうとしているのか、およそ明らかではない。とりわけ前半部と後半の関係が明らかにしがたい。どうやらこれは、卵形をしたこの詩の成り立ちを詠った「詩についての詩」ではないかと思われる。

　この詩は先学諸家による翻訳を見ても、相当大きな解釈の相違が認められ、どの訳を見てもよく意味が通じず、納得できるものはない。詩人がおそろしく手の込んだ巧緻な詩技を誇ったこの詩は、完全に翻訳を拒む詩であって、翻訳不可能である。やむなく、ひとまず原詩に外形だけを似せて訳出するにとどめた。またこれに訳註を付するとなると、各句、各詩行に詳細な説明を加えることが必要となり、相当な紙幅を要するのであえて訳註は付さないこととした。

り、交互に内側に読んで行くようになっている。そのために複雑な詩律を用い、アクロバット的な技法が駆使されているが、翻訳では伝ええない。

二八

吃音者アナスタシオス

かつてキリストは左右に磔刑にせられし盗人のおれる
真中で裸体にて十字架にかけられたまい、
おん母君ははげしき悲嘆(かなしみ)にくれつつ、
そが下にたたずませたまい、むせび泣きたまいぬ、処女(おとめ)のごとく純なる弟子(1)
とともに。
道行く者ら、かの不幸なるおん方を嘲笑い罵れり、
愚昧なる、勇無きものよと呼ばわりつ。
渇きたまえる主に、無法なる、血に飢えしユダヤの民は(2)、
死をもたらす飲み物なるおぞましきもの、
酢盛りたる盃をば差し出しぬ。しかれども
キリストただ黙して身を横たえ、抗いたまわざりき、
マリアと不死なる父神の御子にましますキリストは。
人の子にしてそを心中(こころ)に思いめぐらせ、また

(1)ヨハネを指す。

(2)新約聖書ではイエスに酢の飲み物を指し出したのはローマ兵卒とされているが、外典ではそれをしたのはユダヤ人だということになっている。

絵に描かれたるを見て、いかでか能く驕れる愚者たりえんや？
神は人間(ひと)より偉大にして、人間は神に勝れることなし。(1)

二九

イグナティウス

あまたの罪犯し生きてまいりましたわたくしイグナティウスは、
甘美なる陽光(ひのひかり)を後にいたしました。して
ここ、暗鬱な墓に横たわっておりまする、
あわれ、わが魂は永く続く懲罰(こらしめ)を受けて。されど
裁きに手におわしますお方よ（わたしは死すべき身、おんみは永遠(とわ)に生き、
慈愛深くましませば）、わたくしを慈悲の眼もてごらんくださいませ。

三〇

修道僧パウロスに　　同

この墓が納めるものは敬うべきパウロスの徳行ならずして、

(1) この詩行はあまりに馬鹿馬鹿しい内容なので、ペイトンはこれはテクストの破損による誤記があるのでないかと見ている。「人間」という語を βροτοῦ と属格に直して読み、「ゴルゴダの丘における神（キリスト）は人間と変わるところがなかったのだ」とする解釈もある。

かの人の遺骸（なきがら）。そのいともすぐれた説教は、
陽光（ひのひかり）を欺くばかりに輝き放ち、
徳あふれた苦行は、大いなる栄光に輝く。
齢二十三まで地上で生を送り、
みことばに適う生き方をして、よき終焉（おわり）を迎えたもの。

三二

大いなる教会の助祭サムエルに

同

聖なるサムエルは大地の懐に抱かれて眠る、
世にありしとき持てるすべてを神の御手にゆだねて。
今や敬虔なる者らの輝かしき殿堂に入り、
大いなる苦行称える栄光に浴す。

三二

妹を　　助祭アレタス

非運がわたしの命の松明から光を奪って、
生の灯を早く消してしまったにもせよ、
悪霊はその悪意を存分に満たして、
わたしの生涯をみじめなものとしてしまいました。
わたしの乳房が張ってきた頃にわたしを寡婦の身にし、[1]
両親(ふたおや)の掌中の珠とも言うべきかわいい子が腕に抱かれて遊ぶ姿を眼にでき
　ませんでした。
次いで耐えがたい苦患(くるしみ)がやってきて、
激しい熱で焼き、わたしの命を奪ったのです。
わたしは齢二十三にして一族の者がやすらう
この墓の中の人となりました。
その折わたしの老いた両親は白髪をかきむしり、
人々の前でわたしを悼む哀哭(なげき)を歌ったのでした。

(1) 妊娠中であったことを言う。

アンナの生まれよき兄弟たちは、やさしい心で
美しさに輝く妹の姿を想い、慟哭したものでした。

三三

同じく　　　　同

その気高い性（さが）と、人に対するやさしさと、
両親（ふたおや）への従順さと
（つつましさこそが彼女の大いなる師にして
導き手なれば）、一族のものなる輝かしい特長と、
夫への愛を抱いていたがためによく持し、
より高き処からの権能（ちから）を得て打ち克ちえた、
支え手もない寡婦の生活（くらし）を力もて脅（おびやか）す自然に抗し耐える強い心と、
それにその朗らかさ、（二夫にまみえざるがゆえに
その美徳は美しく輝く）たとえ
墓に臥す身となっても、アンナのこれらすべての美徳は消えはしない。
その生により美徳の鑑を示した

かの女の名は、永く万人の口に上ろう。
それがやむことがあろうとも、墓の傍に刻まれたこの碑銘こそが、
なによりも声高く雄弁にそれを語るだろう。

三四

尼僧ペブロニアを　　同

あの世においてもなおペブロニアは、死んだ人々の魂に、
きっと暖かい心の印を見せていることだろう、
もしもあの世でも貧しい人々が、豊かな人たちの援けを必要としているなら。
善行をなす人の大いなる魂は、あの世にあっても
そのはたらきを完全に忘れることはないのだから。
さりながらかの女がこの世の生を過ごした時間は、
キリストの聖なる花嫁となるには十分に足りたのだ、(1)
主を穢れなき身の尊い花婿として選び取り、
貧しい人々への愛を灯油として、灯を輝かせたのだから。(2)
この墓こそかの女が永き眠りに就いた所と知れ。

(1) 修道女となることは、キリストを花婿とすることだとされていた。
(2) 新約聖書「マタイ伝」第二十五章四を踏まえている。

三五[3]

テオパネス

白百合になりなばや、この身をばおん手に取らせたまいて、
飽かせたまえや、君がおん肌に。

三六[4]

コメタス

あまたの物語語る伶人(うたびと)よ、おんみの二つの作が古びたるを見て、
コメタスがそれを永く続く生命(いのち)あるものとしましたぞ。

三七

同

みずからが手を入れたホメロスの詩に寄せて

気象広きホメロスよ、おんみの詩書(ふみ)がいかにも古びましたので、
コメタスが若返らせました。

（3）第五巻八三番の逸名の詩とほぼ同じ趣きをもつこの詩は、本来ならば第五巻に収められるべき作である。

（4）この詩と続く二篇は、ホメロスの作品を校訂した文法家コメタスが、その校訂本の最初ないしは最後に書き入れたものと見られる。

錆をそぎ落として、文の道を解する学ある人たちのために、
再びかがやきに満ちたものといたしました。

三八

同じく

同

ホメロスの詩書（ふみ）がテクストに乱れがあり、
句読点も打たれていないのを見て、このコメタスが
句読点を打ち、意を尽くして磨き上げました。
崩れた部分は無用のものとして捨て、
この手で有用な部分を書き記して若返らせました。
それゆえこれを筆写する人は、誤りなく、
しかるべくホメロスを学ぶことができましょう。

三九

自著に寄せて　イグナティウス

詩の学に精通せるイグナティウス、これを著せり。
イグナティウスこれを著せり、して忘却の海に沈める
文法の学に光を当て明らかにせり。

三九a[1]　同

汝はプラトンの内奥を探り、
思惟することの苦悩を極め尽くせり。

四〇[2]　コメタス

全能者の御子にして、人間（ひと）の支配者、

（1）プラトンの写本に書き込まれていたと見られる作。

（2）新約聖書「ヨハネ伝」第十一章一一―四五で語られている、イエスによるラザロの死からの蘇りの話を、ホメロスのことばを用いて綴っただけの愚作。

死すべき身の者らと不死なる神々すべてを統べたもうおん方が、
知恵聡き弟子なる漁師らに向かって、
「われらが大切な友ラザロはまだ陽光を後にしてはおらぬ、
四日の間あまたの土がかの者を覆ってはいるが」と仰せられた折に、
ラザロは口を閉じて、黙したまま横たわり、
その体も、骨も、美しい肌も、腐りつつあって、
魂は肉体を去って冥府へと降って行ったのだ。
その死は友らの心に、とりわけ血を分けた姉妹なるマルタとマリアに、
ことばにつくせぬ悲嘆と苦悩とをもたらしたもの。
両人は心のそこから兄を愛していたのに、その兄は
命失せた、魂なき身となって死者の間に横たわっていたのだから。
兄の悲運を哀哭し、悲しみにくれて悼歌を歌いつつ、
姉妹は奥津城の外に、墳墓の傍にいたのだった。
日が上り地上に三日目という日を迎えてもなお、
息失せたラザロはまだ死者の間に在って、
その遺骸はなおも腐りつつあった。
四日目に薔薇色の曙がやってきたとき、

大いなる神の御子は、高貴なる父持つ友ら、
神の血を引き生まれたる者ら、
その思慮万人にまさりてすぐれ、
神の子等であるがごとくいたく慈しみたもう者ら、
その口からは蜜のごとく甘い音声が流れ出で、
冬の雪のごときことば吐く者らに呼びかけて仰せられた。
「高貴な心もつ朋らよ、神はわれらとともにましませば、
心に神抱く者らは、みなわがことばに耳傾けよ、
われはわが胸内の心の命ずるままに言うなるぞ。
いざベタニアへ、ラザロがその魂を失った地へと
迅く急ぎ行こうぞ、朽ちざる名声を得んがために。
われはわが友を黄泉の国より呼び起こす者」。
すると高貴なる、気象高邁な者らが応えて言うには、
「みことばのままに、いざ行かん、おん父神にも等しきお方よ」。
主はおんみずから弟子たちを率いて歩みゆきたもう。
弟子たちが全能者の御後を追い急ぎ行くさまは、
岩間の窪みから絶えず次々と湧き出る

群がる蜜蜂の大軍にも似て。かように
弟子たちは偉大なる神の後に従った。
さて一行が大いなる悲嘆(かなしみ)に包まれた墳墓(はか)に着くと、
ラザロの姉妹と友らは全能のキリストの足元に身を投げ、
嘆願しつつ言うは、「いと高き天の御座にましますす主よ、
おん膝にすがり願い奉ります。おんみが愛したもうたラザロは、
冥府へと降ってしまいました。おんみがここにおわしましたなら、
死者の王ハデスとて、おんみには手出しかなわなかったでありましょう、
かの者よりはるかに強くましますものを。
御心に適いますなら、かの人を再び目覚めさせてくださいませ」。
すると至高なるお方が仰せられたは、「かの者はどこに寝ておるぞ?」。
して、足速に塚へと上りたもうた。
一同の者が神にかの人とその暗鬱な墓を示すと、
主は「急ぎ墓の覆いを取り除けよ」命じたもうた。
さて亡き人の暗鬱な墓が開くやいなや、
偉大なる神にして人間(ひと)なるお方は、声高らかに叫ばれた。
「ラザロよ、ここへ来たれ。わがことばに耳傾け、出(い)で来たれ」。

死者は神の御声がかく宣うたのを聞くと、
墓から起き上がり躍り出た、手足は腐り、死臭を漂わせながらも。
居合わせてその姿眼にした者らは、心中驚きに打たれ、
ただちに高きにしろしめす善き神を讃え、
良き息子もつ大いなる父神は不滅なる誉れを得たのだった。

コンスタンティノポリスの馬術競技場に刻まれたエピグラム

四一

戦車競走者コンスタンティノスに(1)　逸名

おんみは世に在りし折は銅像を立てられしことなし、
コンスタンティノスよ、妬みが名声を覆いいたれば。
身まかるやいなや、全市を挙げておんみを称えたり。
されどおんみの戦車駆る術に値う栄誉があろうか？

(1) ユスティニアノス一世の時代に戦車競走で幾度か勝利を収めた名高い戦車競走の名手。第十六巻にはこの人物を讃えた十三篇の碑銘詩が見られる(三六五—三七五番、三八四番、三八五番)。

四二

同じく　　　　　　　　　　　　　　　　　　逸名

コンスタンティノスが冥王(ハデス)の館に降りし日より、
馬御する者の栄誉(ほまれ)はすべて失せたり。

四三

同じく　　　　　　　　　　　　　　　　　　逸名

コンスタンティノスはその卓抜なる技量により黄金の像に値する者なりき。
馬御する術においてこの人にかなうもの嘗てなし。
歳若くして名高き馬の御し手らに対して勝利を収め、
齢老いてなお齢若き者らが彼に及ばざることを示しぬ。
渠(かれ)みまかりて後、皇帝と民衆はその名を永久(とわ)にとどめんと、
畏敬の念もてこの銅像を立てたり。

四四

戦車競走者ポルピュリオス[1]に　逸名

以前ポルピュリオス労苦多き競技から退き、革帯を解きし折にも、
その卓越せる技量をば讃えられ、銅像を立てられき。
こたびもまた銅と銀の像を立てられたり。
老巧者よ、おんみは世にも珍しき栄誉を得て、
民人の喝采に応え再び鞭を手にして、
若返りし者のごとく馬場を疾駆したりき。

四五

戦車競走者ユリアノス[2]に　逸名

テュロスがはぐくみしこのユリアノスがため、
あまたの戦車競走で栄冠得しこの人物(ひと)がために、
皇帝おんみずからと、民人すべてと、威厳ある元老院とが、
こぞりてこの銅像を立てることを決せり。

(1)カリオパスとも呼ばれた、アナスタシオス一世、ユスティニアノス一世の時代に活躍し、不敗を誇った伝説的な戦車競走の名手。この巻に収められた三篇のほかに、第十六巻は実に二八篇ものこの人物を讃えた碑銘詩を収めている。

(2)テュロス生まれの名高い戦車競走者。第十六巻三八六番参照。

老齢により馬場を退けども、その競走相手を贔屓せる者等にさえも、
この人物を惜しむ心を遺して去りぬ。

四六

戦車競走者ポルピュリオスに　　逸　名

ポルピュリオスはリビュアの産なりき。戦車御し、
さまざまなる組[1]にて栄冠贏しはただこの人物のみ。
地区により組に分かれ、帝権により決せらるる勝利は、
その色と着衣とによって常に所を変えるもの。
帝は青組により多くの勝利を授けたまいぬ、
その功によりて黄金の、その労に報いて青銅の像は立てられたり。

四七

同じく　　逸　名

ここなポルピュリオスはリビュアに生まれ、ローマで育ちし者。

(1) 戦車競技出場者は、その出身、あるいは所属していた地域により組に分かれ、異なった彩色をされた戦車に乗った。

次々と勝利の栄冠にかがやき、さまざまな色の組に身を置きて、
その額(ぬか)にいと高き勝利の印をば戴きたり。
しばしば組を変え、また馬をも変えたり。
ある時は先頭に立ち、ある時は後尾に、ある時は中程に位置を占めしが、
競える相手にも、仲間にもことごとく勝利したりき。

四八

戦車競走者ウラニオス[2]に　逸名

名声赫々たるパウストスが子とパウストスその人にも
劣らざる者とて、皇帝陛下は両人の像の傍(かたえ)に、
ウラニオスが像を立てたまいぬ。数知れぬ勝利を収め、
民人がペロプスとの異名奉りしかの人物(ひと)がために。
「神はいつとて似た者同士を近づけるものよ[3]」とこそ、
これらの像をうちまもるものは言うらん。

(2) ニカイア出身の戦車競走者で、新ローマ（コンスタンティノポリス）での戦車競走に勝利したほか、二〇回にわたり「青組」の選手として活躍した。

(3) ホメロス『オデュッセイア』第十七歌二一八行。

四九

同じく　　逸名

ウラニオスよ、競技者たりし折も、競技より退きし後も、
おんみ一人にのみ勝利女神(ニケ)は二度にわたりて
二つの組よりこの褒賞(むくい)授けたまいぬ。おんみはかつて青組にありて、
二〇年にわたり輝かしき名を得ていたる者。
馬御することを廃して後、緑組がおんみに出馬を求め、
おんみはかれらに勝利をもたらせり。それゆえにまたこの報償(むくい)あり。

五〇

同じく(1)　　逸名

おんみはかような外衣(マント)をまとうべき人物(ひと)にあらず、
卓越せる馬の御し手にして、先陣切って戦う勇士(もののふ)なれば。
皇帝陛下が僭主誅伐の剣(つるぎ)揮いたましいとき(2)、
おんみは共に戦い、海戦に加われり(3)。

(1)ヴァルツはこれを、ポルピュリオスを詠った作としている。
(2)アナスタシオス一世の時代にウィタリアヌスがしばしば反乱を起こし、後五一五年には大艦隊をもってコンスタンティノポリスを包囲したが、アナスタシオスは海戦でこれを打ち破った。
(3)前記の海戦に加わったことを指す。

知慮に富み、戦車競走と僭主誅殺において
巧みに戦い、二重の勝利を収めし者よ。

五一

カリュドンの獅子に寄せて(4)

アルキアス

青銅造りではあるが、造形家がこの獣に烈々たる生気を吹き込み、
生けるものとした有様を、とくと見よ。
頸(うなじ)には剛毛を逆立て、牙を剝き出し、
咆哮し、眼からは爛々たる光を放ち、
口からは泡を吹いているではないか。
選りすぐった半神らを斃したのにも、もはや驚くには当たるまい。(5)

(4) 英雄メレアグロスとその仲間の英雄たちによるカリュドンの巨大な猪退治の話は、多くの浮彫などに描かれているが、この詩は銅像製作者による猪の像を見ての作である。事物描写詩であるから、本来第九巻ないしは第十六巻に収めるべき作。

(5) 猪退治に参加した英雄たちのうち、ヒュレウスとアンカイオスは猪に殺された。

第十六巻　プラヌデスの詞華集より補遺として加えられた詩

概観

『ギリシア詞華集』第十六巻は、その前身である『パラティン詞華集』の補遺という形をとっている（これについては巻末の「総説」参照）。今日われわれが手にする『ギリシア詞華集』全一六巻は、十七世紀に発見された『パラティン詞華集』全一五巻では欠けていた詩四〇〇篇ほどを、それ以前に広く行なわれていた十四世紀初頭にビザンティンの学僧プラヌデスが編んだ全七巻から成る『プラヌデス詞華集（*Anthologia Planudea*）』（一三〇一年成立）から採って収め、これを第十六巻とした形で成立したものである。この巻に収められている三八八篇の詩がそれである（ペイトン編訳の Loeb Classical Library ならびにベックビイ編訳の Tusculum 叢書版では三八八篇。ただしビュデ版では、『ギリシア詞華集』第二部「プラヌデス詞華集」として右記三八八篇のほか、同一番号のもとにさらに四篇を収め、また第九巻に既出の詩九篇を重複して載せているが、本書ではこれは省いた）。

この巻には、最初の部分に多く現われるすぐれた運動競技選手を讃えた詩、皇帝や武将、戦士を讃えた詩、アレクサンドリアの総主教のための碑銘詩、ヘクトルやサルモネウスへの頌詩、ヘラクレスの功業を詠った一〇篇あまりの詩、一三篇に上るホメロスへの頌詩、ヘルメスやパンを主題とした牧歌的な詩など、さまざまな内容の詩が見られる。しかしこの巻の圧倒的多数を占めているのは人物の銅像や肖像画などをことばで表現した事物描写詩（エピデイクティカ）であって、その数は三八八篇中実に三五六篇に上る。中でも大きな比重を占めているのは、そのほとんどが戦車競走競技において卓越した技量を誇り、不敗の名選手として名声赫々たるものがあったポルピュリオスなる人物と、その他コンスタンティノスなど少数の戦車競技の名手を讃えた作から成る一大詩群「コンスタンティノポリスのヒッポドロモスに建てられた運動競技者たちのための碑銘詩」（三三五―三八七番）である。これらはすべてビザンティン帝国時代の作で五三篇の多きを数える。

ここに収められた詩は、プラヌデスの詞華集からこれを採って一巻とした編者の手によって、それぞれ詠われている人物や神々別にグループ分けされ、配列されている。

これらの事物描写詩の中には実際に銅像や、肖像画、碑などに刻まれたり添えられたりしたものもあり、必ずしも文学的な意図をもって作られたものではない。この巻の一特質をなす、半分以上に当たる二〇〇篇近い詩が逸名の作者によるものであることは、その一端を物語るものだが、しかし全体として見れば、やはり実際に碑銘詩、刻文として作られたものはさほど多くはなく、大方は文学的な意図をもって詩作品として書かれたものと考えられている（ただしポルピュリオスをはじめとする戦車競走の選手を讃えた一連の作はこの限りではなく、そのほとんどが実用的なものとして、銅像の台座などに刻まれたものである）。

事物描写詩（エピデイクティカ）は、第二巻「テーベのクリストドロスの銅像描写詩」ならびに第九巻の後半部を占めている二五〇篇近くの詩がやはりそれであって、この第十六巻にのみ見られるものではない。だが同じ事物描写の詩であっても、第九巻の詩が神像、人物像を描写するだけでなく、浴場、城門、燈台、その他さまざまな建造物、庭園、泉水から公衆便所にいたるまでの多様な事物を描き詠っているのに対して、本巻の詩はそのほとんどすべてが神像、神話伝説上の人物や、著名な人物の像を詠っており、中にはそれらを描写することよりも神像や人物像にこと寄せて、神々や人物の性格、またかれらにまつわる神話、伝説、逸話などを詠うことに主眼を置いている作も少なからず見受けられる。文学的虚構としての作品を別とすれば、銅像描写の詩は大方ユスティニアノス一世の時代の銅像、あるいはそれ以前の時代の銅像をテーマにした作である。ヒッポドロモスに建てられた戦車競走の馬の駆手を詠った大きな詩群は、其の大方が顕彰のためのものであって、文学的・詩的な価値をもつものは少ない。

この巻に収められた四〇〇ほどの作品の文学的・詩的な価値、その評価については詳しくは「解説」で述べるが、総じて言えば詩作品としての完成度の高い作は稀である。芸術作品の描写詩（エクプラシス）として見ても、ことば、詩の言語表現によって、当の銅像何なりの作品を描き出した作、言語による芸術作品再現、芸術批評と言えるほどの水準に達している詩は寥々たるものであることは否めない。これらの作品は事物自体の描写によってではなく、むしろそれらにまつわる神話、伝説や故事、挿話などによってわれわれの関心を惹くものとなっている。パンやヘルメスの像を詠った詩のように、いかにも事物描写詩に分類はされるものの、そこに色濃く漂う牧歌的雰囲気により、牧歌的エピグラムとしての性格を帯びていて、その点で詩的な価値が認められる作もある（一一番、一二番の詩、プラトンによる一三番の詩など）。もっとも、プロメテウス像やテセウス像、タンタロス像などを詠った作、テセウスとマラトンの牛の像を詠った作などのように、描写詩としてまずまずの佳作がないわけではない。英雄テレポスやピロクテテスの像に寄せた詩などは、事物描写詩としてかなりの成功を収めていると言えよう。すでに古代において傑作としてギリシア全土に知られた、プラクシテレス作の名高い「クニドスのアプロディテ像」を詠った一連の詩は、この芸術家の名声とその代表作への世人の反応を示す者として興味を惹く。

またヘラクレスの功業をテーマとした十数篇の詩のほかに、アリアドネ、アンドロメダ、イピゲネイア、ニオベ、ヘレネなどのヒロインの像をテーマとした作もあり、ニオベの悲劇を描き出した像を詠った一連の詩などは、芸術批評としてもまずまずの出来であり、とりわけ一三三番のアンティパトロスの詩とメレアグロスの詩（一三四番）は傑作と評するに足るものとなっている。古代においてよく知られ、アテナイオスによる言及があるサルダナパロス王の碑銘詩などは、むしろ歴史的興味を掻き立てる作で、事物描写詩としてはやはり物足りないものがある。ホロメスへの尊崇を示す十数篇の詩や、ピンダロス、アナクレオン、サッポーといった詩人たちの像、ピュタゴラス、ソクラテス、アリストテレス、アイソポス、プルタルコスといった哲学者や文学者を詠った作も同様で、事物描写よりもむしろ人物批評的な内容の詩も見られる。

この巻の巻末に置かれた、戦車競走の名高い馬の馭手を歌った五三篇の詩群は、その多くが顕彰のための実用的なもので文学として作られたものでないから、ほとんどが類型化し、同工異曲の作ばかりがうんざりするほど羅列しているのが見られる。中には模作と見られる詩もあるが、これらの作に文学的・詩的価値を認めることは難しいと言わざるをえない。しかし不世出の戦車競走の名手ポルピュリオスへの頌と言えるこれら数多くの詩は、この古代の競技がいかに多くの人々の心をとらえ、熱狂を呼んだかということを物語っており、古代風俗史の一面を物語る資料としての価値は十分に認められよう。

一(1)

ダマゲトス

われは是メッセネ(2)の出身にも、アルゴス(3)の出身にもあらざるレスラーなり。
スパルタが、士(もののふ)らによりその名も高きスパルタこそがわが祖国。
かの国の者らは技にすぐれたれども、ラケダイモンの子らにふさわしく、
われは力によって勝を占むるものぞ。(4)

二(5)

シモニデス

この少年をうちまもりて、これぞオリュンピア競技に勝利せしテオグネトスと
知れ。これは組討競技(レスリング)の巧みな御し手にして

(1)ダマゲトスはスパルタの詩人であるから、この詩はその立場から詠われた作。
(2)メッセネはスパルタと敵対関係にあった。
(3)メッセネと同じくスパルタと敵対関係にあった。
(4)トゥキュディデスに「力を伴わない技は役に立たぬ」とのことばが見える。
(5)おそらくはシモニデスの真作ではなく、学殖あるアレクサンドリアの詩人の作と見られる。

その体貌(からだ)見るも美しく、競技にても容姿に劣らずすぐれたる者。
生まれよき父祖の町を栄冠もて飾りしなり。

三[6]　　　　同

イストミアミア、ピュティア両競技会にて、ピロンが一子ディオポン、
高跳び、競走、円盤投げ、組討(レスリング)競技に勝利を収めたり。

四　　　　逸名

ヘクトルがギリシア人により手傷を負わされていたら、言ったであろう
こと。

さあ死んだわしの体を存分に打ち叩くがいい。あの兎どもでさえも
獅子の死骸を馬鹿にして辱めるのだからな。[7]

(6) この詩もヘレニズム時代の作であろうと思われる。

(7) 兎は臆病な動物の代表とされていた。

五

メッセネのアルカイオス

クセルクセスはヘラスの地にペルシアの軍勢を引き入れ、
ティトゥス[1]また土地広きイタリアより軍を率いて来たれり。
かの者はエウロパを従属の頸木にかけんとして来たりしが、
こなたはヘラスの隷従を終わらしめんとて来たれるなり。

六

逸　名

エウロパの支配者にして、ゼウスが不死なる神々に君臨せるごとく、
海と地とに君臨する、槍にすぐれたるデメトリオスの子[2]が、
キロアダス[3]と、その子等と、オドリュシア[4]の者どもの
全土より獲ましたるこの戦利品をば、
路傍にいませるヘカテ様に奉納いたしまする。
ピリッポスが栄光は、かくてまた神々の玉座に近づけり。

(1) ティトゥス・クイントゥス・フラミニヌス（前二二九―一七四年）を指す。キュノスケパライの戦いで、ギリシアを支配していたマケドニアのピリッポス五世を破り、翌年イストミア競技会においてギリシアの全都市の独立を宣言した。
(2) ピリッポス五世を指す。
(3) オドリュシアの王。
(4) 蛮族の住むトラキア地方。

六 a(5)

マラトンの戦いにおける武将カリマコスとキュナイゲイロスを

パンテレイオス

おお無駄な労力と甲斐なき戦(いくさ)だ。
陛下に顔を合わせたらなんと申し上げたらよかろうか?(6)
陛下よ、なぜまたわれらを不死なる戦士らのもとへ遣わされたのです?
得物を取って打ちかかってもかれらは倒れませぬ、傷つけても怖れませぬ。
一騎当千の士(つわもの)で、一人で軍勢を殲滅し、疲れ知らぬ
アレスのごとく、血潮を浴びて真ん中に立ちはだかっております る。
鉄の根を生やした樹のごとくふんばって倒れませぬ。
まもなく船に乗り込んでまいりましょう。さあ舵取りよ、纜を解け、
死人(しびと)となる恐怖(おそれ)から逃れようぞ。

(5) ロウブ版のテクストに拠り訳出。トゥスクルム版、ビュデ版はこの詩を収めていない。

(6) この詩はペルシア軍の兵士によって吐かれたという形をとっている。「陛下」とはクセルクセス王を指す。

七(1)

メッセネのアルカイオス

やさしい笛の音色を歌声に合わせ、
不死なる典雅女神（カリス）らの援けを得て、
ドロテウスはトロイア人（びと）らの悲嘆（かなしみ）と、
雷火によって生まれたセメレの子と、木馬の功業とを奏でた。
これはディオニュソスの聖なる予言者ら(2)のうち
ただひとり中傷（モモス）(3)のすばやい翼を逃れた者。
テバイの生まれにしてソシクレスの子、
リュアイオス(4)の社に吹き口(5)と葦笛とを奉納す。

八

マルシュアス(6)に　　同

松生い茂るプリュギアで、みごとに孔穿った笛で音を立て、
おまえがもう嘗てのように曲奏でることはないのだね。

（1）勝利の記念にディオニュソスに笛を奉納したさいに添えられた作か。
（2）詩人たちはしばしば詩女神（ムーサ）の預言者と呼ばれた。ピンダロスに「詩女神よ、宣りたまえ、さればわれ預言を告げん」との詩句がある。
（3）モモス（「中傷、誹謗」の擬神化）に翼があるとする説は、ここ以外には見られない。
（4）バッコスのこと。
（5）原語 φορβειά とは、笛を吹くときに口に当てる革製の道具を指す。
（6）プリュギアのケライナイに住んでいたサテュロスで、アテナ女神が捨てた笛を拾ってこれに熟達し、アポロンに歌比べの競技を挑んで敗れ、体の皮を剝がれた。

おまえの手中でアテナ・トリトニドスが作った笛[7]が、以前のように
咲き匂う花のような調べ奏でることもないのだ、ニンフの子サテュロスよ。
人間(ひと)の身でありながらポイボスに挑んだ罪で神の怒りに触れ、
おまえの手は固く結わえられているのだから。
竪琴にも劣らぬ甘い音色かなでる笛は、曲比べでおまえに
花冠授けるどころか死をもたらしたのだ。

（7）アテナは笛を発明したが、それを吹いていると頬が膨れ醜く見えるというので、これを捨てたとされる。

九　　逸名

恥知らずな[8]胃袋よ、貴様のせいで食客どもは一杯のスープにありつこうとて、
自由人としての権利を売り渡してしまうのだ。

（8）「恥知らずな」と訳した *κυνάμυια* はホメロスに見られる語で、直訳すると「犬・蠅のような」であり、厚かましく、執拗な人物を罵る言葉である。

一〇

第九巻一一八番の詩と同じ（重複して収められている）

一一[1]

ヘルモクレオン

道行きたもう人よ、いざ坐したまえこのプラタノスの木陰に、
やさしい西風の息吹に木の葉さやぐここにこそ。
ニカゴラスが稔り豊穣(ゆたか)な畑地や羊の群れの護りにと、
マイアの名高い子、このヘルメスを据えたところに。

一二

泉の傍らに立てられたパンの像に寄せて　逸名

いざや来たりて憩いたまえ、この松の根元に、おだやかな西風に
枝をたわめて、心地よい響きたてる松のもとに。
ごらんなされ、湧水が澄み切った音をたてているさまを、さらさらと流れる
　この水流(ながれ)の傍らで、
寂しさに堪え甘いしらべ奏でて、熟睡(うまい)もたらそうぞ。

（1）第九巻三一五番のニキアスの詩の模倣、変奏と見られる作。

一三

プラトン

いざ憩いたまえ、高く繁ったこの松の根元に腰をおろして、
吹きつのる西風に枝さやぐここにこそ。
さらさらと流れるこの流水(ながれ)の傍(かたえ)で葦笛奏でなば、
眼もうっとりと微睡(まどろみ)もしようぞ。

一四

ゼノドトス

愛神(エロス)の像を刻んでこの泉の傍らに立てたのは誰だ？
水で炎を消せると思ってしたことか(2)？

(2) 水を吹き出している愛神（エロス）像のことを詠った作。

一五　逸名

以前はブロミオスの酒の泉に酌んでいつも酔っていた、
バッコスの信女らの仲間の山羊脚のサテュロスめが、
両脚に固く足枷をはめられて、
テティス女神の子[1]のために、青銅の武具造る手伝いをしておるわ。[2]
武具造りの技に長けているわけでもないのに、
営々と働かされつらい生を送っているわけだ。

一五a　逸名

――おまえのあの酒杯（さかずき）はどうなったんだ、大酒喰らいよ、みごとに
曲がったあの神杖（テュルソス）はどうなった、跳ねまわるサテュロスよ？
誰が鋏の側におまえの足を鎖でつないだのだ？
ブロミオスを襁褓（むつき）でくるんだことのあるおまえをだ。[3]

（1）ヘパイストスの鍛冶工房で働かされているサテュロスを描いた絵を見ての作か？
（2）アキレウスを指す。この詩はホメロス『イリアス』第十八歌の名高い「アキレウスの物具造り」の段を念頭に置いて書かれている。

（3）幼児神であったディオニュソスを養ったのは老いたサテュロスであった。

――恐ろしい貧窮と、どんな真似にも駆り立てる、逃れようもない
　必定によって、こんな具合にヘパイストスの側で灰を吸ってる始末でね。

一六　　　　　　　　　　　　　　　　　逸名

「度が過ぎたものはなんであれ宜しからず」とは古くからの諺、
蜜だって多すぎれば胆汁と変ずるもの。

一七　　　　　　　　　　　　　　　　　逸名

パンよ、草食む羊らがために黄金（こがね）の葦笛に円き唇当てて
聖なるしらべ奏でたまえ、羊たちが真っ白な乳を乳房いっぱいに
あふれさせてクリュメノスの家に帰れるように、して
おんみの祭壇の傍らに、雌山羊たち妻とする雄山羊が
すっくと立って、ふさふさと毛が生えた胸から、

真っ赤な血潮をどっと噴き出すために。

一八

人から借りた金で存分に楽しめ、貸したやつには
指を曲げて算盤をはじく面倒をかけてやるがいい。

逸名

一九

「万人に平和（エイレネ）あれ」と司教様はやってくるなりおっしゃったが、
御自分一人のなかに平和を囲い込んでいて、どうしてそれが万人に及ぶの
かね？(1)

逸名

（1）司教は「エイレネ」という名の女性を愛人として囲っていたのである。それに対する皮肉。

一九a

バビュロンのヘロディコス

アリスタルコスの徒党よ、広い海の背を渡って
ギリシアから立ち去れ、茶色の羚羊(れいよう)よりも恐ろしい輩どもよ、
部屋の片隅にたむろして単音節語を口にし、その関心事は言えば、
「渠等に(スピン)」、「渠等の(スポーイン)」、「渠をば(ミン／ニン)」といったことばかり。そんなことはあんたら
　にまかせるわい、やかまし屋のお歴々よ、だがギリシアと
聖なるバビュロンだけは、ヘロディコスのためにいつまでも残しておいて
　おくんなさい。

二〇

逸名

唇の厚い弁論家のマウロス(2)を見てぶったまげたね、
白い衣裳をまとった弁論術のお化けにはね。

(2) アフリカ出身の弁論家だったのであろう。

二一

アレクサンドリアの総主教ニコラオスに

王侯らを屈服せしめ、敵どもの傲岸を打ち砕き、
教父らの正統なる教義を護りし者ニコラウス、
キリストの高僧なる者、この慎ましき墓に眠る。
されどあまたの幸福(しあわせ)につつまれし
師が徳行は宇宙の涯にまで遠く天翔(あまがけ)り、
その魂は至福なる者らの住まいにぞ憩う。
未だ世に在りし折にも、師はうるわしき躰(からだ)に鞭打って
栄えある業に務め、さようなる生を希求したまえり。

逸名

二二

正当なる教義と叡智の持ち主たるニコラウスがため、
グレゴリオス、この標柱を立てたり。

逸名

二三　　シモニデス(1)

――言うてくれ、そなたは誰で、誰の子で、郷国(くに)はどこで、何の競技で勝利したのかを。
――名はカスミュロス(2)、エウアゴロスが一子にして、ピュティア競技会の拳闘で勝利せし者。

二四(3)　　同

これは美しきミロン(4)が美しき像、ピサ河(5)のほとりで七度にわたり勝利し、膝すらも地面(ち)に着かざりしかの者の。

(1)シモニデスの真作かどうか疑問視されている作。
(2)ピンダロスに、この人物のイストミア競技会における勝利を祝した祝勝歌(断片)がある。
(3)シモニデスの真作ではなく、おそらくヘレニズム時代に書かれた詩と見られる。
(4)この人物についての詩は第十一巻三一六番にも見える。
(5)オリュンピア付近にあった河。

二五

ピリッポス

イストミアで六度にわたり松の冠戴きし、(1) シノペの人
ダモストラトス(2)が名を聞きたもうことあらば、
見たもうこれぞその人。体くねらせる組討競技(レスリング)で、
その肩が一度たりとも砂に跡残さざりし者。
その面に浮ぶ獣のごとき闘魂を見よ、
昔に渝(かわ)らぬ勝利に逸る燃える心を、猶も見せているではないか。
銅像は言っておるぞ、「この台座からわしを解いてくれ、
されば七度めに砂をかぶってみせようぞ」と。

二六(3)

シモニデス

ディルピュスが山峡(やまあい)でわれら斃れたり。われらが屍の上に
エウリポスに近きあたりに故国が墓を築きしが、

(1) イストミア競技会での勝利者は松葉の冠を授かった。
(2) 黒海沿岸のポントスのシノペ出身の名高いレスリング選手。

(3) 後五〇七年のアテナイのカルキスとエウボイア相手の戦いで斃れた戦士たちの合葬墓に刻まれた碑銘詩。

それもむべなること。仮借なき戦塵にまみれて、
青春(はる)の華を散らせしわれらなれば。

二六a(4)

逸　名

その武勇と名声はギリシア全土に遍く知られたり、
力と思慮により多くをなしとげし人物(ひと)、
槍揮う士(もののふ)らが長(おさ)、戦にて
大いなる誉れ得し、アルカディアの戦士ピロポイメンこそは。
スパルタの僭主より得たる二つの戦勝牌こそそれを告げるもの、
これぞ増えつつありし隷従の日々を廃せしめし人物。
さればテゲアは非の打ちどころ無き自由をもたらせし、
クラウギスが子息がためにこれを建てたり。

（4）この詩とそれに続く二六番bの詩はロウブ版のみに見られるもので、トゥスクルム版、ビュデ版はこれを載せていない。ロウブ版に拠り訳出した。

二六b(1)

アルカイオスに応えて　　　　ピリッポス五世

道行きたもう人よ、樹皮(かわ)も無く、葉も無く、
アルカイオスめを吊るさんとて、十字架は高々と立てられたり。

二七

サルダナパロス王(2)の墓碑銘(3)　　　　逸　名

死すべき身なることをとくと心得て、饗宴を楽しむがいい、
死んでしまったらなんの歓びもありはしないのだ。
大いなるニネヴェの都に君臨したわしも、今では塵土(ちりひじ)。
わしに残されたのは飲み食いしたものと愛の歓楽に耽ったことだけじゃ。
ほかの財貨(たから)は残らずそちらに置いてきたわ。
これは世の人の生のためになる忠告であるぞよ。

(1)ピリッポス五世を、戦場を捨てて逃げた臆病者として嘲笑したメッセネのアルカイオスの詩(第七巻二四七番)に対して、王が逆襲した作。この詩はアルカイオスの詩と同じ詩律を用いて書かれており、詩人としてのこの王の手腕のほどが窺われる。

(2)アッシュリア帝国の最盛期(前九世紀頃)に君臨した王。

(3)この詩はアッシュリア語で書かれたサルダナパロス王のための墓碑銘の翻訳であろうとする、シケリアのディオドロスの説がある。

二八

ギリシアはテバイこそ笛の奏法にかけて第一の地なりと判定せり、(4)
してテバイはオイニアドスが子プロノモスをその第一人者とす。

逸名

二九

エニュアリオスが慈しむ子にして、膂力(ちから)あくまで強く、
勇敢に戦いし士(もののふ)ありと聞きおよびたもうことあらば、
そはプリアモスが一子ヘクトルを措いてほかになし。
かつてトロイアの地を護らんとギリシア人(びと)と闘える彼をば、
ディオメデの夫なる者(5)が討ち取ったり。
みまかれるかの人をここなる墓が覆うぞ。

逸名

(4) 前五世紀から四世紀にかけてはボイオティアとテバイは笛の演奏技術によって知られ、テバイは名高い笛の名手を輩出した。プロノモスは前五世紀後半の人。

(5) ディオメデはレムノス島のポルバス王の娘。その夫とはアキレウスを指す。

三〇

わしの姿を描いたのはタソスのポリュグノトス、[1] わしは
狂気に駆られゼウスの雷名に対抗せんとかのサルモネウス。[2]
ゼウスは冥府にあるわしをも更に滅ぼし、
もはや声も立てぬわが似姿を憎んで雷霆を投げつけなさる。
ゼウス様、雷火を投じるのはおやめくだされ、怒りを解いてくだされ。
的になっているわしはもはや息絶えた身。魂なき似姿に戦いをしかけてくださるな。

ゲミノス

三一[3]

プラトンの体をば大地がここにてその懐に抱けども、
かの人の魂は不死なる神々に列に連なる。

スペウシッポス

(1) アペレスと並んでギリシア古典期を代表する傑出した画家(前五〇〇頃—四四〇年頃)。
(2) 神話伝説上の人物で、アイオロスの子。みずからをゼウスと詐称し、雷鳴や雷霆(らいてい)を真似たりする専横な振る舞いがあったため、ゼウスの雷霆に撃たれて死んだ。
(3) 第七巻六一番の四行からなる詩の最初の二行の詩句と同内容の詩である。

三二

ビュザンティオンの司政長官ガブリエルの肖像画に寄せて

レオンティオス・スコラスティクス

太陽(パエトン)さえもが絵で現わされるが、
画家の技が陽光(ひのひかり)を描くことはない。ガブリエル殿、
知にあふれた司政長官よ、画家の技はおんみの姿を描いてはいるが、
おんみの徳行、功業を写し出してはおらぬのだ。

三二a

テアイテトス・スコラスティクス

ローマ(4)とベロエ(5)とは、法の光なるこのユリアノス(6)を眼にして、
「自然は万能なり」ともらしたものだ。

(4) コンスタンティノポリスを指す。
(5) ベリュトス(現在のベイルート)を指す。この町は「法の母」と呼ばれ、ローマ法の中心地のひとつであった。
(6) ユスティニアノス一世ならびにユスティノス二世時代の法学教授、裁判官。

三三

寝室係り[1]カリニコスの肖像画に寄せて

レオンティオス・スコラスティクス

おんみは面貌の美しさに劣らず、心の美しさにおいてもなお万人に優れ、
その名にふさわしきすべてを身に備えておいでだ。[2]
毎夜皇帝陛下が御寝なされる折に、そのお耳に
尽きせぬやさしいことばを囁いてさしあげるのだから。

三四

スミュルナの司政長官ピリッポスの肖像画に寄せて

テオドレトス・グラマティクス

これはピラデルピア[3]よりのピリッポス殿への贈り物。
町がその立派な行政をしかと記憶していることを見よ。

（1）ビザンティン帝国の宮廷で高官として位置を占めていた宦官の役職。皇帝に親しく仕えた。

（2）「カリニコス」（字義どおりには「麗しい勝利」）という名前にふさわしく、「心の美しさにおいても勝利を収めている」ということを言ったもの。

（3）ピラデルポス帝の子アッタロスによって建てられたリュディアの町。

三五

カリアの人々は、パルマス殿(4)が義しき法もて
よくその地を治めしことを讃えて、かの人の像を立てたり。

逸名

三六

ペルガモンにおけるさるソフィストの肖像画に寄せて

アガティアス

おんみの演説とよどみなく流れるうるわしいことばを嘉して
久しき前に献ずべき画がかくも遅れたことを寛恕したまえ。
ヘラクラモンよ、おんみが額に汗してなされし労苦と、
町のためになされし配慮に謝して、ここにおんみが肖像画を掛けるなり。
おんみが労に報いること尠(すくな)けれども、咎めたもうな。
善き人にかく報いるはわれらが習いなれば。

(4) ドミティアヌス帝ないしはネルウァ帝の治下にアシア総督を務めた人物。

三七

レオンティオス・スコラスティクス・ミノタウロス

眼にしたもうは黄金色の衣裳をまとったペトロスが像、(1)
その傍らに立つ権威の印(2)は彼が相次いでなせし労苦の証人(あかして)。
最初の印は東方における、次なる二つの印は紫衣に値せる労苦と、(3)
二度目の東方における労苦の証(あかし)となるもの。

三八

戦い(4)に勝利したシュネシオス・スコラスティクス(5)の肖像画に寄せて

ヨアンネス・バルボカロス

よき戦士がいたはエウロタス(6)のほとりばかりにあらず、
正義が行なわれたはイリッソス(7)のほとりばかりにもあらず。
あたかもスパルタの出であるかの如く、アテナイそのものの出であるかの如く、
勝利女神(ニケ)と正義女神(テミス)とはシュネシオスに誉れを授けたまいぬ。

(1)後五四三―五四六年、五五六―五六二年の二度にわたってアシア総督を務めた人物。
(2)ペトロスの像の脇には権威を象徴する女性像をもつ標柱が立てられていたのであろう。
(3)総督は権威の象徴である紫衣をまとうことを許されていた。
(4)後五四〇年のユスティニアノス一世による、ペルシア王コスロエス一世を相手にしての戦い。
(5)法律家で将軍でもあった人物。
(6)スパルタを流れる河。
(7)アテナイの近くを流れる河。

三九

ビュザンティオンの司政長官ロンギノス(8)の肖像画に寄せて

アラビオス・スコラスティクス

ナイルも、ペルシアも、イベリアも、ソリュモスも、西方も、
アルメニアも、インド人も、岩峨峨たるカウカソス近くに住む
コルキスの者らも、焼け付くような野に散らばって住むアラビア人も、
ロンギノスが迅速に世を巡って皇帝の命を伝えたることの
証人(あかして)となるもの、してまた長く闇のうちに潜みいたる
平和をもたらしたる人物(ひと)なることの。

四〇

クリナゴラス

クリスプス様(9)、あなた様は三柱の幸運女神(テュケ)を隣とするだけでは
足りませぬ。饒かなることきわまりないお心の持ち主におわしますれば、
万人の幸運女神がお側に添うことこそがふさわしい。数知れぬ人々の

(8)ビュザンティオン(コンスタンティノポリス)の司政長官を務めたフラウィウス・ロンギノスなる人物は二人いるが、ここはユスティニアノス一世治下の後五三七―五三九年、五四二年にその職にあった人物を指すと見られる(ベックビイ説)。

(9)ガイウス・サルスティウス・クリスプスは高名な歴史家サルスティウスの孫で、その養子となった人物。

幸福のために尽瘁せられお方に、どうやって報いたらよいのでありましょう?
幸運女神にもまして強大にあらせらるるカエサルが[1]、あなた様を
高き地位に上らせたまわんことを。カエサルのお力なくして、幸運はありえ
ましょうや?

(1) アウグストゥスを指している。

四一

新たな財宝管理掛たちによってプラキディアの宮殿に奉納された肖像画に寄せて

アガティアス・スコラスティクス

新たにこの職務に就きたる者一同が、全世界を統べたもう
皇帝陛下の非のうちどころなき財宝長官なるトマス殿の肖像を、
陛下ご夫妻のすぐお側なるところに捧げます、
肖像に描かれても猶、両陛下の隣に坐を占めさせんとの心で。
この仁は聖なる皇室の玉座をいや高からしめ、
その財貨を増やされましたが、それも敬虔なる心もてなされたること。
これなるは感謝の印。善き人の功績を印すことを措いて、
筆の能くなしうることがありましょうや?

四二　　逸名

その思慮において偉大なる人物(ひと)、アジアの長にして総督なる
テオドシウス(2)がために、ここにその大理石の像を建てたり。
あまたの建造物(たてもの)ゆえにその名を謳われし
スミュルナを復興せしめ、再び光輝あるものとなされしゆえに。

四三　　逸名

その叡智によって名高い判事ダモカリス(3)よ、この誉れはおんみのもの、
壊滅的なる地震(4)の惨禍の後に、おんみは獅子奮迅、力を尽くして
スミュルナをみごとに復興せしめたればなり。

(2) アシア総督代理だったこの人物については、その事績にもかかわらず、経歴等が何も知られていない。

(3) エペソス出身の後五六〇年頃アシア総督代理であった人物。法律家にして詩人でもあった。
(4) 後五五一年にエペソスを襲った大地震を指すか。

四四　　逸名

皇后陛下様[1]、生きとし生けるものはすべていついつまでもお力を歌い
称えまする。敵の軍勢を打ち破りたまい[2]、酸鼻をきわめたる戦いの後、
思慮深き者らに光をもたらしたまいて、国内の暴動という災禍により
廃されていた馬術競技のよろこびを復させたましいがゆえに。

四五　　逸名

われら弁論家一同は、心を一にしてテオドロス殿[3]を
黄金もて描き、その名を朽ちざるものとせんと企てしが、
かの人は肖像画なりとも黄金もて描かるるを拒まれしなり。

（1）ユスティニアノス一世の妃テオドラを指す。
（2）ユスティニアノスの統治に大打撃を与えた後五三二年のニカの反乱に加わった暴徒たちを言う。
（3）この人物に関しては、テオドシオス二世治下の後四〇九年に親衛隊長官だった人物とする説と、後六一八年に弑逆されたヘラクレイトス帝の兄弟を指すとする説とがある。
（4）ヘラクレイトス帝（後六一〇―六四一年）の甥で将軍、帝の治世に密接に協力、貢献した人物。

四六　　　　　　　　逸名

槍揮っては無双の勇士ニケタス[4]がため、皇帝と、軍隊と、町と、民衆とが、
ペルシア人どもを殲滅せし大功を讃えてこの像を建てたり[5]。

四七　　　　　　　　逸名

戦いにおいては大いなる者にして怖れを知らぬ将帥なる
ニケタスがため、青組の者ら[6]この像を建つ。

四八　　　　　　　　逸名

われはパウロスが一子プロクロス[7]、法の館で華やかに活動せしわれをば、
強大な威勢ふるいたもう皇帝陛下[8]の代弁者たらしめんとて、

（5）後六二二―六二八年にかけて戦われた対ペルシア戦争での勝利を言う。

（6）戦車競走競技において、コンスタンティノポリスの市民は青組、緑組、白組といったそれぞれの党派に分かれ、各組が擁する戦車競走の選手が勝負を競った。この党派は政治的な意味をもち、青組は主として上流市民、貴族から成っていた。

（7）法律家で財務官となった人物。ユスティノス一世に対して大きな影響力をもち、元老院で皇帝の代弁者としての役割を務めた。

（8）ユスティノス一世（在位、後五一八―五二七年）を指す。マケドニアの農民出身で文盲であったため、甥でその後継者となったユスティニアノスやプロクロスに輔佐されて統治した。

帝国の宮廷が拉し来たりぬ。この銅像こそは
わが事績がいかほどのものなりしかを告ぐるもの。
先考にすべてにおいて並びたてども、
総督の儀鉞を手にしたることにおいて父に勝れり。(1)

四九

アポロニデス

古(いにしえ)の時代はキニュラス(2)と二人のプリュギアの男子(3)の美しさを
嘆賞したもの、だがレオンよ、われらは君の美しさを歌おう、
ケルカポス(4)の名高い子よ。かような太陽が照り映える
ロドスこそは至福なる島というもの(5)。

五〇

同

もしもこのようなレオン(6)がヘラクレスに立ち向かっていたならば、

(1)この人物が総督の地位に就いたという記録はない。名誉職であったか?
(2)伝説上の人物でキュプロスの王。その美貌ゆえにアポロンに愛された。正体を偽った娘ミュラと交わり、アドニスの父となった。
(3)ガニュメデスとパリスを指す。
(4)太陽神ヘリオスの子でロドス島の王。レオンはその子。
(5)ロドス島では太陽神崇拝が行なわれていた。
(6)「レオン」とはライオンを意味する名前で、ここはそれをめぐる言葉遊びとなっている。

十二番目の功業はなかったであろうよ。

五一

総督マケドニオス

少年テュオニコス(7)のこの像を建つるは、像の輝かしさにより彼の美しさを示めさんとするにあらず、彼が組討競技(レスリング)に熱意もて打ち込める様をば眼にして、そこもとの競争心(きおいごころ)かきたてんとの意なり。この少年は疲れで膝屈することなく、年下の者にも、年上の者にも、すべての者らに打ち勝ったり。

(7) レスリング少年の部で優勝したこの少年については出自等一切が不明である。

五二

ピリッポス

見知らぬ人よ、わが牡牛が如き胸と頑丈なる手足を眼にして、これぞアトラス(8)の再来なるかと驚嘆し、

(8) その肩で天空を支えている巨人神。

生身の人間にはあらじと疑いたもうらん。されど知りたまえ、
われこそはすべての競技の選手なるラオディケアのヘラスなる者。
スミュルナと、ペルガモンの樫の木はわれに勝利の冠授け、
デルポイと、コリントスと、エリスと、アルゴスと、アクティオンにても
勝利せり。他の競技会におけるわが勝利を知らんと思し召さば、
そはリビュア砂漠の砂粒を数うるに異ならず。

五三

逸名

ラダスが跳躍したのか空を翔ったのか、その眼にもとまらぬ速さゆえ、誰にもわからぬ。(1)

五四

逸名

ラダスよ、君が世に在った折に風のごとき迅さで走り、

(1) ラダスの俊足は諺化するほどのもので、ユウェナリス、マルティアリス、カトゥルスなどのローマの詩人たちもそれに言及している。

爪先で地に触れただけだったように、
ミロンはそのままの姿で君を銅像としたのだ、
君の姿全体にオリュンピアでの勝利への期待を刻み込んで。

五四a

逸名

彼は希望にあふれた顔をしているではないか、その脣(くち)に漂う呼気は、
深くくぼんだ胸底から吹き出しているかのようだ。
この銅像はいまにも栄冠目指して飛び出しそうな勢いだ、(2) 台座も彼を止める
ことはできぬ。ああ、風よりもなお速い芸術家の技巧(わざ)よ！

(2) すぐれた運動選手の像の出来栄えを讃える常套化した表現。

五五

トロイロス・グランマティクス

——銅像よ、告げよ、誰が、何のために、誰のためにおまえを建てたのかを。
——組討競技(レスリング)で勝利したため、リュロンのために彼の町がわたしを建てました。

五六[1]

逸名

ビザンティン・ローマがエウセビオス[2]の馬御する術を讃えて

先の二つに加えこの像を建てたり。
この人物(ひと)が獲たるものは疑念(うたがい)呼ぶ勝利にはあらず、
群を抜いたる駿馬(うま)の速さと、そを御する勇気もて勝利せり。
かくて競争相手(きそいて)らの争いを鎮め、
民人が間に燻りいたりし不和をも失せしめたり。

(1) 実際に銅像に刻まれていた碑銘詩。
(2) この人物については不明。

五七

パウルス・シレンティアリウス

ビュザンティオンにあるバッコスの信女像に寄せて

狂乱のバッコスの信女を造ったものは自然ではなく、芸術なのだ、
狂気を石にまじえてこれを造ったのだ。

五八

同じく　　　　　　　　　　　　　　　　　　　逸　名

このバッコスの信女をしっかりと押さえておけ、石だとはいえ、
閾を飛び越えて社から逃げ出しては困るからな。

五九

同じく　　　　　　アガティアス・スコラスティクス

すばやくシンバルを打ち鳴らすことをまだ心得ていない、
恥じらいを含んだバッコスの信女像を彫刻家は造った。
面(おもて)を伏せて、こう叫んでいるかのようだ、
「外へ出て行ってくださいな。そうすれば誰もいない所で打ち鳴らしましょう」。

六〇

シモニデスか？

——これは誰なのだ？
——バッコスの信女さ。
——誰が彫ったのだ？
——スコパスさ。
——誰が彼女を狂乱させたのだ、バッコスか、それともスコパスか？
——スコパスさ。

六一

クリナゴラス

東の涯（はて）また西の涯、ネロ(1)の事績は
両方の地の涯にまで及ぶ。
日の出にはアルメニアが帝の手に屈し、
日の入りにはゲルマニアがまたその手に屈す。

(1)ティベリウス帝の父であるティベリウス・クラウディウス・ネロを指す。これをティベリウス帝自身とする説もある。

二重の勝利を歌い讃えん。隷属の民の飲むところとなった
アラクセスとラインとは、その勝利をば知る。

六二

ヒッポドロモスにあるユスティニアノス帝の像に寄せて　逸　名

ペルシア人を殲滅なされし皇帝陛下に、おんみのローマの父にして子なる(2)
エウスタティオス(3)が、捧げ物に致しまする、勝利もたらしたる馬の像と、
もう一つ勝利の冠戴いたニケ像と、風の如く速く駆ける駿馬(うま)に
打ち跨りたもう陛下御自身の騎馬像とを。陛下の御威勢がいやが上にも
高まらんことを。してペルシアとスキュティアの軍勢の長(おさ)どもが、
いついつまでも鉄鎖(くさり)に縛せられてありますように(4)。

六三

同じく　逸　名

この馬の像と、皇帝の像と、破壊されたバビュロン(5)の像とは、

(2)「父にして」とは司政長官だったことを言い、「子なる」とはこの都の名誉市民の称号を与えられたことを言う。
(3) ユスティニアノス一世治下においてコンスタンティノポリスの司政長官だった人物。
(4) 後五三〇年、ユスティニアノス一世はペルシアと恒久的な平和条約を結んだが、この和平は二年しか続かなかった。
(5) これは文学的誇張で、実際にはユスティニアノス一世はバビュロンまでは軍を進めていない。

すべてこれアッシュリアからの戦利品を融かした銅で造られたるもの。
これなるはユスティニアノス帝の像、東方を頸木にかけて抑えいたる
ユリアノス[1]、ペルシア人殲滅者の証人(あかして)としてこれを建つ。

六四

港に立つユスティノスの像に寄せて　　逸名

司政長官テオドロス、海岸の側に
ユスティノス帝の輝かしき像を建つ、
陛下のもたらしたもう平安が、港[2]にまで広がり及ぶことを願って。

六五

テオドシウス帝の像に寄せて[3]　　逸名

温和なる御心のテオドシウス様、陛下は東方より躍り出でたまいて、
人間(ひとびと)に光もたらす第二の太陽として天の中央に上らせたまい、
果てしなき大地のみならず、大洋をも足元に従えたまい、

（1）ユスティニアノス一世治下のコンスタンティノポリスの司政長官。

（2）ユリアノス帝によって後五三二年によって造られ、五七〇年ユスティノス二世によって改修された「ユリアノスの港」を指す。

（3）皇帝テオドシウス一世（後三四七―三九五年）の騎馬像に刻まれた碑銘詩。

四方八方に輝かしき御姿で臨まれ、兜戴かせたまいて、気象大いなる君よ、
気負うて逸る駿馬(うま)をば楽々と御されたり。

六六[4]

逸名

勇猛なるビュザス[5]と愛らしきピダレイア[6]とを一所にまとめて
立像となし、カリアデスここに建つ。

六七

逸名

愛らしき姿のわたしはビュザスのピダレイア、
ブパリスが戦いの記念にこれを建てました。[7]

(4)ビザスとピュダレイアの立像の台座に刻まれた碑銘詩。

(5)ポセイドンの子でビュザンティオンの町を建設したとされる人物。

(6)ビュザンティオンが建てられた地の王バルビュゾスの娘でビュザスの妻。

(7)ベックビイならびにデエックの解釈に従った訳。原語 *Βουπάλεως* に関してはさまざまな解釈がなされていて定解がない。

六八

アスクレピアデスまたはポセイディッポス

これはキュプリスの像。さあベレニケ(1)の像でないかこの眼で確かめよう。
そのどちらなのか、決めかねることだ。

六九

逸名

ゼノン帝に町の行政長官ユリアノス(2)がこれを献じまする。
ゼノン帝の妃アリアドネ様にユリアノスがこれを献じまする。

七〇

逸名

皇帝陛下はヘリコンの館(3)が町の行政長官ユリアノスの尽瘁(じんすい)により
蘇り若返ったのをご覧になり、黄金の像とならせたまい、

(1) プトレマイオス三世の妃で、カリマコスの詩「ベレニケの髪」で名高いベレニケ三世を指す。

(2) 六三番の詩に出るユリアノスとは別人で、アナスタシオス帝に仕えた人物。

(3) コンスタンティヌス帝およびユリアノス帝によって建てられたコンスタンティノポリスの図書館を指す。

ピエリアの詩女神らの館の前に立たせたまいぬ。

七一　　　　　　　　　　　逸　名

至るところで歌い囃されるはユリアノス殿の栄誉（ほまれ）、ピエリアの詩女神の館を
麗しく飾り、アナスタシア(4)の像を建てた人物（ひと）として。

七二(5)　　　　　　　　　　逸　名

勇猛なペルシア人（びと）が陛下の勝利の記念に、
戦利品の武具まといたもうた皇帝の像をスサの都に建つるらん。
また長く髪伸ばしたるアヴァル人(6)の軍勢が、そのむさくるしき頭より
髪の毛を引きむしりつつ(7)別の像をば建つるらん。
しかれどこの像は、陛下の公正にして繁栄もたらせる統治に謝して、
総督職の権威に拠りて諸都市の女王なる町が建てしもの、

(4)この女性については不明。トゥスクルム版ならびにオブルトン - ビュフェールによるビュデ版は *Ἀναστασίῃν* は *Ἀναστασίῳ* ないしは *Ἀναστασίου* の誤記であるとしている。
(5)ユスティノス二世（在位、後五六五—五八七年）。
(6)コーカサス地方より出たスラヴ系民族。先帝の時代からたびたび東ローマ帝国を侵し、一〇年にわたる戦いの後、ユスティノスが貢金を払うことで和議が成立した。
(7)敗北を悲しむ姿だが、実際には敗北したわけではない。

揺るぎなきものであれかし、幸いなるビュザンティオンのローマよ、
ユスティノス帝より神授の力を得ている町よ。

七三

逸名

これなるは総督の座に光輝を添え、三度（みたび）総督の座にありて[1]
偉大なる皇帝らが師父と呼びたまいし
アウレリアヌス殿[2]の黄金の立像。これは
この仁が進んでその揉め事を終息せしめし元老院の造作になるもの。

七四

さる行政長官に

逸名

やさしさに少しばかり恐ろしさを混ぜるがよろしかろう、
ぶんぶんと羽音を立てる蜜蜂とて鋭い針で武装していますからな。
悍馬とて鞭をくれねば真っ直ぐには進まず、

（1）後三九三年、四〇二—四〇四年に総督の座に就いた。
（2）フラウィウス・アウレリアヌス。「皇帝の父（*βασιλέως πατήρ*）」と呼ばれた。

豚の群れにしても、唸り立てる杖の音を耳にせねば
豚飼いの意に従いませんから。

七五

テッサロニケのアンティパトロス

ゼウスと、アポロンと、アレスにも似た王の子よ、
母后の祈りかなって生まれたる御子よ、
運命女神(モイラ)らの意により王たるにふさわしきすべてに恵まれ、
欠くるところなき身となり、世の歌の種とならせたまいしお人よ。
ゼウスは王笏を、アレスは槍を持ち、ポイボスは美しさを身に備う。
されどコテュス様、おんみはそのすべてを併せ持ちたもう。

七六[3]

哲学者シュネシオス

テュンダレオスが三人の子、カストルと、ヘレネと、ポリュデウケス

(3)これは断片である。

七七

パウルス・シレンティアリウス

画家の筆は乙女の眸は辛うじて描きえたものの、
その髪も、その肌の輝くばかりの美しさも描いてはいない。
陽光の耀き(きらめき)を能く描きうる者にして、
テオドラ様[1]の耀く美しさを描きうるであろう。

七八

同？

妬みに満ちた画家の筆よ、黄金なす巻毛を被りものの下に隠して描き、
画に見入る人に見せるのを惜しむとは。
最高に美しい頭の、最高に美しい魅力ある部分を隠そうというのなら、
他の部分を描いたとて信用はできぬ。

(1) ユスティニアノス一世の妃。

絵筆というものは本物より姿を美しく描くものなのに、
おまえだけがテオドラ様の輝く美しさを損なっているのだ。

七九

自分の妹の肖像画に寄せて　　哲学者シュネシオス

この肖像は黄金なすキュプリスのものか、さもなくばストラトニケのもの。

八〇

アガティアス・スコラスティクス

妾（わたし）はローマのビュザンティオンで浮かれ女だった女、
誰にでも金で春を売っておりました。
手練手管豊かなこの妾を、愛の衝動に突き動かされ、
トマスがこうして画に描いて、その心中（こころのうち）に、
どれほどの愛欲の念を抱いているかを見せてくれました。
あたかも絵の蠟が熱で溶けるように、あの人の心も溶けているのです。

八一

オリュンピアのゼウス像に寄せて　　ピリッポス

おん神が御姿を見せようとて天から地上に来られたのか、
それとも、ペイディアスよ、おんみが神の御姿を見に天界へと上ったのか。

八二

シモニデス

八〇キュビットも高さのあるロドスの巨人像[1]を、
リンドスのカレス[2]が造れり。

八三

ティモマコス作のアイアスの肖像に寄せて　　逸　名

その父の子であるよりもむしろティモマコスの子かと見えるアイアスだが、
画家の技はその本性をみごとに捉えたものよ。画家は狂えるおんみの姿を

(1) 古代世界七不思議の一つとされるこの巨人像は、ロドス島の守護神である太陽神ヘリオスを表わしたもので、前二九二年から二八〇年の間に、港の入口に建てられた。前二六六年の地震で倒壊した。シモニデスより後の時代のことなので、この詩はシモニデス作ではありえない。
(2) プリニウスおよびストラボンによれば、カレスがまずこれを建て、ラケスが完成させたという。また像の高さも八〇キュビットではなく、七〇キュビット（約三二メートル）だったという。

描いて、その狂気が筆にのりうつり、絵具に混じった涙は、
おんみの味わった悲嘆(かなしみ)と労苦とを、あまさず描いているではないか。

八四　　　　　　　　　　　　　　　　逸　名

なかなかの腕前でキモンはこの絵を描いた。だが世のなべての作は批判に
さらされるもの。かの伝説的なダイダロスさえ、それを免れえなかったの
だから。

八五

頭部の欠けた像を　　　　　　　　　　逸　名

この作品は誰の像なのかを示す手段(てだて)が失われている、
像そのものが、誰の手に頭部が渡ったのかを告げてはくれないのだから。

八六

プリアポス像に寄せて

逸　名

この菜園の番人であるわしから用心して遠く離れているがいい、
わしの傍らを通り過ぎゆく者よ、わしはごらんのとおりのものじゃ、
無花果の樹に彫られ、鑢(やすり)もかけられていなければ、寸法を測られ
紅土を塗って立てられてもおらぬ。わしは牧人が我流に鑿(のみ)で彫ったもの。
馬鹿面をしてわしを笑うがいい。だがエウクレスの所有物(もの)に手を触れては
ならぬぞ、後で泣きっ面をかかぬためにな。

八七

プロメテウスの像に寄せて

ユリアノス

芸術に生命(いのち)もたらす火をわしは与えた。しかるを
芸術と火によって、わしは果てしない苦患(くるしみ)の様子を呈しておる。(1)
ああ人間(ひと)の族(うから)とはいつの世にも忘恩の徒であることよ、
恩恵を施してやったのに、プロメテウスが銅像作者の手でかような目に遭う

(1) 彫刻家により銅像として鋳造されたことを言う。

とは。

八八　　同

ホメロスの書は青銅を「毀(こぼ)れることなき」と呼んでいるが、
銅像の制作者はそれが誤りであることを示した。
ここに来て苦しみ呻くプロメテウス像をとくと見るがいい、
その臓腑の奥の奥まで毀れ苦しむ銅像をとくと見よ。
ヘラクレスよ、瞋(いか)れ、おんみが矢を放ってから後も、(2)
イアペトスの子の苦しみはやむことなく続いているのだから。

八九

酒杯に刻まれたタンタロスの像に寄せて　　ガルス(3)

これはかつては神々の宴の座に連なり、
しばしば腹に満ちるまで神酒(ネクタル)に酔い痴れた男。

(2) ヘラクレスは、天上界の火を盗んだ罪でゼウスによってカウカソスの岩山に繋がれていたプロメテウスの肝臓を日々貪り食っていた鷲を射殺した。
(3) ローマのエレゲイア詩人で、ウェルギリウス、ホラティウスの友人であった詩人ガルスによる唯一のギリシア語のエピグラム。

それが今では人間たちの飲み物を渇望しているとは。[1]
だが妬み深い酒はいつまでもその唇には届かない。[2]
浮彫は告げて曰く「飲め、だが秘すべきことには沈黙を守るを知れ。
口の軽い者はかようにして罰せられるのだ」と。

九〇[3]

蛇と闘っている揺籃(ゆりかご)の中のヘラクレス像に寄せて[4]　逸名

大蛇の長く伸びた首を握りつぶせ、力強いヘラクレスよ、
そやつの喉元深くを締め上げろ、
まだごく幼い頃から、嫉妬深いヘラの瞋恚(いかり)を宥めよ。
まだ襁褓(むつき)も取れぬうちから、苦難の業(わざ)なすを学べ。
おんみの贏(かちえ)るものは青銅を打ち延べた酒杯でも鼎でもなく、
ゼウスの宮居へと上ることとなのだから。

（1）冥府で永遠の渇きに苦しめられているタンタロスの姿は、この酒杯でも注がれた酒が届かない位置に刻まれていたのであろう。
（2）ホメロス『オデュッセイア』第十一歌五八二―五九二行参照。
（3）第九巻三九一番のディオティモスの詩参照。
（4）以下一〇四番までヘラクレスを主題とした詩が続く。一二三番、一二四番の詩も同じ。
（5）エリュテイアに住む怪物で多くの牛を飼っていた。その牛を取りにきたヘラクレスと戦って射殺された。
（6）アトラス山近くにあったヘスペリスの園から黄金の林檎を取って持ち帰ったことを指す。
（7）エリスの王アウゲイアスの三〇年間掃除していなかった家

九一

ヘラクレスの功業を描いた浮彫のあるペルガモンのアクロポリスにある
記念碑に寄せて　逸　名

看よヘラクレスよ、おんみがなした数知れぬ苦闘を、
それに耐えぬいて、おんみは不死なる神々の宮居オリュンポスへと上ったのだ。
ゲリュオン(5)と、名高い林檎(6)と、アウゲイアスのための大仕事(7)と、
馬(8)と、ヒッポリュテ(9)と、幾つもの頭もつ大蛇(10)と、
猪(11)と、吠えたてる冥府の犬(12)と、ネメアの獣(13)と、
鳥ども(14)と、マイナロスの鹿(15)などがそれだ。
いまや毀(こぼた)れることなきペルガモンのアクロポリスに立って、
テレポスが末裔(すえ)(16)らを護らせたまえ。

九二

ヘラクレスの功業に寄せて　逸　名

まず最初に彼は獰猛な獅子(ライオン)を殺した。

畜小屋を、一日で掃除したことを指す。

(8) トラキアのビストンの王ディオメデスの人食い馬を捕らえたこと。

(9) ヘラクレスはアマゾンの女王ヒッポリュテを殺してその帯を奪った。

(10) 九つの頭をもつレルナの水蛇（ヒュドラ）を退治したことを指す。

(11) エリュマントス山から出てきて人々に害をなした大猪を生け捕りにしたことを指す。

(12) 生きたまま冥府に降り、冥府の番犬ケルベロスを捕らえて地上に連れてきたことを指す。

(13) ネメアの谷に棲み人畜を害していたライオンを退治したことを指す。

(14) アルカディアのステュンパレ湖畔の森に棲み近隣の田畑を

二番目には、レルナの多くの首もつ大蛇を退治した。
三番目には、エリュマントスの大猪を殺した。
四番目には、黄金の角もつ鹿を捕らえた。
五番目には、ステュンパレの鳥どもを追い払った。
六番目には、アマゾンの輝く帯を奪った。
七番目には、アウゲイアスの厩の大量の汚物を片付けた。
八番目には、クレタから火を吐く牡牛を追い出した。
九番目には、トラキアからディオメデスの馬を連れ去った。
十番目には、エリュテイアからゲリュオンの牡牛を連れ来った。
十一番目には、冥府から番犬ケルベロスを地上へと連れてきた。
十二番目には、ギリシアに黄金の林檎を持ってきた。
さて十三番目こそが恐るべき苦行で、
一晩のうちに五〇人の娘たちと褥（しとね）を共にしたのだ。

荒らしていた無数の鳥（猛禽だともいう）を退治したことを指す。
(15) オイノエに棲んでいたアルテミスの鹿を捕らえたことを指す。
(16) テレポスはヘラクレスとテゲアの王女アウゲの子。ペルガモン王家の人々はヘラクレスの血を引くものとされていた。

九三

ピリッポス

わしはネメアの巨大な獣を殺した。
大蛇を殺し、猪の顎を打ち砕いた。
帯を奪い取ると、ディオメデスの馬を捕らえた。
黄金の林檎を摘み取ると、ゲリュオンを捕らえた。
アウゲイアスはわしがいかなるものがを知り、鹿はわしの手を逃れえず、
わしはまた鳥を殺した。ケルベロスを連れ帰り、いまではオリュンポスに住む。

九四

アルキアス

ネメアの畑耕す農夫たちよ、もはや牛啖う獅子(ライオン)の
喉深い咆哮(ほえごえ)を怖れなくてもいいぞ。
やつめは卓越せる難業の成し遂げ手ヘラクレスの手で
絞め殺されて斃れたのだから。

さあ家畜を放牧せよ、寂しい谷間に住まう木魂（エコ）に
また牛の鳴き声を聞かせてやるがいい。
獅子の毛皮まとう者よ、また新たな毛皮で身を鎧って、
ゼウスの庶子たちを忌み嫌うヘラの瞋恚（いかり）を和らげよ。

九五

ダマゲトス

獅子（ライオン）はネメアの産、異国の男はアルゴスの血を引く者、[1]
獅子は百獣に勝って強く、こなたは半神らのうちで最も強き者。
両者は互いに命をかけ、かたみに
　斜（はすかい）に睨み合って闘わんとするところ。
父なるゼウスよ、アルゴスの男を勝たしめよ、
ネメアの地に足を踏み入れられるようになしたまえかし。

（1）ヘラクレスの母アルクメネはペルセウスの末裔であるから、アルゴスの血を引く者ということになる。

九六

ヘラクレスとマイナロスの鹿　　逸名

この人物なり鹿なりの様を描き出したその技量の素晴らしさを見て、
心中まず最初に何に、次いでは何に、最後にまた何に感嘆したらよかろうか？
かの人は鹿の腰にのしかかり、膝で押さえつけ、
みごとに枝分かれしたその角をしっかと握っている。
鹿は口を開け喘ぎつつ息を吐き、
その舌は押しひしがれた胸の苦しさを物語る。
ヘラクレスよ、喜びたまえ、角だけではなく、[2]
鹿全体の姿が今や芸術の力で黄金に輝いているぞ。[3]

九七

ヘラクレスとアンタイオス[4]の像に寄せて　　逸名

呻き声をあげているこの銅像を誰が造ったのだ？　誰がその腕前を駆使して、
苦しみを塑像し、大胆な振る舞いを作品に仕上げたのだ？

(2) ヘラクレスが捕らえたマイナロス（ケリュネイア）の鹿は黄金の角をもつ姿で造られていたと見られる。

(3) 金箔が施されていたという意味ではなく、比喩的に用いられた表現。

(4) リビュアに住んでいた巨人で、旅人に相撲を挑んで、勝っては相手を殺していた。ヘラクレスによって絞殺された。

この銅像は生きているではないか。苦悶する男は憐れみをかきたて、
ヘラクレスの膂力と勇気には戦慄を覚えるぞ。
彼は苦悶するアンタイオスを両手にかかえ、
そやつは体を弓なりに曲げて、呻き声を発しているかのようではないか。

九八

酔ったヘラクレス像に寄せて　　　逸　名

眠気と酒杯のせいで瞼が重くなっているこの人物が、
酒も飲まずに、酔ったケンタウロスたちを殺したのだ。

九九

同じく　　　逸　名

万物を屈せしめるこの人物、力強く勇気ある行ないゆえに、
人々の間でその十二功業を歌い囃されている男が、
宴の後で酒に酔い痴れ、千鳥足で歩き回っておるわ、

手足の力抜くブロミオス[1]のやさしい力に打ち負かされて。

一〇〇

リュシマコス王[2]の肖像画に寄せて　　逸名

ふさふさとした髪と、棍棒と、眼に宿る怖れを知らぬ勇気と、
恐ろしげにしかめた眉根を見たならば、
この画の中に獅子（ライオン）の皮も探してみるがいい。
それが見つかったらこれはヘラクレスの像だが、
見つけられなかったらリュシマコスの肖像画なのさ。

一〇一

ヘラクレスを描いた画に寄せて　　逸名

往古（そのかみ）テイオダマス[3]がヘラクレスに遭ったときの姿で、
画家はゼウスの御子を描いた。
畑を鋤く牛を引っ張り、棍棒を振り上げた姿だが、

(1) ディオニュソス（バッコス）の異称。

(2) アレクサンドロス大王の盟友でトラキア王、さらにマケドニア王になった人物。

(3) ヘラクレスがテッサリアで出遭ったドリュオプス人の王。

おぞましい牛殺しの場面は描かなかった。むしろ
テイオダマスが嘆きのことばを吐いているところを描きたかったろう、
それを聞いて、ヘラレクスが牛を放免してくれるかと期待して。[1]

一〇二

ヘラクレスを描いた像に寄せて　　逸名

クロスノスの御子が三夜でおんみの胤を播いたように、
エウリュステウス[2]がおんみが闘いに勝利した姿を見たように、
おんみが火の中からオリュンポスへと上ったように[3]、
難業をなしとげたヘラクレスよ、われらもおんみの姿を
そのようにこの画に見るのだ。アルクメネのお産の苦しみはこの石のもの[4]。
テバイの言い伝えは、今ではおとぎ話ほどの信じられぬもの。

(1)ドリュオプスの国を通過中、空腹に耐えかねたヘラクレスは、畑を耕していた王の役牛を捕らえて喰らってしまった。

(2)ミュケナイとティリュンスの王。ヘラクレスに十二の試練を課した人物。

(3)妻デイアネイラが衣裳に塗った毒に冒されたヘラクレスは、オイテ山上に火葬の壇を築き、その上で死んだが、火が燃えているさなかに雲が下って来て彼を天上界へ運び上げたとされている。

(4)この石像にはヘラクレス誕生の場面が描かれていたのであろう。

一〇三

ヘラクレス像に寄せて[5]　　　ゲミノス

――ヘラクレスよ、おんみの巨大な棍棒と、ネメアの外套[6]と、
矢のぎっしり詰まった箙はどこへいったのだ？　凛然たる力強さはどう
　した？
なぜまたクリュシッポス[7]は青銅に苦しみをまじえて、
おんみをかような打ちひしがれた姿に造ったのだ？
武器を奪い取られておんみは悄然としているではないか。
――翼をもったやつの仕業じゃ、愛神(エロス)めのな。たったひとつだが堪えがたい
　難業じゃわい。

一〇四[8]

同じく　　　ピリッポス

すべての難業に加えてヘラがさらに望んだのはこのこと、
勇敢なるヘラクレスが武器を奪われた姿を見るということ。

(5) 愛神（エロス）に屈服したヘラクレス像の台座に刻まれていた詩と見られる。
(6) ネメアで退治し、以後まとっていたライオンの毛皮を指す。
(7) 前四世紀の銅像作者。
(8) 前の一〇三番の詩と同じく、愛神（エロス）に屈したヘラクレスというテーマの詩。

おんみの獅子の毛皮の外套はどこへいったのだ？　幅広い肩に
背負っていた矢はどうした？　獣を斃した重い棍棒はどこだ？
すべて愛神が剝ぎ取ってしまったのだ。だがそれも不思議ではない、
ゼウスを白鳥にしてしまったのだから、ヘラクレスの武器を奪ったとしてもね。

一〇五[1]

テセウスとマラトンの牛の像に寄せて　　逸　名

牡牛と人間を描いたこの画の技法はまさにすばらしいもの、
男は手足に力をみなぎらせて、力をもって獣を押さえつけ、
筋張った牛の首を押し曲げようと
左手で鼻先をつかみ、右手で角をつかんで、
頸骨をひねりあげているところだ。
獣はその力強い手の力に圧せられて、首を後ろにそらしている。
青銅を用いたその芸術的手腕によって、人は牡牛の吐く息を感じ、
男は汗にまみれているのを眼にするかのようだ。

(1) ヘラクレスがクレタ島から連れてきた、マラトンのあたりを荒らしていた牛と、テセウスとの闘いをテーマとした像を見ての作。

一〇六

カパネウス(2)の像に寄せて　逸名

もしもカパネウスがこのような姿で、空中に梯子をかけて上り、
テバイの城塔を激しく攻撃していたならば、
運命に逆らって町を攻め落としていたであろうよ、
ゼウスの雷霆(らいてい)もかほどの勇士には触れるのを憚って。

一〇七

浴場に立つイカロスの銅像に寄せて　ユリアノス

イカロスよ、おまえは蠟のせいで命を落とした(3)。して今度は銅像作者が
蠟でまたおまえの姿を再現した(4)。
でも翌をはばたいて空を飛ぶのはやめておけ、
空から落ちて、この浴場におまえの名がつけられないようにな(5)。

(2) テバイを攻めた七将の一人。テバイに火を放とうと城壁に上ったところを、ゼウスの雷霆に撃たれて死んだ。

(3) イカロスは父ダイダロスが鳥の羽を蠟で固めて作った翼をつけて空を飛んだが、太陽に近づきすぎて蠟が融け、翼が壊れて海中に墜落した。

(4) 銅像を造る前にまず蠟でその型を作ることを言っている。

(5) イカロスが墜落して死んだ海は、彼の名にちなんで「イカリア海」と名付けられたことを暗示している。

一〇八

同じく　　　　　　　　　　　　　　　　　同

イカロスよ、自分が銅像だということを忘れるな、
肩の上の双方の翼にも欺かれるな。
生きていたときに深海の底に落ちたのなら、
銅像の姿になってどうして空を飛びたいなどと思えよう?

一〇九

パイドラの乳母とことばを交わしているヒッポリュトスの像に寄せて(1)
アガティアス

ヒッポリュトスが老女の耳元に手厳しいことばをささやいているところだ。
だがわれわれにはそのことばは聞こえない。
だがその憤怒(いかり)に満ちたまなざしからすると、
二度と許されざることを口にしてはならぬと、告げているのがわかる。

(1) エウリピデスの悲劇『ヒッポリュトス』六〇一—六六八行の場面を表わした像。同じ場面を描いた壁画がヘルクラネウムに見られる。

一一〇

傷ついたテレポス[2]の像に寄せて　ピロストラトス

これはテウトラニア[3]の敗れることなき将、
かつてギリシアの軍勢を恐るべき殺戮の血に染め、[4]
ミュシアのカイコスの流れを殺戮の血潮であふれさせ、
ペリオンの槍[5]に敢然と立ち向かったテレポス。
いまや腿深く負った傷を隠し、憔悴して息絶えんとしつつも、
まだ命ある肉体(からだ)を引きずって歩む。
深手を負って弱りつつあるこの人を怖れ、
アカイア勢は算を乱してテウトラニアの浜辺から逃れる。

一一一

ピロクテテスを描いた画に寄せて　グラウコス

さんざん苦しんだトラキスの生んだ英雄、
ピロクテテスの姿を眼にして、パラシオス[6]はこの画を描いたのだろう。

(2) ヘラクレスとアウゲの子でミュシアの王。プリアモス王の婿の一人。
(3) ミュシアの海岸寄りの地域。
(4) 第一回目のトロイア遠征にさいして、誤ってミュシアに上陸したギリシア軍と戦った。
(5) アキレウスが手にしていた槍。テレポスはアキレウスと戦って傷を負った。
(6) 前四〇〇年頃のテッサリアの町トラキス出身の画家。ゼウクシスとともにイオニアにおける絵画の巨匠。

その眼は物言わぬ乾いた涙を隠し、
やつれ憔悴させる苦痛が肉体深く潜む。
卓越せる画家よ、人物像を描いてはおんみはまさに巧者中の巧者だ。
だが苦しみぬいた男を、もはや解放して憩わせてもいい頃だ。

一一二

同じくピロクテテスの銅像に寄せて　　逸名

ギリシア人たちよりさらに憎いのはわしを造ったやつだ、
第二のオデュッセウス[1]、このおぞましい苦しみを想い出させたやつだ。
洞窟[2]や、襤褸になった衣服や、傷や、悲惨な様を描くだけでは足りずに、
銅で苦しみを造形したのだからな。

一一三

同じくピロクテテスを描いた画に寄せて　　ユリアノス

一目見てピロクテテスだとわたしにはわかる、

(1)「第二のオデュッセウス」というのはソポクレスに見られる表現で、罵倒の意が込められている。
(2) オデュッセウス一行が訪れた島に住む魔女キルケの洞窟。

たとえ遠くから眺めただけでも、彼の苦しみは万人の眼に明らかだから。
髪の毛はくしゃくしゃに乱れているし、
その頭に汚れて逆立っている頭髪を見よ、
皮膚は見るからに干からび皺寄っており、
手で触れたらその干からびた感じが伝わってきそうだ。
乾ききった眼には涙が凝り固まって宿り、
眠りもやらぬ激しい苦痛(くるしみ)を現わしているではないか。

一一四

ポリュクセナの喉を掻き切ろうとしているピュロスの像に寄せて

コスマス

わたしはピュロス、[3] 父のために務めを急いで果たそうとしているところだ。
なのにこの恥知らずの娘ときたらパラス[4]に助けを求めているのだ、パリスめが
兄なのにな。[5]

(3)アキレウスの子。父の墓の上でトロイアの王女ポリュクセナを殺し、犠牲として捧げた。
(4)ポリュクセナは殺される前に、トロイアを守護してきた女神パラスの像にすがって助けを求めた。
(5)ポリュクセナはプリアモス王とヘカベの娘でパリスの妹。

一一五

ケンタウロスのケイロンの像に寄せて　　逸名

人から馬が流れ出し、馬から人が踊り出ている。
脚の無い人間で、頭のない駿馬といった格好だ。
馬が人を吐き出し、人が馬をひり出しているわけだ。

一一六

同じく　　エウオドス

馬には頭が無く、人は不完全な姿で横になっている。
自然がたわむれに駿馬に人間を接ぎ木したという格好だ。

一一七

キュナイゲイロス[1]の肖像画に寄せて　　コルネリウス・ロンギヌス

キュナイゲロスよ、パシス[2]はおんみをキュナイゲロスとしては描かなかった、

(1) アイスキュロスの兄弟で、サラミスの海戦において逃げ去ろうとするペルシアの軍船をとどめようとして手をかけ、片手を切り落とされた（ヘロドトス『歴史』第六巻一一四参照）。
(2) この人物に関しては、マラトンの戦いの頃の画家ということ以外は不明。

おんみのがっしりとした両手を描いたからだ。
だが画家の技量は大したものよ、手のないおんみの姿を描かなかったとはな、
その手ゆえにおんみの名は不朽のものとなったのだから。

一一八

同じく　　パウルス・シレンティアリウス

立ち去りゆく船の船尾に掛けた、
メディア勢戮す両の手を、戦斧が断ち切った、
キュナイゲロスよ、逃れようとする船を
おんみの手があたかも錨のように引き留めた折のこと。
だが命を失ってもその手は船板にしっかりと食い込み、
アカイメネスの末裔らを畏怖せしめた。
蛮族の者がその手を取り除けたが、
勝利はモプソス(3)の民の手中に残ったのだ。

(3) アッティカを指す。

一一九

マケドニアのアレクサンドロス大王の銅像に寄せて

ポセイディッポス

シキュオンの彫刻家リュシッポスよ、大胆な腕の持ち主、
練達の芸術家よ、おんみは炎のごときまなざしを
アレクサンドロスの姿に流し込んだな。もうペルシア人を咎める
わけにもゆくまい、牛どもが獅子(ライオン)から逃げるのは許せることだからな。

一二〇

同じく

アルケラオスまたはアスクレピアデス(1)

アレクサンドロスの勇敢さとその姿全体をリュシッポスはみごとに造形した
ものよ。この銅像はなんたる力にみなぎっていることか。
銅像はゼウスを見つめて、こう言っているかのようだ。
「地上はわたしが従えまする。ゼウス様はオリュンポスをお治めください」。と。

(1) アルケラオスはこの類の詩を書かないので、アスクレピアデスの作か?

一二一

同じく　　逸名

アレクサンドロスその人の姿を見ているものと思うがよい。
この銅像はかの王のまなざしと、生けるが如き凜然たる勇猛さを宿している。
これこそは天空の高きよりゼウスが輝く眼もてみそなわす、すべての地を、
ペラ[2]の王座の下に従わせし人物(ひと)。

一二二

赤子時代のアレクサンドロスを　　逸名

気象広きピリッポスの子、生まれたばかりのアレクサンドロスの姿を見よ、
勇敢なる心もつこの子は母オリュンピアスが産んだもの。
生まれ落ちるよりアレスはこの子に戦の技教え、
運命女神(テュケ)は王者たれと命じたのだ。

(2) マケドニアの町の名前。

一二三

逸名

田舎の子らよ、牛啖(くら)うヘラクレス(1)にかけて
狡猾な狼どもがここへ足を踏み入れることはないぞ、
盗人ども物を盗みに進入してくることを憚るだろう、
村人たちがうっかり眠りこけてしまっていてもだ。
ディオニュシオスがとくと祈りを込めてこのわし、
みんなの味方をとなるヘラクレスの像を、ここに建てたからな。

(1) ヘラクレスはテイオダマスの役牛を殺して食ったから、こう言われている。一〇一番の詩参照。

一二四

ヘラクレス像に寄せて　逸名

道行く人よ、わしが弓と鏃を研いだばかりの矢を
足元に置いたからといって、また棍棒を手にしているからといって、肩に
恐ろしげな眼をした獅子(ライオン)の皮を掛けているからといって、
怖れおののくことはないぞよ。わしが打ち懲らすのを心得ておるのは

すべての人ではなく、悪人どものみじゃ。
善き人を苦しみから救うこともできるのじゃ。[2]

一二五

オデュッセウスを描いた画に寄せて　逸名

海はいつだってラエルティウスの子には過酷だ。
大浪が襲ってきて、画板の上の肖像を消してしまった。
でもそれがなんだというのだ。ホメロスの書の不滅の詩行に
かの人の姿はしっかとと描かれているのだから。

一二六

ミノタウロスの像に寄せて　逸名

子供でもあり牛でもあるこやつ、どう見ても不完全だ。
母親の情炎の跡をはしなくも露呈しているわけだ。[3]
獣と人間の合いの子、両方の性質をそなえたやつ。

(2) 生前数々の功業を成し遂げ、死後神となったヘラクレスは「救い主」として崇拝された。

(3) ミノス王の妃パシパエは牡牛に情欲を燃やし、これと交わって怪物ミノタウロスを産んだ。

牛の頭を持ち、両方の体が入り混じっていて、
牛でもなければ、完全な人間でもないのだ。

一二七

逸　名

片足だけに靴を履いた(1)このリュクルゴス(2)、
ヘドネス人の王の銅像を造ったのは誰だ？
傲岸不遜にもバッコスの樹の切り株に足を踏まえ、
頭上高く重い斧を振りかざしている様を見よ。
その姿はこの男の往古(そのかみ)の蛮勇を表わし、
猛り狂う傲岸な様子は、銅像となっても猶その苛烈さを留める。

一二八

イピゲネイアの像に寄せて(3)

逸　名

イピゲネイアは狂乱のうちにある。でもオレステスの姿が

(1)古代のある種族の人々は戦いにさいしては片足だけ靴を履く習慣があったという。ウェルギリウス『アエネイス』第七歌六八九行参照。
(2)リュクルゴスはディオニュソス信仰に抵抗し、阻害しようとした王。
(3)タウロスでアルテミス神殿に巫女として仕えていたイピゲネイアは、アルテミス神像を求めてその国にやって来た弟オレステスを、異邦人を女神に犠牲として捧げるその地の習慣に従って、弟と知らずに犠牲に捧げようとした。ここはその場面を描いた像を見ての作。

彼女の心に、血を分けた姉弟の甘美な記憶を呼び起こしているところだ。
憤怒(いかり)に捉われながらも弟の姿を見つめて、
その瞳は憐れみ狂憤とがこもごも入り混じっているようだ。

一二九

ニオベの像に寄せて

逸　名

生きた人間だったわたしを神々が石となさいました。
でもプラクシテレスがまたわたしを生き返らせてくれました。

一三〇

同じく

エジプト総督ユリアノス

眼にしたもうは不幸な女ニオベのまさに真の姿だ、
死んだ子らの運命を今でも嘆き悲しんでいるようではないか。
魂が宿っていないからといって芸術家を咎めたもうな、
石と化した女の姿を造形したのだから。

一三二

同じく　　アンティパトロス

これはタンタロスの娘、かつて一つ腹から
ポイボスとアルテミスの犠牲となった十四人の子らを産んだ女。[1]
娘神[2]は娘たちを、男神[3]は息子らを死へと追いやったもの、
二人で七人ずつを殺したのだ。
かつては多くの子供らに囲まれていた母には、あわれにも
老いの日々を看取る子一人すらも残されはしなかった。
あるべき姿で子らが母を悲しみあふれる墓へと連れ参らせたのではなく、
母が子らを墓へと送ったのだ。
タンタロスよ、おまえの口の軽さがその身と娘の身を滅ぼしたのだぞ、
娘は石と化して、おまえの頭上にのしかかり脅かしているのだから。[4]

（1）レト女神の怒りを買ってアポロンとアルテミスに子供たちを射殺されたニオベの悲劇は、これまでも何篇もの詩に既出。
（2）アルテミス。
（3）アポロン。
（4）神々を欺いた罰を受け、タンタロスは地獄で頭上に落ちかかる石に常に脅かされている。

一三二

同じく　　　　　　　　　　　　テオドリダス

見知らぬ人よ、さあ近寄ってよく見て泣いてやってくれ、
口を慎まなかったタンタロスの娘ニオベの数知れぬ悲嘆の有様を。
地面には彼女が産んだ十二人の子らが横たわる、
男の子はポイボスに、女の子はアルテミスの弓で射斃されて。
彼女の体はもう肉と石とが混じった姿で、石と化しつつあるところだ。
凍てついた高いシピュロスの嶺で呻き悲しんでいるではないか。
口は人間にとっては欺瞞に満ちた疫病だ、
不用意にも轡をかけておかぬと、しばしば厄災をもたらすから。

一三三

同じく(5)　　　　　　　　　　アンティパトロス

女よ、なぜオリュンポスに向かって恥知らずな手を挙げているのか、(6)
神を蔑するその頭から神々しい髪を肩に垂らして？

(5) 次の一三四番のメレアグロスの詩のモデルとなったと見られる作。
(6) レト女神に敗れ、神々に慈悲を請うている姿。

おお、多くの子を持つ母よ、レト女神の大いなる瞋恚(いかり)を眼にして、
そなたは今苦い思いをした思慮なき争いを嘆き悲しんでいるのだな。
娘らのうち一人はそなたにすがりつき、ひとりは息絶えて横たわっているし、
またもう一人には辛い死の運命がのしかかっている。
だが苦しみの種はこれでは尽きず、息絶えた一群の男の子たちも
足元に横たわっているという有様だ。
おお、生まれた日をひどく泣き悲しんでいる女よ、ニオベよ、
そなた自身が苦患(くるしみ)でやつれはて、命なき石と化するのだ。

一三四(1)

同じく　　　　メレアグロス

タンタロスの娘御のニオベよ、凶事を告げるわがことばを聴きたまえ、(2)
この上なく悲惨なそこもとの苦しみを語る、この報せを受けたまえ。
髪紐を解かれよ、(3)そこもとが男の子を産んだのは、その子らが
激しい悲嘆もたらすポイボスの矢に斃れるためだったのだ。
そこもとにはもう男の子はいないのです。だがほかに何が起こったという

(1) 前のアンティパトロスの詩を模倣したと見られる作。
(2) この詩は悲劇で登場人物の悲惨な最期を語る使者にあたる人物を登場させ、ニオベの子供たちの身に起こった悲惨な運命を語らせるという形をとっている。
(3) 悲嘆、哀悼の印。

のだ？
やや、なんたる様を眼にすることか！　女の子らも殺戮の血に染まっている
　とは！
ある娘は母の膝にすがり、ある娘は腕の中に身を寄せ、
ある娘は地に倒れ、ある娘はうなだれ身をちぢこめているぞ。
またある娘は矢に狙われて恐怖で茫然とし、ある娘は矢を受けてくずおれる
ところだ。まだ生きていて光をみつめている娘もいるぞ。
かつて驕った口で傲慢なことばを吐いた母は、恐怖のあまり、
肉体が凝り固まって石と化しつつあるではないか。

一三五

ローマにあるメデイアを描いた画に寄せて　　逸名

ティモマコス(4)の画は、わが子を死の淵へと引きずって行く
メデイアの子供への愛と嫉妬とをないまぜて描いている。
殺そうとして短刀に手をかけるかと思えば、
子供らを生かしておくか殺すべきかを思案して、それを拒んでもいる。

(4)ビュザンティオンの画家。メデイアを描いたその画をカエサルが買い上げてローマに齎した。ヘルクラネウムに残っている壁画はその模写だとされる。

一三六

同じく　アンティピロス

ティモマコスの画筆が嫉妬と子供への愛に引き裂かれた
子供殺しのメディアの姿を描いたとき、
憤怒に駆り立てられ、また憐憫にもとらえられた、
二つに割れた彼女の心を描き出すことに、さんざんに腐心したものだ。
だが画家はその両方をみごとに描きえていることよ。この画を見るがいい、
脅しながらも眼には涙を浮かべ、憐れみの表情には憤怒の色が漂っている。
賢者の言ったとおり、「その意図だけで十分」というもの。子供に血を
流させるのはメディアのすることで、画家が画筆を揮ってすることではない。

一三七

同じく　ピリッポス

無法な真似をするコルキスの女(1)よ、おまえの似姿に憤怒を描き込んだのは
誰なんだ？

(1) コルキスは黒海沿岸にあった蛮族の国。メディアはその国の王アイエテスの娘。

画の中でもなお蛮族の女たるように仕上げたのは誰だ?
今でもなお子供らの血に飢えているのか。罪を犯す口実として、
イアソンかグラウケ(2)がまた現われたとでもいうのか?
失せてしまえ、蠟の中(3)でもなお子供殺しをする女よ、画家の筆でさえも、
おまえがしでかそうとしている測り知れぬ激情の行為(おこない)を感じているではないか。

(2)イアソンとメデイアが亡命していたコリントスの王クレオンの娘。イアソンはメデイアを捨てて彼女と結婚を約束していた。
(3)当時、画を描くのには蠟を用いた。

一三八

同じく　逸　名

さあここへ来て絵に描かれた子供殺しの女を見よ、
ティモマコスが画筆(ふで)を揮って描いたコルキス女の像を見よ。
手には短剣を握り、激しい憤怒(いかり)に満ち、眼には獰猛な光が輝いている、
あわれなかぎりの子供らの上に涙がしたたり落ちているぞ。
とうてい一つには描きえないものを、画家は遺漏なくみごとに融合させている、
だが手を血潮に濡らした場面だけは、描くのを控えたのだな。

一三九

同じく　　　　　　　　　　　エジプト総督ユリアノス

ティモマコスはメデイアを描いて、
魂なき似姿に二つの魂を描き込んだ。
閨の恨みと子供への愛を一つにしてとらえ、われらの眼に
逆の方向へと引き裂かれる魂を描き出してみせたのだ。

一四〇

同じく　　　　　　　　　　　　　　　逸　名

さあここへ来て、眉根にひそむ憐れみと憤怒（いかり）とを嘆賞するがいい、
眼の縁が爛々と燃えている様を見よ、
母の手を、無惨にも踏みにじられた妻の手を、
衝動を抑えようとしつつも、子殺しへと曳かれて行く手を見よ。
だが画家が子殺しの場を描かずに済ませたのは妥当というもの、
悲惨な図を見て、画を嘆賞する気持ちが鈍らぬようにとの心だ。

一四一

同じく　　　　　　　　　　　　ピリッポス

さえずり鳴く燕よ、復讐のためわが子を殺めたコルキス女を、
なぜまた子燕の乳母にするような真似をしたのだ[1]?
その血走った眼にはまだ人殺める炎が燃え盛り、
顎のあたりは白い泡がしたたり落ち、
刃物はまだ血潮に濡れたままではないか。この極悪非道の母から逃げるのだ、
蠟で描かれてもなお、子殺しをしているのだから。

(1) 燕がメデイアを描いた画に巣を作ったことを言う。

一四二

メデイアの像に寄せて　　　　　　　　　　逸　名

石像でありながらそなたは狂乱しているな、心中からこみあげる
憤怒(いかり)で眼は落ち窪み、怨念をよく表わしている。
だが台座さえもそなたを引き留められそうにもないほどだ、
わが子ゆえに狂乱に陥り、憤怒のあまり今にも飛び出さんばかりだ。

これを造った芸術家は誰だ？　なんという彫刻家なのだ？
そのみごとな腕前により、石に狂気を吹き込んだとはな。

一四三

メデイアを描いた画に寄せて　テッサロニケのアンティパトロス

これはメデイアを描いた画。その眼が怒りのために吊りあがり、
かつまた子らへのやさしい気持ちでなごんでもいる様を見よ。

一四四

アタランテとヒッポメネス[1]の像に寄せて

アラビオス・スコラスティクス

ヒッポメネスよ、おんみがかの乙女に黄金の林檎を投げたのは、
結婚のための贈り物なのか、それとも彼女の足の速さを留めようとしてか？
林檎は両方の役目を果たしてくれたな。乙女の俊足を引き留めもし、
人を娶せる（めあわせる）パポス女神の印でもあったから。

（1）アルカディアのリュクルゴスの娘。俊足で、結婚を求める男たちと競走し、敗れた男たちを殺した。彼女に恋したヒッポメネスはアプロディテに与えられた林檎を計略に用いて彼女との競争に勝ち、これを妻とした。

一四五

アリアドネの像に寄せて　逸名

そなたの像を彫ったのは人間ではない。そなたの恋人の酒神（バッコス）が、
岩に横たわるそなたの姿を造り出したのだ。(2)

一四六

同じく　逸名

道行く人々よ、このアリアドネの石像に触れてはならぬぞ、
テセウスの姿を求めて飛び起きると困るから。

一四七

アンドロメダ(3)を描いた画に寄せて　アンティピロス

この地はエティオピア、有翼の革草鞋（サンダル）履いた人物はペルセウス、
岩に縛りつけられているのはアンドロメダ、

(2) ミノス王とパシパエの娘アリアドネはテセウスによってナクソス島に置き去りにされたところをディオニュソスに発見され、愛されてその妻となった。

(3) アンドロメダはエティオピア王ケペウスの娘。海神に人身御供として捧げられ、海中の岩に縛りつけられていたところを、ゴルゴン退治からの帰途にあったペルセウスにより救われた。

切られた首は見るものを石と化するゴルゴン、[1]海の怪物は愛の試練。
それに幸福に驕った饒舌な母カシオペイア。[2]
アンドロメダは感覚の鈍った足を岩からそっと離しているところ。
彼女の愛を求める男は、褒美として彼女を花嫁に迎えようとしている。

一四八

同じく　アラビオス・スコラスティクス

アンドロメダをこの岩に立たせたのはケペウスか、それとも画家なのか?
眼で見ただけではそれは決めがたい。
この海の怪物は波に洗われた尖った岩の上に描かれたものなのか、
それともすぐそばの海中から躍り出たものなのか?
わかったぞ。これは世にも巧みな画家の作なのだ。
おそろしく巧みに描き上げて、見る者の眼も心も欺いているわけだ。

(1) ペルセウスによって首を切られた女怪メドゥサのこと。その顔を見たものは石と化した。
(2) アンドロメダの母。ネレウスの娘たちより美しいと誇ったため、海神の怒りを買い、海の怪物を送られて国を荒らされた。

一四九

ヘレネを描いた画に寄せて　　同

これはアルゴスのヘレネのうるわしい似姿、往昔(そのむかし)牛飼いがこの女(ひと)を
奪い去ったのだ、客人をもてなすゼウスの掟に背いて。(3)

一五〇

ポリアノス

これはポリュクレイトス(4)の描いたポリュクセナ。
他の誰もこの神聖な画には触れてはおらぬ。
これはヘラの像とは姉妹作。(5)見よ、長衣(ペプロス)は破れ、
剝き出しになった秘所をつつましく手で覆い隠している様を。
不幸な乙女は命乞いをしているところだ。
この娘のまなざしのうちに、トロイア戦争全体が宿っているではないか。

(3)「牛飼い」とはかつてイダ山中で牧人をしていたことのあるパリスを指す。「客人をもてなすゼウス（Ξένιος Ζεύς）」の掟によれば、異国からきた客人を手厚くもてなす義務があった。

(4)ポリュクレイトスは著名な彫刻家で、画家ではない。これはアペレスと双璧をなす、前五世紀に活躍した名高い画家ポリュグノトスの誤りである。

(5)ポリュクレイトスの作ったヘラ像は傑作として知られていた。

一五一

ディドを描いた画に寄せて[1]

逸名

見知らぬ人よ、眼にしたもうは神々しい美しさに燦然と輝く、
名声高いディドの真の姿を描いた画。
わたくしはこのとおりの女でありました。お聞き及びのような心は抱いてはいませんでした。聞こえよき行状(おこない)によりわが名声は築かれたのです。
わたくしはアイネアスに見入ったことなどありませぬ。
トロイアが滅びたとき、あの人がリビュアに来たこともありませぬ。
イアルバスとの結婚を強いられたとき、それを逃れようと
両刃の短剣をわが胸に突き立てたのです[2]。なのにピエリアの女神たちよ、
なぜわたしに対して貞潔なウェルギリウスに言葉の武器を持たせ、
嘘ごとでわたくしの貞淑を貶めるようなことをなさったのです[3]?

(1)『アエネイス』第四歌に物語られているカルタゴの女王ディドの悲恋の物語を、ウェルギリウスによる純然たる虚構だとする見解に立つ作。

(2)イアルバスはディドが財宝をたずさえ貴族たちとアフリカに来たとき迎え入れたその地の王。ディドに求婚したが、彼女はそれを逃れるために火葬壇を築いて、そこで自ら命を断った。

(3)父王亡きあとディドは叔父シュカイオスと結婚したが、夫は彼女の兄ピュグマリオンによって殺され、寡婦となった。

一五二[4]

ガウラダス

――愛しい木魂(エコ)よ、ちょっとした願いを聴いてくれ。――ちょっとしたとは？
――ある娘(こ)を愛しているが、彼女は愛してくれないんだ。――愛しているわ。
――行動に出る機会を与えてくれないんだ。――与えてくれるわ。
――愛していると伝えてくれないか、その気があるのなら。――その気はあるわ。
――愛の印の贈り物をあの娘に渡してくれないか。――渡すわ。
――木魂よ、後はあの娘をものにするだけだ。――ものにするだけね。

一五三

サテュロス

木魂(エコ)の像に寄せて

羊牧する草原で、舌もたぬ木魂は、
一節遅れて小鳥たちの歌を歌い返すよ。

（4）ある男と木魂（エコ）とのする対話から成るこの詩は、原詩では男のことばの最後の部分を木魂が繰り返すという形になっているが、語順が異なる邦訳ではこれを伝ええない。

一五四

同じく　　　　　　ルキアノスまたはアルキアス

友よ、君が見たもうものはパンの親しい仲間、岩の中にすむ木魂(エコ)だ。
人の声を歌いつつ答えて返すもの、
あらゆるお喋りの声の似姿なるもの、牧人らの楽しい遊び相手。
君が発した声を聞き終わったら、さあ立ち去りたまえ。

一五五

同じく　　　　　　エウオドス

人の声真似する木魂(エコ)よ、声の名残り、ことばの尻尾よ。

一五六

同じく　　　　　　逸　名

わたしはアルカディアの女神[1]、リュアイオスの神殿の傍らに住み、

（1）パンと縁が深い木魂（エコ）はアルカディアの女神とされていた。この詩に詠われているのとは異なり、彼女はパンに求愛されたが拒絶したため、パンとその仲間によってばらばらにされ、地中に埋められた。そして人の声を谺(こだま)することになったという。

人の言葉を返しては答えるもの。いとしの酒神(バッコス)さま、
お仲間の者をもう憎んではおりませぬ。(2)
さあいらっしゃい、パンよ、共に声合わせて語らいましょう。

一五七

アテナイにある武装したアテナ像に寄せて(3)

エジプト総督ユリアノス

トリトゲネイアよ、なぜ都巴(まち)の真ん中で武装なさっているのです?
ポセイドンも貴女に屈したではありませぬか。(4) ケクロプスの地には手をつける
のをお控えくだされ。

一五八

ディオティモス

わたしはいかにもそれにふさわしい姿で建てられたアルテミス像、
青銅そのものが、わたしがゼウスの娘以外のものではないことを告げています。

(2) パンを指す。
(3) アクロポリスに建てられていた「アテナ・プロマコス」と呼ばれる像を詠った作。
(4) アテナイの領有権をめぐる争いで、アテナはポセイドンに勝った。

この娘神の勇敢さをとくと見定めるがいい、さすれば
この地上全体も女神が狩場とするには小さすぎるな、と言うでしょうよ。

一五九

プラクシテレス作のクニドスのアプロディテ像に寄せて　逸　名

石に魂を吹き込んだのは誰だ？　この地上でキュプリスの姿を見たのは誰
なのだ？　かほどの魅力を石に刻みこんだのは誰だ？
これはプラクシテレスの手になる作品だな。
それともパポスの女神がクニドスへと天下って来て、
オリュンポスは寂れてしまったか(1)？

一六〇

同じく　プラトン

パポスのキュテラ女神が波間を越えてクニドスへとやってきた、
自分自身の似姿を一目見ようとて。

(1)プラクシテレスの不朽の名作として名高い「クニドスのアプロディテ像」は、この名高い彫刻家が愛人である遊女プリュネをモデルとして制作したものと伝えられている。以下一七〇番まで一連の「クニドスのアプロディテ」を詠った詩が続く。

四方から眺められる神像をとっくりと眺めると、こうつぶやいた、
「プラクシテレスはわたしの裸身をどこで見たのかしら?」。

一六〇a

同じく　　　　　　　　　　　　　同

プラクシテレスは見ることを許されぬものを見たわけではない。だが彼が
鑿を揮って刻み出したパポスの女神の像は、アレスが愛さずにはいられぬ
ものだ。

一六一

同じく　　　　　　　　　　　　　同

おんみの姿を造形(かたちづく)ったのはプラクシテレスでも鑿でもない、
その昔美の判定を受けた時のままの御姿で、(2) 御立ちあそばすのだ。

(2) イダ山中でアテナ、ヘラとともにパリスによる美の審判を受けたことを言う。

一六二

同じく　　　　　　　　　　　　　　　　　　　　　　　　逸　名

キュプリスがクニドスのキュプリス像を眼にして言うには、
「あらあら、プラクシテレスはどこで裸のわたしを見たのかしら？」。

一六三

同じく　　　　　　　　　　　　　　　　　　　　　　　　ルキアノス

パポスの女神の裸身を見た者はいない。見た者がいるとすれば、
それはここに裸のパポス女神の像を建てた者だ。

一六四

　　　　　　　　　　　　　　　　　　　　　　　　　　　同

キュプリス様、すばらしく美しい貴女様の像を奉納いたします、
女神様の似姿にもまして美しいものを持っておりませぬので。

一六五

クニドスのアプロディテ像に寄せて　エウエノス

パラスとゼウスの妃がクニドスのアプロディテ像を見て言うには、
「わたしたちがプリュギア男[1]を咎め立てするのは間違いですわね」。

一六六

同じく　同

その昔イダ山[2]中で牛飼い[3]だけが、美しさで勝を占めた
女神の姿を眼にしたものだ。だがプラクシテレスが、
クニドスの人々すべてがその姿を眺められるものとした、
パリスがかの女神に票を投じたことを、その技量によって証拠立てて。

(1) パリスを指す。

(2) パリスが牧人をしていたトロイアの山。

(3) パリスを指す。

一六七

同じく、またテスピアイのプラクシテレス作の愛神像に寄せて

シドンのアンティパトロス

岩がちなクニドスに立つキュプリス像を見たならば、
これは石像ながら石像を燃え立たせるほどのものだな、と言いたもうらん。
またテスピアイの愛らしい愛神(ヒメロス)像[1]を見たならば、これぞ
石どころか冷たい金剛石(ダイアモンド)さえも燃え立たせるものよ、と曰うらん。
プラクシテレスがそれぞれ別の地に造った神像はかほどのもの、
二箇所で火事が起こっても、共にすっかり焼け失せてはならぬようにと。

一六八

クニドスのアプロディテ像に寄せて

逸名

パリスと、アンキセスと[2]、アドニスだけ[3]が私の裸身を見た者。
わたしが知っているのはこの三人だけ。プラクシテレスはどこで見たのかしらん？

(1) 原詩には「愛神（ヒメロス）」とあるが、これと同一視されている愛神（エロス）像で、クニドスのアプロディテと並ぶプラクシテレスの傑作として、ギリシア世界で広く知られていた。

(2) トロイアの王族で、アプロディテに愛され、英雄アイネイアスの父となった。『ホメロスの諸神讃歌』の「アプロディテ讃歌」参照。

(3) キュプロスの王キニュラスとその娘ミュラから生まれた美少年。アプロディテの愛を受けた。

一六九

同じく、ならびにアテナイにおけるアテナ像に寄せて　逸名

泡から生まれたパポスの女神の神々しい美しさをとっくりと眺めたら、
「あのプリュギア男の判定にゃぼくも賛成だな」と言いたもうらん。
さてまたアッティカのパラス像を眼にうしたもうたなら、こう叫ぶだろうよ、
「これほどの女神をないがしろにしたとは、やつはやっぱり牛飼いだな」と。

一七〇

同じく　ヘルモドロス

見知らぬ人よ、クニドスのキュテラ女神像を見たならば、こう言うであろうよ、
「人間たちと神々を支配する女王であらせたまえ」と。
ケクロプスの町の勇敢に槍揮うパラス像をうちまもったら、叫ぶだろうよ、
「パリスというやつはほんとに牛飼い野郎だな」とね。

一七一

武装したアプロディテ像(1)に寄せて

アレクサンドリアのレオニダス

キュテラ女神様、なぜまたアレスの武具をまとわれたのです？
こんな重い武具を身に着けられても無駄なこと。
裸身(はだか)でアレスの武装を解かれたではありませぬか。神が降参したのなら、
人間たちに向かって武器を執っても無駄ですぞ。

一七二

アプロディテ像に寄せて

アイトリアのアレクサンドロス

きっとパラス御自身がこのキュテラ女神像を仕上げたに相違ない、
アレクサンドロス(2)が下した判定を忘れて。

(1) スパルタには武装した姿のアプロディテ像が置かれている神殿があった。以下一七三―一七七番まで、同じく武装したアプロディテ像をテーマとした詩が続く。このテーマによる詩は、第九巻三二一番（アンティマコス作）にも見られる。イタリア・ルネッサンスの人文学者で詩人のA・ポリツィアーノに、これらの詩をモデルとしたギリシア語よるエピグラムがある。

(2) パリスのこと。

一七三

スパルタの武装したアプロディテ像に寄せて

エジプト総督ユリアノス

キュテラ女神は箙と弓と遠くから人の胸射る具を携えることを、
いつだって心得ていたもの。[3] だが
戦いに勇敢なリュクルゴスの法に敬意を表して、
スパルタでは肉弾相撃つ武具を身にまとったのだ。
スパルタの女たちよ、閨ではキュテラ女神の武具を畏んで、
勇敢な子らを産んでくれよ。

一七四[4]

同じく

逸　名

パラスが武装したキュテラ女神を見て言うには、

「キュプリスよ、その格好で審判を受けに行かないこと？」。

女神がやさしく微笑んでの答えは「なぜわたしに盾を振り上げたりなさるの？

(3) アプロディテが愛神（エロス）と同じく遠くから愛の矢を放つというのは一般的ではなく、類例はあまり見られない。

(4) この詩は後四世紀のローマの詩人アウソニウスによるラテン語訳がある。

裸身（はだか）でも勝ったのですから、武器を執ったらどうなりますかしら?」。

一七五

同じく　アンティパトロス

大理石（いし）がパポスの女神としてこう武具をまとったものか、いやおそらくは
パポスの女神が大理石を見て、「誓ってこんな姿になってみたいわ」と
言ったのだろう。

一七六

同じく　同

キュプリスはスパルタの女神でもある。だがここでは他の町の像のように
やわらかな衣裳に身をつつんだりはしていない。
頭には薄紗（ヴェール）の代わりに兜をかぶり、
黄金の枝の代わりに槍を手にしている。
トラキアのエニュアリオス[1]の妻でラケダイモン[2]の女神であるからには、

（1）アレスの異称。
（2）スパルタのこと。

武具を持たぬわけにはいかないからだ。

一七七

同じく　　　　　　　　　　　　ピリッポス

笑いを愛でるキュプリス様、新床司りたもう女神よ、
甘くやさしい女神様に、戦いの物の具をまとわせたのは誰なのです？
おんみが愛するものはパイアンと黄金なす髪のヒュメナイオス、(3)
それにさわやかな笛の音のあまやかでみやびな響き。
なぜまた人殺すかような武具を持たれます？
勇敢なアレスの武具を剝ぎ取り、キュプリスのお力を占めそうとてか？

一七八

アペレス作の「海から浮び出るアプロディテ」の画(4)に寄せて
　　　　　　　　　　　　シドンのアンティパトロス

アペレスが画筆を揮って描いた作、母なる海から

(3) 婚礼を司る神。
(4) アペレスの代表作で、稀代の傑作として古代世界に知られていた。アウグストゥスによって、コスのアスクレピオス神殿からローマへと写され移された。以下一八二番まで、同じくこの名画を題材にした詩が続く。A・ポリツィアーノに、これら五篇の詩に倣ったギリシア語によるエピグラムがある。またボッティチェリの名画「ヴィーナスの誕生」に題材を供したこの詩人の詩「ジュリアーノの騎馬試合」の一節も、ここから生まれている。

浮び出たばかりのキュプリスの姿を見よ。
水滴る髪の毛を手で握って、
濡れた巻毛から泡をしぼり出しているところだ。
アテナとヘラ自身も今じゃ言うことだろうよ、
「わたしたちは貴女と美しさを競うのはもうやめますわ」と。

一七九

同じく　　　　　　　　　　　　アルキアス

アペレスは育ての母である海から
裸身(はだか)で生まれ出てくる女神その人の姿を見た。
して、そのままの姿の女神を描いたのだ
海の泡で濡れた巻毛をその若々しい手でしぼっているところを。

一八〇

同じく　デモクリトス

キュプリスが鹹い泡を髪からしたたらせ、
裸身で紫色に耀く波間から浮び出たとき、
手で巻毛を握って真っ白な両頬に押し当てて、
エーゲ海の海水をしぼり出したことだろう、
胸だけをあらわにして。それを見るのは許されること。
かの女神のこんな姿を眼にしたら、エニュアリオスの心は千々に乱れずには
いられまい。

一八一

同じく　エジプト総督ユリアノス

パポスの女神がアペレスの手を産婆役として、
海の胎内から姿を現わしたばかりのところだ。
そら、急いでこの画の前から飛びのきたまえ、

女神が巻毛からしぼりだした泡で濡れるといけないから。
林檎[1]を得ようとてキュプリスがこのような姿で裸身(はだか)になったのなら、
パラスがトロイアを灰塵に帰せしめたのは、いかにも不当というもの。

一八二

同じく　　　　　　　　　　　　　　タラスのレオニダス

母の胸から逃れ出たばかりで、まだ泡をしたたらせている
婚儀取り結ばせるキュプリスの姿をこよなくも美しく
また魅惑的な姿を、アペレスが眼にして
描いたというよりも、魂を吹き込んで生きた姿に造形した。
指先でうるわしく濡れた巻毛をしぼり、
そのまなざしには愛かき立てるやさしい思いが輝く。
美しさのきわみを示す乳房は、マルメロの実のように固く盛り上がる。
アテナ自身もまたゼウスの妃も言うだろう、
「ゼウスよ、わたしたちは美の審判に負けました」と。

（1）ペレウスと女神テティスの結婚式に招かれなかったエリニュエス（復讐女神）が、「最も美しい女(ひと)に」との句を刻んで、二人の結婚の宴に投じた黄金の林檎。その所有をめぐってヘラ、アテナ、アプロディテの間に争いが起こり、パリスの審判によってアプロディテが勝利した。

一八三

アテナ像の側に立つディオニュソス像に寄せて　逸名

――教えてください、おん神とパラスとの間にどんな共通点があるのです?
女神様は槍と戦を、おんみは宴会をお好みではありませぬか。
――見知らぬ男よ、神々についてはそう迂闊なことを問うものではないぞ。
わしがこの女神とどれほど似たところがあるか、知るがいい。
わしも戦の栄誉は好きなのじゃ。東の大洋(2)に至るまで、
わしが征服したインド全土がそれを知っておる。(3)
人間の族(うから)にわしたちは贈り物もしたぞ、女神はオリーヴの樹を、
このわしは甘い葡萄の実る樹をな。そればかりか
母はわしを産む苦しみを知らずに済んだのじゃ、
わしは父の腿から生まれ出たし、(4)女神は頭から生まれたのでな。(5)

(2)インド洋を指す。
(3)ディオニュソスはパン、サテュロス、信女たちを引き連れてバクトリアにまで赴いたが、アレクサンドロス大王のインド遠征以後は、この神がインドを征服したという伝説が生まれた。
(4)母セメレがゼウスの雷霆(らいてい)で焼死した後、ディオニュソスはゼウスの腿に縫い込まれて、そこから誕生した。
(5)ゼウスはメティス(知恵)がアテナをみごもったとき、生まれて来る子に支配権を奪われることを怖れて彼女を呑み込んだ。月満ちてアテナはゼウスの頭を割って完全武装した姿で生まれた。

一八四

同じくディオニュソス像に寄せて

テッサロニケのアンティパトロス

――このわし、アウソニアのピソの戦友であるディオニュソスは、
彼の館を護り幸運をもたらすためにここに立っておる。
――ディオニュソス様、入る価値のある家に入られましたな。
この館はバッコス様に、ブロミオス様はこの館にふさわしいですからな。

（1）ピソはティベリウスの乱痴気騒ぎの酒宴に連なり、大酒家としてその寵を得た人物である。ディオニュソスの神官ウォロゲソスを領袖とするベッソイ族との戦いに勝ってからは、ピソはディオニュソスを守護神とすると宣言した。

一八五

ディオニュソス像とヘラクレス像に寄せて

逸　名

共にテバイの出で、共に戦士、しかもゼウスの御子。
一方は神杖（テュルソス）を、他方は棍棒を打ち揮う。
両神の像が寄り添って近くに立っているが、持つ武器も似ている。
一方は鹿皮を、他方は獅子の毛皮をまとい、こなたはシンバルをかなたは
ガラガラ[2]を持つ。共にヘラ女神につらく当たられ、

（2）ヘラクレスがステュンパロスの鳥たちを追い出すのに用いた青銅製のガラガラを指す。

共に火に浄められて天界へと上った神。

一八六

ヘルメス像[3]に寄せて　　　　クセノクラテス

足速きヘルメスとわしは呼ばれておるが、組討競技場（レスリング）に
わしの像を建てる時には、手も足もない姿にはしないでくれ。
さもなくばどうして足速き者でいられようぞ？　またちゃんと闘えようぞ？
手も足も無しで台座に据えられていたのではな。

一八七

同じく　　　　逸名

ある男がヘルメスの木像に祈った、だが木像は所詮は木。
そこで腹立ちまぎれにそれを地に投げつけると、像は壊れて中から
黄金（きん）が流れ出た。乱暴な行為もしばしば役に立つものだ。

（3）この詩で言われているのは「ヘルマイ」と呼ばれる、角柱の上に頭部が載せられたヘルメス像である。

一八八

同じく　　　　　　　　　　　　　　　ニキアス

木の葉揺らぐ険阻なキュレネの山を統べるこのヘルメスは、
このうるわしい運動場の番をして、ここに立っておる。
子供らがしばしばわしの像にマヨナラやヒュアキントスの花を載せ、
咲き匂う菫の花冠をかぶせてくれるわい。

一八九

パンの像に寄せて　　　　　　　　　　　　同

ペリストラトスがため、マイナロス[1]の急斜面を降って、
蜂蜜泥棒どもを見張るために、わしはここに立っておる。
わしの手には気をつけるがいいぞ、それに
山野踏みなれてすばやいわしの足にもな。

(1) アルカディアのキュレネ山の南にある山。パンの聖地であった。

一九〇

ヘルメス像に寄せて　　タラスのレオニダス

山羊飼いのモリコスが家畜たちの確かな護り手として
このわし、ヘルメスの像を建てた。
家畜どもよ、山の中へ行った腹いっぱい緑の草を食むがよい、
おまえたちを攫う狼のことは心配しなくていいぞよ。

一九一

同じく　　ニカイネトス

轆轤（ろくろ）がくるくると回って、この地の陶土と
土でできた足を持つこのわし、ヘルメス像を造った。
わしは粘土を固めてできたもの、嘘は言うまい。
だが、見知らぬ人よ、わしは陶器造りの苦しい仕事を大切に思うたぞよ。

一九二

スコパス[1]作のヘルメス像に寄せて　　逸　名

そこなお人よ、眼にしたもうはこのわしを、その辺ごろごろとある
ありきたりのヘルメス像と思ってくれるな。わしはスコパスの手になる作ぞ。

(1) プラクシテレス、リュシッポスと並び称される名高い彫刻家。

一九三

ピリッポス

――キャベツを採ってもいいですか、キュレネの神[2]よ。
――ならぬぞ、道行く男よ。
――たかが野菜をなぜそうけちるんです?
――けちるんじゃない、他人のものを盗む手を控えさせると法で決まって
　おるのじゃ。
――こりゃまた異なことを。盗んではならぬと、ヘルメスが新たな法を定めた
　とはな。[3]

(2) ヘルメスのこと。

(3) 生まれ落ちてすぐアポロンの牛を盗んだことで知られるヘルメスは、泥棒たちの守護神でもあったからである。

一九四(4)

フライパンに換えられてしまった愛神像(エロス)に寄せて　逸名

この青銅の愛神像ときたら火から火へとたらいまわしにされて、
フライパンにされちまった。それにふさわしい罰を受けたわけだ。(5)

一九五(6)

縛られた愛神像(エロス)に寄せて　サテュロス

この翼もつ神を誰がこんな具合に、このすばやく動く火を誰が
縛り上げたのだ？　燃えている箙に手をかけて、
すばやく矢を射る手を背中に回し、
しっかりとした柱に縛りつけたのは誰なのだ？
これは人間たちにはちょっとした慰めでしかないな。
この縛られている神自身が、これを造った者の心を縛ったことはないのか？

(4) 第九巻七七三番に同様な内容のパルラダスの詩がある。

(5) 愛神は人の心を火で焼くからである。

(6) 以下五篇、ヘレニズム時代以降に見られるようになった「縛られた愛神像」を詠った詩が続く。

一九六

同じく　　アルカイオス

不敬にも君をつかまえて、こんなふうにここに据えたのは誰だ？
君の両手を縛り上げ、眼を涙で濡れさせたのは誰なんだ？
坊や、君のすばやい弓矢はどこへ行ったんだ？
火を燃え立たせる矢の入った箙はどこだ？
この石像を造った彫刻家は無駄な骨折りをしたものよ、
矢で神々の心をも燃え立たせる君を、こんな罠に縛って入れたとはね。

一九七

同じく　　シドンのアンティパトロス

おまえの両手を逃れようもなく柱に固く縛りつけたのは誰だ？
火でもって火を、策略で策略を捕らえたのは誰なのだ？
坊やよ、その愛らしい顔を涙で濡らすのはおやめ、
だっておまえは若い人たちが涙にくれるのを喜んでいるのだから。

一九八

同じく　マエキウス

泣くがいい、逃れようもなく両手を縛られた無分別な神霊（ダイモーン）よ、
泣くがいい、心苛みすり減らす涙をさめざめと流して。
慎み心を踏みにじる者、人の心を盗む者、理性を奪い取る者、
翼もつ炎、眼に見えずして人の心を傷つける者、愛神（エロス）よ。
分別なき者よ、お前が縛られているのは人間たちにとっては悲嘆からの解放だ。
そのまま縛られていて、聞く耳もたぬ風に哀願するがいい。
抗いがたいままにおまえが人の心に燃え上がらせた火が、
おまえの涙で消えかかっているのを見るがいい。

一九九

同じく　クリナゴラス

泣くがいい、呻くがいい、両手をしっかりと縛られて、
策士の小僧め。おまえはそうされて当然だ。

縛めを解かれることはあるまいよ。憐れみを請うそんな目つきをするな。
おまえ自身が他の人たちに涙を流させた身だ、
人の心の中に苦い矢を射込んで、
逃れがたい愛欲の毒を流し込んだではないか、愛神(エロス)よ。
人間たちの苦悩がおまえには笑いの種、
おまえは人にしてきたことを今味わっているのさ。正義とは結構なものよ。

二〇〇

鋤を操っている愛神(エロス)に寄せて　　モスコス

松明と弓とを脇に置いて、縮れ毛の愛神が
牛追い棒を手にした、肩には頭陀袋をかけて(1)。
牡牛の辛い労働に耐える頸(くび)を頸木につなぐと、
デオ女神(2)の畝に小麦生える種を播いたのだ。
眼を上げてゼウス御自身の姿を見やると、こう言ったもの、
「畑地を豊饒(ゆたか)に実らせたまえ、エウロパの牡牛であるおんみを(3)、鋤に繋がず
ともよいように」。

(1) 播種のための種を入れる袋としてである。
(2) デメテルの異称。
(3) ゼウスはテュロス王の娘エウロパを牡牛に化けて拉致した。

二〇一

花冠をかぶった愛神像に寄せて　マリアノス・スコラスティクス

——おまえのみごとに曲がったあの弓はどうした？　おまえの手から
放たれて、心臓の真ん中を射抜くあの葦の矢はどうした？
翼はどうした？　多くの苦悩生む松明はどうした？
三つの花環を腕にかけ、もうひとつは頭にかぶっているではないか。
——見知らぬ人よ、わたしは卑俗なキュプリスの子ではない、大地の子でも、
物質的なよろこびから生まれた子でもない。
浄らな心持つ人間の心に真の学問の火を点じ、
魂を天上界へと導いて行くのがわたしなのだ。
これらの花環は四つの徳で編んだもの、それらをこうして手に持ち、
その第一のもの、知恵の花環をほらこうして頭に頭にかぶっているのだ。

(4) 天上界的な清らかな愛の女神としての「アプロディテ・ウラニア」に対して、大衆的な、卑俗で肉体的な愛の女神としての「アプロディテ・パンデモス」を指して言われている。
(5) プラトン的な観念で、「正義」、「節制」、「勇気」、「知恵」の四つの徳を言う。

二〇二[1]

同じく　　　　　逸名

見知らぬ人よ、わたしを乱痴気騒ぎを好み、夜を通して
語らい明かすのを好むレバノン[2]の愛神(エロス)だと思ってくださるな。
わたしは近隣の田舎のニンフから生まれた小さな愛神、
園丁の仕事を促し励ますことだけがわが務め。
それゆえわたしの大切な果樹園から得た
四季の花冠を戴いているのです。

二〇三

プラクシテレス作の愛神(エロス)像に寄せて　　　　エジプト総督ユリアノス

誇り高い項(うなじ)をわたしの足元へと屈して、
プラクシテレスは囚人(とらわれびと)の手もてこのわたしを造った。[3]
彼の心中に潜んでいたこのわたし、愛そのものを銅像として造り上げると、
愛の印としてプリュネに贈ったのだ。

(1) この詩を前のマリアノスの詩のパロディーだとする解釈があるが、採らない。

(2) レバノンとその近くのヘリオポリスでは、愛神とアプロディテが熱狂的に崇拝されていた。

(3) プリュネへの愛に囚われた者としての手をもって、の意。

するとき彼女はわたしを愛神のもとへと持ち来った。
愛し合う者たちが愛神の像を愛神に捧げるのは理にかなったこと。

二〇四

同じく　シモニデスか？

プラクシテレスはみずからが苦しんだ愛を完璧な形で造形した、
自身の胸中から愛の原型を引き出して。
そして愛の代価としてわたしをプリュネに贈った。(4) わたしはなおも
愛の魔力を放ってはいるが、それは矢を射てではなく、眼光を放ってのこと。

二〇五

同じく　ゲミノス

プラクシテレスが愛に報いようとて、神であるわたしを人間であるプリュネに
贈った。こうして神を愛の代償としたわけだ。
プリュネは芸術家の行為を拒みはしなかった。心中で、おん神が

（4）プラクシテレスは前々から自分の作品で最も美しいものをプリュネに贈ると約束していた。それがこの愛神（エロス）像であった。

芸術の力藉(か)りて自分に向かって弓を引くのではないかと懼れたからだ。
彼女が怖れているのはキュプリスの子なんかじゃなく、君の手が生んだ作だ、
芸術がその母だってことを知っているものだから。(1)

二〇六(2)

同じく　　　　　　　　　　　　　　　　　　　　　　　レオニダス

テスピアイ(3)の人々はキュテラ女神の子愛神(エロス)を、
プラクシテレスがかの神をそれと認めて造った形でしか
崇めたりはしない。彫刻家はその姿をプリュネの裡(うち)に見て取って、
彼の女(ひと)への愛欲の代償として、その作を彼女に贈った。

二〇七

愛神(エロス)像に寄せて　　　　　　　　　　　　　　　　　パルラダス

この愛神は武装しておらぬな。それゆえに微笑みおだやかな様子だ、
弓も、心を燃え立たせる矢も持ってはいないからな。

(1) プラクシテレスがその芸術の力で生んだ第二の愛神（エロス）の力に秘められた力を怖れたことを言う。
(2) プラクシテレス作の愛神（エロス）像を詠った一連の詩の中では最も古い作で、このテーマの他の作品のモデルとなったものと見られる。
(3) テスピアイでは、きわめて古い時代からエロス崇拝が盛んであった。

手に海豚（いるか）と花を抱えているのも故なきことではない、
片方の手では地を、もう一方では海を支配しているのだから。

二〇八

胡椒壺の上に眠る愛神（エロス）像に寄せて

総督ガブリエル

眠っていても、息絶えていても、宴席にあっても、
火をまき散らすことを止めないんだな、[4] 愛神めは。

二〇九

逸　名

燈火（ランプ）を灯そうと、燃えさしに息吹きかけているお人よ、
ここへ来てぼくの胸から灯してくれ。僕は全身火と燃えているんだから。

(4) 胡椒は火のように人を火照らせるからである。

二一〇

森で眠る愛神像（エロス）に寄せて　プラトン(1)

翳深い森の奥へと進むと、そこに
真っ赤な林檎にも似たキュテラ女神の子を見つけた。
矢を収めた箙も、曲がった弓も持ってはいなかった。
葉の生い茂った枝にそれらは吊るしてあったのだ。
みずからは薔薇の花につつまれて微笑みを浮かべて眠っていたが、
褐色の蜜蜂どもが蜜蠟を垂らしつつ、
その芳香を放つ口から蜜を吸おうと飛び回っていた。

(1) 著名な哲学者とは別人。

二一一

眠れる愛神像（エロス）に寄せて　スタテュリウス・フラックス

眠っているな、人間たちの心に眠りもやらぬもの思いをかきたてておきながら、
眠っているな、人を破滅に陥れる、泡から生まれた女神の子よ、
松明を振り回すこともなく、反り曲がった弓から

逃れようもない矢を放つこともなく。他の人たちは安心するがいい、
だが傲慢な子よ、ぼくはたとえおまえ眠っていても、
ぼくに対する酷い夢を見ているんじゃないかと、それが怖いんだ。

二一二

同じく　　アルペイオス

ぼくはおまえの手から奪い取ってやるぞ、愛神（エロス）よ、燃える松明をな、
おまえが肩に掛けている箙を引っ張り取ってやる、炎の子よ、
おまえがほんとに眠っているならね。そうすればぼくたちは
しばしの間お前の矢に射られることなく、安らぎが得られよう。
それでもやはり、策略織りなす者よ、ぼくに対して何か隠していて、
ぼくを苦しめるような夢を見ているのじゃないかと、それが怖いのだ。

二一三

メレアグロスまたはストラトン

おまえの背に素早く翔る翼が生えていようとも、
おまえのスキュティアの弓から鋭い矢を射ようとも、愛神（エロス）よ、
ぼくは地下へと逃れるからな。でもそんなことをして何になる？
万人を屈せしめる冥王（ハデス）だっておまえの力を逃れられなかったんだもの(1)。

二一四

セクンドゥス

エロスたちの像に寄せて

愛神（エロス）たちが戦利品を獲て喜んでいる様を見よ。神々から得た戦利品を、
子供らしく意気揚々とたくましい肩にかけているではないか、
バッコスのタンバリンと神杖（テュルソス）を、ゼウスの雷霆と、
アレスの盾とみごとな羽毛で飾られた兜と、
ポイボスの矢のぎっしりと詰まった箙と、海神(2)の三叉の鉾と、
ヘラクレスの力強い手に握られていた棍棒とをだ。

(1) 冥王がペルセポネへの愛に捕らわれたことを指す。

(2) ポセイドンを指す。

人間の力なんぞ何の役に立とうか、愛神が天界までを征服し、
キュプリスが神々の物の具を奪ってしまったのだから。

二一五

同じく　　　　ピリッポス

愛神(エロス)たちがオリュンポスを劫略して、神々の物の具を得て、
意気揚々と身を飾っている様を見よ。
ポイボスの弓と、ゼウスの雷霆と、
アレスの盾と兜と、ヘラクレスの棍棒と、
海神の三叉の槍と、バッコスの神杖(テュルソス)と、
ヘルメスの翼ある革鞋(サンダル)と、アルテミスの松明とを、持っているぞ。
人間たちが愛神の矢に屈するからと言って悲しむことはないさ、
神々がこいつらに、自分たちの物の具で身を飾ることを許しているのだから。

二一六

ポリュクレイトス作のヘラ像に寄せて[1]　　パルメニオン

アルゴスのポリュクレイトスのみがその眼でヘラの姿を見て、
見たとおりの姿でその像を造り、許されるかぎりで
その美しさを人間たちに示してみせた。
だが衣裳の襞の下に隠された美しさは、ゼウスだけのもの。

二一七

カリオペ[2]の像に寄せて　　逸　名

わたしはカリオペ、キュロス[3]に乳房を含ませました。
神のごときホメロスを養い、やさしいオルペウスが乳を飲んだ乳房をです。

（1）アルゴスのヘラ神殿にあった王冠を戴き笏をもったヘラ像で、ポリュクレイトスの代表作のひとつ。

（2）詩女神（ムーサ）たちの中で、アレクサンドリア時代以降カリオペは抒情詩を司るものとされたが、この詩では叙事詩を司る役を負わされている。

（3）エジプトのパノポリスの詩人。テオドシオス二世の治下で活躍し、当時は大詩人と見なされていた。

二一八

ヨアンネス・バルボカロス

画家はメルポメネを描こうとしたのだが、女神がその場に
臨まれなかったので、カリオペ[4]の像を描いたのだ。

二一九

同

ポリュムニア[5]よ、これは貴女の肖像画、そしてこれは詩女神(ムーサ)の像、
二人とも名前も同じなら、姿も同じだ。

二二〇

詩女神(ムーサ)たちの像に寄せて[6]

シドンのアンティパトロス

ここに立つわたしたち詩女神は、三人で組をなしています。
一人は笛を、もう一人は手琴(バルビトス)を、三人目は竪琴を持っています。

(4) 悲劇を司る詩女神(ムーサ)。ここで言われているカリオペは詩女神(ムーサ)ではなく、そういう名の女優だと解されている。

(5) 前の詩のカリオペと同じく女優の名。

(6) 前六世紀末の三人の彫刻家による詩女神像を詠った作。

アリストクレスの詩女神は竪琴を、アゲラダスのそれは手琴を、
カナカスのそれは調べ豊かな葦笛を持っています。
最初の詩女神は音調を支配し、二番目は音を色彩豊かにし、
三番目は精緻なハーモニーを醸し出すのです。

二二二

アテナイ人たちのネメシス像に寄せて(1)

テアイテトス・スコラスティクス

岩がまた再生する山(2)の中から、雪のように純白な石であるこのわたしを、
ペルシア人の彫刻家が石鑿で切り出し、
人形(ひとがた)に彫り上げるべく海を越えて運び来った、
アテナイ人らに対する戦勝の印にしようとて。
だがマラトンの野に打ち破られたペルシア人の悲鳴が響き渡り、
かれらの船が血に染まった海原を敗走したとき、
英雄たちを産んだアテナイが、このわたしを刻んで
傲岸不遜な人間どもに敵対する女神アドラステイア(3)となしたのだ。

(1) 対ペルシア戦争のさいに、ペルシア人たちが戦勝碑パロスにしようとパロス島から運んできた大理石を、名高い彫刻家ペイディアスが刻んでネメシス像にしたと伝えられる。この詩はその像を詠った作。次の二二二番、二六三番にも同じ像を詠った作がある。
(2) パロス島の山。大理石が採掘されてもまた無限に再生するものと信じられていた。
(3) 元来はプリュギアの復讐女神だったが、ギリシアに入ってネメシスと同一視されるに至った。

わたしは法外な野望に釣り合いを取らせる女神。
わたしは今もなおエレクテウスの子孫には勝利女神(ニケ)、アッシュリア人には
　ネメシス。

二二二

同じく　　　　　　　　　　　　　　　　　パルメニオン

メディア人(びと)らが戦勝の記念碑にせんとの希望(のぞみ)抱きたる石なる
われは、時宜を得て、ネメシスに形を変えられぬ。
正義の女神として、われはここラムノスの岸辺に立つ[4]、
アッティカの勝利と芸術とを証(あかし)するものとして。

二二三

ネメシス像に　　　　　　　　　　　　　　逸　名

ネメシスはその持つ一尺の物差しと銜(くつわ)とで、
度外れなことをなすなかれ、箍(たが)外れた大言壮語するなかれと警告す。

(4) マラトンの野から北方一〇キロメートルほどの海岸近くに像は建てられていた。

二二四

同じく　　　　　　　　　　　　　　　逸　名

われネメシスは一尺の物差しを持つ。「なんのために?」。おんみは問うらん。
そは万人に告ぐるため、「なにごとも節度を越すなかれ」と。

二二五

パンの像に　　　　　　アラビオス・スコラスティクス

われわれはパンが葦笛奏でる音を、さやかに聞けたかもしれないのだ、
彫刻家がこの像に息を吹き込んだのだから。
だが移り気な木魂(エコ)が逃げ去るのに手の施しようもないままに、
おん神は無駄と覚って、笛を吹くのをやめてしまったとは。

二二六

同じく　　　　　　　　　　　　　　メッセネのアルカイオス

山中を跋渉したもうパンよ、そのあまやかな脣(くち)で曲を奏でたまえ、
牧人らの吹く笛で心楽しませつつ、奏でたまえ、
調べうるわしい葦笛より楽の音(ね)そそぎ出して。
楽の音を歌詞(うたのことば)にみごとに合わせて響かせたまえ。
しておんみの周りで、リズムに合わせ拍子とりつつ足で地を撃って、
霊感受けた水の精(ニンフ)らを舞い踊らせたまえ。

二二七

ヘルメス像に寄せて　　　　　　　　　　　　逸　名

道行きたもう人よ、憩いたまえや、緑なすこの草原に身を横たえて、
して旅路で突かれた手足を休ませたまえ。
喨喨(りょうりょう)と響く蟬の歌声に耳傾けるおんみを、
さやさやと吹き来る西風にさやぐ松が慰めてくれようぞ、

また山中で昼中に泉のほとり、
葉が繁ったプラタノスの樹のもとで葦笛奏でる牧人たちも。
さすれば秋の天狼星の灼けつくような暑さを遁れ、ちょうどよい時に
丘を越えられよう。[1] ヘルメスのこの忠告を聴き入れたまえや。

二二八　　アニュテ

道行きたもう人よ、疲れた手足を楡の樹の下で休ませたまえ、
緑なす葉ぞえを吹き抜ける風のさわやかな音(ね)に耳傾けたまえ。
冷たい泉の水に喉うるおしたまえ。ここは道行く人らが、
灼けつく暑さを癒すによきところなれば。

二二九　　逸　名

パンを描いた画に寄せて

この愛すべきおん神はゼウス御自身の血を引く者。

(1) この詩句の解釈は難物だが、ここではペイトン、ベックビイの解釈に従って訳出した。ビュデ版は、「おんみはそれに代わるさわやかな林に出遭えよう」という意に解している。

おん神の頭上にかかる雲がその証左。[2]
むら雲寄せるゼウスがヘルメスの君を生み、
ヘルメスが山羊牧するパンを生んだのだから。[3]

二三〇

タラスのレオニダス

道行く人よ、この侘びしいところで、急流の
泥で濁った生暖かい水を飲みたもうな。
ちょっとばかり丘を越えて、ここ、
牛の群れが草食む岡の頂へとおいでなさい、
さすれば牧人が倚る松の根元に、岩根が滔々と注ぎ出す
北方の雪よりも冷たい流水がありますよ。

(2) ゼウスはホメロスでは「むら雲を寄せる神」と呼ばれている
(3) ヘルメスはアルカディアのニンフであるマイアにパンを生ませた。

二三一

アニュテ

――獣狩りたもうパンよ、なぜまたほの暗い蔭なす寂しい森にひとり坐し、
甘い音色の葦笛をひょうひょうと吹きならしておいでです?
――それ、この露けき山の辺で、雌牛どもが緑したたる牧草を心行くまで
食(は)めるようにしてやろうと思うてな。

二三二

ミルティアデス[1]によって建てられたパンの像に寄せて　シモニデス

山羊脚のこのわし、メディア人の敵にしてアテナイ人の友なる
アルカディアのパンの像を、ミルティアデスが建てたり。

(1) マラトンの戦いで大勝し、その戦功によって名高いアテナイの将軍にして政治家(前五五〇頃―四八九年)。

二三三

同じく　　テアイテトス・スコラスティクス

森を跋渉し、樹木を愛する者、山棲みの木魂（エコ）の夫（つま）、
このわしパン、見張り役の神(2)、見事な角もつ羊の群れ護る者、
毛深い脛もつ者、多くの種まき散らす者、
戦好むアッシュリア人(3)らを迎え討たんと郷国（くに）を出でたるこのパンの像を、
ミルティアデスが、ペルシア人らを追撃する戦友としてここに建てたり。
われは自ら進んで共に戦いし者としてここに立つ。
他の者らはアクロポリスに立つがよし、されどメディア人（びと）斃したる
マラトンの野を、マラトンで戦いし者らとわれは共にす。

二三四(4)　　ピロデモス

この石は三体の神を収めたもの、頭部は
明らかに山羊の角はやしたパン、

(2) ペイトンの読みを採った訳。ベックビイ、ビュデ版は πάνσκοπος と一語に読み「すべてを見通す者」と解している。

(3) ペルシア人を指す。詩の中ではペルシア人はしばしば「アッシュリア人」と表現されている。

(4) 実在する三神合体の神像を詠った作ではなく、風刺の意図で作られた想像上の神像と見られる。

胸と腹とはヘラクレス、残りの部分
腿と脚とは有翼の足もつヘルメスのもの。
見知らぬ人よ、犠牲を捧げることを拒みたもうな、
たった一つの犠牲で三柱の恵みに与れるのだからな。

二三五

パンの像に寄せて

スミュルナのアポロニデス

わしは田舎人らの神、なぜ黄金の酒杯でわしに灌奠(かんてん)し、
イタリア産のブロミオスの美酒をそそぎかけるのじゃ(1)?
また傍の石に曲がった牛の首を繋ぐのじゃ(2)?
さような真似は控えよ。かかる供犠はわしの嘉せぬところ、
山棲みのわしはただ木の幹を彫って作られただけのもの、
羊を喰らい、粘土の盃で粗い酒を酌むだけじゃ。

(1) イタリア産の葡萄酒は上等で請託なものとされていた。さような贅沢は必要ないと言うのである。
(2) 犠牲に捧げるためである。

二二三六

プリアポス像に寄せて

レオニダス

ここ、果樹園の壁に、野菜畑の番をさせようとて、
ディオメネスが見張り役として、このわしプリアポスを建てた。
泥棒よ、わしがしっかと気を張っている様を見よ、
「そりゃわずかな野菜を見守るためですかい？」と言うだろうが、そのため
なのさ。

二二三七

同じく

テュムネス

わしは誰に対してもプリアポスとしてふるまうぞ、たとえクロノスその御自身
であってもだ。この菜園じゃ泥棒をはたらく者に一切区別はせぬぞよ。
野菜やかぼちゃのためにさようことを言うのは、わしにふさわしからぬと
言う者もおろう。ふさわしくなかろうが、そう言うのじゃ。

二二三八

同じく　　ルキアノス

エウテュキデスが、それが風習(ならい)なので、このわしプリアポスを
枯れた葡萄の樹の番をさせようとて立てたのじゃ、
周りがぐるりと崖に囲まれているところにな。
誰かが襲ってきても、番をしているこのわし以外にゃ盗(と)るものはないぞよ。

二二三九

ひざまずいたプリアポス像に寄せて　　アポロニデス

足で立たず、両膝をついてひざまずいているこのわし、
プリアポス像をアナクサゴラスがここに立てたぞよ。
わしを造ったのはピュロマコス。(1) わしのすぐ傍に典雅女神(カリス)らの
社(やしろ)が立っているのを見たら、わしがなぜひざまずいているか。もう問うて
くれるなよ。

(1) 前三世紀末のアテナイの銅像作者。

二四〇

プリアポス像に寄せて(2)

ピリッポス

――みごとな無花果(いちじく)を見ることよ。少しばかり採ってもいいかな？

――一つたりとも触れちゃならんぞ。

――怒りっぽいプリアポスだな。

――そんなことを何度言ったって、何もやらんぞ(3)。

――頼む、くれよ。

――わしも頼みがあるんじゃ。

――この俺からも何かが欲しいというのかね？

――「もちつもたれつ」というきまりがあるじゃろが。

――神のくせに金をよこせと言うのかね？

――わしの欲しいのは別のものじゃ。

――そりゃ何だね？

――わしの無花果を食ったら、おまえの尻の無花果(4)を喜んでわしに差し出すことじゃ。

(2) 無花果畑を護るプリアポスと通行人との対話体の詩だが、どちらの側が発した言葉か、詩句の分け方により解釈が異なってくる。

(3) ペイトンは「くれよ」という言葉をプリアポスのものと解しているが、採らない。

(4) 肛門を指して言われている。

二四一

同じく　　　　　　　　　　マルクス・アルゲンタリウス

熟しておるぞ、そりゃこのわしにもわかっておるわ、道行く者よ、
だが無花果を褒めるのはやめておけ、おまえの側の枝にも眼をやるな。
このわしプリアポスが番人として目つきも鋭く見張って
わしの流儀で無花果を護っておるからな。
ちょっとでも無花果に触れたなら、たちまちおまえの無花果を差し出す
ことになるぞよ。当然至極な「因果応報」の理によってな。

二四二

同じく　　　　　　　　　　エリュキオス

プリアポスよ、おんみの股の付け根からなんとまあ重たげな、
固く張った武具がそっくり突き出ていることか、
いつでも愛のまじわりができるありさまで。女に飢えているのだな。
おんみの心は愛欲ですっかりはちきれんばかりだ。

だがその膨れ上がった男根を宥めてもらいたいね、
して花模様の短外套(クラミュス)の下に隠してくれよ、
おんみは人気のない山中に住んでいるわけじゃなく、
ヘレスポントスの海岸の聖なるランプサコスの町(1)を護っているのだから。

二四三

同じく　　　　　アンティスティオス

農場の番人としてわしはこの豊かな畑地の中に立ち、
プリコンの小屋と作物とを護っておる。
ここへ来る者の誰にも向かって、こう言うのじゃ。「わしの持ち物(2)を
見てひとわたり笑ったら、さっさと道を急ぐがいい、
だがここへ踏み込んできて許されぬまねをすると、毛が生えていたって(3)
だめだぞ。わしはどんな奴の尻(けつ)にでもぶち込むことを心得ておるからな」。

(1)プリアポス崇拝が盛んだった小アシアの町。

(2)プリアポス像が突き出している巨大な男根を言う。

(3)すでに陰毛が生え、少年愛の対象となる齢を越えていても、という意味。

二四四

聴き入っているかのように、耳に葦笛を押し当てているサテュロスの
像に寄せて　　　　　　　　　アガティアス・スコラスティクス

「サテュロスよ、おまえのその葦笛はひとりでに音を出すのかね？
さもなきゃなぜ耳傾けて葦笛に当てているんだね？」。
そやつはただ笑って黙っていただけ。話そうとしたのかもしれないが、
楽しさに心奪われて心ここにあらずだったのだ。
蠟で描かれているから喋れなかったわけじゃない、自分から黙っていたのさ、
心がすっかり笛を聞く楽しみに浸りきっていたもので。

二四五

サテュロスの像に寄せて　　レオンティオス・スコラスティクス

このサテュロスがひどく苦しんでいるの(1)をディオニュソスがご覧になり、
憐れみを抱いてやつを石に変えてやった。でもそうなってもまだ
酷い苦痛(くるしみ)から逃れられないのだ。

(1) 足に刺さった棘を抜こうとして苦しんでいる姿と見られる。

石になっても、哀れなやつめはまだ苦しんでいる始末だ。

二四六

同じく　　　　　　　　　　　　逸　名

サテュロスが青銅の下に潜り込んだか、それとも
芸術の力に強いられて、青銅がサテュロスの体の周りを流れて覆ったかだ。

二四七

コリントスにあるモザイク画のサテュロスに寄せて
　　　　　　　　　　　　ネイロス・スコラスティクス

——サテュロスというやつはみんな人をあざ笑うのが好きだが、
おまえはなぜわれわれみんなを見て笑っているのかね？
——驚きのあまり笑っているのさ。あっちこっちから石を寄せ集めて
それを一緒したら、突然サテュロスになっちまったんでね。

二四八

銀の酒杯に浮彫にされたサテュロス像に寄せて　　プラトン二世

ディオドロスがこのサテュロスを刻んだのじゃなくて、眠らせたのだ。
やつをつついてごらん、眼を覚ますから。銀というやつは眠り込ませるもの
なのだ。

二四九　　逸名

この麗しいアプロディテ像をうちまもる人よ、
近くに坐して女神を崇めたまえや。
した紫色の浜辺に穏やかに波打ち寄せるあたりに、ね
わが像を建てたディオニュソスの娘グリュケラを讃えよ。

二五〇

翼もつ愛神が翼もつ雷霆を打ち砕いている様を見よ、
愛神は火よりもなお強い火なることを示さんとて。

逸名

二五一

愛神とアンテロス(1)の像に寄せて

逸名

翼もつ愛神に対して翼もつ愛神を対峙せしめたのは誰だ？
それはネメシス、弓に対しては弓をもたせ、
自分が仕向けてきたことで苦しむようにさせたのだ。以前は大胆で怖れを
　知らなかった愛神が、
鋭い矢を胸に受けて泣いているではないか。
三度も深い胸底へ唾を吐いたぞ。(2) こりゃなんとも驚きだ。
火が火を燃やしているのだからな。愛神が愛神に捕まったんだ。

(1)「アンテロス」とは「相手の愛に応える者」という意味をもつ存在だが、この詩ではやや異なった役割を与えられていて、愛神に対抗、対峙する存在として現われている。

(2) 禍を招く眼を避け、逸らせようとする動作。

二五二

同じく　　　　　　　　　　　　　　　　逸　名

僕だってキュプリスの血を引く者だ。母さんがぼくの兄に対して
弓を執り翼を生やして立ち向かわせたんだ。

二五三

武装を解いたアルテミス像に寄せて　　　　　　　　逸　名

――アルテミス様、お持ちの弓はどうなさったのです？
それに頸から掛けておいでの箙は？
クレタ風の半長靴と、紫の衣裳を膝までたくしあげていた
黄金造りの留め金はどうなさったのです？
――それはわたくしが狩りにでるときに身につけるもの。
聖なる供犠を受けに行く時はこのままの姿なのですよ。

二五四

道端のヘルメス像に寄せて　　逸名

わしらの傍らを通る者たちが石を積み上げて、
このヘルメスに献じてくれたのじゃ。
このささやかな供物には大して感謝もしておらぬが、
「山羊の泉」まではあと七スタディオン、と教えてやるだけじゃ。

二五五

庭園を護る別のヘルメス像に寄せて　　逸名

道行く者よ、葡萄樹に近づくなかれ、
林檎にも、カリンの実がなっているところにも。
この縄の張ってあるところに沿って行き、
園丁のミドンが苦労してならせたものに手を出したり、
掠め盗っちゃならんぞよ。
わしの像を建てたのはこの男じゃ。わしの言うことに耳かさぬと、どんな具合にわしが悪人どもを懲らしめるか、思い知ろうぞ。

二五六

別のヘルメス像に寄せて　　　　逸名

道行く人よ、わしが立っているのは険しくて寂(さび)れたところじゃ。
でもそりゃわしのせいじゃなく、ここに像を建てたアルケロコスのせいじゃ。
わし、ヘルメスは山を好まず、高地に住まう者でもなく、
むしろ道端にいるのが好きなんじゃ。
ところがアルケロコスが孤独を好み、隣人を持たぬ男ゆえ、
道行く人よ、このわしをも同じような状態にしおったのじゃ。

二五七

ディオニュソス像に寄せて　　　　逸名

おおディオニュソスよ、おんみは銅の姿となって再び御姿を現わされましたな。
ミュロンがおんみに二度目の生を与えたのです。

二五八

パンの像に

供犠の火が燃えるディクテュナの聖祠に
クレタ人がこのわし、山羊脚のパンの銅像を建てたぞよ。
わしは毛皮をまとい、兎狩りの二本の棒を持っておるわ。
洞穴の岩の間から、二つの眼で山を見つめておるわい。

逸　名

二五九

アテナイのアクロポリスのパンの像に寄せて

パラスのアクロポリスに、アテナイ人らが、戦勝牌持つ
大理石のわしの像を建つ。

逸　名

二六〇

プリアポス像に寄せて　　　　　　　逸　名

このわし、プリアポス様がおまえが野菜畑に忍び込むのを眼にしたら、
泥棒よ、野菜畑の中で裸にひん剝いてやるぞ。
神の身でそんなことをするのは恥だと、おまえは言うだろう。わし自身も
そう思うが、いいかね、わしゃそのために建てられたんだ。

二六一

プリアポス像に寄せて　　　　　　　レオニダス

このわし、プリアポスは道の交差するところに番人として立っておる、
腿の付け根から固く張ったでち棒をおっ立ててな。
テオクリトスが忠実な番人として、わしを建てたのじゃ。
だが泥棒よ、ここからとっとと遠のけ、わしの一物を喰らって泣きを見ぬ
ようにな。

二六二

逸名

革袋を背負った山羊脚の神と、微笑んでいるニンフたちと、
美しいダナエの像、これらはみんなプラクシテレスの作。
すべて大理石でできており、至高の芸術的手腕の生みだしたもの。
モモス[1]自身でさえも言うだろうよ「父なるゼウス様、こりゃ完璧な技巧の
賜物ですな」と。

二六三[2]

ペイディアス作のネメシス像に寄せて

逸名

わたしは以前ペルシア人たちが戦勝碑とすべく運んできた石。
それがいまではネメシス。
わたしは二つの印としてここに立つ、ギリシア人らには戦勝牌として、
ペルシア人らには戦いのネメシスとして。

(1)「誹謗、中傷」の擬神化されたもの。

(2) 二二一番、二二二番にも同じ像を詠った詩がある。

二六四

逸名

穀物生む、穀物の母なる、数知れぬ多様な形もつ女神イシス[1]のもとへ、
その石造りの籠の中へ、犂鍬が労することなく、さまざまな穀物が
おのずと母なる女神のもとへと集まるのだ。

二六四a

逸名

これはニンフたちの像。この地はこれらニンフたちの心配るところ。
この地に心配って、泉から尽きることなく流水(みず)を流させしめたまえ。

二六五

逸名

モモスの像に寄せて

世のよきものすべてを遺恨に思う、三倍も呪われたこのモモスの像を、

(1) アレクサンドリア時代にイシスは、デメテルからアプロディテに至るさまざまなギリシアの女神を習合した。

非の打ちどころ無き完璧な手腕で造ったのは誰なのだ？
この老人は、まるで生きているかのような姿で地に横たわり、
手足も疲れ切って重たげに、悲嘆を癒そうとしているのだな。
その正体は、隣人たちの幸福を見て歯ぎしりしている、
二列のおぞましい歯並みがそれと示しているところだ。
一方では骨ばった体の重みを支え、老いさらばえた手を
禿げ頭のこめかみに当て、また一方では
歯がみをしながら、その杖を地面に突き立てているところだ、
生命（いのち）のない岩を相手に無駄な争いをして。

二六六

同じく　　　　　　　　　　逸　名

やつれきってしまうがいい、まずはその不幸な爪先あたりから、
あらゆるもの喰らい尽くすモモスよ、やつれてしまえ、
毒を含んだその顎で歯ぎしりをして。固く張った筋と、四肢の血管と、
肉のそげた、肉がそげて力の無くなったそれらの様子と、

皺の寄った額に垂れた髪とが、

……………………………………［一行欠］

人間にとって厄災なる者よ、誰が腕を揮っておまえをこれほど生き生きとした像に作り上げたのだ、おまえが噛みつくところがないほど完璧にな。

二六七

ヒッポクラテスを描いた画に寄せて

シュネシオス・スコラスティクス

──あんたの像を建てたのはどこの人だね？　──ビュザンティオンだ。

──してその名は？

──エウセビオスだ。　──で、あんたは誰なんだ？　──わしはコスのヒッポクラテス(1)じゃ。

──どういうわけであんたを描いたのだね？　──彼の雄弁に報いて、町が褒美にわしの画を描くことにさせたのだ。

──なぜ彼は自画像を描かなかったのかね？　──自分の代わりにわしの姿を描くことで、より大きな誉れを得ているからだ。

(1) コス島出身の医者、医学者（前四六〇頃─三七〇年頃）。その名「医学の父」と称され、その名のもとに多くの医学書が伝わっている。

二六八

ヒッポクラテス頌　　　　　　　　逸　名

ヒッポクラテスよ、パイアン(2)がおんみの処方を書き記したか、
それともおんみがおん神の治療法に立ち会ったかだ。

二六九

同じく　　　　　　　　逸　名

これは医術の秘められたる道を拓きし人物。
人間界のパイアンなる、コスのヒッポクラテス。

二七〇

ガレノス(3)の肖像画に寄せて　　　　外科医マグヌス

ガレノスよ、おんみの医術のおかげで、大地が死すべき身として生まれた
人間たちを不死の身に生したてた時代があったものだ。

(2) 治癒、医療の神としてのアポロンを指して言われている。

(3) ローマ帝政下のギリシアの医学者にして哲学者。古代医学の完成者。医学書以外に多方面にわたる膨大な著作を遺した。

多くの悲嘆の声に満ちたアケロンの住まいは、
おんみの治療の手腕により、人気もなく寂(さび)れたものだった。

二七一

馬医ソサンドロスを　　　　　逸　名

ヒッポクラテスよ、おんみは人間たちの医者だったが、
ソサンドロスは治療の奥義を極めた馬の医者だった。
おんみらは互いに医術を取り換えたか、名前を取り換えたに相違ない。(1)
片一方が習熟している医術により、他方がその名を名乗るはよろしからず。(2)

二七二

外科医イアンブリコスの肖像画に寄せて
　　　　レオンティオス・スコラスティクス

これは万人にまさりてうるわしき人物イアンブリコス、
キュプリスの語らいをすることもなく老年に達せり。

(1)「ヒッポクラテス」とは「司馬」に相当する名前で、「馬を司る者」を意味する。一方「ソサンドロス」とは「人を救う者」を意味する名前。
(2)「馬を司る者」が人間の医者で、「人間を救う者」が馬医とは不都合ではないかという洒落。

治療を施すにあたっても、医術を教えるに際しても、
正当なる報酬にさえ手を差し出すことなかしり人。

二七三

外科医プラクサゴラス[3]の肖像画に寄せて　　クリナゴラス

ポイボスの子[4]自らが万能薬に手を浸して、
おんみの胸に苦しみを和らげる医術を流し込んだのだ、プラクサゴラスよ、
それゆえ長く続く高熱からどれほどの苦痛が生じようと、
肌にどれほどの切り傷を受けようとも、
やさしいエピオネ[5]に教えられて、
それにふさわしい薬を施すことをおんみは心得ている。
もしも人間たちの間にかような医者があまたいたならば、
死者たちの骸を載せた舟が三途の川（アケロン）を渡ることはあるまいに。

(3) アリストテレスと同時代人でコス島出身の高名な医者。
(4) 医神アスクレピオスのこと。
(5) 時代が下ってからアスクレピオスの妻ないしは妹とされた女性。コス島とエピダウロスではその崇拝がなされていた。

二七四

外科医オリバシオス[1]の肖像画に寄せて　　逸名

これは皇帝ユリアノスの偉大なる侍医、
尊崇に値せる聖なるオリバシオス。
蜜蜂のごとく、先立つ医師らの精華を摘み取り、
叡智を身に着けた人物(ひと)。

（1）ユリアノス帝の医師で司書でもあった（後三二五—四〇〇年頃）。古代医学を集成した医学百科事典を編んだ人物。

二七五

リュシッポス作の好機(カイロス)[2]の像に寄せて　　ポセイディッポス

——これを刻んだ彫刻家は誰で、どこの出身なのだ。——シキュオンの出だ。——してその名は？

——リュシッポス。——で君は誰なんだ？——万物を屈せしめる時だ。

——なぜ爪先立っているのだね？——いつだって走っているからさ。

——両足に翼が生えているのはなぜなんだ？——風に乗って飛ぶからさ。

——なぜ右手に剃刀を握っているんだね？

（2）「カイロス」とは一般的な「時」ではなく「好機」を意味する。

――わたしがどんな刃よりも鋭いことを示すためだ。
――なぜ額に髪を垂らしているのだね？　――出遭った者につかんでもらうためさ。
――ゼウスにかけて、なぜ後頭部が禿げているんだね？
――わたしがひとたび翼ある足で追い越した者は、
どれほど願ってもわたしを後ろから捕らえられぬと知らせるためだ。
――なんのために芸術家は君の像を造ったのだ？　――あんたらのためさ、
見知らぬ男よ。教訓となるように、玄関にわたしの像を建てたんだ。

二七六

アリオン(3)の像に寄せて　　　　ビアノル

ペリアンドロス、(4)アリオンのこの像を建つ、
かの者が死に瀕せし折、泳ぎ寄って彼を救ったる
海の海豚の像とともに。アリオンの物語が言わんするところは、
「われは人間どもに殺され、海豚に救われたり」ということ。

(3)レスボス島メテュムナ生まれの半ば伝説的な楽人、竪琴奏者。コリントスの船に乗って帰国途中、金目当ての水夫らによって海中に投じられたが、海豚たちが集まり、その背に乗ってコリントスに帰ったとされる（ヘロドトス『歴史』第一巻二三―二四）。

(4)アリオンがその宮廷で活躍したコリントスの僭主。

二七七

ビュザンティオンの女竪琴奏者の画に寄せて

パウルス・シレンティアリウス

この画筆は君の美しさをほとんど伝えてはいない。
画技に君のさわやかな口が発する甘美なしらべを伝えるほどの
力があればよいのに。眼で見て、また耳で聞いて、
君の顔(かんばせ)をも、竪琴の演奏をも楽しみたいもの。

二七八

歌手で竪琴奏者マリアの画に寄せて

同

彼の女(ひと)は竪琴の撥[1]を持ち、また愛の撥を持つ。
一方の撥で人の心を打ち、もう一方で竪琴を打つ。
それらに心動かされぬ輩は哀れな者。
彼の女が心寄せる者こそは第二のアンキセス、第二のアドニス[2]。
見知らぬ人よ、彼女のいや高き名と郷国(くに)とを聞かんとなら、

(1) ここには「撥」と訳した πλῆκτρον という語をめぐる言葉遊びがあるが翻訳不可能。
(2) いずれもアプロディテに愛された男性。マリアがアプロディテになぞらえられているので、ここで引き合いに出されている。

彼の女はパロス(3)のマリア。

二七九

メガラの竪琴を奏でる石に寄せて　逸名

ニサイア(4)を通り過ぎたもう折りには、調べ奏でる石なるわれをば
思い起こしたまえや。アルカトオス(5)が塔持つ城壁築きたる折のこと、
ポイボス、リュコレウス(6)の竪琴をわが上に置き、
壁築く石を肩に担いたまえり。
爾来われは歌う石となりぬ。小石でわれを叩きみよ、
さればわが高らかに誇れるところの証(あかし)を得ん。

二八〇

浴場に寄せて　逸名

アガトンが寄付せし金により、テゲア(7)の人々がここに浴場を建つ、
後の世の人々にも驚嘆の的とすべく。

(3) アレクサンドリアを指す。

(4) メガラの港町。
(5) メガラの町はミノス王治下のクレタ人によって荒らされたので、ペロプスの子アルカトオスがアポロンの助力を得て城塞を築いた。
(6) リュコレウスはアポロンとニンフのコリュキアとの子。デルポイを築いた人物。「リュコレウスの」というのは「デルポイの」という意に等しい。
(7) アルカディアの町テゲアはアラリックの率いるゴート族によって徹底的に破壊され、ビュザンティン時代に再建された。これはその折の作か?

二八一

ビテュニアのパレントスの浴場に寄せて　　逸　名

今浴場となれるところは以前は浴場にあらずして、
ゴミ捨て場、糞尿捨てる場なりしところ。
それが今や万人がこぞって讃える、喜ばしく麗しき
もろもろの浴場をも凌ぐ壮麗なる浴場となれり。
ニカイアの主教にして、学知の輝ける星なるアレクサンドロス様[1]が、
私財をば擲ちてこれを建てたもうがゆえに。

二八二

パルラダス

わたくしたちはニケ、微笑む乙女たち、
キリストを愛する[2]町に勝利もたらす者たち。
町を愛する者等が、ニケにふさわしい姿形で
わたくしたちの像を描きました。

（1）コンスタンティノス七世ポルピュロゲンネトス帝（在位、後九一二―九五九年）治下にニカイアの主教であった。

（2）「キリストを愛する（φιλοχρίστῳ）」はベックビイの読みに従った訳。ペイトン、ビュデ版は「正義を愛する、善を愛する（φιλοχρήστῳ）」という風に読んでいる。

二八三

踊る乙女の画に寄せて　レオンティオス・スコラスティクス

ロドクレアは十番目の詩女神（ムーサ）、四人目の典雅女神（カリス）
人間たちのよろこび、町に光輝を添えるもの、
その眸（ひとみ）、風よりも速いその足、巧緻を極めたその手の指、[3]
詩女神らのそれにも、典雅女神らのそれにもまされるもの。

二八四

ソステニオンにある別の踊る乙女の画に寄せて　同

わたしはビュザンティオンのヘラディア、
わたしが立つのは春に人々が舞踏の集いをなす場にして、
海峡により大地が分かれるところ。[4]
されば二つの大陸がわたしの舞踏（おどり）を讃えるのです。

(3) 踊りにおいて最も重要視されたのは手の動きであった。

(4) ビュザンティオンは、ボスポラス海峡がヨーロッパ大陸とアジア大陸を分けているところに位置していた。

二八五

黄金の装飾を施した女竪琴奏者の画に寄せて

同

誰もアントゥサの上に黄金を注いだわけではない、
その昔ダナエの上に注いだように、(1) クロノスの御子が降り注いだのだ。
だがおん神はアントゥサの体には近づかなかった、
詩女神(ムーサ)らの一人と交わることを望まず、恥じらいの心により憚って。

(1) ゼウスは、父アルゴス王アクシリオスによって青銅の塔に閉じ込められたダナエの上に黄金の雨となって降り注いだ。

二八六

踊り子ヘラディアに寄せて

同

女性こそが舞踊において優位を占めるもの、青年たちよ、女性たちに譲れ。
これは詩女神(ムーサ)とヘラディアとが定めた法(のり)。
詩女神は最初にリズムの動きを定め、
ヘラディアは舞踊において完璧の域に達したがために。

二八七

同じく　　　　　　　　　　　　　　　　同

誰やらがヘクトルについての新たな歌を歌った。
上着を羽織ったヘラディアがそれに合わせて踊った。
戦の女神(エニュオ)に鼓舞されたその舞は、愛欲と怖れとを呼ぶもの、
男らしい力と、女性らしい優雅さとを織り交ぜたものゆえに。

二八八

踊り手リバニアを描いた画に寄せて　　　　　　　　　　　　　　　　同

乙女よ、君は没薬にちなんだ名を持ち、体は典雅女神(カリス)、
性(さが)はペイト(2)、腰にはパポスの女神のケストス(3)を掛けている。
ひとたび踊ったならば軽やかな愛神(エロス)にも似たその姿、
その美しさと舞の芸とで、万人の心惹つけてやまぬ女(ひと)。

(2)「説得」の女神。しばしばアプロディテの侍女的役割で登場する。
(3) アプロディテのもつ十字状の紐の形をした帯。愛を掻き立てる道具とされていた。

二八九

スミュルナの舞踊家クセノポンに寄せて[1]　　逸名

レナイア祭[2]の折に、かの老人が若い女たちの狂気乱舞の音頭取る様を見て、
イオバッコス[3]御自身の姿を眼にしたかと、われらには思われたほど。
次いで盛りの齢を過ぎたカドモス[4]を舞い、さらにはバッコスの信女らの
様子を窺っていた森から出てきた使者の役を踊り、
息子の血に歓喜する狂乱のアガウエ[5]の役を踊った。
ああ、この男のなんとも神さびたる演技であることよ。

二九〇

舞踊家ピュラデス[6]に寄せて　　テッサロニケのアンティパトロス

バッコスの踊りを踊る者らをテバイ[7]よりイタリアの劇場に連れ来たった折に、
ピュラデスは狂乱のバッコス神そのものと変じた。
それは人々にとっては喜びにして恐怖、踊りによって
おん神の純粋なる瞋恚（いかり）で町全体を一杯にしたものだから。

（1）黙劇の踊り手という以外、いかなる人物か不明。
（2）葡萄の収穫祭。
（3）バッコス（ディオニュソス）のこと。
（4）フェニキアのテュロス王の子で、テバイの建設者。
（5）カドモスとハルモニアの娘。テバイにおけるディニュソス崇拝を阻止しようとした息子ペンテウス王を、キタイロン山中で狂乱のバッコスの信女たちと八つ裂きにして殺してしまった。
（6）アウグストゥスの解放奴隷で、ディオニュソスを主人公とする黙劇をテバイからローマに導入した人物。
（7）ディオニュソス崇拝の起こった地。

テバイは火の中から生まれたかの神をば識る、されどこの天界のおん神
バッコスは、万象を表わすかの人の手によりもたらされたる者。

二九一[8]

アニュテ

もじゃもじゃ頭のパンと洞穴(ほらや)に住むニンフらに、
羊牧する[9]テオドトスが、ここ丘の下にこの供物を捧げた。
焼けつくような夏の暑さで渇き、疲れ切った彼に、
手に結んだ冷たい水を差し出して渇きをとめてくれたので。

二九二[10]

ホメロスの二大叙事詩に寄せて

逸　名

メレスの子ホメロスよ、おんみはギリシア全土と
祖国コロポンとに、永劫に朽ちることなき栄誉をもたらせり。
おんみの心性(こころ)に発する二つの詩書(ふみ)をば書きて、

(8) 第六巻三三四番、第九巻三二六番の詩のモデルとなった作。

(9) 原語 *οἰονόμος* を「孤独な」を意味するものとする註釈者もいる。

(10) 以下三〇四番までホメロスを詠った詩が続く。

神のごとき精神で、かの二人の娘(1)を生めり。
一つの作はあまたの放浪を経て帰国せしオデュッセウスを詠い、
他の作はダルダノスの末裔らのイリオンを詠えり。

二九三

ホメロスに寄せて

逸名

トロイア戦争をこの頁に綴った者は誰なのだ、
またラエルテスが子の長きにわたる放浪を詠った者は?
その名も、その生まれたる町もしかとは知らず。天界にいませるゼウスよ、
おんみの詩の誉れを、ホメロスが得ているのではありませぬか?

二九四

同じく

逸名

ホメロスをいずこの町の市民と記したらよかろうか、
すべての町がわがものなりとして手を差し伸べているかの人を?

(1) ホメロス『イリアス』と『オデュッセイア』を指す。

それは知られざること。英雄的なるこの天才は、神々のごとく、
祖国と族(うから)とを詩女神(ムーサ)らの手に委ねたのだ。

二九五[2]

同じく　　逸　名

神のごときホメロスを生んだのはスミュルナの野にあらず、
また柔弱なるイオニアの星なるコロポンにもあらず、
キオスにも、実り豊かなエジプトにも、聖なるキュプロスにも、
ラエルテスが子の岩がちなる祖国にも、ダナオスの地アルゴスにも、
キュクロペスが築きしミュケナイにも、
太古のケクロプスが子らの町にもあらず。
かの詩人は大地の産にあらずして、詩女神(ムーサ)らが、はかなき生を
生きる者らがために、望ましき贈り物として天界より送り来し者。[3]

(2) ホメロスの生地をめぐる諸都市の争いについては、二九七番、二九八番の詩を参照。

(3) 十五世紀から十六世紀にかけて活躍したイタリアの詩人サンナザーロに次のような二行詩がある。「スミュルナ、ロドス、コロポン、サラミス、キオス、アルゴス、アテナイよ、退け。／天こそがマイオニデスの祖国なれば」。

二九六

同じく　　シドンのアンティパトロス

ホメロスよ、おんみを養いし地を、ある者らは
うるわしいスミュルナなりと言い、ある者らはキオスなりと、
ある者らはイオスなりと、ある者らは幸わえるサラミスなりと声高に言い、
またある者らはラピタイ族の母なる地テッサリアなりと言い、
それぞれが異なる地を、おんみを養いし地なりと主張す。(1)
されどわれをしてポイボスの知に満てる託宣を言わしむれば、
おんみの郷国(くに)は天界にして、
カリオペこそがその母御なり。

二九七

同じく　　逸　名

七つの町がホメロスの生地と称して相争う、キュメと、スミュルナと、
キオスと、コロポンと、ピュロスと、アルゴスと、それにアテナイとが。

(1) 次の二九七番および二九八番の詩参照。

二九八

同じく　　逸名

七つの町がホメロスの叡智養いし地を名乗って相争う、
スミュルナ、キオス、コロポン、ピュロス、アルゴス、アテナイが。

二九九

同じく　　逸名

——おんみはキオスの生まれか？　——いや、さならず。——では、
　スミュルナの生まれか？　——そうではないと言おう。
——ではキュメかコロポンがおんみの郷国(くに)か、ホメロスよ？　——どちらも
　さにあらず。
——ではサラミスがおんみの町か？　——いやその町に生まれ育ったので
　もない。
——ではみずから言ってくれ、どこに生まれたのかを。
——それは言わぬぞ。——それはまたなぜだ？　——本当のことを言ったなら、

他の町を敵にまわすことがわかっておるのでな。

三〇〇

同じく　　　　　　　　　　　　　　　　逸　名

ホメロスよ、おんみが名はあらゆる時代を通じ、あらゆる時代によって
讃えられん。天上界の詩女神(ムーサ)の栄誉をいや高く高めしゆえに。
アキレウスの瞋恚(いかり)を詠い、大海の波に翻弄されて
アカイア人(びと)らの船が無惨にも四散せし次第と、(1)
ペネロペイアがその閨によろこび迎えし、
諸方をさまよい倦み疲れたる知謀饒(ゆたか)なオデュッセウスとを詠いて。

三〇一

同じく　　　　　　　　　　　　　　　　逸　名

もしもホメロスが神ならば、神の一人として崇められよ、
神に非ざるものならば、神と思わしめよ。

(1) ホメロスの二大叙事を含むトロイア戦争をめぐる「叙事詩の環」のひとつ『帰還者たち(ノストイ)』も、この詩ではホメロスの作とされているのである。

三〇二

同じく　　　　　　　　　　　　　　　　　逸　名

自然は苦しんでホメロスを生んだ。ホメロスただ一人を生むことに
全力を傾けて、以後出産の苦しみに耐えるをやめたのだ。

三〇三

同じく　　　　　　　　　　　　　　　　　逸　名

ホメロスの力みなぎる声を耳にしたことなき者がいようか?
アカイア人（びと）らの戦（いくさ）を知らぬ地、知らぬ海があろうか?
万物を見そなわす太陽の光のあずからぬキンメリア人（びと）も、
トロイアの名を聞いた。
胸広き天を肩に担えるアトラスもまた、その名を聞いたのだ。

三〇四

同じく　　　　　　　　　　　　　　　　逸　名

ホメロスよ、おんみは炎上せし都巴(まち)[1]を詠いて、
劫略されざりしし町々を嫉妬せしめたり。

三〇五

ピンダロスの肖像画に寄せて　　　　　シドンのアンティパトロス

喨喨(りょうりょう)と高鳴る喇叭の響きが鹿の角製の笛の音をかき消すごと、
おんみの竪琴の音は、他のすべての竪琴の音を圧して響く。
幼き日のおんみの脣(くち)に、蜜蜂の群れが蜂蜜をしたたらせたは[2]
徒ごとにはあらず。その証人(あかして)はマイナロスの角持つ神、[3]
おん神はおんみが頌歌をくちずさみ、
牧神のものなる葦笛を忘れたりとぞ。[4]

（1）イリオンの都を指す。

（2）パウサニアスならびにピロストラトスによれば、ピンダロスの幼少時代に、このようなことが起こったという。

（3）パンのこと。

（4）プルタルコス（『エピクロスに従っては、快く生きることは不可能であること』一一〇三B）によれば、ピンダロスは実際にパンが彼の頌詩を歌っているのを耳にしたという。

三〇六

アナクレオンの立像に寄せて　　　タラスのレオニダス

葡萄酒をたらふく喰らったアナクレオン老が、
体をよじって円い石の上に立っている様を見よ。
この老人が愛欲で眸をうるませて、
くるぶしまで垂れた衣裳をひきずっているその様よ、
酔って片方の足の靴は失くし、
痩せ衰えた足にもう片方の靴を履く。
片手で報われることなき愛[5]詠う竪琴持ち、くちずさむは
憧れ誘うバテュロス[6]の名か、メギステス[7]か。
ディオニュソス様、この詩人(うたびと)をお護りあれ、
バッコスにお仕えする身がバッコスにより倒れるはふさわしからぬこと。

(5)アナクレオンは老齢となり、若者が白髪の彼に背を向ける嘆きを詠っているので、こう言われている。
(6)アナクレオンが愛した少年の一人。
(7)同じくアナクレオンが愛した少年。

三〇七

同じく

アナクレオン老が酔ってよろめき、
足元までずり落ちた外套を引きずっている様を見よ。
片足に革鞋（サンダル）は履いているものの、
片方は失くしてしまっているではないか。
竪琴を撥（ばち）ではじいて、
歌うはバテュロスか、美しきメギステスか。
バッコスよ、護らせたまえこの老人が倒れぬように。

同

三〇八

同じく

リュアイオスよ、心とろかす愛欲（ヒメロス）の伴（とも）、
テオスの白鳥なるアナクレオンを、
おんみの神酒（ネクタル）の滴りでよろめかされましたな。

エウゲノス

眼差しは定まらず、くるぶしのところまで
外套を引きずり、片足にだけ
革鞋履いた姿は酔っている印。
されどその竪琴は愛神への頌歌をうたう。
エウホイア(1)のおん神よ、老詩人が倒れぬよう、護らせたまえ。

(1) バッコスの信徒たちが発する掛け声。

三〇九

同じく　　逸名

君が眼にしたもうは、男の愛にも女の愛にも飽くことなく、
少年たちにも乙女たちにも魅せられたこのわし、テオスの老人じゃ。
じゃがわしの眼はブロミオスの賜物(2)を喰らって重くなり、
夜通し続いた乱痴気騒ぎのよろこびを留めておろうが。

(2) 葡萄酒のこと。

三一〇

サッポーを描いた絵に寄せて

ダモカリス

画家よ、造形芸術の創り手なる自然みずからが、おんみに
ミテュレネの生んだピエリアの女神の姿を描かせたのだ。
その眸は耀きにあふれる。それはみごとに実を結ぶ
創造の才を明らかに物語っているもの。
生来おのずと滑らかなでさして色黒からぬ肌は、
その飾らぬ性を示す。陽気さと思慮深さとを混えた顔は、
詩女神とキュプリス女神とが、
ない混ざってそこに宿っていることを告げるもの。

三一一

オッピアノス作の[1]「海の動物たちの画[2]」に寄せて

逸名

オッピアノスがこれらの頁の上に海に棲む動物たちの族をまとめて描き、
すべての若者らに数限りない魚料理の皿を供した。

（1）後二〇〇年頃のキリキアの画家。
（2）後一七七―一八〇年の間に描かれたこの「海の動物たちの画」はビザンティン時代に高く評価された。

三一二

ゲオルギオス(3)の肖像画に寄せて　逸名

女王カリオペがゲオルギオスを見て、
「クロノスの御子じゃなく、これがわたくしの本当の父」と言ったとか。

(3) 後六三〇年頃の画家ゲオルギオス・ピシデスを指すものと見られる。

三一三

アンティオキアにある弁論家プトレマイオスの立像に寄せて　逸名

——立像よ、おまえを建てたのは誰だ？　——雄弁ですよ。
——誰の像なのかね？　——プトレマイオスのです。
——どのプトレマイオスだね？　——クレタ島のです。
——なんの功績で建てられたのかね？　——その徳ゆえにですよ。
——いかなる徳のためだね？　——あらゆる徳のです。
——誰に対する徳なんだね？　——法律家たちに対してのです。
——木像で満足しているのかね？　——そうですとも、黄金ならば受けつけませんからね。

三一四

アラビオス・スコラスティクス

ロンギノス[1]がため、町は黄金の像を建てるところであった、
至高の正義女神が黄金を忌みたまいさえしなければ。

三一五

トマス・スコラスティクス

われは愛す弁論術の三人の輝ける星を、かれらのみが
すべての弁論家の間にありて、抜きん出たる存在なれば。
デモステネスよ、われはおんみの労作を愛す。
アリステイデスとトゥキュディデスもまたわが熱愛するところ。

(1) ユスティニアノス一世治下の司政長官ロンギノスか、ユスティノス二世の時代の同名の人物か不明。

三一六

アガティアス・スコラスティクスの肖像画に寄せて

文法家ミカエリオス

この都[2]が弁論家にして詩人なるアガティアスがために、
その雄弁と詩における見事さを賞して、
母が子のためにするがごと、彼の肖像画を描かせり、
この人物とその知恵とを愛する証として。
またその父君メムノニオスと彼の兄弟の肖像画をも、
畏き一族の印として掲げたり。

(2) コンスタンティノポリスを指す。

三一七

パルラダス

ごらんのとおり、ゲッシオスは黙りこくって声も発しない、やっこさんは
石像かね?
デロスのおん神よ、どっちが石像で、どっちがそのモデルかご託宣あれ。

三一八[1]

無能な弁論家の肖像画に寄せて　　逸　名

ことばを発しない弁論家の肖像画を描いたのは誰だ？
おまえさんは黙りこくっているな？　喋らないんだな？　これほど実物に
　似てないものはありゃしない。

三一九

弁論家マリノス[2]の肖像画に寄せて　　逸　名

肖像画は人々にとって名誉となるもの。だがマリノスには侮辱だ。
彼の姿の醜さをあげつらうものとなっているから。

三二〇

弁論家アリステイデスの肖像画に寄せて　　逸　名

ホメロスの生地をめぐるイオニアの諸都市の争いに、

（1）第十一巻一四五番、一四九番、一五一番と同じ趣きの作。

（2）プロクロスの弟子である後六世紀の弁論家にして詩人。第一巻二三番、二八番に収められた詩を参照。

決着をつけたのはアリステイデス。今では誰もが言う
「スミュルナが神のごときホメロスを生んだ、
町はまた、弁論家アリステイデスをも生んだ」。と。

三二一　逸名

この肖像画は弁論家カリストス[3]のもの、傍らを過ぎ行く人よ、
ことばの神ヘルメス[4]に灌奠(かんてん)したまえや。

三二二　逸名

これは火の担い手ピュルモスがピュルモスに、
弁論家の息子が弁論家の父に捧げしものなり[5]。

(3) いかなる人物か不明。
(4) 言葉の神としてのヘルメスに関してはプラトンの『クラテュロス』四〇七E―四〇八Bを参照。ストア派の哲学者たちはヘルメスを言説と理性を象徴する神としていた。
(5)「火の担い手」ないし「火を運ぶ者」とはアテナイのアクロポリスのヘスティアに仕える神官で、犠牲を捧げる折に、火を捧げ持つ役割を担った。その職に在り、かつ父子同名の弁論家であった人物二人を指す。

三二三[1]

ガラスの発明に寄せて

工人がガラスを切り出して
鉄のように固いその塊を
燃え盛る火の中へ投じた。
ガラスは万物を舐めつくす
火の中で燃え上がり、
蠟のように溶けた。
それが火の中から
蛇のように流れ出るのを
見るのは驚き、また
工人がそれが微塵に
砕けぬよう震えている様も。
工人はその溶けた塊を
二股の鉗子で鋏む。

メソメデス

(1) ガラスの製法を詠ったこの詩は、最初と最後の部分が欠けている断片である。

三二四

逸　名

火の中から出てきたときにはわたしは銀のペンでしたが、
あなたの手に握られて黄金(きん)のペンになりました。
うるわしいレオンティオンよ、さほどにも貴女にアテナ女神は
文章の技法の極致を、キュプリスは美しさの極みを授けられたのです。

三二五

ピュタゴラスの像に寄せて

エジプト総督ユリアノス

彫刻家は、数の性質とそれに秘められた叡智(2)とを
明らかにした人物としてピュタゴラスを造形せず、
沈思する姿を表わしたかったのだ。してその声を内部に秘め隠したのだ、
それを表わすこともできたのだが。

(2) 数学者でもあったピュタゴラスは数を神秘化し、万物の根源を数に求めた。

三二六

ピュタゴラスの肖像画に寄せて　　逸名

画家はピュタゴラスのそのものである肖像画を描いた、
もしピュタゴラスが語りたいと思ったら、その声だって描き出せたろう。

三二七

ソクラテスの肖像画に寄せて　　ヨアンネス・バルボカロス

画家の腕前のなんと巧みなことよ。画家が蠟[1]に生命を
吹き込まなかったのは、ソクラテスの魂を喜ばせようとしてのことだ。[2]

三二八

逸名

心とは空高く飛揚するものだとプラトンが教え諭すとき、
そのことばは人智を超えるものだ。

(1) 当時は蠟を用いて画を描いたから、ここでは画そのものを指している。

(2) ソクラテスは、肉体は魂の牢獄であり、死はそこからの解放であると説いたから、こう言われている。

三二九

アリストテレスの肖像画に寄せて

逸　名

これは大地と星満つる天極とを測れるアリストテレスなり。

三三〇

同じく

逸　名

アリストテレスの理性と魂とが、二つながらこの肖像[3]の裡にあり。

三三一

プルタルコスを描いた画に寄せて

アガティアス・スコラスティクス

カイロネイアのプルタルコスよ、おんみの名高い肖像画を、
戦好むアウソニアの人々が掲げた、
ギリシアの傑出した人士(ひと)らと

(3) リュシッポスが前三二五年に作った、名高いアリストテレス像に基づいた肖像画か?

ローマのすぐれた戦士らとの対比列伝を著したがために。
おんみ自身を対比列伝に載せた書は誰も書けまい、
おんみ自身でさえもだ、比肩しうる人物がいないのだから。

三三二

アイソポス［イソップ］の像に寄せて　　同

シキュオンの彫刻家、リュシッポス老よ、サモスのアイソポス(1)の像を
七賢人の像の前によくぞ置いてくださいましたな。
かの賢人らが己の述べるところにおいて、説得に拠らず、
かくあるべしとのみ説いたのに比し、
かの人は知に満ちた寓話と創作により、時宜にかなったこと語り、
真面目なることに諧謔を混ぜ、分別持つよう説き聞かせましたからな。
あからさまな勧告は避けるべきもの。かのサモスの人は、
楽しげなことばのうちに人魅するものがありますからな。

(1) アイソポスの生地に関しては諸説あるが、一般にはプリュギアの生まれとされている。

三三三

ディオゲネスを　　　　　　　ビュザンティオンのアンティピロス

革の頭陀袋と、外套と、水でこねた大麦パンと、
足の前に突き立てた杖と、
土製の杯とが、この犬儒派の賢人には生きてゆくのに
十分な持ち物だった。その中にもまだ余分な物があったのだ。
牛飼いが手で水を掬って飲んでいるのを見て、こう言ったから、
「土器(かわらけ)よ、なんだってわしは無駄にこんな重いものを持っとるんじゃ」。

三三四(2)　　　　　　　　　　　同

青銅と雖も時とともに古びてゆくが、ディオゲネスよ、
おんみの名声は永遠に衰えることはない。
おんみのみが人間たちに自足することを教え、
この上なく簡素に生きる道を示したから。

(2) ディオゲネスを詠った詩は、第七巻六三―六八番にも見られる。

コンスタンティノポリスのヒッポドロモスに建てられた運動競技者たちの像に刻まれた碑銘詩（三三五―三八七番）

三三五

ポルピュリオス[1]の像に寄せて　　逸名

カルカスの子ポルピュリオスの像を皇帝[2]と民衆が建つ、
あまたの競技で獲得せし花冠を戴いた姿で。
これは馬御する選手らの間で
最も若くして、最もすぐれたる人。
かかる人物(ひと)には、他の者たちと同じ銅像ならずして、
黄金の像建てることこそがふさわしいというもの。

三三六

同じく　　逸名

かつて民衆はカルカスの子ポルピュリオスの出場を求めて、

（1）三二五頁註（1）参照。
（2）ユスティニアノス一世を指す。

四度声高くその名を叫んだものだった。
すると彼は皇帝の坐したもう席の右から立ち、
手綱を執り馬御するための帯を締めると、
そこから戦車を競技場へと駆り立てた。まだうっすらと髭の生えたばかりの
彼の像が建てられたのは、この競技のさなかのこと。
この誉れが年齢（とし）よりも早く彼にもたらされたにせよ、
その収めた数々の勝利と栄冠とを考えれば、むしろ遅すぎたというもの。

三三七

同じく　　　　逸名

キュテラ女神はアンキセスを、セレネはエンデュミオンを愛したが、
今度はどうやら勝利女神（ニケ）がポルピュリオスを愛しているらしい。
自分の組の馬と他の組の馬の馭し手の馬とを
始終取り換えながら、日がな続いた競走で
さしたる疲れも見せることなく、幾度か勝利したのだ、
他の競走者たちは後塵を拝してただその後を追うのみで。

三三三八

同じく　逸　名

ポルピュリオスよ、まだ若さ誇るおんみに、時が他の者らが
白髪になった齢にようやく授ける褒賞を、勝利女神が授けたもうた。
おんみにあまたの栄冠もたらした戦いを商量して、
老練な馬の馭し手に勝るものと悟ったから。
なんと、おんみと競った相手方の組の者達さえもが、
おんみの栄光に讃嘆して拍手喝采したではないか。
この上なく自由な青組の人々[1]であることよ、
われらの偉大なる皇帝陛下が、かれらにおんみを賜ったのだ。[2]

三三三九

同じく　逸　名

勇敢な者らが勇士のために、知者たちが知者のために、勝利女神の子らの
青組の者等が勝利者ポルピュリオスのために、この像を建つ。

(1) 青組を構成していたのは主として貴族階級であった。
(2) 戦車競走者の勝利はすなわち皇帝の勝利とされたが、ユスティニアノス一世は、ポルピュリオスを青組の所属としたことを言っているものと解される。

かの人は組を変えて二度にわたり勝利の栄冠を得たがために、
彼が馬を貸し与えた組と、借り受けた組とにおいて[3]。

三四〇

同じく　　　　　　　　　　　　　　　　逸　名

他の者たちには引退後に、だがポルピュリオスにだけは
まだ競技で活躍しているうちに、皇帝陛下はこの褒賞を授けたもうた[4]。
みずからの駿馬を狩り立てて幾度か勝利したのみならず、
相手方の馬を駆って再び勝利したからだ。
それがため緑組において尽きせぬ競争心が沸騰し、喝采も起こった。
王者よ、おんみは青組にも緑組をもよろこばせたものだから。

三四一

同じく　　　　　　　　　　　　　　　　逸　名

票を投じたすべての人々が賛成して、このわしポルピュリオスがまだ

(3) ポルピュリオスは一度勝利した後、相手方と馬を交換して、二度目の勝利を収めたのである。

(4) まだ現役の戦車競走者として活躍中に銅像を建てられるという栄誉を受けたことを言う。

競走競技に加わっているうちに、わしの像を勝利女神（ニケ）像の近くに建てた、
わしの組が褒賞を求めたものだから。して、競争相手の組も、
敵対心を捨てて、再びわしの出場を求めた。[1] わしは相手に、
よりすぐれた駿馬を提供しつつも、巧みな手綱さばきを駆使して勝利を収め、
かれらがわしに劣れる者なることを示した。

（1）ポルピュリオスは今度は緑組に所属して競走に臨んだのである。

三四二

同じく　　　　　　　　　　　　逸　名

彫刻家は銅像でポルピュリオスその人の姿を、
あたかも生ける者のごとくみごとに再現した。
だが彼の優雅さ、競技での有様、神技ともいうべき馬馭する技、
それにかつて逃したことなき勝利を、誰が造形しえようぞ。

三四三

同じく　逸名

アウソニアの領袖におわす方[2]が、青銅のごとく剛腕なる、勝利を収めたる馬の馭し手がため、手綱さばきに巧みにして青組に酷愛されたるゆえをもって、その銅像をば建てたまえり。されど彼が収めし数々の勝利を賞して建てられたるあまたの銅像をば、今後もさらに見ることとはならん。

(2) 皇帝のこと。

三四四

同じく　逸名

――顎にうっすらと髭が生えたばかりのお若い方、そなたは誰じゃ?

――見知らぬ人よ、わしはポルピュリオス。――郷国(おくに)はどちらかな?

――リビュアです。

――そなたにこの栄誉を与えたお方は?　――皇帝陛下です。わしの馬駆する技を嘉されましてね。

――してその証人は?　――青組の方々です。

――ポルピュリオスよ、さほどの多くの勝利を収めたからには、
彫刻の奥義を極めたポリュシッポスをして、その証人(あかして)とせねばなります
まいな。

三四五

同じく　逸名

おんみは勝利女神(ニケ)とアレクサンドロス大王の近くに立つ、
両者の栄誉を獲得せし者として。

三四六

同じく　逸名

運命女神(テュケ)の眼は万人の上に及べるもの。しかるにいまや
運命女神が眼差しはポルピュリオスのみに注がれたり。

三四七[1]

同じく　逸名

おんみの疾駆うながす鞭と、盾とに讃嘆して、おんみの組の人らは、
馬の剛き馭し手にして勇士なるおんみにふさわしき、両者の相貌(かお)もつ
像を建てんことを願えり。されど青銅は双方(ふたつ)の形はとらずして、
ただおんみの魂のみを形作れり。

三四八

同じく　逸名

幾度か優勝した緑組の人々が、競技場に馬の馭し手
ポルピュリオスの像を、競技場に建てたのはなぜなのか。
皇帝おんみずからが勅令を下されたからだ。陛下への忠義[2]と
巧みに馬馭する技を讃えるのに、これ以上のことができようか？

（1）この三四七―三五〇番の詩は、緑組の人々によって建てられた二番目の銅像の台座に刻まれていた作である。

（2）ポリュピュリオスがウィタリアヌスとの戦いにおいて皇帝に忠実であったことを言うか？

三四九

同じく　　逸名

緑組の者らの意を迎えて、皇帝陛下は競技の後、
ポルピュリオスにその功業にふさわしき褒賞を与えたもうた。
格別に秀でたその功業に熱狂した人々が、
カリオパス(1)とポルピュリオスとを幾たびか讃えたからだ。
四頭立て戦車競走における勝利の栄光に輝いた、
銅像となったこの人物の名は、二重にかがやかしきもの。

三五〇

同じく　　逸名

勝利女神(ニケ)は競技場においてのみならず、
戦いの場においても、おんみが勝利者たることを示したもうた、
皇帝陛下が緑組の者らを味方につけて、
帝権に攻撃を加える狂気の者どもらを相手に戦われし折のこと。(2)

(1)「カリオパス」はポルピュリオスの別名。彼は二つの名において勝利を重ねたのである。

(2) ユスティニアノス一世の時代には、サマリアのユリアノス、ヒュパティノスの反乱などが起こった。

ローマが滅亡の縁に立たされていた折しも、
恐るべき僭主[3]が倒れて、アウソニアに自由の日々が戻ってきた。
それゆえに陛下は緑組の者等に以前の特権を与えたまい、
おんみの銅像を建てさせたもうたのだ、ポルピュリオスよ。

三五一

同じく　　　　　　　　　　　　　　　　逸　名

ポルピュリオスよ、敵方からも贈られた数々の栄冠こそは、
非の打ちどころなきおんみの功業を伝えるもの。
おんみはありとあらゆる競技場に置いて、次々と戦車競技に勝利し、
おんみの馬馭する技で、他の者等を赤子あつかいにしたのだ。
さればこそ、かつて昔の人にのみ与えられていた、
青、緑両方の組の所に銅像を建てるという、世に稀な栄誉が与えられたのだ。

(3) 反乱の徒の首謀者を指していると見られる。

三五二

同じく　　　　　　　　　　　　逸　名

彫刻家は戦車競走者によく似せた像を造った。
その技の豊かさと、その美しさをも併せ造ればよかったものを！
自然は年老いてから彼を生んで、誓ってこう言った、
「もう一度子を産むことはわたしにはできませぬ」と。
その脣がこう誓ったのは真実(まこと)を言ったもの、
ポルピュリオスただ一人に、初めてあらゆる賜物を授けたのだから。

三五三

同じく　　　　　　　　　　　　逸　名

もしも人々が妬みと言う者を捨てて競技を判定したならば、
万人がポルピュリオスの功業の証人(あかして)となろう。
いかにも、彼が勝利した競技の数を数えてこう言うだろう、
「あれほどの死力を尽くしたことに報いるに、この褒賞はわずかにすぎる」と。

個々の馬の馭し手に備わる優れた点を一身に兼ね備え、
遥かに抜きんでた存在であることを示したのだから。

三五四

同じく　　　　　　　　　　　　　　　逸　名

並々ならず人々に愛されたる者よ、都(まち)は銅像建てておんみに報いたもの、
黄金造りの像とすることを望むも、ネメシス女神を憚ってそれはならず。
されどポルピュリオスよ、感謝の念抱く緑組の人々が、
常勝が習いとなったおんみの勝利をやむことなく歌うなら、
おんみにとって、かれらのすべてが生ける像にほかならず、
それに比すれば、黄金といえども余分なるもの。

三五五

同じく　　　　　　　　　　　　　　　逸　名

おんみの労苦に比すれば、運命女神(テュケ)の授けた勝利の褒賞は小さきに

すぐる。おんみの勝利は、その得た褒賞よりも大きなものゆえに。
さりながら第一頭の位置占め、最もすぐれたこの組[1]にとどまりたまえ、
敵対する組の者らの心を、妬ましさと切歯扼腕で疲弊せしめたまえ、
おんみが鞭揮って常に勝利収める様を眼にして、かれらが
いついつまでも己の思い上がった軽率さを咎め続けるように。[2]

三五六

同じく　　　　　　　　　　　　　　　　　　　　逸　名

他の人々にとっては齢を重ねたことが褒賞を得ることへの道。
だが度重なる勝利によって賞せられるのに、白髪を待たずに済む人々もいる。
その卓越した才によって栄光へと至る人々だ。
その一人がポルピュリオスで、二度にわたって輝かしい贈り物を得たのだ。[3]
それは何十歳も歳を重ねたためならずして、何百回も勝利したため。
その勝利にはすべて典雅女神(カリス)らが寄り添ったもの。[4]

(1) 青組のこと。
(2) 青組はポルピュリオスを敵対する緑組へと追いやった。
(3) 銅像を建てられたことを言う。
(4) ポリュピュリオスが美貌でもあったことを意味するものと解される。

三五七

同じく　　　　　レオンティオス・スコラスティクス

キュテラ女神はアンキセスを、セレネはエンデュミオンを愛した、
とは古き世の人々が物語るところ。
今日では新たな物語が語られ歌われよう、勝利女神(ニケ)が
ポルピュリオスの眼と戦車とに惚れたらしいとの。

三五八

カリオパスと名乗ってからのポルピュリオスに　　　　逸　名

未だ若年にしておんみは、四頭立て戦車競走において
年長の者らに勝利し、齢長けてからは若者らに勝利した。
齢六〇に達した折には、カリオパスよ、勅令により
おんみはその数々の勝利を嘉されて、銅像が建てられた、
おんみの栄誉が後の世にまで伝わるべく。
御身の栄光が不死なる如く、その体も不死なればよいものを。

三五九

同じく　　　　　　　　　　　　　　　逸　名

カリオパスよ、戦車競技司る勝利女神が、
神さびたる姿のおんみの銅像を建てた。
齢長けてから馬馭する力において血気に逸る若者らに勝ち、
歳若くしてはその技により老練の者らに勝ったがために。
されば自由の子なる青組の者らが、おんみがために
二つの像を建つ、一つはおんみの技を、一つはその力を讃えて。

三六〇

同じく　　　　　　　　　　　　　　　逸　名

おんみは老年に至ってなお、勝利の数において若年の頃を上回り、
あらゆる相手に対して常に勝利を収めていたもの。
されば皇帝陛下と自由なる組の者ら、おんみの卓越した技と
勇気とを讃えて、再びこの像を建つ。

三六一

同じく　　　　　　　　　　　　　　逸　名

競技場を歓声で沸かせたカリオパスよ、これなるはおんみの像、
おんみの獲得した数知れぬ赫々たる勝利が、これを建たせたのだ。
いかなる馬の馭し手もおんみを技を凌ぐことはかなわず、
いかなる馬の頑強な顎も、おんみの手綱に屈せぬことはなかった。
おんみただ一人が勝利の褒賞を得たのだ。誰しもが見るところ、
おんみは競技に臨んで、他の者らにおんみに次ぐ賞を得る余地を残したのみ。

三六二

同じく　　　　　　　　　　　　　　逸　名

その功により名高きカリオパスよ、おんみの労苦に報いるべく、
皇帝陛下と、数知れぬ声援を送った人々と、
全市とがおんみの銅像を建て、敵方の者たちさえもおんみの努力に
拍手を送ったのだから、これ以上の何を望みえようか。

三六三

パウスティノスに[1]　　逸名

思慮こそがみごと競技に勝利収める上での母なるもの、
馬の飛ばす速さでもなければ、時の運でもない。
パウスティノスよ、おんみの知力がわれらにも好意あるものならんことを。
すべてのものはこの知力に拠り、不死なる勝利女神(ニケ)はその伴(とも)。

(1) ユスティニアノス一世の時代の戦車競走者で、名高いコンスタンティノスの父。

三六四

同じく　　逸名

パウスティノスよ、以前おんみが若かったとき、老練な者たちは心中おんみを
怖れたものだ。いま老齢となって、おんみは力ある若者らを震え上がらせる。
おんみの労苦は常に二重の成果を生んだ。[1] 老いてからは若者らの間にあって
勝利を授け、若きときには老いた者らの間にあって勝利を授けたのだから。

三六五

コンスタンティノスに[2]　　逸名

コンスタンティノスが冥府に降ってからというものは、
戦車競走の競技場は意気消沈の気に浸っているばかり。
観衆によろこびは失せ、街中でも
友人たちが対抗して争う姿も見られはせぬ。

三六六

同じく　　逸名

コンスタンティノスよ、あの世へと旅立ったおんみの魂を喜ばせようと、
悲しみに満ちた市民たちがおんみの像を建つ。
おんみが身罷って、市民らがその栄誉を確かなものとなしたとき、
おんみの死後とはいえ、皇帝陛下もまたおんみの労苦を偲ばれた。
おんみの死とともに、おんみとともに始まりまた止んだ、
悪口を投げ合いつつ馬駆る技[3]も失せたがために。

（2）この人物に関しては三二三頁註（1）参照。第十五巻四二番、四三番もコンスタンティノスを讃える作。

（3）戦車競走者同士がレース中に相手に悪罵を投げ合いつつ競走するという習慣はコンスタンティノス以前からあり、かつ彼の死とともに終わったとは考えられない。

三六七

同じく　　逸　名

コンスタンティノスが世に在りし折には、都の人々は
銅像は彼にはわずかに過ぎる褒賞だと思っていた、
その競技生活において、彼が常に赫々たる勝利を収め
どれほど栄冠を得たかをすべての人々が知っていたからだ。
彼が身罷ると人々は彼を偲んで、この愛すべき銅像を建てた、
後の世の人々がその事績を記憶にとどめるようにと。

三六八

同じく　　逸　名

かつては常に対立していた緑組の者らも青組の者らも、
声を一(いっ)にして同調して叫んだ、コンスタンティノスよ、
おんみの墳墓は栄誉もて飾られるべきだと、
万人によってその名を謳われ、万人の心にかなう存在だったのだから。

三六九

同じく　　　　逸名

不死なるコンスタンティノスよ、天界にまで輝くおんみの道は、
世界の東西南北の果にまで至った。
おんみが死すなどと誰人にも言わせまい、冥王と雖も、
敗れることなき者に手をかけることはできないのだから。

三七〇

同じく　　　　逸名

この銅像を彼の一族の像の近くに建つ。
競走における卓越せる技により栄誉（ほまれ）に輝き、
等しく数知れぬ栄冠を獲得した三人が、
一所（ひとところ）に在ることこそがふさわしければ。

三七一

同じく　　　　　　逸　名

最強の戦車競走手なりし、パウスティノスの子コンスタンティノスの像を、
都がここ、彼の一族の像に近くに建つ。
これこそはその競技生活において一度も敗れしことなく、
勝利もて競技生活を始め、勝利もてそを終えし人。
未だ若年なりし折、競技で栄冠得し年長の馬の馭し手らが、
彼を競技主催者に推し立てたり。

三七二

同じく　　　　　　逸　名

コンスタンティノスよ、おんみが子供のときから生涯を通じて寄り添ってきた
養い親なる勝利女神（ニケ）が、この贈り物をおんみに授けます。
おんみは五〇年にわたる競技生活で、
おんみに敵（かな）う者も、肉薄する者も

いなかったのですから。まだ年若く髭も生えぬときに大人たちに勝ち、
若者となっては同年代の者らに、老いては若き者らに勝ったのでした。

三七三

同じく　　　　　　　　　　　　　逸名

コンスタンティノスにいつまでも手綱を執っていてもらいたいと都の人々は
願ったが、自然がその願いをかなえることを拒んだ。
それゆえこの都は彼への愛を示すものとして、この像を建つ、
時が経ち彼の名が忘れられることなきように、
彼への思慕の念がいつまでも続き、競技者たちの羨望を買い、
競技場を飾り、後の世の人々の語り草となすべく。
後の世の技量（わざ）劣れる馭し手たちを眼にした人が、
かの人を見た先の世の人々こそ幸いなれ、との感抱くようにと。

三七四

同じく　　逸名

コンスタンティノスは一日の朝のうちにただ一人
二十五回競技に勝利し、敵方と馬を取り換えた。
して、先に自分が打ち負かした馬どもを馭して、
二十一回勝利を収めた。しばしば
どちらの組が彼を擁するかをめぐって、組同士の争いが起こり、
どちらの色の衣裳を選ぶかを彼に委ねたものだ[1]。

三七五

同じく　　逸名

目覚めよ、コンスタンティノスよ、なぜ青銅の眠りを眠るのか?
人々はおんみの戦車が競技場に現われるのを熱望しているぞ。
おんみの馬馭する技の伝授にあずからぬ馭し手たちは、
孤児(みなしご)のごとくいたずらに坐しているではないか。

(1) 選手を擁するそれぞれの組は、被る帽子の色、衣裳の色などが統一されていた。

三七六

ウラニオスの像に寄せて　　逸名

ただ一人両方の組で勝利し、[2]まだ競技生活を終えぬうちに
ウラニオス[3]は両者からの栄誉に与った。
彼が最初に褒賞を得たのは緑組からで、
それゆえその像は緑組の場近くに坐を占める。この者らは
競技から引退した彼を呼び戻し、再び戦車の乗らしめた、
以前彼が収めた勝利を想い起こして。

三七七

同じく　　逸名

輝かしい勝利を収めて競技生活から退いたウラニオスを、
皇帝陛下が幾度か勝利した戦車に再び乗らしめたもうた、
かれこれの組を喜ばせようとなさって。
都の人々はウラニオスのいない競技など観たくもないからだ。

（2）この詩によればウラニオスは戦車競走者中ただ一人異なった組に所属して、両方で勝者となったとされているが、実際にはそれ以前にポルピュリオスも青組と緑組に所属して勝利者となっているので、事実と異なる。
（3）三二七頁註（2）参照。

それゆえ都は二度目の競技生活に入った彼のために、
その最初と最後の勝利を讃えて、この像を建つ。

三七八

同じく　　　　　　　　　　　　　　　　逸名

ウラニオスの像はニカイアと新ローマ(1)との近くに立つ、
前者の出にして後者にて栄誉を得たがために。
彼は両者の側から勝利を得たる者、(2)
先頭に立つことにも、相手を追い抜くことにも巧みを極めたために。
さればこそ人々は、栄えある馬の馭し手を、それにふさわしい貴重な
財貨(たから)で造形したのだ。

三七九

アナスタシオス(3)の像に　　　　　　トマス・パトリキウス

戦車競技のことをも忘れてこの地に抱かれて眠るは、

(1) コンスタンティノポリスを指す。
(2) その勝利の記念に、彼のために二つの銅像が建てられた。
(3) ユスティニアノス一世の時代の戦車競走者。

勇敢なる馬の馭し手なりしアナスタシオス。
これはかつて他の競技者たちが眼にした日の数ほどの
勝利の栄冠もてその額(ぬか)飾ったる人。

三八〇(4)

青組のポルピュリオスに寄せて　逸名

青組の者らには驚嘆の的なりしポルピュリオス、
地上に在りしときはすべの戦車競走を制したる者、
いまや天界へと首尾よく上り行けり。
地上のなべての馬の馭し手に勝ちしこの人物(ひと)は、
高きに上り太陽と競走せんとするらん。

三八一

同じく　逸名

まだうっすらと髭が生えそめたばかりの齢で、

(4) 以下三八七番までの八篇の詩は、戦車競走者たちの銅像の台座に刻まれた作ではなく、皇帝の部屋の天井画に描かれている画を題材にして作られた事物描写詩である。ペイトンはこれを競技場の皇帝の座席に描かれた画ではないかと見ている。

ポルピュリオスは青組のために手綱を執った。
画家の手があたかも生けるがごとく
彼の馬を描いたのは驚くべきこと、
思うに、彼が一鞭当てたなら、疾駆して再び勝を占めるであろうよ。

三八二

緑組のパウスティノスに寄せて　　　　逸名

この館を建てた建築家が造った物を見よ、
これが堅固な屋根で覆われていたなければ、
かつて緑組の栄光だったパウスティノスは、
生ける時のごとく馬を駆って疾駆し、天界へと上りゆくであろう。
されば天井を取り除けよ、さすれば天空(そら)に達するらん。

三八三

同じく　逸名

これはかつて戦車競走の選手なりしパウスティノス、
この人物（ひと）を擁して以来、緑組は
競技における敗北なるものを知らざりき。
見てのとおり老人なるも、
その力は若く、一度（ひとたび）も敗れしことなし。

三八四

白組の馬の馭し手コンスタンティノス(1)に寄せて　逸名

白組の手綱執りしパウスティノスは、
この館の堅固な屋根に妨げられさえしなければ、
他の三つの組を打ち負かし、最初に天に達するらん。
もはや生命（いのち）失せた身ながらも、天界へと上りゆく姿が見られよう。
画家の技量は、生ける彼の姿を眼にするかと思わせるほどのもの。

(1)コンスタンティノスは、デビュー当時は白組に所属していたが、後にはもっぱら緑組で活躍し、多くの勝利を収めた。

三八五

同じく　　逸名

これなるはコンスタンティノスと言いし人物（ひと）、往古（そのかみ）
四頭立ての白馬が牽く戦車を巧みに駆りし者。
カロンがこの人物を冥府に拉し去りて後、
戦車競技の光は消え失せ、競技場のよろこびも、
馬駆る技も、残らず消え失せたり。

三八六

紅組の馬の馭し手ユリアノスに寄せて　　逸名

画家の手腕（うで）は死んで久しい人をも生き返らせるもの、
ここにユリアノスは嘗てのごとく力あふれる姿でいて、
紅組のためかなたこなたへと手綱を執っている。
今もなお描かれて、戦車の上にすっくと立っているではないか、
その手は合図を待つ、さあ柵を開け(1)。

(1) 現代の競馬のスタートに似て、スタートラインに立った競走者たちは、柵が開くと同時に戦車を走らせた。

三八七

逸名

このユリアノスは紅組の戦車を駆って、
競技で競争相手の者らに勝った人物（ひと）。
もしも画家が彼に息を吹き返させることができたなら、
再び戦車駆って先頭に躍り出て、
勝利の栄冠を勝ち取るであろう。

三八八(2)

エジプト総督ユリアノス

ある時花冠を編んでいて、
薔薇の中に愛神（エロス）を見つけた。
わしはその翼をつまみあげ
葡萄酒（ワイン）の中へと放り込んだ、
それをとって飲み干すと、

(2) プラヌデスによる詞華集第七巻から一篇だけ採られたこの詩は、戦車競走者たちを詠った事物描写詩とは性質を異にする作である。

わしの体の中で
翼でくすぐりおるんじゃ。

第四分冊解説

第十二巻

第十二巻ストラトン編の「稚児愛詩集（ムーサ・パイディケー）」全体の見取り図、その構成や特質、詩的・文学的評価などについては、「概観」で述べたとおりである。この解説では、そこで触れえなかったことについて、補足的な意味合いでいくつかの点をとりあげ、略述しておきたい。

男同士の同性愛、男色をテーマとした文学はなにも古代ギリシアに限らず、洋の東西を問わずいずれの国いずれの地域にもあるもので、決して特殊なものではない。詩と散文の違いがあるとはいえ、わが国でも衆道のみをテーマとした井原西鶴の『男色大鑑』のような作品があるし、近くはトーマス・マンの『ヴェニスに死す』のような少年への愛をテーマとした名高い作品が広く知られている。古来詩の世界でも同性愛を詠った作品は数多く見られる。

とはいえ、稚児愛（パイデラスティアー）すなわち年長の成人男性の美少年への恋を詠った詩のみが二六〇篇近くも収められて一大集積をなし、一巻にまとめられているのはやはり奇とするに足りる。これから触れるように、稚児愛は古代ギリシア文化を特徴づける一大文化現象であるが、その表出のひとつである稚児愛の詩となると、現代のわが国の読者にはなじみが薄いばかりか、ある種の抵抗を覚える向きもあろう。さらには同性愛への偏見から、作品に対する誤解や曲解が生ずる懼れもある。それを解くためにも、このような詩集が誕生した背景や、その社会的文化的意義などについても少々言を費やさねばなるまい。

男性間での恋愛、肉体的な行為を含み性愛を基盤とする男同士の愛は、古来いずれの時代にも多くの民族の間で見られる文化的現象であり、風俗である。しかし古代ギリシアほど男同士の同性愛が広く公認され、称揚称賛され、顕著な文化現象として社会全体を覆った文明はないといってよい。それは今日男性間の恋愛を指して、「ギリシア風の愛（Greek love）」という言い方がなされることからも知られるとおりである（古代ギリシアにおける同性愛に関しては、碩学K・J・ドーヴァーの名著 *Greek Homosexuality*（邦訳『古代ギリシアの同性愛』中務哲郎・下田立行訳、青土社、二〇〇七年）に詳しく説かれているので、関心のある向きは同書を参照されたい）。神話の時代からはじまり、後にキリスト教の天下となって同性愛が激しく糾弾、排斥されるにいたるまで、「念者（エラステース）（愛する者）」と「稚児（エローメノス）（愛される者）」との関係によって成り立つ男性間の同性愛は、実に一五〇〇年近くにわたって連綿と続いたばかりか、スパルタやアテナイのように軍事教育、人間形成教育の一環として社会的に認知され、またソクラテスやプラトンなどによって高尚な愛の形として理想化され、称揚されたのが古代ギリシア、より正確に言えば古典期までのギリシアであった（これに対して、ギリシア人は女性同士の同性愛に対しては一貫してこれを非難し、冷眼視していた。少女たちへの愛を詠ったサッポーが「色情狂（エロトマニア）」として誹謗され揶揄されたことが、それを物語っている）。マケドニアのピリッポス二世によるギリシア制圧とそれに続くアレクサンドロス大王による大帝国の建設により、古典的なギリシア社会が崩壊したのにともなって、スパルタ風、アテナイ風軍事教育、社会教育的な制度としての稚児愛は消滅したが、愛の対象としての美少年崇拝の念は根強く残ったのである。やがてヘレニズム時代に入ると、美がすべての基準となり、何よりもまず稚児の美しさが求められ、女性にもまがう美少年、美童への崇拝と憧憬が男たちの心をとらえることとなった。ストラトン編の「稚児愛詩集（ムーサ・パイディケー）」はそのような時代を背景に生まれたものであると同時に、古典期のスパルタやアテナイにおける同性愛とはかなり異なった淫靡なものに変質していた当時の稚児愛の実態を如実に反映してもいる。その後、二世紀頃になると、稚児愛はさらに変質劣化し、パルラダスの詩に風刺されているような、外見は哲学者を装い実体は破廉恥漢にすぎない輩たちがその「哲学」で若者たちを誘惑し堕落させるような風潮が強まり、ひいては「哲学者」という名称が稚児愛者の同義語になってしまうというような事態も生じたのであった。聖パウロは同性愛を糾弾したが、キリスト教を奉じていた皇帝ヴァレンティニアヌス二世やテオドシウス一世は、同性愛（稚児愛）を犯罪的行為と見なすようになっていた。そしてついには六世紀の半ばになると、東ローマ帝国のユスティニアノス一世により、同性愛は「自然に反する行為に耽るもの」として、勅令をもって禁じられるに至った。以後ヨーロッパのキリスト教社会では、同性愛は「ソドミー［男色］」の名のもとに激しく指弾され排斥されて、社会の表舞台からは姿を消すこととなったのである。そのため十三世紀にビザンティンの学僧プラヌデスが『ギリシア詞華集』の母胎となったケパラスの詞華集を改変して、みずからの詞華集を編んだ折には、ストラトンの「稚児愛詩集」はそこから除外されたのであった。その後キリスト教社会に生きたヨーロッパの古典学者たちを当惑させたものはこのギリシアの稚児愛であった。それだけにストラトンの「稚児愛詩集」も、まともに論じられることは少なかったのである（また翻訳にしても、たとえば十九世紀の半ばに出たデエックのラテン語訳などは、あまりに露骨猥褻なものは翻訳を回避し、簡単な説明にとどめている）。

さてここで話を詩に絞ると、稚児愛は詩の世界にも古くから深く浸透していたことがわかる。神話の中でゼウスがトロイアの王子であった絶世の美少年ガニュメデスを見初めて、天上界へとさらって寵愛し、神々の酌童としたという話がホメロスによって語られているのを皮切りに、『イリアス』においてホメロスが語るアキレウスとパトロクロスの単なる友情を超えた深い結びつきは、古代においてすでに同性愛と見なされ、語られていた。さらには、酒の詩人として名高いが、同時にビュッキス、メラニッポスその他の美少年たちに寄せる思いを詠い、リュコスへの熱烈な愛を吐露したアルカイオス、クレオブロスやスメルディエスをはじめとする幾人もの美少年への恋心を詠ったアナクレオン、テオクセノスを熱愛したピンダロス、美少年キュルノスに熱い思いを寄せて彼に幾多の詩を捧げたテオグニスなどがおり、つとに古典期までの詩人たちにおいて稚児愛を詠うことはひとつの詩的伝統となっていた（テオグニスの名のもとに伝わる『エレゲイア詩集』第二巻は少年への愛をテーマとしており、ストラトンの「稚児愛詩集」の先蹤をなすとも言える）。このような詩的伝統は、尚古主義に拠って上代・古典期の詩を尊びこれに学んだヘレニズム時代の詩、さらにはビザンティン・ローマ時代のギリシア詩（エピグラム詩）の中と流れ込んだのである。

われわれが今日『ギリシア詞華集』第十二巻として眼にするストラトン編の「稚児愛詩集」は、ざっとこのような社会・文化的背景の中で生まれ、また上古以来の詩的伝統をも汲んでもいることを念頭に置かねばならない。

先に「概観」でこの巻の特質などについておおまかなところを指摘しておいたが、その内容をなす作品について、もう少々付言しておきたい。同じく同性愛、男色をテーマとする文学と入っても、この二五〇篇の詩の中で繰り広げられているのは、（詩と散文作品の相違は別としても）たとえば井原西鶴が『男色大鑑』で描いて見せたような、念者と若衆（稚児）との固い契りをテーマとした作品の世界とは大いに趣を異にしている。この巻を彩るいわゆる「ギリシア風の愛」の詩とはいかなるものか、その特質を瞥見しておこう。

この巻を通観してみると、その稚児愛の詩の根底にあるのは、女性への愛に比べて男性同士の稚児愛をより純粋で高尚なものとする観念であり、その主張であることが知られる。ストラトンの詩（二四五番）、

> 理性を持たぬ動物たちはただ雌とだけ番（つが）うが、理性あるわれわれは、
> 男色というものを発明した点でやつらにまさる。
> 女の尻に敷かれて牛耳られている連中は、
> 理性なき動物にまさる点なしというこっちゃ。

という一篇はその高らかな主張にほかならない。七番の詩はより露骨に、性愛の対象として少年が女性にまさることを詠う。女性は愛の対象たりえずして、十二歳から十七歳ぐらいまでの美少年のみが真に愛するに値する存在であり、激しい憧れを掻き立てるものとされているのである（四番のストラトンの詩、「女を愛することはぼくの心には適わない」と詠う逸名の詩人の詩（一七番）参照）。そこからときには神、愛神（エロス）にもまがうほど

美しいと形容される美少年崇拝がはじまり、美童への手放しの礼讃が次々と繰り広げられる。この巻に収められた稚児愛の詩のキー・ワードは「美しい」の一語に尽きると言ってよい。それもソクラテスやプラトンが稚児愛を語るときのような精神的な美ではなく、あくまでに少年の肉体に宿る美の讃美である。「今こそ君は美しい」、「あの児は美しい、あまりにも美しい」、「あの児は甘美な美しさで煌めいている」、「リュサニアスよ、君はいかにも美しい」、「花と咲き匂うこよなくも美しい児を」、「ひときわ美しく咲き匂うミレシオス」といった具合に、詩人たちは飽くことなくこぞって少年の美を称え、それへの激しい憧れを詠う（五番、九番、一〇番、四三番、五一番、五四―五九番、六二番、七五―七八番、八四番、九三番、九五番、一一〇番、一二一番、一二二番、一二七番、一二九番、一三〇番、一五一番、一五二番、一五四番、一七五番、一九〇番、一九五番、一九六番など)。なんとも不思議なことではあるが、わが国の古典詩にそれに近いものを求めれば、一休和尚が『狂雲集』の中に何首も遺している美しい稚児、年若い美僧礼讃の詩がそれである。「髫年の瀟洒、美名高し」、「風流の年少、百花の春」、「一代の風流、洛城に冠たり、／清高、美誉、少年の名。惜しい哉、玉貌、膚臂無きこと」といった句は、この巻で繰り広げられているエピグラム詩人たちによる美少年礼讃を想起させずにはおかないものがある

概してこの類の詩の多くは類型化していて、われわれ後世の読者の心を惹くほどの作には乏しいが、その中では愛の詩によって名高いアスクレピアデス（四六番、五〇番、一六六番など）や精妙華麗な愛の詩の名手メレアグロスは、異性愛を詠った場合に劣らぬ詩筆の冴えを見せているのが見られる（五六番、五七番、八〇番、八一番、一二二番、一三二番など）。恋する相手に対して胸に焔を燃やし、それを情熱的に謳い上げるとい

う点では、美少年への愛を詠ってもメレアグロスは異性への愛を詠った場合となんら変わりはない。

また女性への愛を詠うことがきわめて少なく、エピグラム詩人としてはもっぱら少年への愛を詠ったカリマコスだが、その作は洗練され巧緻で、さすがにかなりの出来栄えを示している（五一番、一一八番、一三九番など）。とはいえ、その措辞の妙、繊巧な詩技を邦訳をもって伝えることはまず不可能である。

この類の詩の中にはカリマコスが詩に関する己の信念を述べたことで広く知られた一篇（四三番）があって、そういう意味合いで看過しえない作となっている。叙事詩『アルゴナウティカ』の作者アポロニオスを念頭に置き、ホロメスの亜流、模倣であるとして長大な叙事詩を否定して、エピグラムのような簡潔な詩を称揚したこの一篇は、アレクサンドリアの総帥であった学匠詩人カリマコスの文学観を集約しているものとして、古典学者たちの関心を惹いてきた。

美少年を崇め讃える詩人たちはまた、愛する美少年を愛神（エロス）に喩え、またゼウスの寵童となったガニュメデスに比する一群の詩を生んだ（三七番、六四―七〇番、一〇七番、一〇八番、一二三番、二二〇番、二二一番、二二〇番、二五四番）。これらの詩は模倣やヴァリエーションによって密接に絡み合っており、その結果として発想・詩想は似通っているが、カリマコスやメレアグロスといった愛の詩の名手がそこに加わっていることもあって、総じて詩的完成度は高いと言える。先行する詩人たちの作を踏まえながら、このテーマの詩を何篇も書いて、先人を凌駕する作品を生むことに詩人としての手腕の冴えを見せようとしているメレアグロスの姿がここに認められる。さまざまな詩人たちが同一のテーマをめぐって、先行する詩人の作との密接な関係を意識しながら、新味を加え個性を発揮しようとしたり、表現や措辞の妙味を競ったりしているのは、いかにも「点鉄成金の詩学」が支配しているヘレニズム詩ならではの文学現象だと言えよう。

稚児愛の詩で頻出するテーマの一つが、少年の美のはかなさ、うつろいやすさである。詩の中でこれを強調し、そのはかなさを惜しみ嘆く作は随所に現われる。江戸の風流人小堀遠州が洩らしたという「若衆と庭木と大きにならぬものならば」という嘆きは、とりわけ稚児愛が盛んであった古代ギリシア人のものであって、「青春の華はこよなくも美しく、こよなくもはかないもの」(三二番、テュモクレス)という意識は詩人たちの間に深く浸透していて、それを詠った詩はあまた見られる(一一番、二四─二七番、二九番、三一─三三番、三九番、一八六番、一九一番、一九五番、一九七番、二一五番など)。ストラトンの一篇(二三四番)、

もしも君が美貌を誇るなら、知っておくがいい、薔薇だって美しく咲き誇るが、
突然に枯れしぼみ、塵芥(ちりあくた)とともに捨てられるのだということを。
花も美貌も許された盛りの時は同じこと、
時間(とき)というものに妬まれて、ともに同じく朽ち果てる。

はその嘆きと美少年への警告を集約した感のある作にほかならない。この感慨は、しばしば美しさに対する「復讐女神(ネメシス)」の到来として意識され、表出されている。美少年が成人に近づいて体毛が濃くなり、髭や脛毛、陰毛が生えることは、稚児愛の終わりを告げるものであった。それは慨嘆をもって、またしばしば carpe diem の勧め、「今のうちに愛を楽しめ」といった警告や揶揄をともなって詠われている。

煌めく火花の跡がまだ少しでも残っているうちに、
惜しまず愛を楽しめ。好機（カイロス）は愛神（エロス）の友なのだ。

というパニアスの詩句（三一番）はその端的な表出である。これを詠った詩の大方は繊細さを欠き、野卑で猥褻なものと化している。ストラトンなどはそれを機知とユーモアで包もうとしているが、成功している例は少なく、凡作、愚作がほとんどである。この種の詩は当時の稚児愛が、古典期までに見られた教育的側面や、精神性をすでに失い、まったくの官能愛、肉欲に由来する性愛に堕していたことを如実に物語っていると言ってよい。

これも全体を通観すればただちにわかることだが、この巻には念者が稚児を相手にしての性愛（肛門性交、股間性交など）をほのめかしたり、あるいは時にストラトンがそうであるように、露骨に表現している作がかなり何篇もある（六番、七番、一一番、三七番、四二番、二〇六番、二一〇番、二一三番、二一六番、二一七番、二二三番、二二五番、二三二番、二三八番、二四〇番、二四七番など）。当時の稚児愛の実態を反映していると言えばそれまでの話であるが、訳者を最も悩ませたのがこの類の詩であり、ここには意図的に曖昧で謎めかした表現が多く用いられているため、正確な意味は把握しがたく、先学たちの註釈も匙を投げている場合が少なからずある。翻訳は推測を交えたものにならざるをえなかった場合があることをお断りしておく。

最後にこの巻の原型となった「稚児愛詩集（ムーサ・パイディケー）」を編んだ詩人であり、全体の五分の二を占める九四篇もの作品を収めているストラトンについて、略述しておこう。サルディス出身のこの詩人の経歴などについてはほとんどわからない。明らかなことは彼がハドリアヌス帝の時代（後二世紀）に生き、高齢で世を去ったらしいということぐらいである。この詩人が、われわれが今日手にするこの巻の詩集の原型となった個人詩集として、「稚児愛詩集」を世に送ったらしいということは、その詩集の末尾に置かれたものと見られる詩（二五八番）に、

後の世の誰かがわたしのこの戯れの詩を耳にして、
ここに詠われた恋の苦悩はすべてわたし自身のものと思うやもしれぬ。

とあるところから、そう推定されるのである。いずれにせよ言わば正体不明のこの詩人は、愛を詠う他の詩人たちが異性愛をも詠っているのに対して、ひたすら稚児愛のみを詩のテーマとし、ここに収められているだけでも一〇〇篇近い稚児愛の詩を遺したという点で、きわめて特異な存在だと言える。機知を旨とし、ひたすら知力によって直截であからさまな表現で美少年への性愛を詠ったその詩は、しばしば露骨、時に野卑であり、確かに生気には富んでいるが、文学的な香気には乏しく、むしろわれわれの苦笑を誘う体のものである。訳者としてはこれを高く評価するわけにはいかない。

さらに一言付記すれば、この「稚児愛詩集（ムーサ・パイディケー）」のみを独立した訳詩集としたものに、Roger Peyrefitte, *La Muse garçonnière*, Paris, 1973 があるが、今回これは参照することを得なかった。しかし次の翻訳は参照し、その訳註に助けられた部分もあったことを言い添えておく。訳詩自体は非常な意訳であるが、なかなかに巧みなと

ころもある翻訳である。

Estratón de Sardes, *La Musa de los muchachos*, Madrid, 1980

第十三巻

「概観」で述べたように、もっぱらギリシア詩の詩律・詩形の多様性を示すために編まれ、わずか三一篇から成るこの小さな巻については、そこで説いた以上のことで言うべきことはほとんどない。原詩の詩律・詩形をまったくとどめず、その面影を写しようもない翻訳を読者に供するのであるから、訳者としては、この際そこで繰り広げられている複雑で多様な詩律や、詩の形式について説くことは無用と考え、それには触れないでおく。それゆえ、この巻に収められた詩人たちによる何篇かの詩について、文学的な観点から少々言い足しておこう。

この巻で重きをなしているのは、前六世紀から五世紀にかけて活躍したケオスの詩人シモニデスとヘレニズム詩を代表する大詩人カリマコスである。ギリシア抒情詩人中最高の詩人とされるピンダロスと同時代でそのライバルでもあったシモニデスは、なによりもまず対ペルシア戦争で斃れたギリシアの将兵を悼んだ何篇もの碑銘詩・哀悼詩の作者として世に名高い。この『ギリシア詞華集』第七巻にも、テルモピュライで玉砕したスパルタ王レオニダス麾下の三〇〇人の兵士を悼んだ名高い詩（二四八番、二四九番）をはじめ、対ペルシア戦争に命を捧げたギリシア兵たちのための碑銘詩が何篇も収められている。伝存するシモニデスの作品は少ないが、貴人のための頌詩や競技祝勝歌なども作ったとはいえ、この詩人の本領、真骨頂が発揮されているのが、碑銘詩・哀悼詩においてであることは衆目の一致するところである。しかしこの巻に採られている彼の作品は碑銘詩は少なく、各地の競技会で競走者として赫々たる勝利を収めた競走者の頌詩（一四番、一九番）であったり、奉献詩（二〇番）であったり、コロス（輪舞合唱）の競演に勝利したアンティゲネスを讃えた詩（バッキュリデスの作かともされる二八番）であったりして、詩人としての真面目を発揮している碑銘詩はコリントスのクサンティッペのための一篇（二六番）のみである。これらの詩は詩名の高かった詩人の作だけあってさすがに凡作ではないが、第七巻に多く見られる碑銘詩・哀悼詩などに比すると、シモニデスの作としてはいささか輝きに欠けていると言わざるをえない。すぐれた詩としてわれわれ今日の読者の胸を打ち、記憶にとどめるに値するような詩は、残念ながらここには見られない。これも詩的価値によってではなく、ひとえに詩律の多様性を示す例証として詩が選ばれ、採られたことによるものであろう。

カリマコスについてもほぼ同じことが言える。三篇の奉献詩（七番、二四番、二五番）は一世の学匠詩人、ヘレニズム詩を代表する大詩人カリマコスの貌を窺うには物足りぬ作であって、遊女シモンによる奉献詩にしても、ヴァルツはこれをこの巻の最も美しい作品としているが、にわかには同意しがたい。九番、一〇番の断片は言うに足りない。

この巻で多少なりとも感興をそそるものは、むしろアスクレピアデスによる夭折した子供のための哀切を極めた碑銘詩（二二三番）、テオドリダスが詩人として敵対関係にあったムナサルカスを誹謗、罵倒した詩（二一番）、それにニカイネトスが酒豪として知られた詩人クラティノスを讃えた、切れ味のよい痛快な一篇（二九番）などだと言えようか。訳詩では十全にその面影は伝ええなかったが、いずれもエピグラム詩の特性をよく発揮した佳篇だと評してよい。

第十四巻

その内容からして本来詩ではないものを収めた第十四巻については、言うべきことはほぼ「概観」で尽きているので、少々補足的解説を加えるにとどめる。三分の一弱を占めている算数の問題集は、数学が発達したギリシアにおいて、一般の人がどのような形で算数に親しんだか、その一端を垣間見ることができる点では興味を惹きえなくもない。多くは卑近な日常生活を題材にして、配分率や、体積、容積、距離などを計算させ、割り出させるその出題の仕方はそれなりに興味深いとも言えよう。もっとも問題の立て方が複雑で、問われている問題がはっきりせぬもの、かなり複雑な計算を要するものもあり、古註が出している解答と、近代の学者による訳註とでは答えが異なっている場合もあって、これは算数が不得手な訳者の理解を完全に越えていると言わざるをえない。「概説」で触れたように、問題のなかにはわが国の江戸時代の実用和算書『塵劫記』の「新編塵劫記三」に通ずる部分もあるので、それを傍らに、ギリシア人が一般の人向けに出した算数の問題を解いてみるのも一興かもしれない。

また全体でこれも三分の一ほどを占めている「謎々（なぞなぞ）」について言えば、これも「ギリシア人が日常楽しんでいた謎々とはかようなものか」ということを知る上では文化史的な関心の対象にはなりうる。中には「煙」（五番）や「昼と夜」（四〇番、四一番）、「鏡」（五六、一〇八番）を答えとする、われわれにも解けたりするもの若干あり、「浣腸器」（二九番、五五番）を答えとする愉快なものもあって、「陰嚢」を答えとするいささか猥褻なもの（四三番）さえも見られるが、大方はわれわれ後世の人間にとって註釈なしには答えを出すことは困難であろう。知的遊戯としては全体にたわいもないものが多いが、ギリシア語のことば遊び的な内容のものが一〇篇もあって、この類のものは翻訳するとその意味が失われてしまうのは残念である。またいかにもギリシア人らしく、神話を題材にした謎々がこれも一〇篇ほどあるが、これにしてギリシアの神話伝説や文学に通じていてはじめて解けるもので、後世の読者は註釈によってようやく何が問われているかわかるのである。中には曖昧模糊としていて、後世の註釈者たちを悩ませ、答えが幾通りも出されていたり、定解がないものもある（たとえば二四番、二八番など）。詩的・文学的な価値は無きに等しいから、所詮は文化史的な関心の対象にとどまるであろう。

神託に関してはやや事情と、その意義が異なる。ギリシア文化一般、ギリシア人の日常生活、精神生活において神託というものがどれほど大きな位置を占めていたかは周知のとおりである。個人のごく些細な問題から、対ペルシア戦争におけるアテナイの場合に見るように、危機存亡をかけた国家的一大事までが、神託によって決せられたことを思えば、神託というものがギリシア人とその文化全体において演じた役割の大きさがわかるであろう（ギリシアの神託に関しては、V・ローゼンベルガー『ギリシアの神託』（Veit Rosenberger, *Griechische Orakel*, Darmstadt, 2001）に詳しい。またデルポイの神託に関しては、神託四〇〇篇あまりを選んで編んだ『デルポイの神託』(Jean-Paul Savignac, *Oracles de Delphes*, Paris, 2002) によってその内容を知ることができる)。ギリシアの神託はヘロドトス、プルタルコスをはじめとするさまざまな著作家による引用によって、それがいかなるもので、いかなる作用や結果をもたらしたかを知ることができる。それらを集積すれば相当な数の神託が伝わっており、ギリシア人の文化やその精神生活を窺う貴重な資料となっている。この巻に収められているのはわずか四〇篇ほどにすぎず、九牛の一毛にも足らないが、数こそ少ないものの、なかなかに興味深いものがある。中でもとりわけ興味深いのは、ヘロドトスの『歴史』に引用されている対ペルシア戦争にまつわる数多くの神託である。この巻の神託のうち二一篇はヘロドトスからの引用である。それらはいずれもギリシアの歴史に関わるもので、対ペルシア戦争の帰趨を決することとなった、ペルシア軍来寇を目前にしたアテナイに下された名高いデルポイの神託(九三番)のようなものも見られる。また伝説的な富を誇ったリュディアの王クロイソスが国を失う契機となった、これも名高いデルポイの神託(一一二番)なども収められている。これらはヘロドトスの書に親しんでいる人にとっては格別目新しいものではないが、よく知られた神託を、他の神託を交えてまとめて通観することで、また異なった興趣が味わえよう。かような曖昧なものが古代における最も知的な民であり、理性的なギリシア人の心を大きく動かし、支配していたことに一驚する人もいよう。ここに収められた神託の中には、ホメロスや、ライオス王に下されたとされる文学的なものもあり、リュクルゴス、アレクサンドロス大王の母ピュティアスに下された神託といったものも見られる。

神託のほとんどは謎めいたことばで告げられており、われわれ後世の読者にはそれを読み解く楽しみも許されている。神託は詩ではないが、韻文で綴られており、なかなかに格調高いものがあるので文語調に訳出した（デルポイの神託などは、地中の瘴気を吸って譫妄状態になった、文字どおり神がかりの巫女（ピュティア）が告げる不可解なことばを、神官たちが詩の形に書き直し、託宣としたものである）。

いずれにせよ、われわれ後世の人間は、ギリシア人の精神生活を窺うひとつの「覗き眼鏡（ディオプトロン）」として、神託を眺めればよいのではなかろうか。

第十五巻

わずか五一篇から成り、しかも詩的・文学的な価値に乏しい凡作が並ぶこの巻の詩については、その中心を占めているアレクサンドリアの三詩人、テオクリトス、シミアス、ドシアダス（とその模倣者であるベサンティノス）による図形詩以外について言うべきことは少ない。この巻が多少なりともわれわれ後世の読者の関心を惹くとすれば、それはヨーロッパ詩の歴史の上で無視することのできない、きわめてユニークな「図形詩」というものが、ここにおいて初めて登場するという一事による。アポリネールの詩に接したことのある人は、二十世紀のこのシュールレアリスト詩人にまさに図形詩にほかならない『カリグラム』という詩集があるのを知っていよう。詩行を内容に応じて絵画的な図案に配置したその奇抜な詩は、その斬新な発想でわれわれを驚かせるに十分だが、その実ヨーロッパ詩史の上で突然登場したものではなく、ここに見るヘレニズム時代の詩にその先蹤が認められるのである。ある事物、事象を詠った詩を制作するにあたって、詩の外形をその事物を象った詩行を配置するという技法は、必ずしもギリシア詩のみに見られるものではない。

東洋でもたとえば宋代の大詩人蘇軾による金山寺を詠じた山の形をした詩があり、これに倣ったとおぼしき、一休和尚が熊野山参詣の際に作ったとされる山の形をした図形詩がある。とはいえ、その制作年代から言えば、テオクリトスをはじめとするヘレニズム時代の詩人たちによる「図形詩」こそ、おそらくは東西におけるこの種類の詩の濫觴をなすものであることは確かである。これに倣った図形詩はローマの詩人たちによっても作られ、またその後、十六世紀には図形詩への関心が高まってこの種の詩を集めた詩集が二冊刊行されている。古典学者として著名なスカリゲルも自作のラテン語詩でこれを試み、十七世紀に入るとドイツの詩人たちがこれに関心を示して多くの図形詩が作られた。アポリネールがそれを意識していたかどうかは別として、その『カリグラム』はそのような詩的伝統につらなっているわけである。

「図形詩（Figurengedichte, poésie de figure ないしは poème figuré）」と呼ばれているこの種の詩は、ギリシア語では *τεχνοπαίγνια* すなわち「詩技の遊び、戯れ」という意味であって、まさに詩人たちがその巧緻な詩技を弄して作る高度な知的遊戯にほかならない。複雑な詩律を駆使して詩の形をその詠われている事物の形に造形するというアクロバット的な詩技により構成されている詩作品であり、その読み方も最初から詩行を追って読んで行くのではなく、外側から交互に読んで行ってようやくその意味が解せるようになっている作がある（トロイアの木馬を造ったエペイオスによる斧の奉納を詠ったシミアス作の「斧」（二二番）、「卵」（二七番）がそれである。同様な技法は蘇軾や一休和尚の作にも見られる）。あるいはパンへの葦笛の奉納を詠ったテオクリトスの「葦笛」（二一番）やドシアダスの「祭壇」（二六番）のように、人や事物を本来の名で呼ばず、ことば遊びによるひねった表現によって言い換え、全篇謎かけで綴ったまさに判じ物以外の何物でもないような作であったりする。その巧緻を極めた詩技には驚嘆すべきものがあるが、それを読み解く楽しみはギリシア語とギリシアの詩律に通じた者にのみ許されるのである。しかしそれはこれらの図形詩が詩作品としてすぐれていることを意味するものではなく、技巧を弄しすぎたこれらの作品の詩的な価値は高いとは言いがたい。これは註釈なしでは到底理解できない代物であり、翻訳不可能であるから、訳すること自体が実は意味をもたない。そこで、訳詩を読んでもそのままでは到底解しがたいと思われる詩については、その内容をパラフレーズしてその意を説明することとした。しかしシミアスの詩「卵」のように、長短の詩句を変幻自在に操り、その上意図的に過度に曖昧な表現を用いることに腐心したため、詠われた内容そのものが解しがたい作となっている例もあって、これはパラフレーズを断念せざるをえなかった。ここに至ると、アレクサンドリアの詩人の技巧もここに極まれりとの観がある。これらの図形詩が実際にその詠われている事物に刻まれていたかどうかという問題に関しては、専門家の間でも見解が分かれている。

図形詩以外の詩に関しては、とりたてて言うほどの作品は見られない。十篇と全体の五分の一を占めているキリスト教信仰にまつわる詩について言えば死者の徳を讃えたり、故人を悼んだりしたそれら詩は、作者の厚い信仰心を物語ってはいるが、詩としての出来栄えは上々とは言いかねる。ほとんどが実際に墓石に刻まれていた碑銘だったり、刻文だったりするもので、その詩的・文学的価値は乏しい。中には、コメタス作の、新約聖書「ヨハネ伝」でよく知られたキリストによるラザロの蘇りの話を、ホメロスの言語を綴り合わせて物語っただけの五七行にも及ぶつまらぬ詩もある。またそれとは異なり、太陽神の祭司であったらしいサケルドスなる人物の巨大な墳墓に刻まれた碑銘詩が五篇もあるが、これもありきたりで凡作である。

この巻の最後には（四一—五〇番）ユスティニアノス一世の時代に、戦車競走者として幾度か輝かしい勝利を収めた名高い三人の人物コンスタンティノスおよびポルピュリオス、ウラニオスを顕彰して立てられた像に刻まれた碑銘詩が一〇篇ある。この時代の人々がこの競技に熱中していたことを物語る証左とはなりうるが、これも常套化した碑銘詩の域を出るものではない。

第十六巻

この巻全体の見取り図、その内容や特徴などについては「概観」で述べたとおりである。この解説ではその大多数を占める事物描写詩（エピデイクティカ）、芸術作品描写詩（エクプラシス）に重点をおいて、簡潔にその解説を試みることとしたい。

「概観」で触れたように、三八八篇から成るこの巻は、事物描写詩のほかに三〇篇あまりのさまざまなテーマ、内容の詩をも収めており、傑出した運動競技者への頌詩ではじまるそれらの作品は、もっぱら最初の部分に置かれている。これらはその詩的・文学的価値から見ても際立ったものはないが、あえて言えば、ヘルメスやパンの像に寄せて作られた牧歌的エピグラムには、佳品と言ってよい作が見られる。一一番のヘルモクレオンの詩、一二番の逸名の詩、一三番のプラトンの作とされる詩、一七番の逸名の詩などはいずれも小品ながら、清冽で牧歌的風景、田園生活の愉悦と美しさを伝えていてほほえましく、心地よい。牧神としてのパンの像に呼びかけたメッセネのアルカイオスの詩（二二六番）、同じくヘルメスの像に寄せた逸名の詩（二二七番）なども牧歌的な味わいに富む。また事物描写詩の中に混じっているが、道行く旅人にさわやかに葉添えの風が鳴る中で冷たい泉で咽喉をうるおすよう誘った、いかにも牧歌的な響きをたたえたアニュテの詩（二二八番）、これも牧歌的雰囲気の濃厚な、パンを詠った同じアニュテの詩（二三一番）などは、牧歌的エピグラムの創始者と言われる詩人の作だけあって、この巻の中ではひときわ牧歌らしい詩的な香りが漂っている点で、格別な作品だと言える。これらの詩は同じく牧歌的情景を詠ったアニュテの詩（第九巻三一三番、三一四番）と同じ趣きをもつもので、locus amoenus を備えた自然を詠うことに長けた田園詩人としてのこの女性詩人の腕の冴えを示すものと言えよう。

ほかにはアッシュリア帝国最後の王サルダナパロス王の墓碑銘の翻訳ではないかとされる作品（二七番）などは古代ではよく知られた詩であり、詩的価値はさほどのものではないが、歴史的観点から見ればそれなりに興味を惹くに足る作である。また翻訳でその妙味を伝ええないのは残念だが、詩人メッセネのアルカイオスの攻撃に対して、同じ詩律を用いた詩をもってみごとに逆襲し、詩人としての腕の冴えを見せたマケドニア王ピリッポス五世の作（二六b番）のような異色の作品も見られる。

さてこれら全体の一割にも満たない雑多な内容の詩を除くと、第十六巻の主体をなすものは三五〇篇を越える事物描写詩（エピデイクティカ）である（これらの事物描写詩の中で、芸術作品を描写したものを「エクプラシス」とも言うが、両者は重なり合う部分が大きく、その境界は明確ではない）。これもその内容からすると、この巻では大別して二つの部分から成る。その一つは、三〇番からはじまり三三四番にまで及んでいる「エクプラシス」的な内容の詩である。これらの詩は神々の神像や神話伝説中の英雄たち、さまざまな人物の彫像や銅像、肖像画などをことばをもって描写したり、またそこに現わされている神々や人物にまつわる神話伝説、事績、功業、行状などを詠っている。もっとも、これらの詩の中には、ヘラクレスやホメロスを詠った多くの詩のように、またアンティピロス作のディオゲネス頌詩（三三三番、三三四番）やアンティパトロスのピンダロス頌詩のように、その内容、性格からして事物描写詩とは言いがたい作もかなり含まれており、ヘラクレスの功業を詠った詩や、ホメロスを詠った詩など多くは事物描写からは逸脱しているものと見られる。事物描写の詩は、その起源から言えば、墳墓に刻まれた碑銘や、奉献された捧げ物に刻まれたり添えられたりした韻文から発達したものであって、必ずしも純粋に文学作品な作品として書かれたわけではない。しかしそれらの中にも、伝シモニデス作をはじめとする多くは神像を詠った古典期の詩人の作品に認められるように、すでにヘレニズム時代以前の古典期の詩においても、特定の芸術作品（神像、絵画など）そのものを言葉によって描き、視覚による美の世界を言葉をもって再現することを目指したと見られる詩が存在する（この巻ではなく第六巻に見られるものだが、女流詩人エリンナ作の乙女アガタルキスの肖像画を詠った詩などは、まさに「エクプラシス」にほかならない）。

碑銘詩、奉献詩、愛の詩ほどではないにせよ、エピグラム詩においてそれなりに大きな位置を占めている事物描写詩もまた、時代によって変遷発展を遂げ、ヘレニズム時代に入ると、もはや碑銘、奉献にともなう一種実用的な性格は薄れ、その出来栄え、詩的・文学的価値はひとまず措いても、詩人たちにより明確な文学的な意図をもって、しばしば美術批評・芸術作品批評的な性格を帯びた詩作品として作られるようになった。

この巻に収められた事物描写詩の中には、アジア総督テオドシウスの大理石像が建てられた折に献じられた詩（四二番）、ユスティニアノス一世の銅像に寄せられた詩（六二番、六三番）、ユスティノス二世の像に寄せられた詩（六四番）などのように、実際に銅像などに刻まれたと見られる作もあるが、大方の詩は文学的な詩作品として書かれたものである。それらの詩は、描写された事物からはもはや独立した一個の詩作品として、まずは当の事物を所有する人物や町において披露され、次いで文芸サークルで朗読され、さらには広く流布するに値する文学作品として、詩集として編まれ、また詞華集に編み込まれたのであった。

この巻に収められた事物描写のもう一つは、巻の末尾に置かれた、「コンスタンティノポリスのヒッポドロモスに建てられた運動競技者たちの像に刻まれた碑銘詩」（三三五―三八七番）である。五三篇から成るこの一大詩群は、ユスティニアノス一世の時代に活躍し、輝かしい勝利を収めたポルピュリオスをはじめとする戦車競走者を顕彰するために建てられた銅像に刻まれた作である。いずれも顕彰のため実用を目的とした作で、韻文で綴られてはいても、本来鑑賞を目的とした詩として書かれたものではない。事物描写詩の形をとってはいるが、詩的価値は無きに等しく、もっぱら当時の人々がこの競技に寄せていた熱狂ぶりを伝える風俗史的、文化史的な意味合いにおいてのみ、読まれうるものである。そのほとんどが同工異曲、千篇一律で多くはお決まりの頌詞から成っているこれらの作品は、第二巻の「テーベのクリストドロスの銅像描写詩」にも増して退屈なものであり、歴史的価値以上のものは認めがたい。

結局のところ、多少なりとも評言を加え、解説に値するのは芸術作品をテーマとした「エクプラシス」の詩だということになろう。それについてもう少々言を費やすこととしたい。

ヘレニズム時代以降、事物描写詩はその趣を変え、もっぱら事物、それも彫刻、浮彫、銅像、肖像画と言った芸術作品を描写する「エクプラシス」へと変遷を遂げたことは先に触れたとおりである。芸術作品をテーマとするエピグラム詩が、審美的な色合いを増し、美術批評・芸術批評的な性格を帯びてきたと言ってもよい。ただしそうであっても、ただ当の芸術作品を純粋に讃えたり、嘆賞したり、あるいはその事物が生まれた経緯を述べたり、それにまつわる伝承や背景を述べるにとどまっている凡庸な詩も多いので、より厳密には、明確な文学的・詩的意図をもって書かれ、芸術批評としての性格を備えた詩が多く見られるようになったと言うべきであろう。中国やわが国の詩人、文人たちには、絵画を詠じた「何々の図」、「何々の図に題す」といった詩がしばしば見られるが、それにいささか類するところのあるエピグラム詩が、つとに後期ギリシアにも存在したのである。

ある芸術作品を詩のテーマとして取り上げ、これを描写し、それにまつわる状況や伝承を詠ってその作品を嘆賞も称揚するという風潮が高まった背景には、ヘレニズム時代には古典期の芸術作品のコピーが数多く作られ、人々の関心が高まったという事情もある。ギリシア上代から古典期にかけての彫刻や、浮彫、銅像、絵画などのコピーが大量に作られ、神殿に奉納されたり、公共の場に設置されたり、さらには個人の邸宅などに置かれ、人々が親しくこれに接することとなったのである。

すでに事物描写の伝統があり、浴場から公衆便所にいたるまであらゆる事物をことばで詠い描くことを好んだエピグラム詩人たちが、このような状況に反応しないはずはない。多くの詩人たちが、古典期を代表する彫刻家プラクシテレスやリュシッポス、画家アペレスなどの手になる名高い作品をテーマにして、言葉をもってその美を描き伝えると同時に、みずからの作を一個の芸術批評の詩たらしめんとしたのであった。言葉の力によって絵画や造形芸術の作品を描写し、読者の眼前にそれを彷彿とさせて当の作品の美しさや魅力、その衝迫を伝えようとした詩人たちの意図は、何篇かの注目すべき作となってわれわれのもとにある。それらの詩の多くは、絵画や造形芸術の客観的かつ的確な描写（ἔκφρασις, descriptio）として十全なものとは言い難いが、作品に宿る力（δύναμις）を、言葉をもって表現しようとした新たな試みであった。当然のことながら、詩人たちの関心の対象は無価値な、あるいは美的価値の乏しい凡庸な作品に向けられることはないから、結果として多くは当該の芸術作品の称揚、讃嘆へと赴くところとなっている。詩人たちの意図は当の芸術作品を前にしての感嘆、驚嘆（θαῦμα）を発したり（九六番）、作品が呼び起こす憐憫や恐怖、苦悩を伝えたり（九七番、一四〇番ほか）作品の解説的役割を担ったり（二七五番の「好機（カイロス）」についてのポセイディッポスのよく知られた詩がその好例である）、作品に関するコメントないしは批評の役割を果たしたりするなどさまざまである。ただし絵画をテーマとした詩について言えば、中国の「題画詩」のように絵画と詩とがひとつに融け合って情感を醸し出すといった趣の作は見られない。

「エクプラシス」の詩としてわれわれ後世の読者の関心をも惹きうる作の多くは、神像や神話伝説中の人物を描いた芸術作品を詠ったものである。ヘラクレスの膂力に屈して苦悶する巨人アンタイオスの姿を、リアルな筆力をもって描き出しえた、テセウスとマラトンの牛の格闘を描き詠った詩（一〇五番）などはその筆頭に挙げるべき作であろう。同じくイピゲネイアの像に寄せた逸名の詩（一二八番）、ペルセウスに救われたアンドロメダを描いた画に寄せたアンティピロスの詩（一四七番）、ニオベの悲劇を象った像を詠った一連の詩、とりわけ描写に委曲を尽くしたテオドリダスの詩（一三二番）、アンティパトロスのリアルで精彩に富んだ詩（一三三番）などは「エクプラシス」の詩としては上々の出来栄えを示している。これらニオベの像を題材とした一連のエピグラムの中では、そこに悲劇の手法である「使者による報告」を導入して、ドラマティックで精彩に富んだ描写を行なっているメレアグロスの詩（一三四番）などは傑作に数えてよいであろう。また夫への復讐のためにわが子を殺すほかなかったメディアの苦悩を描いたティモマコスの名高い絵画に触発され、その迫力を言葉を尽くして描出した一連の詩（一三五―一四一番）は、いずれも弛緩したところがなく、簡潔なうちにもよく当の作品に宿る迫力や芸術的な味わいを伝えている。ヘラクレスとマイナロスの鹿の画に寄せた逸名の詩（九六番）は、そのリアルで具体性に富んだ描写で気迫に満ちており、ヘラクレスとアンタイオスの格闘の像に寄せた同じく逸名の詩（九七番）も佳作だと言いうる。テレポスの像やピロクテテスを描いたピロストラトス、ユリアノスの詩（一一〇番、一一三番）なども、この種の作品の真面目を伝えるものと評しえよう。名匠パラシオス作の苦しみ憔悴したピロクテテスを描いた画に寄せたグラウコスの詩（一一一番）なども、ゼウクシスと並ぶ前五世紀の偉大な画家の力量をよく伝えている。さらには弟オレステスとの邂逅を果たしたイピゲネイアの像を描き詠った逸名の作（一二八番）も眼を惹く。酒と愛の詩人として名高いアナクレオンの酔態を描いた立像に寄せたタラスのレオニダス作の一篇（三〇六番）は、その委曲を尽くした詳細な描写では群を抜いている。

これらの作品のうちには、同じ「エクプラシス」であっても、第九巻に見たミュロン作の雌牛像に寄せた数多くの詩が、千篇一律でほとんどがその迫真性を強調するだけにとどまっているのに比して、表面的な描写を脱して芸術作品の内部にまで迫ろうとする作者の意図が読み取れる。

さらにはこの巻には、古代ギリシア彫刻の中でも代表的な傑作とされ、すでに制作された当時からギリシア全土の嘆賞を呼んだ、プラクシテレス作の「クニドスのアプロディテ」に寄せた一群の作品（一五九―一六八番）が見られる。この彫刻家のアプロディテ像が古今に絶する名品、傑作であることはいまさら言うまでもないが、これを詠った詩に関して言えば、正面切った「エクプラシス」と呼べる作品は意外にも乏しく、芸術批評の詩としてはいささか物足りないものを感じさせずにはおかない。また古代ギリシアの絵画の不朽の名作として世に名高かったアペレス作の「海から浮び上がるアプロディテ（アナデュオメネー）」に寄せた詩（一七八―一八二番）についても同様なことが言えるが、その中で「エクプラシス」の詩としてはタラスのレオニダスの視覚性豊かな一篇（一八二番）が、佳篇と思われる。これらの詩は、むしろ古代における名高い芸術家の名声がいかほどのものであったかを物語る証左としての意義が認められると言うべきかもしれない。ちなみにイタリア・ルネッサンスの詩人であり古典学者でもあったアンジェロ・ポリツィアーノに、これら五篇の詩に呼応して作られた「海から浮び上がるキュプリス」なるギリシア語のエピグラムがあるが、「文学から作られた文学」、「詩から生まれた詩」としては上々の出来栄えを見せている。

これらの詩の中には、いかにもエピグラムらしい軽妙な作品批評と言った趣の作もあり、眠れる愛神像（エロス）を詠った愛らしい小品（二一〇番、二一一番）なども見られる。さらに言えば、詩人の中には、芸術作品を詠うことによって、造形芸術に言葉の芸術としての詩を対置し、これに対抗しようとする意欲を見せる者さえもいた（その一例として、リュシッポス作のアレクサンドロス大王の像を詠じて、そこにみなぎる力（デュナミス）を言葉で再現し伝えようとしたアルケラオス（またはアスクレピアデス）の詩（一二〇番）が挙げられる）。

詩人たちが事物描写を意図し、芸術作品をテーマとした「エクプラシス」に詩才を傾けたのは事実だが、その対象となったのは、むろん名匠大家による世に知られた名品ばかりではない。無名の作者の手になるものから、路傍や畑に建てられた素朴なヘルメス像や、プリアポス像にいたるまで、その対象は広く及んでいる。言うまでもないことながら、その出来栄え、巧拙、詩的・文学的価値もまた一様ではなく、真に芸術批評、美術批評と言えるほどの域に達している作品は多いとは言いがたい。総じて言えば、この巻に収められた多くの事物描写詩は、詩作品そのものとしては第一級のものは少ないのである。第五巻の愛の詩や、第七巻の碑銘詩・悼詩などが傑作と評するに足る作を多く数えるのに比して、事物描写という特性によるものであろうか、この類の詩は幾篇かの佳作は見られるものの、傑作として人々の記憶にとどまったり人口に膾炙するほどの作品は生まなかった。とはいえ、詩人たちが絵画や造形芸術に向かい、言葉に拠り、措辞を尽くし詩技を揮って、詩としてこれを表出しようとして生まれた数多くの作品が、十全と言うにはほど遠いにせよ、古代における芸術作品鑑賞、芸術批評・美術批評としての小さからぬ意義をもつものであることも、また事実である。その意味では、この第十六巻もわれわれ後世の読者の関心を惹くに足ると言えるであろう。

総説

前七世紀から後十世紀に至るまでの、三〇〇名を越す作者（その中には三人のローマ皇帝を含む）のエピグラム詩約四五〇〇篇（数え方は編者によって異なる）を集大成した、古代詩の最大の詞華集である『ギリシア詞華集』全一六巻に収められた作品についてはこれまで各巻についての「解説」で述べてきたところである。それゆえここでは、四分冊に分けて各巻の解説を付してきた最後に、「総説」という形でギリシア詞華集（*Anthologia Graeca*）』全体についての解説を試みたい。

ギリシア上代の詩人の作からはじまり、ビザンティン帝国の終焉に至るまで実に一八〇〇年近くにもわたって連綿と作られ続け、読まれ続けてきたのが、ヨーロッパ文学史上最大の詞華集、詩選集であるこの『ギリシア詞華集』に蒐(あつ)められた、無慮四〇〇〇篇を越えるエピグラム詩にほかならない（作品数から言うと、『万葉集』とほぼ同じだが、『万葉集』では短歌が圧倒的多数を占めているのに対して、エピグラムは四行、六行、八行の詩が多いから、量的にはこれを上回る）。

『万葉集』にはじまるわが国の和歌は、「五、七、五、七、七」というその基本的な形を変えることなく、千数百年にわたって詠まれ続けてきたおそろしく文学的生命の長い詩形式であるが、ギリシアのエピグラムはそれにも増して長い歴史を有する詩文学なのである。これに匹敵するものは、漢代の将軍李陵にはじまるとされる中国の五言詩ぐらいなものであろう。時代とともにマンネリ化が進み、硬直化し、次第に衰微して創造力を失っていったとはいえ、エレゲイア詩形を用いたエピグラムの産出が、二千年近く続いたと言うことはやはり瞠目すべきことである（ギリシアのエピグラムは、これをギリシア語によるエピグラムというふうに広義に解釈すれば、ビザンティン帝国の滅亡後もなお、その産出が続いた。十五世紀のイタリアの詩人で古典学者のA・ポリツィアーノなどは、『ギリシア詞華集』に倣ったギリシア語のエピグラムを生んでいるから、それを加えればエピグラムの文学的生命はさらに長くなる）。王朝時代に完成を見て、安定した詩的言語としての地位を獲得した和歌の言語が、その後歌風の変遷はあっても、中世の堂上和歌や近世の桂園派の歌に至るまで、基本的には同質性を保ち、その形を変えなかったことは周知の事実である。それにも似て、ギリシアのエピグラムもまた二千年近く、詩の言語としての基本的性格を変えず、その同質性を保持し続けたのである。ビザンティン帝国末期のエピグラム詩人たちのことばは、ヘレニズム時代の大詩人カリマコスのそれと、実質的に異なるところはない。これは中世から近代に至るヨーロッパの詩の変遷変容を知る者にとっては、驚き以外のなにものでもない。尚古主義、古典尊重に貫かれ、伝統にすがる詩人たちが、過去の詩人たちが生んだ膨大な詩の集積を前に、それに素材を得て作品を書いたところから、かような詩的言語の不変性、安定性が維持されてきたのである。またそれは古代ギリシアとルネッサンスを繋ぐ、一つの橋梁としての役割をも果したのであった。

『ギリシア詞華集』はわが国では比較的知られること少なく、また読まれることの少なかったギリシアの文学である。ホメロスの二大叙事詩をはじめ悲劇、喜劇、またヘロドトスにはじまる散文作品がかなりの読者を得ているのに比して、ギリシアの抒情詩はそのごく一部分が邦訳されているにすぎないこともあって、およそ広く知られているとは言いがたい。とりわけヘレニズム時代以降の詩となると、少数の専門家を除けば、これを知る人は少なく、ましてや日頃これに親しんでいる人は暁天の星のごとく寥々たるものであろう。『ギリシア詞華集』にしても、これを全篇通読した人は、ギリシア文学の専門家を含めて、おそらくわが国では一人もいないのではなかろうか。その理由は簡単で、異常な忍耐力の持ち主でないかぎり、算術の問題集までを含む全四五〇〇篇近くを読むこと自体が、耐えがたいからである。イタリアの古典学者で、すぐれたギリシア詩の翻訳を出した詩人のE・ロマニョリは、いみじくも言っている、「『パラティン詞華集』の全容をそのままの形で近代の読者に提示するということは、その道の専門家にとってさえも楽しいとは言いきれないかの書を、一般の読者には耐えがたいものにするだろう」と。訳者としてはまったく同感である。

にもかかわらず、ヘレニズム時代、ローマ・ビザンティン帝国時代のギリシア人の生の諸相、その生活、生態、心性、人間観、人生観などを映し出した万華鏡として、その全容をわが国の読者の眼に供することはあながち無意味ではないと信じて、ここにその全訳をなしたのである。さればその出来栄えはともかく、このほどわが国の読者が初めてその全容を眼にすることとなった、古代ギリシア詩の一大集成である『ギリシア詞華集』全体についても、一通り解説を加えることは訳者の責務であろう。

それゆえこの「総説」では、まずはエピグラムとは何かということを、一瞥して素描しておきたい。ギリシア詩の一ジャンルであり、ヘレニズム時代以降次第に発展成長を遂げて、ついには詩の支配的形態となり、その後長きにわたって膨大な数の作品を生んだエピグラム詩とはそもそもどんな詩なのか、そのあたりを略述しよう。次いでそれら古代ギリシアのエピグラム詩の集大成であり古くはアルキロコス、サッポーから後期ビザンティン帝国の詩人コメタスに至るまでの作品を収めた『ギリシア詞華集』とはどんな詞華集で、いかにして成立したのかを、たどっておく必要がある。併せて全体としてのその特質、文学的な価値はどうなのかという問題もある。それについても言及しておきたい。

最後に、それはローマ世界、後世のヨーロッパ社会ではいかに受容され、どのような影響を及ぼしたのか、といったことにも少しばかり触れ、また訳詩の出来栄えさておき、二十一世紀の日本で、読者が初めて古代ギリシア最大の詩の集大成の全容に接する意味はどこにあるのか、といった問題についてもほんの一言添えておく。

エピグラム概観

エピグラムとはどんな詩か

「エピグラム」と聞いてわれわれ日本人は、あるいは大方の近代のヨーロッパ人はどんな詩を思い浮かべるであろうか。日本語訳で「寸鉄詩」、「警句」などと訳されることもあるこの語は、近代以降は短くまた簡潔な詩形式に、多くは辛辣で風刺的な内容を盛った短詩を指して用いられるのが普通である。事実、ルネッサンス以後のヨーロッパの詩文学においては、マルティアリスに代表されるラテン・エピグラムの系譜につながるそのような詩が、「エピグラム」として書かれてきた。われわれはその好例をトマス・モアのエピグラム集に見ることができる。

だがこれは詩文学の一つのジャンルとしてのエピグラムに関する近代の概念であって、これまで全四分冊に及ぶ『ギリシア詞華集』に眼を通された読者は、そこに収められた無慮四五〇〇篇近い「エピグラム」（ギリシア語では「エピグランマ（ἐπίγραμμα）」が、右に触れたような概念とは大いに趣を異にする部分が大きいことにお気づきであろう。ギリシアの「エピグランマ」すなわちエピグラム（以後この語を用いる）は、その成り立ちから言っても、包摂する範囲から言っても、また詩文学、詩史の上においてそれが占める位置からしても、近代のそれとは大きく性質を異にしている。ただし『ギリシア詞華集』第九巻、第十一巻の風刺的エピグラムに見るように、両者が重なり合う部分もあることは事実である）。

では古代ギリシアのエピグラムとは、そもそもどんな詩を言うのであろうか。その実ギリシアのエピグラムとは、はなはだ定義しにくいジャンルの詩なのである。それが文学として発達した段階においては、エピグラムはおそろしく多様なテーマの詩を包摂し、内容からしても、またその詩律、詩形から言っても決して一様のものではなく、極言すれば「エピグラムとして書かれたものがエピグラムである」と言うほかない。読者が本詞華集に見るごとく、ギリシアのエピグラムとは実に多様な内容をもつもので、その本来の形である墓碑銘、奉献詩からはじまって、哀悼、祈願、顕彰、酒宴、性愛、事物描写、勧告、教訓、箴言、述懐、懐古、祝勝、風刺、小擬曲（ミーモス）、小物語、逸話、牧歌的風景、祝い事、信仰告白、さらには神託や謎々（なぞなぞ）から算術の問題に至るまでの、諸事万端、人事百般をテーマとした詩がエピグラムと呼ばれているのである。まさにギリシア人の生活、生態、心性を映し出した一個の万華鏡であると言ってよい。

それはエピグラム作者である詩人たちによって、

二行詩こそが最上のエピグラム。三行を越えたものは
エピグラムじゃなくてラプソディアと言うべきだ。

（キュリロス、第九巻三六九番）

言っておくが、行を多く重ねるようなエピグラムは詩女神（ムーサ）らの御心に
適わぬもの。短距離競走で長く走ろうと思うなかれ。
長距離争は幾周か駆け回るが、
短距離を走る者の息遣いは短く、張り詰めているものだ。

（パルメニオン、第九巻三四二番）

と主張されているように簡潔を身上とする詩で、二行を基本形とし、四行、六行が通常の形で、長くて八行を越えないのが普通であった。だが実際には一〇行、時代が下ると一二行の詩もかなり見られ、メレアグロスの傑作とされる詩のように二八行にも及ぶ作もあって、形態面での定義は困難である。また用いられている詩律にしても、エレゲイア詩形（elegiac couplet）で書かれたものが圧倒的多数を占めているとはいえ、ヘクサメトロンをはじめとするさまざまな詩律で書かれている詩も少なからずあって（およそ十分の一程度）、それらがすべてエピグラムとして扱われているのであるから、この方面で定義することも難しい。エピグラムは当初さまざまな詩律で書かれていたが、やがてヘクサメトロン（長短短六歩格［—◡◡—◡◡—◡◡—◡◡—◡◡—⏓］）と、それより一脚短いペンタメトロン（五歩格［—◡◡—◡◡—‖—◡◡—◡◡—］）の二行が対になったものを単位とするエレゲイア詩形がもっぱら用いられることとなり、これが定型のようになった。

テルモピュライで玉砕したスパルタの戦士たちを悼んだ、シモニデスの名高い詩（第七巻二四九番）を例に取って示せば次のようになる。

Ō xein', angellein Lakedaimoniois, hoti tēde
keimetha tois keinōn rhēmasi peithomenoi.

とはいえ、実際に『ギリシア詞華集』にエピグラムとして収められている詩の中には、この詩形に外れる作も少なからずある。中には図形詩のような特異な形の詩もあるが、今日われわれが手にする『ギリシア詞華集』では、そのすべてがエピグラムとされているのである。要するに、その内容からしても形の上からしても、「エピグラムとはかかる詩である」という厳密な定義は下しえないと言ってよい。全体として短い詩が多いから、あえて日本に訳せば「短詩」とでも呼ぶほかない。

ただ一つ、古代ギリシア詩の一ジャンルとしてのエピグラムを、他の種類の詩と截然と分ける最大の特質は、その名称が「書かれたもの（γράμμα）」という語を含んでいることから明らかなように、最初から書かれたものとして存在したということである。ということはまた、それが読まれるものとしても存在したということでもある。これはギリシアの詩としてはむしろ特異なことに属する（ここで断っておかねばならないのは、『ギリシア詞華集』には、数こそ少ないがサッポーやアナクレオン、イビュコスといったギリシア上代・古典期の詩人の抒情詩人の作とされる詩（そのほとんどが真作ではないが）も収められているということである。これらの詩人の作品は歌われることを前提として作られているから、右の定義からは外れるが、これはあくまで例外である)。

一体にギリシア文学は口誦的な性格を強く帯びており、耳で聴かれることを前提として作られている。とりわけエレゲイアや「メロス〔歌〕」と呼ばれた独吟抒情詩などは、基本的には笛や各種の竪琴の伴奏をともなって歌われることを意図して作られたのである。詩がテクストとして定着し、流布することがあっても、それはあくまで二次的なものにすぎなかった。独吟抒情詩などは、「メロス」と呼ばれていることからもわかるように、歌詞(詩)よりもむしろ音楽のほうが重視されていたとさえ言ってよい。

これに対してエピグラムはその起源、成り立ちからして異なっている。ヘレニズム時代以降、エピグラムが酒宴の席などで作者である詩人によって朗誦されることはあったろうが、原則として歌われるためのものではなく、基本的には読まれるものであった(ただし古代における読書とは声に出してなされるもので、近代のように眼によってのみなされるものではなかった)。

ギリシアの「エピグランマ(ἐπίγραμμα)」とは、字義どおりには「上に書かれたもの」を意味し、元来は神々に捧げる青銅や陶器の奉献の品・供物に刻まれたり、墓碑の上に刻まれた文、とりわけ韻文を意味していた。つまりは当初は韻文を用いた銘刻文(inscription)を指したのである(韻文を用いた銘刻文は早くも前八世紀に見られ、前七四〇年頃のものとされる「ネストルの酒杯」に刻まれたものが最古の銘刻文とされている)。銘刻文はまた「エピグラペー(ἐπιγραφή)」とも言われ、こちらはもっぱら散文による刻文を指したが、古くは両者はほとんど差異なく、同義で用いられてもいた(文学作品としての「エピグランマ」という語が用いられるようになったのは、ローマ時代に入ってからのことである。伝存するかぎり最初のエピグラムの詞華集である『花冠』を編んだメレアグロスにしても、そこに収める詩を「アオイデー」、「ヒュムノス」、「メリスマ」、「エレゴス」などと呼んでおり、「エピグラム」という名称は用いていない。メレアグロスに倣ってエピグラムの詞華集を編んだピリッポスもまた、その詞華集に蒐めた詩を「オリゴスティキアー［少数行詩］」と呼んで「エピグラム」とは呼んでいない）。したがってエピグラムとは本来実用的な目的で書かれ、刻まれたものであって、叙事詩や抒情詩のように、芸術的な意図をもって詩人によって作られるものではなかったのである。それゆえその作者は原則として記されることがなかった。それがやがてアルカイック期・古典期の抒情詩（リュリカ）やエレゲイアにとって代わる有力な詩のジャンルとなり、ヘレニズム時代以降はその支配的形態になったのには、それなりの経緯、プロセスがあった。

エピグラムの起源とその発展——四つの柱

エピグラムには、大別してその中枢をなす四つの大きな柱がある。奉献詩、碑銘詩・哀悼詩、愛の詩（エローティカ）、事物描写詩がそれである。この四つに比べればより細い柱ではあるが、『ギリシア詞華集』の中では第十一巻に集中的に収められ、かなりの数を占めているものに風刺詩がある。そのいずれにも属さない詩も相当な数に上るが、それらの詩は右記の五種類の詩のように大きなグループを形成してはいない。以下各種の詩について順次概観しておこう。

まずはエピグラム本来の姿であり、『ギリシア詞華集』第六巻を占め尽くしている奉献詩であるが、これは他の国の詩歌にはあまり見られない、ギリシア特有の詩であると言ってよかろう。古代ギリシアでは信仰の一形態として、個人がその篤く信奉する神々に捧げ物をする奉献（ἀνάθημα）という行為が広く流布していた。武人が戦勝を記念するため、また無事帰還を祝って武具や鼎を奉納したり、各種の職業の人々が感謝の念を込めてその仕事にまつわる道具を奉納したり、農民が豊作を祈願して供物を捧げたり、人々が病気平癒を感謝して医神に捧げ物をしたりするのがそれである。その際それに伴って、当の神々に対する祈願や感謝の念を表わす短い韻文を添えるという風習が古くからあった。多くはエレゲイア詩形による韻文で書かれ、一応詩の形はとっているが、あくまで実用を目的としたこのような奉献のエピグラムは、古典期からヘレニズム時代さらにはビザンティン帝国時代を通じて、一貫して作られ続けた。無論そのほとんどが作者不明である。ヘロドトスはその『歴史』第五巻の中で、彼が見たという、アポロンに捧げられた鼎に「カドモスの文字」で刻まれていたという刻文を引いており、またヘクサメトロス調で刻まれていたという二つの刻文をも掲げている。起源から言えば、これがエピグラム本来の姿であった。

その一方で、前四世紀末頃からこのようなエピグラムに文学テクストとしての価値が認められるようになり、それに応じてアレクサンドリアの詩人たちが競ってこの分野に手を染めるようになった。「エピグラム作者（ἐπιγραμματοποιός）」の名をもって呼ばれる詩人（ポセイディッポス）が登場したのは前三世紀のことである。ヘレニズム時代に入るとそれが急速に発展を遂げて、やがて実用目的を離れた文学的な創作としての奉献詩（ἀναθηματικά）にまで成長し、『ギリシア詞華集』第六巻に見るような、しばしば詩的・文学的価値をもつ詩作品として、エピグラム詩の主要な柱の一つとなったのである。奉献詩の作者たちは、それまでの匿名を脱して明確な個性をもった詩人として姿を現わすこととなった（名前がそれとはっきりわかっているエピグラム作者は、前四世紀後半のサモスのイオンである）。ひとたび文学的虚構としての奉献詩が登場するや、詩作が学問・

学識と結びつき、「文学から文学を作る」ことを身上とし、模倣・模擬を特色とするヘレニズム文学の風潮に乗って、模倣は模倣を生み、また変奏を呼んで、同工異曲の膨大な数の奉献詩が生み出された。もっぱら『ギリシア詞華集』第六巻に収められ、今日われわれが眼にする奉献詩の大方は、このような文学的な創作である。タラスのレオニダスの作に見るように、ギリシア世界に生きた多種多様な人々による奉献を詠った詩は、後期ギリシア人の生活の諸相とかれらの心性を映し出す鏡として、われわれの歴史的な関心を惹きうるものとなっている。

エピグラムの中で奉献詩に次いで、と言うよりも奉献詩以上に重きをなし、その中枢をなしているのが碑銘詩・哀悼詩（ἐπιτύμβια）である。ここには実際に墳墓から採取された墓碑銘も含まれる。

古代ギリシアでは、故人に関する記憶をとどめるため、死者の出自や経歴、事績、また哀悼の言葉を、墓碑や墓石に刻文として刻むということがやはり広く行なわれていた。それらの「墓に刻まれた銘文（ἐπιτάφιον）」の大方は散文によるものであったが、韻文による刻文もまた早くから作られていた。韻文を用いた碑銘・刻文はアルキロコスの名のもとに伝わる第七巻四四一番の詩が真作だとすれば、前七世紀にまで遡ることとなる。その真贋は定めがたいが、墓や奉献の品に刻まれた短い詩の形をしたエピグラムは、同世紀後半にはすでに存在した。奉献詩と同じくそれに用いられたのはもっぱらエレゲイア詩形であった。このような韻文による墓碑銘は、奉献の銘刻文と同じく、古典期以前からヘレニズム時代、下ってはビザンティン帝国の時代に入ってもギリシア世界で作られ続け、膨大な数の墓碑銘が、ギリシア世界全土さらには小アジアに至るまでの広い地域で生産され続けたのであった。その作者は多くは有名無名の詩人たちであったものと思われる。

それらは本来死者に捧げ、故人の記憶をとどめるための実用的な目的をもつもので、死者と不離の関係にあるものであった。にもかかわらずその中には、文学的な創作ではないが、きわめて格調高く、詩的・文学的な香気をたたえた、すぐれた詩作品たりえている作もあることは、第七巻に収められた幾篇かの本物の墓碑銘が示すところである。詩人たちがその制作にかかわっていることもあって、本物の墓碑銘とそこから発生した文学的虚構としての碑銘詩の境界は必ずしも明確ではなく、その詩的・文学的価値もしばしば接近している。

このような墓碑銘から、シモニデス、アイスキュロス、プラトンの作に見るような、作者である詩人がその無名性を脱して、みずからの名を冠した碑銘詩を作るようになった（もっともこれらの詩人たちが作ったのは碑銘詩ばかりではなく、本詞華集に見られるように、さまざまなテーマでエピグラムを書いていることは言っておかねばならない）。悲劇詩人エウリピデスもまた碑銘詩を遺している。さらには一歩進んで、ヘレニズム時代に入ると文学的虚構としての碑銘詩・哀悼詩が生まれ、これが大いに発展深化して数多くの傑作を生むに至った。奉献詩と同じく、碑銘詩・哀悼詩は実用目的から解き放たれて、独立した文学作品としての地位を獲得したのである。詩人たちは委嘱を受けて、有名、無名の実在の人物のために墓碑銘を作り続ける一方で、詩的想像力を駆使して、往昔の人物や英雄たちを詠う架空の碑銘詩・哀悼詩を生み、果ては小動物を弔った詩や、滑稽、諧謔を旨とする碑銘詩・哀悼詩のパロディーに至るまでの、死にまつわる多種多様な碑銘詩を作って、死の諸相をそこに映し出したのであった。それはさながら死の万華鏡であって、われわれはそこにさまざまな死の形と、それに反応したギリシア人の心性を窺い見ることができる。また碑銘詩・哀悼詩の形をとってはいるが、神話的上の人物や古の詩人たちの頌詩にほかならない作もある。

碑銘詩・哀悼詩が逸名の作者による墓碑銘から発達して、詩文学としての性格を深めて行く上では、対ペルシア戦争におけるギリシア人戦士の死を悼んだシモニデスによる名高い碑銘詩が大いに寄与したことは疑いを容れない。また前四世紀末から前三世紀初頭に、アテナイの人ピロコロスがアッティカの墓碑を採取して書物として刊行した『アッティカの墓碑銘（*Ἐπιγράμματα Ἀττικά*）』が詩人たちに刺激を与え、創作意欲を誘って詩作品としての碑銘詩を数多く生ましめることになったものと推測されている。その意味でも、エピグラムは当初から bookish な色彩の濃い文学だったと言えるであろう。奉献詩と同じく、この領域でもヘレニズム時代以降は、先人の作に学んでこれを改鋳変奏するという「点鉄成金の詩学」に則り、先人の作の換骨脱胎を目指した模倣・模擬、変奏が盛んとなって大量の作品が生み出された。かくして少なからぬ傑作が生まれる一方で、われわれ後世の読者の眼には同工異曲の作と映る、内容、措辞ともによく似通ったあまたの碑銘詩・哀悼詩が作られ続けたのである。その印象は、あたかもわが国の『国歌大観』を通覧する際のそれにも似ている。全体として碑銘詩・哀悼詩は多くの傑作、佳作を数えるが、時代が下り、詩人たちが創造力を失うと、惰性によって生まれた、単なる先人の作の模倣に終わっている詩も少なからず見受けられるようになった。

いずれにせよ、古くはギリシアのエピグラムと言えば、もっぱら右記二種類の詩、つまりは奉献詩と、碑銘詩・哀悼詩に限られていたと言ってよい。

次に、ギリシアのエピグラムの中で奉献詩、碑銘詩・哀悼詩に劣らず重要な位置を占めている愛の詩についてはどうであろうか。

『ギリシア詞華集』を華やかに彩っているのは、もっぱら第五巻と第十二巻に収められている愛の詩である。しかしこれは本来のエピグラムである奉献詩、碑銘詩・哀悼詩とは異なり、ある時期に一人の詩人の手によって生まれ、以後急速に発展し流布した派生的な領域なのである。先に第五巻の解説でも触れたように、この種類の詩は元来、エピグラム本来の姿である奉献詩、碑銘詩・哀悼詩とは、最も遠いところにあるものであった。ヘレニズム時代に入ってポセイディッポス、タラスのレオニダス、カリマコス、テオクリトスなどの詩人たちが出て、エピグラムが詩文学としての位置を確立すると、それにともなってエピグラムは一つの新たな領域を獲得し、その幅が一気に広がることとなった（アレクサンドリア派詩人の総帥カリマコスは、エピグラムのみならずさまざまな種類の詩を書いたが、この詩人が詩文学としてのエピグラムの質を高めた功績は大きい）。

その新たな領域とは、詩人アスクレピアデスにはじまる愛の詩としてのエピグラムの誕生にほかならない。詳しくは第五巻の解説をご覧いただきたいが、ともあれ、このサモスの詩人アスクレピアデスが、それ以前はもっぱら独吟抒情詩やエレゲイアによって歌われていた愛というテーマを導入して、エピグラムの園に新奇で華麗な花を咲かせたのであった。その影響は絶大であり彼に続く詩人たちによる多くの模倣を生んだが、とりわけ愛を詠って詩名一世に高かったシリアはガダラ出身の詩人メレアグロスが、精妙華麗な詩を数多く生み出したことによって、愛の詩は、ギリシアのエピグラムの中の第三の柱として、格別の重みを担うに至った。このような愛を詠う詩が一気に花開きエピグラムの世界に華麗な彩りを添えるようになった背景には、アレクサンドロス大王の東征以後ギリシア世界が東方にまで広がり、東方世界特有の、官能性豊かな頽唐たる気風が、ギリシア詩の中に流れ込んだということがあった。愛の詩はそれ以前から存在した酒宴詩・飲酒詩（συμποτικά）としばしば絡み合い、融合した形で、あるいはそれと手を携える形で発展・展開してゆく。ヘレニズム時代以降は、愛の詩としてのエピグラムは隆盛を極め、愛を詠った詩によって名を高めた詩人が輩出した。中にはひたすら稚児愛をテーマとして愛の詩を書き、それを一書となして（第十二巻「稚児愛詩集（ムーサ・パイディケー）」がそれである）後世に名を知られるストラトンのような詩人も出た。そしてついには、かつてはサッポー、アルカイオス、アナクレオン、ミムネルモスなどの詩人によって繰り広げられていた愛をテーマとする独吟抒情詩を押しのけて、それにとって代わることとなったのである。それは全体として遊戯性が濃く、よかれ悪しかれ「あそび（lusus）」としての色彩を帯びている。さらに時代が下ると機会詩としての性格を強め、わが国の王朝貴族にとっての和歌同様に、社交の道具としての側面が備わってもきた。キリスト教による支配力が強く、一種の神聖政治が行なわれていたビザンティン帝国時代には詩も硬直化して、愛の詩は栄えなかった。ユスティニアノス一世に仕えた詩人パウルス・シレンティアリウスが、古典期の詩人たちに学んだ擬古体による繊細優美な愛の詩を生んだのは例外である。

『ギリシア詞華集』に見る愛の詩（エローティカ）が精神性が希薄で、基本的には官能愛、性愛の詩であって、近代の恋愛詩とは大いに趣を異にするものであることは、第五巻の解説で説いたところである。

ギリシアのエピグラムを特色づけているもう一つの側面は、そこに数多くの事物描写詩（エピデイクティカ）が含まれていることである。これもまた奉献詩や墓碑銘・碑銘詩と並んで、古くからエピグラムを形成する小さからぬ部分である。『ギリシア詞華集』第十六巻は、絵画や彫刻などの芸術作品を描写した詩（エクプラシス）から成っている。詩による事物描写、詠物という行為はなにもギリシア詩に固有のものではないが、それがひとつの伝統としてあまたの詩人たちによってなされ、数多くのエピグラムとして生み出されたというところに、文学現象としての特色、特質が認められるのである。

ギリシア人は芸術的天分にすぐれ、数々のすぐれた建築や彫刻、絵画などを生んだが、それらのさまざまな事物とりわけ芸術作品を言葉をもって描写して一篇の詩となし、これに芸術的形象を賦与するという行為（エクプラシス）も、またかれらの好むところであった。銅像や彫刻や彫刻、絵画などの造形芸術、視覚芸術を、言葉をもって再現しようとしたのである。ギリシア人がつとにかような詩による事物描写を好んだことは、ホメロス『イリアス』第十八歌における、「アキレウスの盾」の精細を極めた芸術的な描写からその一班を窺うことができる。もっとも、事物描写詩が広まったのはヘレニズム時代以降、それもかなり時代が下ってからのことである。それがいかなるものかは、『ギリシア詞華集』第二巻に収められた実に四一六行にも及ぶ「テーベのクリストドロスの銅像描写詩」、第九巻の後半部を占めている、二五〇篇近い実に多様な事物描写詩、第十六巻の大半を占めている、芸術作品の描写詩（エクプラシス）を主体とする事物描写詩が示すところである。第九巻の事物描写詩に見られるように、時代が下ると、事物描写の対象は芸術作品のみならず、浴場のような公共建造物から公衆便所に至るまでのありとあらゆる事物に及んでいる。中国古典詩の詠物詩などとは異なり、ギリシアの事物描写詩は概して芸術性、文学性には乏しく、絵画や造形芸術を描写した詩にしても、芸術批評と言えるほどの域に達している作は稀であって、詩としては取るに足らぬ作がほとんどである。

もっとも、ギリシア人が芸術作品に対していかなる反応を示したかということを窺わせる、鏡としての役割は果たしていると言える。さらには、事物描写詩がその後失われた建築物や芸術作品を描写し詠っているために、それらを通じて、失われた古代世界の一端を垣間見ることができるという点で、この種の詩もそれなりに歴史的な存在価値はあることは、第九巻の解説で指摘したとおりである。

それ以外のエピグラム

『ギリシア詞華集』おいて、われわれ近代の読者の眼に最もエピグラムらしく映るのは、第十巻にもかなりの数が見られ、第十一巻に集中的に現われる風刺的エピグラムではなかろうか。エピグラムというものを、「鋭い機知と皮肉を交えた辛辣な寸鉄詩」という概念で捉えているわれわれにとっては、この種の詩が最もよくその概念に一致するからである。だがその実、エピグラムの代名詞のように思われている風刺を旨とするエピグラムは、その本来の姿、機能からはほど遠いものであって、かなり時代が下ってから発生し、形成されたものなのである。それは愛の詩（エローティカ）と同じく、エピグラムが完全に個人による文学的創作として意識されるようになってから生まれた、いわば派生的な領域であり、まさに軽文学そのものであった。ただ、周知のごとくローマに風刺詩人マルティアリスなる人物がいて、その名高い『エピグラム集』が強烈な風刺的色彩を帯びており、後世への影響力が絶大であったために、エピグラムと聞くと、後世の人々はまずはマルティアリス風のものを想像してしまうのである。

風刺詩（σκωπτικά）としてのエピグラムは、ローマの詩人マルティアリスやルキリウスの風刺詩（saturae）

とはやや性質を異にするものであることは、第十一巻の解説で述べたのでここでは繰り返さない。それ以前は単発的に現われていたにすぎない風刺詩を、エピグラム中の一領域とした功績は、ネロ帝の時代の詩人ルキリオスに帰せられることも、やはり先の解説で触れた。また個性的で端倪すべからざる風刺詩人として、すでにキリスト教の天下となった後四世紀のアレクサンドリアで、異教徒として悲惨な生涯を生きたパルラダスがいることも述べた。風刺、揶揄の対象となるものは、医者、弁論家、哲学者、あるいは身体障碍者というふうに伝統的に決まっており、概して人間観察の詩としては深みを欠き、俗に流れ、むしろ浅薄であると言ってよい。『ギリシア詞華集』全体の中においては、揶揄風刺を事とするエピグラムは、その中枢をなす奉献詩、碑銘詩・哀悼詩、愛の詩（エローティカ）、事物描写詩などよりも比重は軽く、また真に傑作と言える作品も少ない。

　以上で、エピグラムの四つの大きな柱であり、主要な領域である奉献詩、碑銘詩・哀悼詩、愛の詩（エローティカ）、事物描写詩（エピデイクティカ）について、さらには派生的な領域として遅く発生したが、エピグラムの一翼を担う風刺的エピグラムについて、その起源、発生や発展に重点を置いて概観を試みてきた。しかし先に述べたとおり、ギリシアのエピグラムの包摂する範囲はきわめて広く、詩形、詩律の許容の範囲の広さからはじまって、そのテーマは諸事万端、人事百般に及んでおり、さまざまな詩がエピグラムの名をもって呼ばれ、膨大な集積をなしているから、ここでそのすべてを眺め渡し解説することはできない。繰り返し言えば一口にエピグラムと言っても、そのテーマも内容も、制作の動機も意図も、またその文学的・詩的価値も、歴史的な意味合いも、およそ一様ではないからである。

これまでに触れてこなかった種類のエピグラムのいくつかについて、簡略に述べておく。『ギリシア詞華集』全体を通覧すると、そこには「なぜかような詩が詞華集に収められたのか」、「これはそもそも詩と言えるのか」と疑問を抱かされるような作品が少なからずある。第一巻として冒頭に置かれた、内容からしておよそギリシアの詩らしくないばかりか、信仰告白の証ではあっても文学的にはきわめて価値の乏しい「キリスト教エピグラム集」がまずそれである。また第八巻全体を占めている教父ナジアンゾスのグレゴリオスによるエピグラムのように、おそろしく詩想にも詩興にも乏しく、キリスト教信仰を持たぬ者にとってはひたすら退屈でしかない凡庸な作品も、その一部分を担っている。この二つの巻に収められているキリスト教信仰の証としての詩を別とすれば、『ギリシア詞華集』は全体として宗教色は薄いと言える。すでにキリスト教世界となっているビザンティン帝国の時代の作品でさえも、なおそうであって、むしろ異教的色彩が漂っている。少しもギリシア的ではなく、詩としては読むに堪えない「キリスト教エピグラム集」にせよ、グレゴリオスのエピグラム集にせよ、ともかくはエピグラムであるから、それらが『ギリシア詞華集』に収められているのは、わからぬでもない。しかし第十四巻に収められている謎々や算術の問題集までが、エピグラムとして扱われているとあっては、アリストテレスの『詩学』をふりかざして、韻文で書かれたものが必ずしも詩ではない、とあらためて強調したくもなる。原作自体が詩とは言えず、ただ韻文で綴られているだけのこの類の作品は、文学としては無意味であって、もっぱら後期ギリシア人の生態やその文化を知る上での、文化史的な意味をもつものでしかない。

右に述べたようにエピグラムは、そのテーマが実に多岐にわたり、多種多様な内容を包摂しているが、その中枢をなす四つの領域の詩と風刺詩のほかにも、それなりに注目に値したり、またわれわれ後世の読者の関心を惹きうる種類の詩がいくつかはある。それについても一言しておこう。「酒宴詩・飲酒詩」と「勧告詩」とを除けばいずれも一つのまとまった分野、領域を形成しているわけではなく、そのテーマや内容によって、「牧歌的エピグラム」、「追懐詩」、「述懐詩」などというふうに呼んでいるだけの話である。

その一つはテゲアの女流詩人アニュテにはじまり、主としてペロポンネソス半島の詩人たちによって作られた牧歌的エピグラムである。これもエピグラムがすでに詩文学の一形式として確立し、成熟に向かいつつあった時期の産物で、テオクリトスを創始者とする本格的な牧歌に比べればいずれも小品であるが、美しい自然界における牧人たちの閑雅な生活を、あるいは牧歌的な風景を、軽やかで流麗な筆致で歌い上げた女流詩人アニュテ、ムナサルカス、伝プラトン、テオクリトスなどの牧歌的作品は、その清新な響きで近代人をも魅了しうるものであろう。日本や中国の詩人たちに比べると、ギリシアの詩人たちは概して自然に対しては冷淡であるが、自然の風景に対する感覚、感応を絵画性豊かに詠っている点で、捨てがたい魅力がある。

さらには、『ギリシア詞華集』を読者にとって楽しいものとしている種類の詩として、かなりの数が見られる酒宴詩、飲酒詩（συμποτικά）が挙げられる。先に述べたように、両者はしばしば愛の詩（エローティカ）と重なり合い、絡み合った形で登場している。愛を詠う詩と同じく、酒宴詩、飲酒詩も古くはエレゲイアや独吟抒情詩が担っていた分野であった。それがエピグラムが詩文学として成熟し、そのテーマが拡大するにつれて、次第に抒情詩の領域を侵し、やがては完全にそれにとって代わることとなったのである。エピグラムとして酒宴詩、飲酒詩が登場するようになった背景には、アッティカで歌われていた酒宴歌（σκόλιον）の影響もあったであろう。

これらの酒宴詩、飲酒詩は、政治的志を同じくする同志たちを前にして酒席で共に歌われることを意図したアルカイオスの飲酒詩などとは趣が異なり、また己の酔境、酔態を歌い、酒楽を讃えたアナクレオンの酒にまつわる詩とも詩境を同じくしない。その大方は酒宴を楽しみ、飲酒を勧め、快楽主義を打ち出して carpe diem 的な観念を称揚するもので、ライト・ヴァース、軽文学としてエピグラムの面白さを味わわせてくれる類の詩である。古来「詩酒合一」の観念に支えられ、有限の生を生きる「推移の悲哀」を忘れさせる「忘憂物」、「銷憂薬」としての酒を詠った中国の詩人たちの詩に比べれば、『ギリシア詞華集』の飲酒詩はいかにも底が浅いとの感は否めない。哲学的な諦念や、人間存在への省察を秘めたオマル・ハイヤームの『ルバイヤート』のような詩境ともまた遠い。にもかかわらず、ポセイディッポスや、マルクス・アルゲンタリウス、ルピノスの飲酒詩などのように、エピグラムならではの軽快さをもって酒楽を讃えている詩として、現代のわれわれをも楽しませるだけのものはもっている。浅酌低唱向きの酒詩と言うべきか。

ギリシアのエピグラムの中でやや特殊なものとして、第十巻の冒頭部に置かれ、一つの詩群をなしている「勧告詩（προτρεπτικά）」なるものがある。浜辺や港を護る神としてのプリアポスが春の到来を告げ、航海を促すといった内容の詩、あるいはそれに類する勧告の詩である。パターン化した陳腐な作がほとんどで、詩的興趣は乏しい。「勧告詩」とは呼ばれていないが、実質的にはそのような内容を持つ、トゥキュディデス、ヘラクレイトスの著作を読む人への心得を説いた逸名の作などのほうが興味深い。

また「牧歌的エピグラム」などと同じく、一つのまとまりをなしているわけではないが、「追懐詩」、「懐古詩」とでも名付けるべき一連の詩があって、『ギリシア詞華集』に魅力を添えている。第七巻、第九巻に詩群として現われる、トロイアをはじめ、ミュケナイ、コリントス、アルゴス、デロスといった往昔は繁栄を誇り、いまは空しく滅び去った都市を懐古し、哀惜の念をもって偲ぶ詩がそれである。世に万古不易、永世不変のものはなく、すべてはうつろい、滅びゆくことを古都の運命に託して詠ったそれらの詩は、無常観を好むわれわれ日本人の心に響くところがあろう。柿本人麻呂の旧都近江を傷む歌などを思い併せれば、その思いはいっそう深まるはずである。シドンのアンティパトロスの「コリントス懐古」、ポンペイウスの「ミュケナイ懐古」、アガティアスの「トロイア懐古」などが、この種の詩として記憶にとどまる佳作である。また作品に盛られた詩想からして、一種哲学的な色彩を帯びた「述懐詩」とでも名付けるべき詩もある。時間を詠ったプラトンの詩、星辰を詠ったプトレマイオスの詩などがそれで、小品だが印象深い。ここに挙げたもの以外のエピグラムについては、それぞれの巻に付した解説をご覧いただきたい。

『ギリシア』詞華集の成り立ち

『ギリシア詞華集』とはどんな詞華集か

エピグラムとはどんな詩かをひとわたり概観したところで、次に、今日われわれが手にする『ギリシア詞華集』とはどんな詞華集で、またいかなる形で成立したのか、そのあたりをも略述しておこう。

今日われわれが接する『ギリシア詞華集（*Anthologia Graeca*）』とは、実は近代に入ってからの名称であって、この膨大な詞華集が古来その名をもって呼ばれていたわけではない。これはわかっているかぎりでは、シリアはガダラ生まれの詩人メレアグロスが前一〇〇―八〇年頃に編んだ詞華集をその最初の母胎とする、いくつかの詞華集、詩選集の集積であり、それらを吸収して現在の形になったものである。そもそも詞華集（anthologia）とは「花を集めたもの」の意で、詩をよりすぐって集めた詩選集のことである。詞華集というものはヘレニズム文化の中で生まれた、本質的にヘレニズム的な産物であるが、その濫觴をなしたのがメレアグロスであった。果たしてメレアグロス以前に詞華集が存在したか否かは明らかではないが、仮にあったとしても、それらは伝存してはいない。しかしさまざまな個人の詩集や、複数の詩人たちの作品を収めた詩選集が存在したことは確実であり、メレアグロスはそれらの中から己の好む詩人たちの作品を精選して、その詞華集『花冠（Στέφανος）』を編んだのである。キリスト教会による異教の書物焚書という暴挙により消失したが、アレクサンドリアの大図書館には九巻からなるサッポーの詩集があったことはよく知られており、その他の古典期までの詩人たちの作品集もあったことは確かで、前四世紀にはテオグニスの詩（真作ではないものも含むが）をまとめた『テオグニス集』なども世に出ていた。無論テオクリトス、カリマコスをはじめとするヘレニズム時代の詩人たちの詩集も出回っていたことは間違いない。メレアグロスはその中から、彼がエピグラムと見なした精華を摘み取ったわけである。そしてメレアグロスの手になるこの詞華集こそが、今日の『ギリシア詞華集』の母胎となりまた中核となったのである。メレアグロスは、多くの自作の詩をも含む詞華集に、編み入れた詩人たちの詩を、花に喩えた華麗な序詩を添えて（第四巻所収）、これを飾った。

メレアグロスの『花冠』は、入念かつ周到に考えられ配置された詞華集であったことがわかっている。わが国の『古今集』の編者が、テーマ別に和歌の「部立」を行ない「春」、「恋」、「哀傷」、「物名」云々というふうにこの歌集の歌の配列を行なったように、メレアグロスの詞華集はテーマ別に四巻に分けられ（古代の書物は巻物の形をした巻子本（かんすぼん）であったから、文字どおり四巻であった）、碑銘詩・哀悼詩が二九〇篇、奉献詩が一三五篇、事物描写詩が五〇篇、愛の詩が二七〇篇、総数八〇〇篇ほどから成る詞華集であった（その数をより少なく見積もり、七五〇篇程度とする研究者もいる）。

しかも模倣や変奏によって生まれた詩は、まずモデルとなった作品を先に置き、それに続いて模倣作を置く、という具合に配列されていたようである。このような作品の配置、配列はこの詞華集を吸収したケパラスの詞華集にも、その痕跡をとどめている。収めるところの詩人は古くはアルキロコス、サッポー、アナクレオンから、同時代人のアンティパトロスにまで及び、詩人たちの生地もギリシア本土、アレクサンドリアは無論のこと、イタリアからシリアに至るまで広範囲にわたっている。この詞華集は多くの詩人たちによって受け継がれたと思われるが、後に述べるようにコンスタンティノス・ケパラスの詞華集に吸収され、そのままの形では伝存しない。メレアグロスが『花冠』のほかに、後にストラトンの『稚児愛詩集（ムーサ・パイディケー）』に併せ収められることとなった小さな詞華集をも編んでいたのではないかと推測する学者（J・W・マッケイル）もいるが、これは確認されてはいない。

メレアグロスに次いでエピグラムの詞華集を編んだのは、テッサロニケのピリッポスである。ギリシア人ながら後一世紀のローマでネロ帝の宮廷詩人として活躍したこの詩人は、エピグラムを蒐（あつ）めた比較的小さな詞華集を編み、メレアグロスに倣ってそれを『花冠』と名付けた。収められた詩人の数も二五人と少なく、またその作品も事物描写を中心とした修辞的色彩が濃く、詩的価値には乏しい作ばかりであった。それに応じてピリッポスの序詩（第四巻所収）もまた輝きを欠いている。とはいえ、後一世紀後半か二世紀初頭頃に世に出たこの詞華集を編むことで、ローマ時代のエピグラム詩人の作品を後世に伝えたという功績は認めねばなるまい。

この二人の詩人に続いて、ユスティニアノス一世の時代の官僚で学者にして詩人でもあったアガティアス・スコラスティクスが、後五六八年に、『環（Κύκλος）』と名付けられた七巻から成る詞華集を編んだ。彼自身の作をも含め彼と同時代人の詩を蒐めた詞華集であり、メレアグロスに倣って作品をテーマ別に分けたものであった。この詞華集にはアリストパネスを真似た諧謔たっぷりな序詩が付されているが（第四巻所収）、その後半部はユスティニアノス帝へのお追従の頌詩となっている。作品を収められた詩人の多くが凡庸だったためか、ほんのわずかな間しか流行せず、消えてしまったらしい。

それに先立って、後一世紀の詩人ルピノスが自作を多く含む詩選集を出しており、サルディスの詩人ストラトン（後二世紀後半の人）が、一〇〇篇ほどの自作の詩に、他の名のある詩人たちの作品を加えた、少年愛の詩のみから成る詩選集『稚児愛詩集（ムーサ・パイディケー）』を世に送っていた。またハドリアヌス帝の時代（在位、後一一七―一三八年）に、ポントスのヘラクレイアの文法学者ディオゲニアノスが、酒宴詩と風刺詩を中心にした詞華集『エピグラム詞華集（Ἐπιγραμμάτων Ἀνθολόγιον）』を編んだことがわかっているが、これは失われた（「詞華集」の意味で anthologion［複数は anthologia］という語が用いられたのは、これを嚆矢とする）。またテオドシウス一世の治下に生きた後四世紀の教父ナジアンゾスのグレゴリオスが、後に『ギリシア詞華集』の第八巻を占めることとなったエピグラム集を公にしている。ここまでがいずれも、その後『ギリシア詞華集』に吸収され、その一部を構成することとなった古代の詞華集ならびに詩選集、詩集である。

　これらの後を承けて、後九〇〇年頃、ビザンティンの学者コンスタンティノス・ケパラスが、それまでに書かれたエピグラム詩の集大成である詞華集を編んだ。これはそれまでに現われた最大の詞華集であって、メレアグロスの『花冠』をはじめ、これまでに挙げた詞華集、詩選集、詩集を吸収したものであった。ケパラスの詞華集がどれくらいの数の詩を収めていたかは、正確にはわからないが、これを基盤としたいわゆる『パラティン詞華集』が、三七〇〇篇という膨大な数の作品を収めているところからして、ほぼそれと同じものであったことは疑いない。そしてこれが実質的には『ギリシア詞華集』の母胎となり原型となったのである。とは言っても、ケパラスは右記の詞華集に収められた詩をすべて採り入れたわけではなく、その中から精選して己の詞華集を編んだのであった（またメレアグロスの『花冠』にしても、他の詞華集、詩選集にしても、ケパラスの時代に至るまでに完全な形で伝わっていたわけではなく、失われた作品も相当あったものと想像される）。それはテーマ別に入念に分類、配置されており、「愛の詩（エローティカ）」、「奉献詩」、「碑銘詩・哀悼詩」、「事物描写詩」、「勧告詩」、「酒宴詩・飲酒詩」、「風刺詩」の六つの巻と「ストラトンの『稚児愛詩集（ムーサ・パイディケー）』」から成っていたことがわかっているが、いかなるゆえか編纂の意図を最後まで貫徹できぬまま終わっており、不完全な形で世に出たらしい。ケパラスの詞華集そのものはそのままの形では伝存しないが、そこに編まれた詩は、それを引き継いだ、より大きな、今日の『ギリシア詞華集』の前身である『パラティン詞華集（*Anthologia Palatina*）』に吸収され、収められた。

ケパラスよりほぼ一世紀経った後九八〇年頃に、逸名のビザンティンの学者（あるいは学者たち）が、ケパラスの詞華集を改訂、増補した、全一五巻、詩人三二〇名による三七〇〇篇のエピグラム詩を収めた膨大な詞華集を編んだ。本書各分冊の「凡例」に掲げたごとく、そこに収められた詩はほぼテーマ別に分類配置され、それぞれの巻をなしている。煩を厭わず、ここで全巻の内容を列挙すれば以下のとおりである。

第一巻「キリスト教エピグラム」、第二巻「テーベのクリストドロスの銅像描写詩（エクプラシス）」、第三巻「キュジコスの碑銘詩」、第四巻「三つの詞華集への序詩」、第五巻「愛の詩（エローティカ）」、第六巻「奉献詩」、第七巻「碑銘詩・哀悼詩」、第八巻「ナジアンゾスのグレゴリオス作のエピグラム集」、第九巻「述懐詩・風刺詩・牧歌・芸術作品などの事物描写詩など（エピデイクティカ）」、第十巻「勧告詩・教訓詩など」、第十一巻「飲酒詩・風刺詩」、第十二巻「ストラトンの『稚児愛詩集（ムーサ・パイディケー）』」、第十三巻「諸種の詩律を駆使したエピグラム集」、第十四巻「算術問題集、謎々、神託など」、第十五巻「さまざまな詩　雑纂」。しかし各巻の「概観」、「解説」で触れたとおり、この詞華集における分類配置は必ずしも徹底しておらず、それぞれの巻にふさわしくない内容の詩がしばしば混入しているのが見られる。

遺憾なことに、ケパラスの詞華集を引き継いだこの壮大な詞華集は、なぜか一時は失われて世に出ることなく、これから触れるプラヌデスの詞華集に取って代わられた。そして十七世紀初頭（一六〇六年）にハイデルベルクの選帝侯プファルツ伯の図書館で、弱冠一九歳の古典学者サルマシウス（後にミルトンの仇敵となった人物）によって、その唯一の古写本が偶然に発見されるまで、長らく埋もれていたのである。それが発見されて以後、「プファルツ伯」のラテン語読みである「パラティン」を冠して、この詞華集は『パラティン詞華集（*Anthologia Palatina*）』の名をもって呼ばれることとなった。

いわゆる『パラティン詞華集』が再び世に出るまで、その間ギリシアのエピグラムが知られていたのは、ビザンティン帝国の学僧マクシモス・プラヌデスが編纂した『プラヌデス詞華集（*Anthologia Planudea*）』によってであった。神学者、修辞学者、文法学者であった博学なこのビザンティンの学僧は、一二九九年ケパラスの詞華集を引き継いだ前記『パラティン詞華集』をみずからの手で編纂し直して改変を加え、多くの秀詩佳篇を削除すると同時に、そこに収められていなかった詩四〇〇篇近くを付加して、これを七巻からなるエピグラムの詞華集としたのであった（もっぱら芸術作品の描写詩（エクプラシス）から成る右記の詩は、後に近代の学者の手で抜き出され、『ギリシア詞華集』第十六巻として扱われることとなった。この詞華集では、第七巻の愛の詩を除くと、詩はテーマ別に分けられ、収録作品がアルファベット順に並べられていた。ルピノスの性愛の詩などをはじめとする多くの愛の詩が、「猥褻」、「下品」であるとして省かれたのは、プラヌデスがキリスト教の坊主だったためであろう）。

ダンテやペトラルカとほぼ同時代人のプラヌデスが、その詞華集に最終的に手を加えたのは、西欧ではすでにダンテの『神曲』が書かれた後のことであった。その頃に至っても、ビザンティン帝国では、エピグラムはすでに遠い過去の古典ではなく、一応生きた文学として生命を保ち、また作られ続けてもいたのである。プラヌデスの詞華集は編纂の仕方が雑で、詩のテクストを勝手に裁断したり、不明な部分に推測で手を加えるなど、校訂も綿密と言うにはほど遠く、きわめて粗笨（そほん）なものと評されている。にもかかわらず、一四九四年にビザンティン帝国からの亡命学者ラスカリスがイタリアで最初の版（editio princeps）を出すまでは写本の形で流布して読まれ、以後十九世紀にヤコプスの手で『パラティン詞華集』が刊行されるまでは、唯一のギリシア・エピグラムの詞華集として幾度か印刷刊行され、世に行なわれたのである。それゆえギリシアのエピグラム詩に関心を抱くルネッサンスから十九世紀に至るまでのヨーロッパの人々は、この粗笨な詞華集によってしかそれに接しえなかったわけである。ギリシアのエピグラムのラテン語訳を成し遂げたフーゴー・グロティウスにせよ、ギリシア語によるエピグラムを書いたＡ・ポリツィアーノにせよ、エラスムスをはじめとする人文主義者たちにせよ、またデュベレーやバイフ、ロンサールのような詩人たちにしても、すべてプラヌデスの詞華集に拠っている。

僥倖にも、一六〇六年に『パラティン詞華集』の古写本が発見されてから二世紀余りの後、十八世紀半ばにようやくそれは陽の目を見た。ドイツの古典学学者Ｊ・ライスケが『パラティン詞華集』全一五巻を校訂し、そこには含まれていなかった詩四〇〇篇ほどをプラヌデスの詞華集から抜き出して補遺とし、これを第十六巻とした、全一六巻からなる『ギリシア詞華集（*Anthologiae Graecae a Constantino Cephala conditae libri tres*）』（Leipzig, 1754）を刊行したのである。ここで初めて『ギリシア詞華集（*Anthologia Graeca*）』という名称が使われ、今日われわれが眼にするような形での書物が、世にもたらされたのであった。これでそれまで世に行なわれていたプラヌデスの詞華集はいわば用済みとなり、その後さらに厳密な註解を加えた版（F. Jacobs, *Anthologia Graeca sive Poetarum Graecorum lusus ex recensione Brunckii*, 13 vols, Lepzig, 1794–1814）の刊行を見て、ようやくギリシアのエピグラムがその全容を現わしたのである。ヤコプスの版は三巻にも及ぶ註解が付されていることもあり、この学問的な版の出現によって欧米における『ギリシア詞華集』への認識は格段に深まったと言ってよい。十九世紀に入ると原詩にラテン語訳を付したデュブナーのテクスト（F. Dübner, *Epigrammatum Anthologia Palatina cum Planudeis et appendice nova*, Paris, 1864–90）が出た（幸いに訳者の手許には、第五巻のみではあるがそのコピーがあるので、これも参照できた）。

現在欧米で広く行なわれているロウブ古典叢書版のペイトン編のギリシア詞華集や、トゥスクルム版、ビュデ版（いずれも対訳）、それにトイプナー叢書版などのギリシア詞華集は、右のヤコプスの版、デュブナーの版に基づいたものである。

『ギリシア詞華集』の特質、その文学的な意味など

エピグラム詩の一大集成としての『ギリシア詞華集』の特質については、これまでにも各巻の解説や、この総説でも幾度か繰り返し述べてきた。これ以上何かを言っても文字どおり贅言でしかないが、ここでもう一度その全体としての特質や性格、その文学的な意味などを確認しておこう。

『オックスフォード古典学事典（*Oxford Classical Dictionary*）』は、『ギリシア詞華集』の本質を、いみじくも「がらくたの一杯詰め込まれた宝石の鉱脈」だと言っている。世に「玉石混交」と言うが、この四五〇〇篇近い作品を収めた膨大な詞華集がまさにそれで、しかも「玉」よりは「石」のほうがはるかに多くを占めている詩の集積なのである。『ギリシア詞華集』の特質の一つはここにある。数多くの石の中にわずかな珠玉が埋め込まれたもの、これがその真の姿である。これまで本書を含む『ギリシア詞華集』全一六巻を、拙訳によって繙いた読者は、半ば呆れ、半ば失望しつつこう思うに相違ない、「なんとつまらぬ詩が多いことか」、

「こんなものがそもそも詩か」、「よくまあ似たり寄ったりの同工異曲の作ばかり並んでいることだ」などと。『ギリシア詞華集』の中から心に適う最上のわずかな部分のみを取り出して、それをみごとな訳詩に仕立て上げた呉茂一氏の訳詩によって『ギリシア詞華集』に接してきた読者も、おそらくは同様な感想を抱かれることであろう。無論その責任の一半は、詩才乏しく呉氏のような名訳を生みえなかった訳者にある。

しかしここで一言弁ずれば、そもそも本来詩でありえない算術の問題集までをエピグラムとして収めた、無慮四五〇〇篇近い『ギリシア詞華集』自体が、佳作、傑作、秀詩の集積であろうはずがない。そこに収められた膨大な作品は、詩作品としての質、文学的価値もおよそ均一と言うにはほど遠く、不朽の傑作から取るに足らぬ凡作、愚作まで実にさまざまである。訳者の見るところ、そのうちなんとか詩作品としての鑑賞に堪え、文学として読みうる作は、よくてその一割弱、せいぜい四〇〇篇かそこらであろう。そのうち傑作、名詩と呼びうるものはさらに少なく一〇〇篇にも満たず、傑作、佳作は第五巻、第七巻などに集中していると言ってよい。その上翻訳を通じてなお後代の人々、それも文化的コンテクストをまったく異にするわが国の読者の関心を惹き、訴える作品となると、実に寥々たるものでしかない。ギリシア文化により近しい欧米でも事情は似たようなものらしく、詩として読まれることを意図して刊行されている『ギリシア詞華集』の翻訳は、その大方が数百篇程度を選りすぐったものである。先に引いたE・ロマニョリは、この膨大な詞華集を、美しい薔薇の花や灌木が荊や蔦にぎっしりと覆われたままになっている野生の森に喩え、そこに咲く花を観賞するには、鎌を手にその荊棘や蔦を切り払わねばならぬとも言っている。そうして一般に世に出ているのが、藪に手を入れて刈り込んだ、数百篇からなる『ギリシア詞華集』からの秀詩選集なのである。

また『ギリシア詞華集』が読者になじみが薄いのは、ひとつには、詩というものは本来翻訳不可能であること、とりわけ抒情詩は翻訳困難であって、訳詩が原詩の面影を偲ばせる域にまで達することは稀であるという事情もある。その中でも簡潔な言語表現を身上とし、措辞の妙、ことばの用法に詩的生命を賭けることに詩味、詩興を託することが多いエピグラムは、いっそう翻訳が困難で、しばしば翻訳を拒否する体のものである。ライト・ヴァース、機会詩としてのギリシアのエピグラムは、言葉遊びを駆使することが多く、これればかりは翻訳ではなんとしても伝えようがない。さるアメリカの詩人はこう喝破している。All the fun is *how* you say it. いかにもこれこそはエピグラムの特質のひとつで、多くの場合作品に盛られた詩想よりも、むしろあることを措辞の妙を駆使し、巧緻の限りを尽くして引き締まった形で表現することに、その詩的生命が託されているのである。

ここから発した、学問・学識と深く結びついて生まれたヘレニズム、ビザンティン文学に固有の特質が、『ギリシア詞華集』全体に色濃く影を落としているのが見られる。知性主義の支配、それにすでにこれまでにも繰り返し強調してきた、「点鉄成金」の詩学、「換骨脱胎」の原理に基づいた「模倣(ミーメーシス)の文学」としての性格がそれである。

『ギリシア詞華集』を読み進めた読者は、しばしばあまりにも似通った、まさに同工異曲の詩が並んでいることにお気づきであろうし、それに呆れもしよう。和歌における「類想歌」ならぬ「類想詩」が頻出し、時にはそのオンパレードである。このような詩文学が生まれ、長らく生産されつづけてきた背後には、すでに偉大な文学を生んだアルカイック期、古典期の文学を背負わされ、それが終焉を迎えて後に花開いたヘレニズム文学の性格、特質があり、また早くから、和歌の言語にも似て安定し固定した詩的言語としての地位を得たエピグラムが、その枠内で長らく再生産されてきたという事情もある。ビザンティン帝国時代となると、言うも更なりである。

全体としてギリシア文学は古典主義が支配しているが、ヘレニズム時代の文学はいっそうその傾向が強まり、中国の古典詩に似て「詞は古きを慕う」尚古主義に支配され、偉大な古典を範とし「文学から文学を作り出す」という性格が強い。ヘレニズム文学の代表的存在であり一代の学匠詩人と仰がれたアレクサンドリア派の総帥カリマコスがその好例である。詩人たちは詩の作者である前に、まずは偉大な先人たちの読者であらねばならなかったのである。それは、偉大な古典詩を生み出した唐詩の後を承けた宋代以降の詩人たちが立たされていた、宿命的な立場に似ており、また『万葉集』や王朝和歌を背古典として背負って歌を詠むことを余儀なくされた、わが国の中世歌人たちの立場にも似ていた。

文学における独創性が重視されまた評価される現代に生きるわれわれには理解しがたいことだが、ヘレニズム時代以降の詩人たちにとって、詩を作るということは、すなわち偉大な古典の伝統を保持し、それにつながることであった。「夫学詩者、以識為主〔夫れ詩を学ぶ者は、識を以て主と成す〕」というのは、ヘレニズム・ビザンティン時代の詩人たちの詩作に臨む基本的な態度、姿勢でもあった。詩人たる者には高い文学的教養が要求され、詩は学識と技巧をもって作るものとされていたのである。詩人たちは過去の詩人たちが築き上げた文学的遺産に通暁してこれを継承し、その中にあって先人の作品を吸収しつつ、みずからの作品を生むことを余儀なくされた。詩人は作者であると同時に、先人、同時代人の作品の熱心な読者であり、その批評家でもあった。その状況は、わが国の中世の歌人たちが置かれていた状況に、いささか似たところがある。もはや完成した和歌の言語の中に置かれた歌人たちは、「本歌取り」という技法にひとつの活路を見出したが、それと似た原理が、ヘレニズム時代たちの詩人をも動かしたのであった。そしてこの原理、傾向は、その文学を引き継いだビザンティン時代の詩の中にも流れ込んだ。

「先人の作の飽くことなき模倣」、宋の詩人黄山谷が唱えた「換骨脱胎」、「点鉄成金」と同じ詩学、詩法がエピグラム詩人たちをも支配したのである。独創性を狙うよりも、ある先人の作を選んでその変奏を試み、表現の巧緻、より洗練された措辞の妙でそれを超えようと図ること、切り口の変化や着眼点を変えることで、モデルとなった詩を巧みさで凌ぐこと、さらにはタラスのレオニダスに見るように、ある詩人が同じテーマを手を変え品を変え詠うことによって、変奏の妙を披瀝すること、かようなことに詩人の多くが情熱を傾けたのであった。つまりは一種の「本歌取り」である。そこから生まれたのが、われわれ後世の読者を呆れさせるあの大量の同工異曲の詩である。と言うよりも、われわれの眼には同工異曲、似たことの反復と映るあの文学現象である。「映る」と言ったのは、原詩で接すると、そこには詩句に宿る微妙な表現の差異や工夫、措辞の巧拙が認められるのであるが、それは所詮ギリシア語の問題であって、仮に眼を驚かすような「新詩綺語」があっても、邦訳をもってしてはこれを伝える術がないからである。少なくとも、それは訳者の力量を超えている。本歌取りによる『新古今集』の歌と、その本歌の微妙な差異、その変奏変幻の妙をヨーロッパ語で再現することはまず不可能であろう。それと同じことである。

それに加えて、これもすでに触れたことだが、「点鉄成金」が常に成功するとはかぎらず、モデルとなった詩の改鋳変奏が「点金成鉄」、「点鉄成鉛」に堕している場合も少なからずある。過度に措辞の妙を追い、いたずらに表現の奇を求めて「藻繪（そうかい）に工（たくみ）ならん」とした結果、モデルとした作に劣る詩がしばしば生まれたのであった。それに、時代が下ると詩人たちがすでに完成している詩的言語に安住して、パターン化した発想や表現に寄りかかり、惰性によって新味に乏しい詩を作ったり、安易な模倣に走った結果、似たような詩が数多く生まれたということもある。古典期までの詩人の作は作者の個性がはっきりと刻印されていて、たとえ断片であっても、誰の詩かそれと判別がつくが、エピグラムは互いによく似通っていて、どの詩人の作かはっきりしない場合が多い。ある一つのエピグラムの作者が「誰々もしくは誰々」とされるのは、そのためである。

いずれにせよ、「模倣の詩学」が支配し、「文学から作られた文学」、「詩から生まれた詩」という特質、性格が、『ギリシア詞華集』全体を覆っていることを、強調しておかねばならない。

エピグラムがその特質の一つとして、驚くべきテーマや内容の多様性を見せていることは、先に述べたところであるから、これ以上は繰り返さない。少々乱暴な言い方をすれば、そのようなエピグラムを収めた『ギリシア詞華集』なるものは、わが国の『万葉集』の挽歌を集めたものに中国の艶詩を加え、『古今集』、『新古今集』、もろもろの私家集、私選集、中世・近世の歌謡、端唄、狂歌集をつき混ぜ、それに江戸の算術書『塵劫記』の一部を付け足したような趣のある詩の一大集成なのである。この多様性、雑多な内容が、ヘレニズム時代からビザンティン帝国時代の後期ギリシア人の世界や心性を映し出す万華鏡となっているわけである。

最後にもう一つだけ『ギリシア詞華集』の特質を挙げれば、これは全体として見ると一種の軽文学だと言ってよい。軽文学という言い方が悪ければ、ライト・ヴァースであり機会詩としての性格が濃厚だと言ってもよかろう。それはまた同時に、わが国の和歌や俳句ほどではないにせよ、一般に長い詩が多いヨーロッパの詩としては短詩形文学に属する。短いものは和歌と同じ程度の二行で完結しているし、四行、六行のものが多く、八行から一二行に及ぶものはむしろ少数である。長さから言うと、大体中国古典詩の七言絶句、七言律詩程度の詩が圧倒的に多数を占めている。短い詩形であるから、そこに複雑な叙述や入り組んだ詩想、物語的要素を盛り込むことは難しく、詩想が行を追って展開発展するような構造をもった作品とすることも容易ではない。また荘重な神話的主題や、英雄たちをテーマとした重厚なテーマを盛り込む器にも適さない。むしろ和歌や短歌に似て、心の動きや有り様、感情のひだやゆらぎ、その微細なニュアンスなどを伝えるのにふさわしい詩形だと言える。アレクサンドロス大王の東征以後ギリシア世界が拡大して、ヘレニズム時代に入ると、古典期までのギリシア人が抱いていた都市国家（ポリス）や共同体への帰属意識が薄れ、個の意識が強く自覚されるようになったことも、エピグラムの隆盛に拍車をかけた。エピグラム作者たちは好んで卑近な事象を題材とし、多くは個人にまつわる単純明快なテーマを選び、それを簡潔直截で、洗練されたシャープな表現に託して表出したのである。それに際してはなによりも措辞の妙、表現の巧緻に心を砕いたことは先に説いた。無論、軽文学だからといってその内容が浮わついたつまらぬものだというわけではなく、第七巻の碑銘詩・哀悼詩に見られるような、憂愁に満ち深い悲哀を宿した詩もあれば、簡潔ながら深淵な思想を盛った哲学的な詩もあることは言っておかねばならない。もっともエピグラムには、深い内省や省察に基づいた、心底を吐露したような詩は稀ではあるが。

多様な内容の詩からなるこの詞華集の特質を、一言をもっていい表わすことには無理があるが、あえて断じてしまえば、『ギリシア詞華集』全体には、一種の「あそび（lusus）」の雰囲気が漂っているのが感じられると言ってよい。これは偉大なアルカイック期、古典期が終焉を迎え、すでに絶頂期を過ぎたヘレニズム時代以降のギリシアの詩文学が、創造性やかつての旺盛なエネルギーを失って、次第に「夫学詩者、以識為主」と心得た教養人の余技、慰みと化していった過程を反映しているかに思われる。事実エピグラムを書いたのはなにも詩人たちばかりではなく、文法学者、弁論家、哲学者、法律学者、官僚、政治家、数学者、自然学者、教父からローマ皇帝に至るまで、さまざまな教養人がこれに手を染めているのである。それは過去の中国で、士大夫、官人であれば、巧拙は別として誰でも嗜みとして詩を作ったのにも似ている。この遊戯性はローマ時代、ビザンティン時代の詩人の作にとくに濃厚に感じられ、その印象は明代や清代の詩を読むときのそれに似ている。「文学から文学を作り出す」という方法がその印象を強めていることは確かで、たとえば一見真摯な恋愛感情を盛ったかに見える愛の詩（エローティカ）にしても、愛を詠ったサッポーの詩などに比べると、遊戯性が目立つ。アスクレピアデスやメレアグロスの詩にしてなおそうであって、洗練されてはいるが軽いのである。その意味では、もっぱら題詠によって歌を読んだわが国の『新古今集』の歌人たちの歌と一脈相通ずるところがあると言えよう。

『ギリシア詞華集』が全体としてこのような性格を帯びているのは、古典期までの偉大な詩作品が、もっぱら神話的な世界や、英雄たちの世界を描き詠っていたのに対して、エピグラムは、メナンドロスの喜劇に演じられているような、卑近な日常生活に密着したところから生まれているという事情も、大きく作用していることは間違いない。酒宴詩・飲酒詩がそうであるし、タラスのレオニダスが好んで詠った下層の民、細民による奉献詩もそれである。またローマ時代に入ってから見られる、誕生日の祝いの詩や、贈り物に添えて送られた詩などは、王朝和歌の歌人たちにとってと同じく、その時代の詩人たちにとって、エピグラムが社交の道具としても機能していたことを物語っている。

以上『ギリシア詞華集』の特質や、その文学的な意味、評価などを述べてきた。続いてその受容、後世への影響などについても略述しておきたい。

『ギリシア詞華集』の受容、後世への影響など

ローマ文学における影響

『ギリシア詞華集』の影響が最も大きかったのは、全体としてヘレニズム時代のギリシア文学に学ぶところが多かったローマ文学であろう。東ローマ帝国、ビザンティン帝国時代には、『ギリシア詞華集』の作者にローマ人作者がいたことも忘れるべきではない。ウェルギリウスの友人であった詩人ガルスの伝存する唯一の作品は、『ギリシア詞華集』の中の一篇である。中国を除くかつての東アジア世界の知識人がバイリンガルな知的世界に生き、自国語のほかに自在に漢文を綴り、漢詩を作ったのと同様に、ローマの知識人もバイリンガルで、ラテン語のほかギリシア語でも著作し、また詩を書いたのであった。『ギリシア詞華集』の

作者の中に三人のローマ皇帝が名を連ねていることが、それを象徴している。以下ギリシアのエピグラムのローマ文学、ローマ詩への影響について触れるが、本書はあくまで『ギリシア詞華集』の作品そのものを邦訳によってわが国の読者の眼に供するためのものなので、こういった周辺的なことは、簡略に触れるにとどめておく。

ギリシアのエピグラムそのもののローマへの影響は、すでに前三世紀の半ばまでに見られ、世を去った著名な人物への頌詞を、ギリシアの碑銘詩に倣って墓に刻むという形でまず現われた。前二三〇年頃のものとされるルキウス・コルネリウス・スキピオのための碑銘詩（頌詞）がそれである。以後もギリシアの碑銘詩・哀悼詩、奉献詩を模した詩が作られ続けたが、いずれもラテン語によるものである。

文学的な方面でギリシアのエピグラムの影響が早くも見られるのは、ラテン文学の鼻祖とされるエンニウスにおいてである。この詩人は、キケロと小セネカによって伝えられている、スキピオ・アフリカヌスのための碑銘詩を遺している。ローマの詩人たちで、ギリシアのエピグラムの影響を深く蒙ったのは、後に『ラテン詞華集』にその作品が収められることとなるクイントゥス・カトゥルス、ウァレリウス・アエディトゥウス、ポルキウス・リキヌスなどである。かれらは同時代のギリシアのエピグラム詩人たちに倣ってその作品を書いた。またレスビアへの愛を詠って名高い詩人カトゥルルスもまた、ギリシアのエピグラムに学ぶところが多く、その影響は顕著である。普通この詩人はエピグラム作者と見られることはないが、彼自身が「小詩（versiculi）」と呼んでいるいくつかの短詩は、ギリシア的な概念からすればまごうかたなきエピグラムにほかならない。さらにはキュンティアへの情熱的な愛の詩の作者プロペルティウスにしても、ギリシアのエピグラムの模倣の跡をはっきりととどめている。またギリシアに遊学した風刺詩人ルキリウスも、『ギリシア詞華集』の風刺詩人たちの作風を模倣するところがあったが、その結果は「点鉄成金」、「換骨脱胎」がみごとに功を奏し、モデルとなったギリシアの詩人たちを凌駕して、「ローマにおける風刺詩の創始者」と見なされるほど独創的な詩を創り出した。

ローマ文学、ローマ詩へのギリシアのエピグラムの影響がいっそう強まったのは、帝政時代に入ってからのことである。キケロの友人アルキアス、ピソの庇護を受けたピロデモス、テッサロニケのアンティパトロス、パルテニオスといったギリシア詩人たちがローマに来往し、教養ある人士や詩人たちと交わったことが、その影響力を増したと見られる。ピロデモスはウェルギリウスやホラティウスとも親交があり、両詩人に影響を与えた。ローマの詩人でギリシアのエピグラムの影響を最も深く受けたのは、なんと言っても風刺詩人マルティアリスを措いてほかにない。この詩人はルキリオスなどギリシアの風刺詩人を模倣したが、後の西欧におけるエピグラムの概念を固定するほどの領域にまで高めたのは、この詩人の功績である。

ルネッサンスの西欧世界とギリシアのエピグラム

東方ビザンティン帝国は別として、ギリシア語の知識が失われ、西欧世界がラテン語一色に染め上げられていた「ラテン中世」においては、『ギリシア詞華集』がヨーロッパ人の視界に入ることはなかった（これに関するわずかな知識は、後四世紀のラテン詩人アウソニウスがその詩の中に含めた、七〇篇あまりのラテン語訳を通じてのみである）。それが西欧世界の人々の眼に触れるようになったのは、ギリシア語の知識が回復したイタリア・ルネッサンスにおいてであった。

一四五三年にビザンティン帝国がオスマン帝国の軍門に屈して終焉を迎えて後、数多くのギリシア人学者がギリシア語写本を携えてイタリアに亡命し、それにともなってそれまで西欧世界には知られていなかったギリシア古典がもたらされたことは、歴史の教えるところである。ギリシア・ローマ古典の復興からはじまったルネッサンスの機運に乗じて、ギリシア語の知識が復活し、西欧世界に新たな光をもたらしたことも周知の事実である。

『ギリシア詞華集』もそのようにして西欧世界に知られるようになったギリシア古典の一つである。この作品が初めて広く人々の眼に触れるに至ったのは、十五世紀末のことである（それ以前にも、この作品はフィレンツェなどいくつかのイタリアの都市写本の形で知られ、学者や詩人たちに読まれてはいた）。一四九四年に、ビザンティン帝国からの亡命学者ヨアンネス・ラスカリスがフィレンツェで『ギリシア詞華集』について公開講座を開き、その翌年にはプラヌデスの詞華集を刊行したのが最初である。その後一五〇三年にヴェネツィアのアルド・マヌーツィオの印刷工房がこれを刊行、これは一五二一年、一五五一年にも版を重ねている。しかし標準的な刊本となったのはアンリ・エティエンヌ（ステパヌス）が一五六六年にジュネーヴで刊行した、やはり『プラヌデス詞華集』に依拠した版であって、これは十八世紀に、ライスケ、ヤコプスが『パラティン詞華集』にプラヌデスの詞華集からの補遺を加えた『ギリシア詞華集』を世に送り出すまで、広く世に行なわれた。

西欧世界で最も早く『ギリシア詞華集』に反応し、作品にその影響が見られるのは、十五世紀のイタリアの古典学者にして詩人であったA・ポリツィアーノであろう。ヨーロッパにおける古典学の先駆者であり、「コンスタンティヌスの寄進状」が偽書であることを明らかにしたことで名高いこの人文学者は、一四七二ないしは七三年に、写本によって『プラヌデス詞華集』に接している。おそらくはこれが刺激になって、ポリツィアーノは若くしてギリシア詩人たちを模したギリシア語によるエピグラムを書き始め、これをその後も生涯にわたって続け、全部で五七篇に上る作品を遺している。それらの多くは、『ギリシア詞華集』の詩人たちの作品を巧みに改変したり、改鋳したり、その詩句を自作の中に埋め込んだりして書かれており、この詩人のギリシア語の能力がおそろしく高いものであったことを物語っている。筆者（沓掛）の眼には、その出来栄えは『ギリシア詞華集』の詩人たちのそれに、さしてひけをとらぬように映るのだが、これは外国語の詩となると鑑識眼が曇り、堂上和歌や桂園派の歌人の歌と古今・新古今の歌人たちの歌とほどの落差さえも感得しがたくなるためであろうか。ポリツィアーノはまた、ギリシアのエピグラム一五篇をラテン語に翻訳もしており、その筆になるラテン語のエピグラムにも、ギリシアのエピグラムの影響が濃厚に認められる。

また同じころのイタリアの詩人M・マルッロも、ギリシアのエピグラムを翻訳し、その影響下で、これを模したギリシア語とラテン語のエピグラムを書いている。またハンガリー出身のラテン語詩人パンノニウスにも、ギリシアのエピグラムの影響を受けたエピグラムがあり、その翻訳も遺している。

ルネサンス時代にいち早く『ギリシア詞華集』（無論、実際にはプラヌデスの詞華集だが）に注目し、また実際にこれを読んでもいた一人は、エラスムスである。ヨーロッパで最初にプラヌデスの詞華集を印刷刊行したアルドの印刷工房と縁が深かったエラスムスは、その刊本を入手して愛読していたらしい。彼は大著『格言集』にギリシアのエピグラムを四五篇も引用しており、この作品は古典を知る宝庫としてヨーロッパ全土を通じて広く読まれただけに、『ギリシア詞華集』が世に知られる上で大きく貢献したことは確かである。エラスムスの親友トマス・モアも、その『エピグラム集』の中で九〇篇ほどを翻訳しており、彼のラテン語のエピグラムにも『ギリシア詞華集』、とりわけ風刺詩の影響が見られる。

総じて十五世紀末から十六世紀初頭のイタリアの詩人たちは、ギリシアのエピグラム詩人たちの作品に強い関心を示し、それを模倣したり翻訳したりしつつ、数多くのエピグラムを生んでいる。十六世紀から十七世紀にかけてヨーロッパ全土でベスト・セラーになった『エンブレム集』の著者アンドレア・アルチャートがその代表格で、その著の中に四〇編ほどのギリシアのエピグラムを翻訳して挿入しているほか、一六五篇もの『ギリシア詞華集』の詩をラテン語訳しているのが眼を惹く。

フランスでは十六世紀の詩人たちがギリシアのエピグラムに強い関心を示し、これをラテン語やフランス語に翻訳したり、その影響下にエピグラムを書いたりしている。ニコラ・ブルボン、ジャン・ドラ、アントワーヌ・バイフといった詩人たちがそれである。バイフはフランス詩人たちのうちで『ギリシア詞華集』の詩に影響されるところが最も深かった詩人で、その『恋愛詩集』は、ギリシアの愛の詩的な（エローティカ）モチーフに満ちている。またもプレイヤード派の大詩人ロンサールも『ギリシア詞華集』に魅せられ、その詩を数多く翻訳したばかりか、とりわけ第五巻の愛の詩に強く惹かれ、『エレーヌのためのソネット』にはその影響が色濃く見られる。ロンサールがラブレーのために書いた碑銘詩なども、『ギリシア詞華集』第七巻の、さまざまな詩人たちが往古の詩人たちに寄せた文学的碑銘詩をモデルとしていることは明らかである。同じくプレイヤード派のデュベレーも、『ギリシア詞華集』の影響を深く受け、それを模倣した模した詩を遺している。

ルネッサンス以後における『ギリシア詞華集』

十七世紀に入ってからであるが、一六三一年、国際法の父として知られ、当時一流のラテン語詩人でもあったフーゴー・グロティウスが、『プラヌデス詞華集』のラテン語による全訳という大きな仕事を成し遂げた（ただし刊行されたのは一七九五―一八二二年にかけてのことである）。筆者も今回翻訳にあたってこのラテン語韻文訳の一部（第五巻）を参照したが、きわめて精確かつ優雅で明快な翻訳である。イギリスではトマス・グレイ、サミュエル・ジョンソンがやはりラテン語訳に手を染め、後者の訳は九〇篇を超えている。スコットランドのラテン語詩人G・ブキャナン、エラスムスの友人であった人文主義者学者メランヒトンなども、やはりギリシアのエピグラムのラテン語訳を遺している。

十八世紀の詩人としては、ギリシア人の血を引くアンドレ・シェニエが『ギリシア詞華集』に魅せられ、その『牧歌』や『哀歌』にギリシアのエピグラムを巧みに織り込んでいる。詩人ではないが批評家として著名なサント・ブーヴも『ギリシア詞華集』に強い関心を寄せ、とりわけメレアグロスを高く評価して、『月曜閑談』の中で、その詩の簡潔明晰な美しさを称揚している。フランスの詩人で『ギリシア詞華集』にとくに深くかかわり、またその影響を深く蒙っているのは、『ビリティスの歌』で知られるデカダンスの詩人ピエール・ルイスである。ギリシア学者でもあったこの特異な詩人は、メレアグロスの詩を酷愛し、これを全訳して世に問うている。この仏訳は、明晰で透明、みごとな出来栄えで、ルイスの詩才を遺憾なく示しているのが見られる。詩人ピロデモスを登場させている彼の小説『アプロディテ』は、アレクサンドリアを舞台とし、頽唐たる気風の漂う東方的ギリシア世界を描いているが、ここにも『ギリシア詞華集』は色濃く影を落としている。

ロシアもまた『ギリシア詞華集』に無縁ではない。シェニェの詩に惹かれていたプーシキンは、その影響を受けてギリシアのエピグラムを模した詩を数多く書いており、ヘデュロスの詩なども翻訳しているが、これは仏訳からの重訳であろう。プーシキンにはまた、詩人バーチュシュコフが仏訳から重訳した『ギリシア詞華集』からの訳詩にも影響を受けたと見られる詩がある。

『ギリシア詞華集』がルネッサンス以後の文学、とりわけ詩人たちに与えた影響は、無論以上で尽きるわけではない。それは実に広範囲に及んでいるが、ここでそれを網羅するのは、この詞華集の邦訳者にすぎない筆者の手に余ることである。この方面に関心をお持ちの読者は、巻末の参考文献中に挙げたJ・ハットンの大著に就かれるとよい。

『ギリシア詞華集』とわれわれ日本の読者

先に述べたように、『ギリシア詞華集』は、わが国では知られること少なく、まして読まれることはさらにないギリシア文学である。その理由はここでは繰り返さないが、一つには仮に読みたくとも、原典か諸種のヨーロッパ語訳によらないかぎり、その全容に接することができなかったという事情がある。そんな状況の中で、早くも戦前に西洋古典学の先達である呉茂一氏が『ギリシア抒情詩選』を世に問い、『ギリシア詞華集』の中の最良の部分である、みずからの心に適う秀詩一〇〇篇あまりを精選して、これを文学的香気の高い名訳で伝えた功績は大きい。人口に膾炙するシモニデス作のテルモピュライでの戦死者を悼む碑銘詩や、ペルシアの奥地に囚われたエレトリ人を詠ったプラトンの詩の翻訳などは、大方は瓦礫から成る『ギリシア詞華集』の中の珠玉の部分が、どれほどの美しさと魅力を湛えているかを、あますところなく物語っている。呉氏の高雅な訳詩には遠く及ばぬものの、沓掛良彦『ピエリアの薔薇――ギリシア詞華集選』も、一アマトゥールによるあそび心が目立つ身勝手な翻訳ではあるが、『ギリシア詞華集』から詩として読むに堪えると思われる二〇〇篇あまりを抽出し、紹介するという一定の役割は果たしたものと思われる。しかしこれはおよそ読まれることのない本である。

今ここに『ギリシア詞華集』は、その翻訳の出来栄え巧拙は別として、ともあれわが国の読者の前にその全容を現わすこととなったわけだが、二十一世紀の日本の読者が、遠いギリシア、それも比較的なじみの薄いヘレニズム・ビザンティン時代のギリシア人が生んだ膨大な詩の集積を覗く意味はどこにあるであろうか。ギリシアに、あるいは古代にまったく関心が無ければ致し方ないが、多少なりともその方面に関心がある読者にとっては、諸事万端、人事百般をテーマとした『ギリシア詞華集』は、後期ギリシア人の生活、生態、心情、心性を窺う上での絶好の鏡となっている。ヘレニズム時代、ギリシア世界が拡大するとともに個の意識が確立し、卑近な生活から生まれた作が多いだけに、後期ギリシア人を知る上で、またとない資料なのである。この時代のギリシア人の心を知る素材は必ずしも多くはない。瓦礫の山の中に珠玉が埋まった『ギリシア詞華集』を通読、汎読することは容易ではなく、時に苦痛でもあろうが、それを通じて、これまでは知られていなかった後期ギリシア人、ビザンティン時代の人々の姿を窺い知ることができるのである。今日われわれが『ギリシア詞華集』を読む意味の一つはそこにある。無論、そのような文化史的関心からこれに接するのではなく、膨大な詩の集積の中から自分の心に適う作品だけを拾い読みする自由はあるし、多いとは言えぬ珠玉を掘り当て、詩としてこれを楽しむことがあってもよい。そういう読者がいれば訳者冥利に尽きるというものだが、邦訳によって読者の心を動かすだけの訳詩を生むには、呉茂一氏のような異能の人たることを要する。遺憾ながら、訳者がそれに足る詩才を欠くことを深く憾みとするばかりである。

δόσις δ' ὀλίγη τε φίλη τε.（ホメロス『オデュッセイア』第六歌二〇八行、第十四歌五八行）

テクストおよび参考文献

以下各分冊の「凡例」に掲げたテクストを含めて、翻訳、訳註、概観、解説の執筆に際して用いた、または参照した文献を掲げる。リプリント版、複写版などを含めさまざまな版を利用したうえに、使用ないしは参照した程度や頻度も異なり、参酌の度合いも異なるので、配列は必ずしも刊行年代には従わず、順不同である。

テクスト

翻訳の底本としては、基本的には以下のNo. 1〜5の三種のテクストを用いたほか、No. 6〜8をも底本としている。

1. *The Greek Anthology* Volume I-V, with an English Translation by W. R. Paton, London / New York（Loeb Classical Library）, 1916-18
2. *The Greek Anthology* Volume I, Translated by W. R. Paton, Revised by M. A. Tueller, Cambridge, Mass. / London（Loeb

Classical Library), 2014（翻訳時には第二巻以下未刊）

3. *Anthologie Grecque* Tome I-XII: *Anthologie Palatine*, Texte établi et traduit par P. Waltz et al., Paris（Collection Budé）, 1929-2011

4. *Anthologie Grecque* Tome XIII: *Anthologie de Planude*, Texte établi et traduit par R. Aubreton avec le concours de F. Buffière, Paris（Collection Budé）, 1980

5. *Anthologia Graeca* Band I-IV, 2. Verbesserte Auflage, Griechische-Deutsch, ed. H. Beckby, München（Sammlung Tusculum）, 1957-58

右に掲げた三種類のテクストは全作品を収めるが、左記のテクストは『ギリシア詞華集』から作品を精選し、註釈を施したものである。

6. *The Greek Anthology: Hellenistic Epigrams* Volume I, II, Edited by A. S. F. Gow and D. L. Page, Cambridge University Press, 1965

7. *The Greek Anthology: The Garland of Philip and Some Contemporary Epigrams* Volume I, II, Edited by A. F. S. Gow and D. L. Page, Cambridge University Press, 1968

左記のテクストは右の二書の補遺で、『ギリシア詞華集』以外のエピグラムをも含む。

8. *Further Greek Epigrams*, Edited by D. L. Page, Cambridge University Press, 1981

メレアグロスに関しては、次の二書にも拠っている。

9. *Meleagro: Epigrammi*, a cura di G. Guidorizzi, Milano, 1992

10. *The Poems of Meleager*, Verse translations by P. Whigham, Introduction and literal translations by P. Jay, University of California Press, 1975

テオクリトスに関しては、次の二書にも拠っている。

11. *Carmi di Teocrito e dei poeti bucolici greci minori*, a cura di O. Vox, Torino, 1997

12. *Θεόκριτος, Μόσχος και Βίων: Βουκολική ποίηση*, Εισαγωγή, μετάφραση, σχόλια, ανάλυση: Θ. Γ. Μαυρόπουλος, Θεσσαλονίκη, 2007

カリマコスに関しては、次の四書にも拠っている。

13. *Callimachus* Volumen I, II, Edidit R. Pfeiffer, Oxford University Press, 1949-53

14. *Callimaque: Épigrammes*, *Hymnes*, Texte établi et traduit par É. Cahen, Paris（Collection Budé）, 1922

15. *Callimaco: Inni*, *Epigrammi*, *Frammenti*, Introduzione, traduzione e note di G. B. D' Alessio, Milano, 1996

16. *Callimaco: Epigrammi*, Traduzione di G. Zanetto, Introduzione e commento di P. Ferrari, Milano, 1992

アニュテ、ルピノス、ピロデモスに関しては、次の書にも拠っている。

17. *Anyte: The Epigrams*, A Critical Edition with Commentary by D. Geoghegan, Roma, 1979

18. *The Epigrams of Rufinus*, Edited with an Introduction and Commentary by D. Page, Cambridge University Press, 1978

19. *The Epigrams of Philodemos: Introduction, Text, and Commentary*, Edited and Translated by D. Sider, Oxford University Press, 1997

作品が次の書に収められているものに関しては、これも参照した。

20. *Epigrammata Graeca*, Edidit D. L. Page, Oxford University Press（Oxford Classical Text）, 1975

第五巻に関してのみであるが、コピーによって、デュブナーの次の希羅対訳のテクストも参照した。

21. *Epigrammatum Anthologia Palatina*, *Graece et Latine* Volumen Primum, Instruxit F. Dübner, Paris, 1864

第五巻と第十二巻に関しては、次の書にも拠っている。

22. *Antologia Palatina: Epigrammi Erotici*, *Libro V e Libro XII*, a cura di G. Paduano, Milano, 1989

『ギリシア詞華集』からの精選テクスト（対訳版）

1. J. W. Mackail, *Select Epigrams from the Greek Anthology*, London / New York, 1911
2. S. Quasimodo, *Fiore dell'Antologia Palatina*, Bologna, 1958
3. *Antologia Palatina*, Scelta e traduzione di S. Quasimodo, Introduzione e note di C. Vassalini, Postfazione di G. Finzi, Milano, 1992
4. R. Del Re, *Epigrammi Greci*, Roma, 1970
5. N. Holzberg, *Anthologia Graeca: Griechisch / Deutsch*, Stuttgart（Reclam Universal-Bibliothek）, 2010

註釈書（テクストの No. 6〜8 に挙げた書以外のもの）

1. A. Hecker, *Commentatio Critica de Anthologia Graeca*, Lugduni Batavorum, 1843
2. G. Ugolini e A. Setti, *Lirici greci e poeti ellenistici*, Firenze, 1974

3. N. Hopkison, *A Hellenistic Anthology*, Cambridge University Press, 1988

翻　訳

部分的に参照したグロティウスによるラテン語訳は、次の複写版を用いた。

1. *Anthologia Graeca cum versione Latina Hugonis Grotii*, Tomus II, Ultrajecti 1797 (Ulan Press, 2012)

（その他の翻訳）

2. F. Dehèque, *Anthologie Grecque*, Tome 2, Hachette, 1863

右の書はF・デエックによる第八、十二巻のラテン語訳と第十三―十六巻の仏訳とを収める。

3. M. Fernández-Galiano, *Antología Palatina I, Epigramas Helenísticos*, Madrid, 1978
4. G. G. Vioque, *Antología Palatina II, La Guirnalda de Filipo*, Madrid, 2004
5. P. Jay, *The Greek Anthology*, London, 1973
6. R. Skelton, *Two Hundred Poems from the Greek Anthology*, University of Washington Press, 1971
7. P. Louÿs, *Poésies de Méléagre*, Œuvres Complètes de Pierre Louÿs, Tome I, Paris, 1930
8. L. A. de Villena, *Estratón de Sardes: La Musa de los muchachos*, Madrid, 1980

以下の書は部分的に『ギリシア詞華集』からの訳詩を収める。

9. M. B. Sánchez, *Antología de la poesía erótica de la Grecia antigua*, Sevilla, 1991
10. R. Cantarella, *Poeti Greci*, Milano 1993

11. A. Luque, *Los dados de Eros: Antología de poesía erótica griega*, Madrid, 2000

12. J. L. Calvo Martínez, *Antología de poesia erótica griega*, Madrid, 2009

研究書・文学史等

1. U. von Wilamowitz-Moellendorff, *Hellenistische Dichtung in der Zeit des Kallimachos*, Berlin, 1973（1924）

2. J. Hutton, *The Greek Anthology in Italy to the Year 1800*, Cornell University Press, 1935

3. ———, *The Greek Anthology in France and in the Latin Writers of the Netherlands to the Year 1800*, Cornell University Press, 1946

4. L. A. Stella, *Cinque poeti dell'Antologia Plalatina*, Bologna, 1949

5. A. Lesky, *Geschichte der griechischen Literatur*, Bern, 1957

6. A. Rostagni, *Poeti Alessandrini*, Torino, 1963

7. A. Garzya, *Studi sulla lirica greca da Alcmane al primo impero*, Messina / Firenze, 1963

8. T. B. L. Webster, *Hellenistic Poetry and Art*, London, 1964

9. *L'Épigramme Grecque*（Entretiens sur l' Antiquité Classique, Tome XIV）, Vandœuvres-Genève, 1967

10. R. Cantarella, *La letteratura greca dell'età ellenistica e imperiale*, Firenze / Milano, 1968

11. C. Schneider, *Kulturgeschichte des Hellenismus* Band II, München, 1969

12. D. H. Garrison, *Mild Frenzy: A Reading of the Hellenistic Love Epigram*, Wiesbaden, 1978

13. S. Impellizzeri, *La letteratura bizantina da Costantino a Fozio*, Firenze / Milano, 1975
14. S. L. Tarán, *The Art of Variation in the Hellenistic Epigram*, Leiden, 1979
15. G. O. Hutchinson, *Hellenistic Poetry*, Oxford, 1988
16. P. E. Easterling, B. M. W. Knox (eds.), *The Cambridge History of Classical Literature Volume I: Greek Literature, Part 4: The Hellenistic Period and the Empire*, Cambridge University Press, 1989
17. P. A. Rosenmeyer, *The Poetics of Imitation: Anacreon and the Anacreontic Tradition*, Cambridge University Press, 1992
18. A. Cameron, *The Greek Anthology from Meleager to Planudes*, Oxford, 1993
19. K. J. Gutzwiller, *Poetic Garlands: Hellenistic Epigrams in Context*, University of California Press, 1998
20. M. A. Harder, R. F. Regtuit, G. C. Wakker (eds), *Hellenistic Epigrams*, Leuven, 2002
21. M. Fantuzzi, R. Hunter, *Tradition and Innovation in Hellenistic Poetry*, Cambridge University Press, 2004
22. J. S. Bruss, *Hidden Presences: Monuments, Gravesites, and Corpses in Greek Funerary Epigram*, Leuven, 2005
23. É. Prioux, *Regards Alexandrins: Histoire et théorie des arts dans l'épigramme hellénistique*, Leuven, 2007
24. P. Bing, J. S. Bruss (eds), *Brill's Companion to Hellenistic Epigram*, Leiden, 2007

邦文文献

一、呉茂一『ギリシア抒情詩選』、岩波文庫、一九五二年
二、――――『花冠――呉茂一譯詩集』、紀伊國屋書店、一九七三年

三、高津春繁『ギリシアの詩』、岩波新書、一九五六年
四、沓掛良彦『ピエリアの薔薇――ギリシア詞華集選』、書肆風の薔薇、一九八七年
五、――――「パルラダースと異教の終焉」、『東京外国語大学論集』第三十六号、一九八六年
六、――――「『ギリシア詞華集』の楽しさ」、『詩林逍遙』、大修館書店、一九九九年所収
七、――――「詩女神の末裔たち――アニュテおよびノッシスとその詩風」、前掲書所収
八、――――「ギリシアの後朝（きぬぎぬ）の歌」、前掲書所収
九、J・ポラード／H・リード、藤井留美訳『アレクサンドリアの興亡』、主婦の友社、二〇〇九年
一〇、フランソワ・シャムー著、桐村泰次訳『ヘレニズム文明』、論創社、二〇一一年

あとがき

私に『ギリシア詞華集』の翻訳それも全訳をしないかと、中務哲郎氏から打診があったのは、四年ほど前の日本西洋古典学会大会の折のことであった。畏敬する古典学の泰斗のお勧めで、ありがたいお話しであったが、正直に言って当初は大いに躊躇せざるをえなかった。なにぶん全一六巻、四五〇〇篇という膨大なエピグラム詩の集積であり、すでに古稀を越えた身で、その全訳が生あるうちに独力で完成できるとは到底思えなかったからである。それに、かつて『ギリシア詞華集』の選訳を上梓した経験から、全四五〇〇篇のうち、詩的価値を有し翻訳で読むに堪えるものが一割もないことを知っていたので、果たして全訳することの意味があるかどうかを疑わしく思っていたからでもあった。詩的価値が高いその最良の部分は、すでに呉茂一氏による名訳があるうえ、さらにはその落穂拾いという形での、私の手になる翻訳もあるので、それだけで充分ではないかと思われた（欧米においても全訳はきわめて数が少ない）。

中務氏はそんな私を説いて、ともかくも全訳すること自体に意味があることを強調され、強く翻訳を勧めてくださった。収録された詩人が三〇〇人余りと多数であることを考え、分担訳も提案したが、やはり個人での全訳をというのが編集委員会の御意向であると伺った。それで私もひとまず納得し、出来栄えは度外視して、ともあれ全篇訳了することのみを目指して翻訳にかかり、多くの難題に逢着しつつ、しゃにむに翻訳すること約二年で、ともかくも一応は全訳を果たした。最低五年はかかるものと踏んでいたので、完成前に途中で倒れることも想定し、万一の場合は翻訳を引き継いでくださりそうな方も、ひそかに当たりをつけておいてのことであった。

老来東洋回帰が進み、ギリシア・ラテンの世界を離れて和歌や漢詩に没頭し、王朝歌人や中国の詩を論ずることに日々を費やしていた老耄書客にとっては、四五〇〇篇のギリシア詩の翻訳は、実につらい仕事であった。かなりの期間離れていたため大分怪しくなっていたギリシア語に苦しめられ、註釈書を覗きながら、これもおぼつかなくなっていた羅、英、独、仏、伊、西語による訳を参照しての翻訳作業であったが、まさに苦行以外のなにものでもなかった。テクスト自体欠損や異同が多く、それにも大いに悩まされた。無我夢中で日夜翻訳にかかったので、出来上がったものを訳詩と呼べるほどに彫琢したり、語句を練ったりして精練するような余裕はまったくなく、ただひたすらにゴールを目指して突っ走ったのである。亀田鵬齋先生の言う、「身老自知性益急／気衰偏愧志愈卑〔身老いて自ら知る性益々急なるを／気衰えて偏に愧ず志愈々卑きを〕」という状態にあった老耄書客の願いは、ただただ頭が完全に呆ける前に、生きて世に在るうちに全篇をなんとか訳了したいということだけであった。一日に何篇も詩を翻訳するというあるまじき行ないが続いたが、その間、こんな行為は詩を愛する者のすべきことではないという意識にずっと苦しめられ、また訳し終えた時点で力尽き、訳の出来栄えの悪さに忸怩たる思いを抱きながら、ついに最後まで来てしまったというのが実際のところである。

その昔先師木村彰一先生のお手伝いで『アンナ・カレーニナ』の下訳をした折に、けっして翻訳を急いではならぬと先生に戒められたことが幾度か脳裡に浮かび胸が痛んだ。また昨年の神奈川近代文学館での「寺田透展」で、先師がすでに書物となっているヴァレリーの翻訳に、他日を期して飽くことなく筆を入れておられるのを見て、愧じ入るほかなかった。もっと時間をかけじっくりと翻訳に取り組めば、よりましなものになったであろうとの後悔の念はあるが、壮年のころならともかく、日々老人呆けの症状が進みつつある衰老の身でそれをしていたら、全訳は到底おぼつかなかったであろう。言い訳めくが、やむない仕義であった。

古典の翻訳に関するわが国の古典学者たちの眼は厳しい。正規の課程を踏んで古典学を修めたこともなく、古典学者を名乗る資格を欠いている私のような者の手になる翻訳が、厳密正確を何より重んずるわが国のギリシア詩研究の専門家たちの批判に堪えられるとの自信は、正直言って私にはない。欧米では、古典詩の翻訳に関してもわが国より自由の度合いが大きく、またより寛容である。ギリシア詩を翻訳した詩人文人は言うまでもなく、ベックビイやヴァルツのような古典学者たちでさえも、翻訳に関してはかなり自由にふるまい、しばしば大胆な自由訳をしているのを見て、わが国だったら到底こんな翻訳の仕方は許されまいと思いつつ、羨ましさを禁じえなかった。これが私個人の訳詩集ならば、狂詩戯文の徒としてもっと大胆に訳筆をふるって、日本語の詩として面白くもできるのだがという思いはあったが、本書もまた学術的な性格をもつ西洋古典叢書のひとつであることを考慮して、原詩よりも訳詩の出来栄えを重んじる勝手な真似は慎むこととした。その結果、原詩自体が詩的価値に乏しいものが多いとはいえ、それに輪をかけて詩趣に乏しい翻訳となってしまった。これもひとえに私の力量不足と詩才の乏しさによるもので、慚愧の念に堪えない。

拙い翻訳ではあるが、ともあれこれによって、『ギリシア詞華集』という古代ギリシア詩の一大集成の全容を、ひとまずわが国の読者に供することができた。私の知るかぎりでは、ルネサンス以降ヨーロッパでも個人で全訳を果たした人物はわずか数人しかいない。その意味ではわが国におけるギリシア文学紹介に小さな貢献はできたかとも思う。そのことに関しては安堵もしている。暗世翰墨の風無く、ギリシアの詩文などというものには冷淡かつ無関心な（と私の眼には映るのだが）わが国の読書人のことを考え、翻訳中も常にQuis leget haec?「誰ガコンナモノヲ読ムカ？」という、さるローマの詩人の詩句が幾度か念頭に浮かび、苦しい思いをした。いずれ私などより学識、詩才ともにはるかにすぐれた古典学者が、拙訳を叩き台として、立派な訳業を生んでくださることを信じたい。

最後になったが、全四冊総数二六一四頁に及ぶこの『ギリシア詞華集』の翻訳刊行に当たっては、京都大学学術出版会編集部の國方栄二、和田利博両氏には一方ならぬお世話になり、御苦労をおかけした。老来身心衰え、脳力減退を痛感していたこともあって、翻訳が未完のまま終わることを懼れるあまり、出来栄えは度外視し、ともあれ全篇を訳了することのみを目指して、全四五〇〇篇を二年弱という短時日の間に猛スピードで翻訳したので、その結果、拙速が生んだ多くの誤りや、杜撰な箇所が生じた。和田氏の手の入った訳稿を見て、われながら信じがたいほどの誤りや誤記が随所にあるのにあらためて驚き、「老来事事癲狂」の思いを深くした次第である。それを可能なかぎり指摘し正してくださったのが、自らが優秀な古典学者である和田氏である。氏は、老来懶痾相和して万事に疎懶になっている私の訳稿に、丁寧に斧鉞を加えくださった。さもなくばこの翻訳は、初歩的な誤りを含むさらに見苦しいものになっていたはずである。和田氏が杜撰な訳者の原稿に手を入れ、なんとか読むに堪える形にしてくださったことに対し深謝の念に堪えない。ただしこの翻訳にまだ誤りや粗笨な箇所があるとすれば、それはすべて訳者の責任であることは言を俟たない。この場をお借りして厚くお礼申しあげる次第である。また翻訳を勧めてくださり、お励ましをいただいた中務哲郎氏にも、心から感謝申し上げたい。

二〇一六年　捜詩の秋に

訳　者

130, 139, 157, 173, 181, 203, 325, 388
ユリウス・レオニダス（アレクサンドリアの） Iulis Leōnidas Alexandreus *XII. 20; XVI. 171*
ヨアンネス・バルボカロス Iōannēs Barbocallos *XVI. 38, 218, 219, 327*

ラ 行

リアノス Rhianos *XII. 38, 58, 93, 121, 142, 146*
ルキアノス Lucianos *XVI. 154 (?), 163, 164, 238*
レオニダス（アレクサンドリアの） Leōnidas Alexandreus →ユリウス・レオニダス（アレクサンドリアの）
レオニダス（タラスの） Leōnidas Tarantinos *XVI. 182, 190, 206, 230, 236, 261, 306, 307*
レオン（哲学者） Leōn Philosophos *XV. 12*
レオンティオス・スコラスティクス Leontios Scholasticus *XVI. 32, 33, 37, 245, 272, 283-288, 357*

パルメノン　Parmenōn　前25年頃のマケドニアの詩人。 *XIII. 18*
パルラダス（アレクサンドリアの）　Palladas Alexandreus　*XV. 20; XVI. 207, 282, 317*
パンテレイオス　Panteleios　伝不詳。 *XVI. 6a*
ビアノル（ビテュニアの）　Bianōr Bithynos　*XVI. 276*
ピリッポス　Philippos　*XIII. 1; XVI. 25, 52, 81, 93, 104, 137, 141, 177, 193, 215, 240*
ピリッポス５世　Philippos V　マケドニア王。 *XVI. 26b*
ピロストラトス　Philostratos　後２世紀末から３世紀初頭のレムノス島出身のソフィストで弁論家。アテナイおよびローマで弁論術を教授した。セウェルス帝の宮廷で厚遇され、皇后ユリア・ドムナの愛顧を受けた。 *XVI. 110*
ピロデモス　Pholodēmos　*XVI. 173, 234*
フラックス　Flaccus　→スタテュリウス・フラックス
プラトン　Platōn　*XVI. 13, 160-161, 210*
プラトン２世　Platōn Neōteros　*XVI. 248*
プロントン　Phrontōn　伝不詳。 *XII. 174, 233*
ヘゲシッポス　Hēgēsippos　*XIII. 12*
ベサンティノス　Besantinos　ハドリアヌス帝の時代の辞書編纂者。「ウェスティヌス（Vestinus）」という名になっているテクストもある。図形詩「祭壇」（25番）はこの人物の作と見られる。 *XV. 25*
ヘルモクレオン　Hermocleōn　*XVI. 11*
ヘルモドロス　Hermodōros　前２世紀頃の詩人。伝不詳。 *XVI. 170*
ヘロディコス（バビュロンの）　Herodicos Babylōnios　前２世紀の詩人。伝不詳。 *XVI. 19a*
ポセイディッポス　Poseidippos　*XII. 45, 77 (?), 98, 120, 131, 168; XVI. 68 (?), 119, 275*
ポリアノス　Pollianos　*XVI. 150*
ポリュストラトス　Polystratos　*XII. 91*

マ　行

マエキウス・クィントゥス　Maecius Quintus　*XVI. 198*
マグヌス　Magnus　後４世紀の人。ペルガモン出身の医者でガレノスの弟子。 *XVI. 270*
マケドニオス（総督）　Macēdonios　*XVI. 51*
マリアノス・スコラスティクス　Marianos Scholasticus　*XVI. 201*
マルクス・アルゲンタリウス　Marcus Argentarius　*XVI. 241*
ミカエリオス（文法家）　Michaēlios Grammaticos　後６世紀の文法家。アガティアス・スコラスティクスの従兄弟。 *XVI. 316*
ムナサルカス　Mnasalcas　*XII. 138*
メソメデス　Mesomēdēs　後２世紀の人。クレタ詩の出身の音楽家で詩人。ハドリアヌス帝の解放奴隷で、その寵愛を受けた。 *XIV. 63; XVI. 323*
メレアグロス　Meleagros　*XII. 23, 33, 41, 47-49, 52-54, 56, 57, 59, 60, 63, 65, 68, 70, 72, 74, 76, 78, 80-86, 92, 94, 95, 101, 106, 109, 110, 113, 114, 117, 119, 122, 125-128, 132-133, 137, 141, 144, 147, 154, 157-159, 164, 165, 167, 256, 257; XVI. 134, 213 (?)*
メトロドロス　Mērodōros　*XIV. 116-146*
モスコス　Moschos　*XVI. 200*

ヤ　行

ユリアノス（エジプト総督）　Iulianos apo Hyparchōn Aigyptiu　*XVI. 87, 88, 107, 108, 113,*

タ 行

ダマゲトス　Damagētos　*XVI. 1, 95*
ダモカリス　Damocharis　*XVI. 310*
テアイテトス・スコラスティクス　Theaitētos Scholasticus　*XVI. 32a, 221, 233*
ディオクレス・ユリウス　Diocles Iulius　*XII. 35*
ディオスコリデス　Dioscoridēs　*XII. 14, 37, 42, 169-171*
ディオティモス　Diotimos　*XVI. 158*
ディオニュシオス　Dionysios　*XII. 108*
ティモクレオン（ロドスの）　Timocreōn Rhodios　前 6 世紀末から 5 世紀初頭の運動家にして詩人。テミストクレスの敵であった。 *XIII. 31*
テオクリトス　Theocritos　*XIII. 3; XV. 21*
テオドリダス　Theodōridas　*XIII, 8, 21; XVI. 132*
テオドレトス　Theodōrētos　後 4 ― 5 世紀の聖職者で文法家、哲学者。 *XVI. 34*
テオパネス　Theophanēs　シリアのメガラググルの修道院長（後758―818年）。当時の著名な詩人。偶像破壊に反対したことでも知られる。 *XV. 14, 35*
デモクリトス　Dēmocritos　前 2 世紀のエピグラム作家。 *XVI. 180*
テュムネス　Tymnēs　*XVI. 237*
テュモクレス　Thymoclēs　伝不詳。前 3 世紀の詩人。 *XII. 32*
トゥリウス・ラウレアス　Tullius Laureas　*XII. 24*
ドシアダス　Dōsiadas　ロドス島出身の前 3 世紀初頭の人。テオクリトスの友人であった。図形詩『祭壇』の作者として知られる。 *XV. 26*
トマス・スコラスティクス　Thōmas Scolasticus　後 6 世紀以後の人。弁論家アリステイデスの同時代人。 *XVI. 315*
トマス・パトリキウス　Thomas Patrichius　後 6 世紀の人。パトリキウスという高官の任にあり皇帝の相談役で戦車競技場の監督官でもあった。 *XVI. 379*
トロイロス　Trōilos　後 4 世紀の人。文法学者。 *XVI. 55*

ナ 行

ニカイネトス　Nicainetos　*XIII. 29; XVI. 191*
ニキアス　Nicias　ミレトス出身の前 3 世紀初頭の医者にして詩人。テオクリトスの友人であった。テオクリトスの『牧歌』第11歌は、この友人に向けて書かれている。 *XVI. 188, 189*
ヌメニオス（タルソスの）　Numēnios Tarseus　タルソス出身の人。伝不詳。 *XII. 28*
ネイロス・スコラスティクス　Nilos Scholasticus　*XVI. 247*

ハ 行

パイディモス　Phaidimos　*XIII. 2, 22*
パウルス・シレンティアリウス　Paulus Silentiarius　*XVI. 57, 77, 78 (?), 118, 277, 278*
バキス　Bacis　ボイオティアの預言者。実在の人物かどうか疑わしいが、『バキスの預言集』なるものがギリシアに流布していた。 *XIV. 97-99*
バッキュリデス　Bacchylidēs　*XIII. 28 (?)*
パニアス　Phanias　*XII. 31*
パライコス　Phalaicos　*XIII. 5, 6, 27*
パルメニオン　Parmeniōn　*XVI. 216, 222*

エリュキオス　Erycios　*XVI. 242*

カ　行

ガウラダス　Gauradas　伝未詳。 *XVI. 152*

ガブリエリオス　Gabriēlios　後 6 世紀の人、コンスタンティノポリスの司政長官。 *XVI. 208*

カリマコス　Callimachos　*XII. 43, 51, 71, 73, 102, 118, 134, 139, 148-150, 230; XIII. 7, 9, 10, 24, 25*

ガルス　Gallus, Cornelius　ローマの詩人でウェルギリウスの友人であった。 *XVI. 89*

キュロス　Cyros　パノポリス出身の後 5 世紀の半ば頃の詩人。テオドシオス 2 世の愛顧を受けた。 *XV. 9, 10*

クィントゥス　Quintus　スミュルナ出身の後 4 世紀の叙事詩人。

クセノクラテス　Xenocratēs　ロドス島の詩人。伝不詳。 *XVI. 186*

グラウコス（ニコポリスの）　Glaucos Nicopolitēs　*XII. 44; XVI. 111*

クリナゴラス（ミテュレネの）　Crinagoras Mytilēnaios　*XVI. 40, 61, 199, 273*

クレオブロス　Cleobulos　ロドス島リンドス出身の前 6 世紀の詩人。ギリシア七賢人の一人に数えられている。 *XIV. 101*

ゲミノス　Geminos　*XVI. 30, 103, 205*

コスマス　Cosmas　後 6 世紀の人。インド洋にまで航海したので「インド洋航海者」と綽名された。世界図の作者。 *XVI. 114*

コメタス　Comētas　後900年頃の文法学者。コンスタンティノポリスで教鞭をとり、ホメロスのテクストを校訂し、それを刷新したことにより名声を得た。 *XV. 36-38, 40*

コルネリウス・ロンギヌス　Cornelius Longinus　後 1 世紀頃の詩人。伝不詳。 *XVI. 117*

コンスタンティノス（シケリアの）　Cōnstantinos Sicelos　後 9 世紀から10世紀のコンスタンティノポリスの学者。 *XV. 13*

コンスタンティノス（ロドスの）　Cōnstantinos Rhodios　レオン帝治下の宮廷における高官。右のコンスタンティノスの弟子と伝えられる。 *XV. 15-17*

サ　行

サテュロス　Satyros　前 2 世紀の、リンドス出身の逍遥学派の哲学者。アリストテレスの弟子でテオプラストスのライバルであった。 *XVI. 153, 195*

シミアス　Simias　*XV. 22, 24, 27*

シモニデス　Simōnidēs　*XIII. 11, 14, 19, 20, 26, 28 (?), 30; XVI. 2, 3, 23, 24, 26, 60 (?), 82, 204 (?), 232*

シュネシオス（キュレネの）　Synesios　キュレネ出身の詩人、学者（後370—430年）。後 5 世紀における傑出した学者として名声があった。 *XVI. 76, 79*

シュネシオス・スコラスティクス（サルディスの）　Synesios Scholasticus　ベリュトス（ベイルート）出身の後 6 世紀の詩人。 *XVI. 267*

スキュティノス　Scythinos　テオスの人。前 4 世紀の文法学者。 *XII. 22, 232*

スタテュリウス・フラックス　Statyllius Flaccus　*XII. 12, 25-27; XVI. 211*

ストラトン　Stratōn　*XII. 1-11, 13, 15, 16, 21, 175-229, 231, 234-255, 258; XVI. 213 (?)*

スペウシッポス　Speusippos　アテナイの哲学者（前395—334年）。前349年プラトンの甥でその後を継いでアカデメイアの学頭となった。 *XVI. 31*

セクンドゥス　Secundus　*XVI. 214*

ゼノドトス（エペソスの）　Zēnodotos Ephesios　*XVI. 14*

ソクラテス　Sōcratēs　エピグラム詩人。時代不詳。第14巻の算数問題集の著者。 *XIV.*

第４分冊収録詩人名鑑

ギリシア人名もローマナイズして表記する。

ギリシア語の長母音は η と ω にのみ長音記号を付し、κ は c と、χ は ch と、ου は u とする。

ローマ数字は巻数を、アラビア数字は番数を表わしている。

ア　行

アウトメドン　Automedōn　*XII. 34*

アガティアス・スコラスティクス　Agathias Scholasticus　*XVI. 36, 41, 59, 80, 109, 244, 331, 332*

アスクレピアデス　Asclēpiadēs　*XII. 36, 46, 50, 75, 77 (?), 105, 135, 153, 161-163, 166; XIII. 23; XVI. 68 (?), 120 (?)*

アナクレオン　Anacreōn　*XIII. 4*

アナスタシオス・トラウロス　Anastasios Traulos　コンスタンティノポリスで後907年に財務官を務めた人物。「トラウロス」というのは「吃音者」という意味の綽名である。この人物をキリスト教の僧侶とする異説もある。 *XV. 28*

アニュテ　Anytē　*XVI. 228, 231, 291*

アポロニデス（スミュルナの）　Apollōnidēs Smyrnaios　*XVI. 49, 235, 239*

アラトス　Aratos　*XII. 129*

アラビオス・スコラスティクス　Arabios Scholasticus　*XVI. 39, 144, 148, 149, 225, 314*

アルカイオス（メッセネの）　Alcaios Messēnios　*XII. 29, 30, 64; XVI. 5, 7, 8, 196, 226*

アルキアス　Archias　*XV. 51; XVI. 94, 154 (?), 179*

アルケラオス　Archelaos　アレクサンドロス大王およびプトレマイオス１世治下のエジプトの自然学者、詩人。 *XVI. 120 (?)*

アルテモン　Artemōn　前250年頃のアテナイの詩人。 *XII. 55 (?), 124 (?)*

アルペイオス　Alpheios　*XII. 18; XVI. 212*

アレクサンドロス　Alexandros　前320年頃アイトリアのプレウロンに生まれ、プトレマイオス・ピラデルポス王治下にアレクサンドリア大図書館の司書であった。叙事詩、エレゲイア、悲劇なども書いた。 *XVI. 172*

アレタス　Arethas　後865頃―932年までカイサリア、カッパドキアの大主教を務めた人物。 *XV. 32-34*

アンティスティオス　Antistios　*XVI. 243*

アンティパトロス（シドンの）　Antipatros Sidōnios　*XII. 97 (?); XVI. 133, 167, 175 (?), 176 (?), 178, 197, 220, 296, 305*

アンティパトロス（テッサロニケの）　Antipatros Thessaloniceus　*XVI. 75, 131 (?), 143, 184, 290*

アンティピロス（ビュザンティオンの）　Antiphilos Byzantios　*XVI. 136, 147, 333, 334*

イグナティオス　Ignatios　後９世紀末の人。コンスタンティノポリスで助祭を務め、後にニカイアの大主教となった。寓話作者でもあった。 *XV. 29-31, 39*

ウェスティヌス　Vestinus　→ベサンティノス

エウエノス　Euēnos　*XII. 172; XVI. 165, 166*

エウオドス　Euodos　伝未詳。後２世紀から３世紀頃の詩人。 *XVI. 116, 155*

エウゲネス　Eugenēs　伝未詳。前３世紀以後の詩人で、タラスのレオニダスの詩風を模倣した。 *XVI. 308*

訳者略歴

沓掛良彦（くつかけ　よしひこ）

東京外国語大学名誉教授

一九四一年　長野県生まれ

一九六五年　早稲田大学第一文学部ロシア文学科卒業

一九七一年　東京大学大学院人文科学研究科博士課程修了。文学博士

大阪市立大学講師、東北大学助教授、東京外国語大学教授を経て二〇〇三年退官

主な著訳書

『サッフォー――詩と生涯』（平凡社、水声社）
『讃酒詩話』、『和泉式部幻想』（以上、岩波書店）
『陶淵明私記――詩酒の世界逍遥』（大修館書店）
『西行弾奏』（中央公論新社）
『エラスムス――人文主義の王者』（岩波現代全書）
『式子内親王私抄――清冽・ほのかな美の歌』、『人間とは何ぞ――酔翁東西古典詩話』（以上、ミネルヴァ書房）
『ピエリアの薔薇――ギリシア詞華集選』（水声社、平凡社ライブラリー）
『ホメーロスの諸神讃歌』（ちくま学芸文庫）
エラスムス『痴愚神礼讃――ラテン語原典訳』（中公文庫）
オウィディウス『恋愛指南――アルス・アマトリア』、『アベラールとエロイーズ――愛の往復書簡』（共訳）、『エラスムス＝トマス・モア往復書簡』（共訳）（以上、岩波文庫）
『黄金の竪琴――沓掛良彦訳詩選』（思潮社）
『ギリシア詞華集1～3』（京都大学学術出版会）

ギリシア詞華集4　西洋古典叢書　2016第6回配本

二〇一七年二月二十二日　初版第一刷発行

訳　者　沓掛良彦

発行者　末原達郎

発行所　京都大学学術出版会

606-8315 京都市左京区吉田近衛町六九 京都大学吉田南構内

電　話　〇七五-七六一-六一八二

FAX　〇七五-七六一-六一九〇

http://www.kyoto-up.or.jp/

印刷／製本・亜細亜印刷株式会社

ISBN978-4-8140-0035-7

定価はカバーに表示してあります

西洋古典叢書［第Ⅰ～Ⅳ期、２０１１～２０１５］既刊全120冊（税別）

【ギリシア古典篇】

アイスキネス　弁論集　木曾明子訳　４２００円
アキレウス・タティオス　レウキッペとクレイトポン　中谷彩一郎訳　３１００円
アテナイオス　食卓の賢人たち　１　柳沼重剛訳　３８００円
アテナイオス　食卓の賢人たち　２　柳沼重剛訳　３８００円
アテナイオス　食卓の賢人たち　３　柳沼重剛訳　４０００円
アテナイオス　食卓の賢人たち　４　柳沼重剛訳　３８００円
アテナイオス　食卓の賢人たち　５　柳沼重剛訳　４０００円
アラトス／ニカンドロス／オッピアノス　ギリシア教訓叙事詩集　伊藤照夫訳　４３００円
アリストクセノス／プトレマイオス　古代音楽論集　山本建郎訳　３６００円
アリストテレス　政治学　牛田徳子訳　４２００円
アリストテレス　生成と消滅について　池田康男訳　３１００円
アリストテレス　魂について　中畑正志訳　３２００円

アリストテレス　天について　池田康男訳　3000円
アリストテレス　動物部分論他　坂下浩司訳　4500円
アリストテレス　トピカ　池田康男訳　3800円
アリストテレス　ニコマコス倫理学　朴　一功訳　4700円
アルクマン他　ギリシア合唱抒情詩集　丹下和彦訳　4500円
アルビノス他　プラトン哲学入門　中畑正志編　4100円
アンティポン／アンドキデス　弁論集　高畠純夫訳　3700円
イアンブリコス　ピタゴラス的生き方　水地宗明訳　3600円
イソクラテス　弁論集 1　小池澄夫訳　3200円
イソクラテス　弁論集 2　小池澄夫訳　3600円
エウセビオス　コンスタンティヌスの生涯　秦　剛平訳　3700円
エウリピデス　悲劇全集 1　丹下和彦訳　4200円
エウリピデス　悲劇全集 2　丹下和彦訳　4200円
エウリピデス　悲劇全集 3　丹下和彦訳　4600円
エウリピデス　悲劇全集 4　丹下和彦訳　4800円

ガレノス　解剖学論集　坂井建雄・池田黎太郎・澤井　直訳　3100円
ガレノス　自然の機能について　種山恭子訳　3000円
ガレノス　ヒッポクラテスとプラトンの学説　1　内山勝利・木原志乃訳　3200円
クセノポン　キュロスの教育　松本仁助訳　3600円
クセノポン　ギリシア史　1　根本英世訳　2800円
クセノポン　ギリシア史　2　根本英世訳　3000円
クセノポン　小品集　松本仁助訳　3200円
クセノポン　ソクラテス言行録　1　内山勝利訳　3200円
セクストス・エンペイリコス　ピュロン主義哲学の概要　金山弥平・金山万里子訳　3800円
セクストス・エンペイリコス　学者たちへの論駁　1　金山弥平・金山万里子訳　3600円
セクストス・エンペイリコス　学者たちへの論駁　2　金山弥平・金山万里子訳　4400円
セクストス・エンペイリコス　学者たちへの論駁　3　金山弥平・金山万里子訳　4600円
ゼノン他　初期ストア派断片集　1　中川純男訳　3600円
クリュシッポス　初期ストア派断片集　2　水落健治・山口義久訳　4800円
クリュシッポス　初期ストア派断片集　3　山口義久訳　4200円

クリュシッポス　初期ストア派断片集　4　中川純男・山口義久訳　3500円
クリュシッポス他　初期ストア派断片集　5　中川純男・山口義久訳　3500円
ディオニュシオス／デメトリオス　修辞学論集　木曾明子・戸高和弘・渡辺浩司訳　4600円
ディオン・クリュソストモス　王政論──弁論集　1　内田次信訳　3200円
ディオン・クリュソストモス　トロイア陥落せず──弁論集　2　内田次信訳　3300円
テオグニス他　エレゲイア詩集　西村賀子訳　3800円
テオクリトス　牧歌　古澤ゆう子訳　3000円
テオプラストス　植物誌　1　小川洋子訳　4700円
テオプラストス　植物誌　2　小川洋子訳　5000円
デモステネス　弁論集　1　加来彰俊・北嶋美雪・杉山晃太郎・田中美知太郎・北野雅弘訳　5000円
デモステネス　弁論集　2　木曾明子訳　4500円
デモステネス　弁論集　3　北嶋美雪・木曾明子・杉山晃太郎訳　3600円
デモステネス　弁論集　4　木曾明子・杉山晃太郎訳　3600円
トゥキュディデス　歴史　1　藤縄謙三訳　4200円
トゥキュディデス　歴史　2　城江良和訳　4400円

ピロストラトス／エウナピオス　哲学者・ソフィスト列伝　戸塚七郎・金子佳司訳　3700円
ピロストラトス　テュアナのアポロニオス伝　1　秦　剛平訳　3700円
ピンダロス　祝勝歌集／断片選　内田次信訳　4400円
フィロン　フラックスへの反論／ガイウスへの使節　秦　剛平訳　3200円
プラトン　エウテュデモス／クレイトポン　朴　一功訳　2800円
プラトン　饗宴／パイドン　朴　一功訳　4300円
プラトン　ピレボス　山田道夫訳　3200円
プルタルコス　英雄伝　1　柳沼重剛訳　3900円
プルタルコス　英雄伝　2　柳沼重剛訳　3800円
プルタルコス　英雄伝　3　柳沼重剛訳　3900円
プルタルコス　英雄伝　4　城江良和訳　4600円
プルタルコス　モラリア　1　瀬口昌久訳　3400円
プルタルコス　モラリア　2　瀬口昌久訳　3300円
プルタルコス　モラリア　3　松本仁助訳　3700円
プルタルコス　モラリア　5　丸橋　裕訳　3700円

プルタルコス　モラリア 6　戸塚七郎訳　3400円
プルタルコス　モラリア 7　田中龍山訳　3700円
プルタルコス　モラリア 8　松本仁助訳　4200円
プルタルコス　モラリア 9　伊藤照夫訳　3400円
プルタルコス　モラリア 10　伊藤照夫訳　2800円
プルタルコス　モラリア 11　三浦　要訳　2800円
プルタルコス　モラリア 13　戸塚七郎訳　3400円
プルタルコス　モラリア 14　戸塚七郎訳　3000円
プルタルコス／ヘラクレイトス　古代ホメロス論集　内田次信訳　3800円
プロコピオス　秘史　和田　廣訳　3400円
ヘシオドス　全作品　中務哲郎訳　4600円
ポリュビオス　歴史 1　城江良和訳　3700円
ポリュビオス　歴史 2　城江良和訳　3900円
ポリュビオス　歴史 3　城江良和訳　4700円
ポリュビオス　歴史 4　城江良和訳　4300円

マルクス・アウレリウス　自省録　水地宗明訳　3200円
リバニオス　書簡集 1　田中　創訳　5000円
リュシアス　弁論集　細井敦子・桜井万里子・安部素子訳　4200円
ルキアノス　食客──全集 3　丹下和彦訳　3400円
ルキアノス　偽預言者アレクサンドロス──全集 4　内田次信・戸田和弘・渡辺浩司訳　3500円
ギリシア詞華集 1　沓掛良彦訳　4700円
ギリシア詞華集 2　沓掛良彦訳　4700円

【ローマ古典篇】

アウルス・ゲッリウス　アッティカの夜 1　大西英文訳　4000円
ウェルギリウス　アエネーイス　岡　道男・高橋宏幸訳　4900円
ウェルギリウス　牧歌／農耕詩　小川正廣訳　2800円
ウェレイユス・パテルクルス　ローマ世界の歴史　西田卓生・高橋宏幸訳　2800円
オウィディウス　悲しみの歌／黒海からの手紙　木村健治訳　3800円
クインティリアヌス　弁論家の教育 1　森谷宇一・戸高和弘・渡辺浩司・伊達立晶訳　2800円

クインティリアヌス　弁論家の教育　2　森谷宇一・戸高和弘・渡辺浩司・伊達立晶訳　3500円
クインティリアヌス　弁論家の教育　3　森谷宇一・戸田和弘・吉田俊一郎訳　3500円
クルティウス・ルフス　アレクサンドロス大王伝　谷栄一郎・上村健二訳　4200円
スパルティアヌス他　ローマ皇帝群像　1　南川高志訳　3000円
スパルティアヌス他　ローマ皇帝群像　2　桑山由文・井上文則・南川高志訳　3400円
スパルティアヌス他　ローマ皇帝群像　3　桑山由文・井上文則訳　3500円
スパルティアヌス他　ローマ皇帝群像　4　井上文則訳　3700円
セネカ　悲劇集　1　小川正廣・高橋宏幸・大西英文・小林　標訳　3800円
セネカ　悲劇集　2　岩崎　務・大西英文・宮城徳也・竹中康雄・木村健治訳　4000円
トログス／ユスティヌス抄録　地中海世界史　合阪　學訳　4000円
プラウトゥス　ローマ喜劇集　1　木村健治・宮城徳也・五之治昌比呂・小川正廣・竹中康雄訳　4500円
プラウトゥス　ローマ喜劇集　2　山下太郎・岩谷　智・小川正廣・五之治昌比呂・岩崎　務訳　4200円
プラウトゥス　ローマ喜劇集　3　木村健治・岩谷　智・竹中康雄・山澤孝至訳　4700円
プラウトゥス　ローマ喜劇集　4　高橋宏幸・小林　標・上村健二・宮城徳也・藤谷道夫訳　4700円
テレンティウス　ローマ喜劇集　5　木村健治・城江良和・谷栄一郎・高橋宏幸・上村健二・山下太郎訳　4900円

リウィウス　ローマ建国以来の歴史 1　岩谷　智訳　3100円
リウィウス　ローマ建国以来の歴史 3　毛利　晶訳　3100円
リウィウス　ローマ建国以来の歴史 4　毛利　晶訳　3400円
リウィウス　ローマ建国以来の歴史 5　安井　萠訳　2900円
リウィウス　ローマ建国以来の歴史 9　吉村忠典・小池和子訳　3100円